藏族史诗
《格萨尔》论稿

丹　曲◎著

中国社会科学出版社

图书在版编目（CIP）数据

藏族史诗《格萨尔》论稿／丹曲著．—北京：中国社会科学
出版社，2016.9
ISBN 978 - 7 - 5161 - 8664 - 0

Ⅰ.①藏⋯　Ⅱ.①丹⋯　Ⅲ.①《格萨尔》—诗歌研究—文集
Ⅳ.①I207.914 - 53

中国版本图书馆 CIP 数据核字（2016）第 174983 号

出 版 人　赵剑英
责任编辑　郭　鹏
责任校对　李　莉
责任印制　李寡寡

出　　　版　中国社会科学出版社
社　　　址　北京鼓楼西大街甲 158 号
邮　　　编　100720
网　　　址　http://www.csspw.cn
发 行 部　010 - 84083685
门 市 部　010 - 84029450
经　　　销　新华书店及其他书店

印刷装订　三河市君旺印务有限公司
版　　　次　2016 年 9 月第 1 版
印　　　次　2016 年 9 月第 1 次印刷

开　　　本　710 × 1000　1/16
印　　　张　17
插　　　页　2
字　　　数　271 千字
定　　　价　65.00 元

目　　录

第一编　古代藏族的自然观念

第二编　部落及其山神崇拜习俗

第三编　史诗文化

第四编　史诗版本

第 一 编
古代藏族的自然观念

试论藏族史诗《格萨尔》中的宇宙观

宇宙观也称世界观，是一个哲学命题。关于人们对宇宙观的认识，并不仅限于西方哲学家，也不为哪个民族的哲学家所独有。事实上，自古迄今藏民族从来没有停止过对这一命题的探讨，只不过认识的视角和层面不同而已。毫不例外，作为藏民族世代口承的英雄史诗《格萨尔》，必然反映整个社会的形态和本民族的思想观念，其中所展现的意识形态也是包罗万象的，既表现了朴素的唯物主义观，又反映了阶级社会里不同阶级的处世哲学；既表现了人们对生活的积极乐观态度，又反映了人们对大自然的敬畏和依赖的思想。

文章依据《格萨尔》文本，结合前人的研究成果，拟就从以下七个方面展开讨论：第一部分回顾了国内外《格萨尔》学界在相关领域里所取得的研究成果；第二部分论述了史诗《格萨尔》对"三界"的描述；第三部分论述了史诗对自然界的描述；第四部分论述了史诗对建筑的描述；第五部分论述了史诗对服饰的描述；第六部分论述了史诗对人体的描述；第七部分对全文进行了总结并论述了藏族传统文化中对宇宙观的阐释。对此命题的研究和探讨，无疑对深入发掘史诗的学科价值，加强史诗的学科建设具有重要意义。

一　相关研究成果的回顾

对《格萨尔》中宇宙观的探讨，前贤或多或少地做过一些有益的探讨。如降边嘉措先生认为，《格萨尔》中描述的一切自然现象都有不同的神灵主宰，格萨尔与魔王或敌国作战时，双方借助风神、雷神或山神、地方神大施法术，战胜对手；还有灵魂和肉体可以分离、灵魂永存、灵魂可以在另外的物体寄托的描写，表现了万物有灵观念和对自然的崇拜思想，反映了史诗时代人人具有的世界观。① 郭永海也从分析史诗哲学思想的角度入手，探讨了世界观的合理因素，认为：①史诗的自然观，涉及时空观（时间与空间的无限性与有限性）、运动观（如自然的四季更替、人的生老病死，皆有其规律等），还涉及事物的对立面之间的互相联系、相互转化以及转化条件，涉及内因和外因、原因和结果，必然性和偶然性、现象和本质等内容。在这些内容中，贯穿着朴素的唯物辩证法思想。②首先，史诗的认识论思想反映在充分肯定认识对实践的指导作用；其次，史诗对实践出真知、长才干的道理，也有一定的认识；最后，史诗还反映了实践是检验认识是否正确的标准思想。③史诗中的社会历史观从总体上看不是唯物的，但就其所反映出来的生死观，以及在集体和个人、群体和领袖等关系问题的看法上，有其合理的成分。② 此外，孙琳、保罗在《〈格萨尔〉中的三元象征观念解析》一文中通过研究发现，《格萨尔》"有一种具三元关系的三组合式象征手法十分具有特色，而且在史诗中起着重要的作用"。③ 何天慧在《〈格萨尔〉与藏族神话》一文中指出，史诗中关于卵生天地、人类的神话传说与猕猴和岩罗刹女结合产生人类的故事一样，都表现了远古藏人对宇宙起源、天地初开、人类产生这一问题的猜想和认识。④ 何先生又写了《〈格萨尔〉中的三界及三界神灵信仰》一文，认为史诗中的"三界"有两种不同的文化内涵：一是指原始苯教的"三界"观，二是指佛教的"三界"观。藏族原始苯教把天地分为天空、地上和地下三部分，这就是所谓的"三界"。⑤ 李美玲在《试述〈土族格萨尔〉中的腾格里》⑥ 一文中，论述了土族《格萨尔》的腾格里，认为：①从哲学意义

---

① 降边嘉措：《格萨尔初探》，中国民间文艺出版社 1986 年版，第 260 页。

② 郭永海：《〈格萨尔〉史诗哲学思想浅析》，《格萨尔学集成》（第 4 卷），甘肃民族出版社 1994 年版，第 2635—2644 页。

③ 孙琳、保罗：《〈格萨尔〉中的三元象征观念解析》，《格萨尔学集成》（第 5 卷），甘肃民族出版社 1998 年版，3506 页。

④ 何天慧：《〈格萨尔〉与藏族神话》，《格萨尔学集成》（第 5 卷），甘肃民族出版社 1998 年版，第 3745 页。

⑤ 何天慧：《〈格萨尔〉中的三界及三界神灵信仰》，《青海民族研究》1994 年第 4 期。

⑥ 李美玲：《试述〈土族格萨尔〉中的腾格里》，《格萨尔学集成》（第 5 卷），甘肃民族出版社 1998 年版，第 3621 页。

上讲，它代表着美，是真善美的所在，也是人世间一切美的事物的归宿。②从表现的内容看，腾格里是佛的世界，是人类社会的缩影——现实社会的氏族社会组织、氏族联盟、父权制的建立、阶级的分化、国家的萌芽、土族的饮食习惯、生产方式、与凡间相同的自然物（如高山、石窟、森林、泉水、野马、蚂蚁、飞鸟等）都有反映。③从实践的角度讲，腾格里是对客观世界的认识成果——土族认为世间万物都是腾格里创造的，腾格里是万物的主体，是本民族祖先之所在。格日勒扎布在《论蒙古〈格斯尔〉的"天"——腾格里》①一文中，分析了史诗中的"天"观念的来源、发展以及作用等。他认为，"天"基本上涵盖了蒙古族物质文化和精神文化的方方面面。这种象征手法，不外乎史诗中的描述大量融入和汇聚的宇宙天体及能量，无限强大，战无不胜。在《格萨尔》中，关于宇宙观的记载俯拾即是，无论是叙事结构、故事情节，还是世界的形成、天地的构成，人们居住的地形地貌、建筑形式以及帽子形制等自然实体和物品结构，在史诗中或多或少地赋予了宇宙构想的成分，无论如何都对丰富《格萨尔》的文化内涵，构建史诗的文学表达，承载藏族的文化传统等发挥了重要作用。

二　对"三界"的描述

《格萨尔》虽然是一部文学作品，但在藏民族的文化史上堪称是藏族的大百科全书，它代表了藏族民间文化的最高成就。其中不仅涉猎了人们对宇宙起源的追索和认识，而且也贯穿了对自然天体的探讨和感悟。如将宇宙天体分为"上方神界""中间念界""下部龙界"三界，"十八颗鸟卵"故事对此做了形象的描述。

> 世界形成有父亲，斯巴（世界，srid-pa）形成也有母，沟脑飞出一只鸟，它说斯巴本来有；沟口飞出一只鸟，它说世界本来无。有无之间做鸟窝，生下鸟卵十八颗。

---

①　格日勒扎布：《论蒙古〈格斯尔〉的"天"——腾格里》，《格萨尔学集成》（第5卷），甘肃民族出版社1998年版，第3653页。

　　　　三颗白卵（dung-sgong）滚上方，上方神界形成做基础；三颗
　　黄卵（gser-sgong）滚中间，中空念界（bar-gnyen-khams）形成做
　　基础；三颗绿卵（gyu-sgong）滚下方，下部龙界（steng-lha-
　　khams）形成做基础，六颗鸟卵滚人间，形成藏族原始六氏族
　　（bod-mivi-gdong-drug）。

　　　　其余长嘴地鼠黑铁卵，天、年、龙神铁匠来锻铸。①

　　接下来这则故事还把五种属性的产生，与上面所说的几种动物联系
在一起。如在提到大鹏鸟时说，天空之所以蔚蓝往下叩，是因为大鹏的
上喙是青色的；大地之所以灰白而广阔，是因为大鹏的下喙是灰色的；
日月之所以悬挂天空红彤彤，是因为大鹏的眼睛红而向下翻；一年之所
以有 365 天，是因为大鹏有 365 根大羽毛，等等。如讲到老虎的内容时
说，老虎有三个兄长，它们是苍龙、闪电和雷霆；老虎有三个弟弟，它
们是家猫、山猫和黄鼠狼；老虎有三个妹妹，它们是豺狼、苍狼和旱
獭；老虎有似虎非虎的三兄弟，它们是雪豹、草豹和金钱豹。在提到獐
子时说，獐子的脑袋去天国，神族圣洁由此生；獐子的肩胛留蒙地，因
此蒙古人尚射箭；獐子的内脏留汉地，因此汉地物产最丰富，等等。在
提到黄牛时说，丢失一块鲜牛肉，只有大鹿它得到，因此鹿肉才丰满；
丢失一条牛尾巴，只有马儿它得到，因此马尾巴粗又长；丢失一只牛蹄
子，只有野驴它得到，因此四蹄最灵便，等等。② 这些资料中同样阐明
了物种乃至民族的特性，都归于几个原生动物。

　　从这几则故事中可以看出，在藏族先民的观念中，不仅天地和人类
是由鸟卵所形成，就连物种也是从鸟卵中产生的。这是对宇宙天地、人
类自身及五种来源的总体认识。其中的"斯巴"、"三界"（khams-
gsum）、"天念龙"（lha-gnyen-klu）等术语，都是宇宙观念的直接表述。
藏族传统文化中，无论是苯教文化还是藏传佛教文化，都有系统的天文
历算理论，自然包含宇宙观念，理论体系严谨，修习内容丰富。

---

　　① 阿图：《格萨尔王传·汉岭传奇》（藏文版），中国民间文艺出版社 1982 年版，第
171—172 页。
　　② 同上书，第 179 页。

宇宙观念，自始至终贯穿于史诗《格萨尔》的故事情节中。《汉岭传奇》中所描述的"神界""念界""龙界"三界，在早期苯教文化中就有明确的阐述。

在苯教经典中，将宇宙分为天界（nam-mkhav）、人界（bar-snang）、地下〔sa-vog〕三个世界。天为神界（lha），中空为"赞"界（gtsan），地下为龙界（klu）。宇宙又分为三大层，天界为七层，称为七层天；中界为人界；下界为鬼魂所居，分为六层、三层或七层。苯教教徒认为苯教最初起源于一个叫魏摩隆仁（vod-mo-lung-ring）的地方，据说那是西部大食，它构成了现实世界的一部分。当这个世界最后毁于大火之时，它升到了天上，与天国里的另一个苯教圣地合二为一，被称为什巴叶桑（srid-pa-ye-sangs）。魏摩隆仁占据现实世界三分之一的面积，呈八瓣莲花的形状，与之对应，天空也呈现出八幅轮形。魏摩隆仁的中央为九选形雍仲山①，为世界制高点。"九"字在苯教中与地界、天界和教义有关。地界被认为从里到外共有九层（九重地）。天界最初有九层（九重天），后来扩展为十三层。苯教的教义也划分为不同的九乘（九乘经论）。九选雍仲山，据说它的九层代表着苯教的九乘。山顶呈一块水晶巨石形状，山脚下四条河流分别向四个方向流去。东边的恒河从狮形岩口流出（狮嘴河）；北边的缚刍河从马形岩口流出（马嘴河）；西边的悉达河从孔雀形的岩口流出（孔雀河）；南边的印度河从象形岩口中流出（象嘴河）。九选雍仲山和四个中心形成了魏摩隆仁的内地洲（nang-gling），随后又出现了12座城市的中地洲（bar-gling）和边地洲（mthav-gling）。三大洲被河流和湖泊所分割，整个大地被著名的轮回海（mu-khyud-bdal-bavi-rgya-mtsho）所环绕。环绕魏摩隆仁的海洋又被雪山环抱，该山被称作"陡峭积雪的雪山之墙"（dbal-so-gangs-kyi-ra-ba）。②山顶上住着辛绕等苯教神灵，而山底居住着恶魔。据研究表明，在14世纪苯教著作《根本论日光明灯》（rtas-rgyud-nyi-zer-sgron-me）中就将魏摩隆仁确定为冈底斯山，"河流从冈底斯山脚下流过，而

---

① 雍仲为苯教教徽，相当于佛教中的金刚，是"永生"的标志。

② 〔英〕桑木旦·G.噶尔梅：《概述苯教的历史及教义》，《国外藏学译文集》（第十一集），西藏人民出版社1994年版，第64页。

这可能就是九迭雍仲山区"。① 藏区有许许多多的山，除了冈底斯山以外，念青唐古拉、阿尼玛沁、雅拉香波等山，都是苯教宇宙观念中的宇宙山。

佛教宇宙观②认为，所有的世界在"成、住、坏、灭"中周而复始，无边无际，世界存在于运动之中，消灭于运动之中。"三千大千世界"中，以须弥山为中心可分为欲界、色界和无色界。人类居住在欲、色界中，而欲界可分为欲界六天和四大部洲八小洲。其中四大部洲八小洲是人类的具体住地。四大部洲的南瞻部洲是人类真正的家园。它形如肩胛骨，地理特征与人的相貌类同，蔚蓝色的天空，其中心是摩揭陀的金刚座。而冈底斯山和玛旁雍错，在南瞻部洲中又具特别神圣的位置。

佛教传入藏区，传统的宇宙起源说又受到了佛教宇宙观的影响。据《柱间史》载：

> 在茫茫宇宙空间，先是形成了一个坚不可摧的巨大风轮，在风轮之上又形成了一个由各种物质聚集而成的云层，云层中降下大象阳具般的滂沱大雨，形成了一个蓝灰色的巨大水轮，水轮在疾风劲吹下形成了牛皮般金黄色的土轮；土轮之上飘着宝云，宝云降下宝雨又汇成宝海；在疾风鼓荡之下，白海中渐渐又形成了须弥山（ri-bo-mchog-rab）和围绕在它四周的七重金山（gser-gyi-ri-bdun）、七游戏海（rol-bavi-mtsho-bdun）、铁轮围山（lcags-ri-mu-khyud）和外海以及四大八小洲。与此同时，又陆续出现了"四大色法之王"，即山王须弥山、石王阿尔瑁丽伽（var-mo-le-shing）、木王如意宝树（dpag-bsam-vkhri-shing）和海王玛旁雍错（mtsho-chen-ma-dros-pa）。继而又出现了"四种心智法之王"（rig-pa-can-gyi-rgyal-po-bzhi），即飞禽之王鲲鹏、百兽之王雄狮、旁生之王大象以及殊胜成就人类之王众敬王。③

---

① R. A. Stein, *Tibetan Civilization*, California, 1972：203—204.

② 佛教的宇宙观除在佛陀的教言《时轮本续》的第一章中有专门的论述外，世亲论师的《俱舍本论》的第三章中也有论述。两者观点有别，在此采用后者之说。

③ 觉沃阿底峡发掘：《柱间史》（藏文版），甘肃民族出版社 1989 年版，第 60 页。

《红史》中这样描述宇宙的起源：

> 最初，三千世界形成之时，世界为一大海，海面上有被风吹起的沉渣凝结，状如新鲜酥油，由此形成大陆。此后，有一些极光净天的神祇死后转生此处为人，他们身具光明，能够空行，依靠静定喜乐之食生活，能够无限长寿。此时，星辰、季节、男女俱无分别。其后，有一人发现醍醐滋味甚美，渐次众人皆取食之，由此身体变重，光明消失，星辰、季节、昼夜等产生。①

在佛教的宇宙观中，日、月、五星等十曜都被视为有生命的，其中日、月是天神，五星是仙人。

在藏民族的思想观念当中，山是连接天地的阶梯、天绳或彩虹，吐蕃的赞普如同天上的神灵，当他们入住人间时，就是沿着这些天梯下凡的。如位居东方的大山神雅拉香波就居住在雅隆河谷，这里是雅隆文明的发祥地，吐蕃第一位赞普就住在这座神山脚下，据说这位赞普由此山而下来到了雅隆河谷。另外的"天赤七王"也是从七座不同的山峰下凡的。雅拉香波是居住在雅隆河谷境内所有本地神和土地神的首领。②藏区的圣山被认为是"神山""天柱""地钉"或"地脐"。吐蕃赞普的庙宇、宫殿以及王陵大多建在山麓，这也预示了它是处在通向神界的自然天梯脚下，与神界保持着最为密切的联系。在藏区，玛尼石堆随处可见，其渊源也与佛教宇宙观中的"宇宙山"和"须弥山"有关，即其在藏族神话传说中与创世有关。尽管玛尼石堆已演化成是对战神和山神的祭祀，但就其最初的意向和含义来讲，仍是对天帝和神灵战无不胜的特性的颂扬。许多玛尼石堆上插有树枝，以象征宇宙树。正是因为玛尼石堆是宇宙山，象征着天上、人间、地下三界，所以又被认为是"三界石"或"境界石"，有些石堆由白（代表天）、红（代表人间）、黑（代表地狱）三种颜色的石头堆成。③ 这与蒙古族的鄂博的功用是一

---

① 察巴·贡嘎多吉：《红史》（藏文版），民族出版社1981年版，第1页。
② ［奥地利］勒内·德·内贝斯基·沃杰科维茨著，谢继胜译：《西藏的神灵和鬼怪》，西藏人民出版社1993年版，第234页。
③ R. A. Stein, *Tibetan Civilization*, California，1972：203—204.

致的。

由此可以看出，史诗中的宇宙观念在藏族传统文化中不仅具有深刻的宗教意蕴，而且深深根植在藏族的其他民间文化传统中，由此也就形成了广泛的天文理论基础和深层渊源，为民间文学作品的创作奠定了一个良好的基础，也是口承史诗不断发展壮大的沃壤。

三　对自然界的描述

更为有趣的是在《格萨尔》中，英雄格萨尔王统辖的岭国的地形地貌是按照宇宙的构成而形成的，这不能不说是一大奇观。

地形地貌。在《格萨尔》说唱艺人眼中，岭国的地形是根据宇宙的天体建构的。《松岭大战》（sun-gling-gyul-vgyed）中描述，当晁同落入松巴敌国军队手中后，受到了公爵大臣托果曼巴尔的审讯，这时晁同唱道：

> 我们的玛康岭地方，你若问形成是哪般，
> 她的形势最是特别，如像末尼珠是喜旋。
> 格卓的红色彩虹山，如像殊胜的须弥山，
> 天神山、龙王山、念神山，母亲山、玛杰、食杰山，
> 这是黄河上游的七花山，是自然形成的七金山。
> 黄河下游的拉龙三大谷，地方如东方胜身洲。
> 上岭塞尔巴八大部，地形如南方瞻部洲。
> 赛绒红石岩八大部，地形如西方牛货洲。
> 丹地部落十八万户，地形如北方俱卢洲。
> 玛岭木江的四大部，中岭翁本布广大部，
> 下岭日叉、上叉部，还有叉吾、叉肖部。
> 下岭四叉达尔部，达尔上下的尕、珠部，
> 达吾米错玛尔布部，如像八小洲在八处。
> 毒水自旋的奶子湖，形成犹如那大海势。①

---

① 王沂暖、王兴先译：《松岭大战之部》，敦煌文艺出版社 1991 年版，第 36 页。

　　从自然实体看，岭国的"玛康岭"地势像喜旋"末尼珠"；"彩虹"般的"格卓山"像"须弥山"；加上"天神山""龙王山""念神山""母亲山""玛杰""食杰山"是"黄河上游的七花山"，也是"自然形成的七金山"；"黄河下游的拉龙三大谷"，"如东方胜身洲"；"上岭塞尔巴八大部，地形如南方瞻部洲"；"赛绒红石岩八大部，地形如西方牛货洲"；"丹地部落十八万户，地形如北方俱卢洲"。其中的"须弥山""东胜身洲""南瞻部洲""西牛货洲""北俱卢洲"等是藏传佛教宇宙观中的宇宙三界的基本构成，常常以坛城的形式表现，包括立体坛城、平面坛城，表现了佛界的威严和神圣性。史诗中的岭国，由梵天之子格萨尔统治，同样具有神圣性，具备了佛教三界的瑞相。

　　山川河流。对自然山川河流和海洋的描述俯拾即是。

　　　　我不唱虚空缥缈曲，虚空漫漫无边际，我不唱河水漫海曲，河水悠悠流不息。[1]

　　"虚空漫漫无边际"，指宇宙在空间上是无限的，这说明我们的古人已经猜测到了宇宙的无限性；而"河水悠悠流不息"，指河水的流动没有终止，从河流不息的角度猜测到了时间的无限性。

　　藏族的宇宙结构学说接受了佛教的思想，认为地轮的中心是须弥山。这一学说的核心是以须弥山的中心为圆心，取五万由旬[2]为半径画圆，再取二万五千由旬画圆。这两个圆之间的整个环形地区叫作大瞻部洲，它按东、南、西、北分为四个象限，每一象限为一洲，称为东洲、南洲、西洲和北洲。每个洲再均分为西、中、东三区。以须弥山为中心的宇宙结构学说在藏区许多壁画上都能看到。最为突出的是桑耶寺的建筑思想完好地糅进了这一学说。该寺建于8世纪，是在藏王赤松德赞的倡导下，由莲花生和希瓦措等佛学大师将印度、汉地、西藏的建筑风格融为一体所建的。主殿代表须弥山，周围有代表四大洲、八小洲及日、

　　① 《岭·格萨尔〈霍岭战争之部〉》上册，青海民族出版社1980年版，第97页。
　　② 由旬，古印度长度单位。一由旬等于四千丈，约合二十六市里许。

月的小殿。

总之，藏传佛教哲学思想中的宇宙观，极大地丰富了《格萨尔》的思想内容，它不仅涉及了时空观，如佛教理论中的"须弥山""四大洲""八中洲""龙宫""无热湖"等宇宙天体的名词的术语，也涉及事物对立面之间的相互联系、相互转化的关系，在这些内容中贯穿了朴素的辩证法思想。

四　对建筑的描述

自格萨尔赛马称王后，岭国被建造得俨然如宇宙大曼荼罗之缩影，正如《松巴牦牛宗》描述：

> 东部建有"女秋朝炯"青铜城堡，有三个铜铁屋顶，住着格萨尔的侄子"布白扎拉则结"；南部有"贵仓查叶"兀鹰城堡，其周围有一无法逾越的护城河；西部有"来卡"军队把护的要塞，共 68 层，大门用沉沉的金属闩锁住；岭国北部有"切卡"大城堡，里面是无尽的财富，世上最名贵的宝石皆藏于此处；岭国中心城堡"森珠达宗"，为一座高 197 层的幼狮虎城堡，由众神、那嘎人和念恶魔用五种不同的宝石施魔法后建成，此为瞻部岭格萨尔王的府邸……①

帐篷。《格萨尔王传》（贵德分章本）中讲，格萨尔称王后，在岭国中央设立了著名的绿玉瞻大帐房，为权力之中心，有着囊括各方面力量的气势：

> 在此帐房上部如雄狮卧踞（权势象征），下部如青龙缠绕（财富象征），中部如金刚耸立（象征勇武）。帐房的后面供着岭地三

---

① 白玛次仁著，史燕生译：《根据藏文资料谈谈关于岭·格萨尔的历史、史诗和画像说方面的情况》，《民族文学译丛》（第二集），中国社会科学院少数民族文学研究所编，1984 年版，第 267—269 页。

神像（指上部白梵天王、中部念神、下部龙王）。那里分三个部分，一部分是大喇嘛居住的地方，一部分是英雄们练武的地方，一部分是妃子们歌舞的地方。①

　　格萨尔的大帐既是王权的象征，又是宇宙三界中的须弥山的象征，须弥山比喻尊贵的地位和权势；青龙是财富的象征，"无边海"比喻丰厚的财产；金刚则是勇武的象征。

　　龙宫。《取宝篇》中，对格萨尔的龙宫描述道：

> 王宫下层四方玉石筑，铁梨硬木做成四大门。
> 就像须眉山王南边天，晶晶莹莹湛蓝光自闪。
> 世界各地五谷精华运，无穷无尽食物受用品。
> 如同无热湖水滚波涛，浩浩荡荡浮云无止境。
> 宫基直达无热龙宫殿，处处都有龙童游乐园。
> 三道城廓内里庭院中，八种不同花园为一圈。
> 就像金山乳海绕四周，各种草木丛生鲜花艳。
> 当中一道城墙四访边，八宗酒洲四门作庄严。
> 嘉洛九中宝物满满装，如同四周围着须眉山，
> 骡马牲畜福运都充满。外城中间四廊拐弯处，
> 有座御敌天铁坚城堡，如同马面大山四访围，
> 十万天兵吼声隆隆高。②

　　从物体建筑而言，岭国雄狮大王格萨尔的大门都是"四方玉石筑"，由"铁梨硬木做成"，犹如"蓝光自闪"的"须眉山王南边天"；"无热龙宫殿"，"处处都有龙童游乐园"；"三道城廓内里庭院中"的"花园"，"就像金山乳海绕四周"；"嘉洛"家中的"九中宝物"，"如同四周围着须眉山"。其中最具说明的是中心城堡"森珠达宗"，作为

---

①　王沂暖、华甲译：《格萨尔王传》（贵德分章本），甘肃人民出版社1981年版，第36页。
②　王兴先主编：《取宝篇》，《格萨尔文库》（藏文版）（第1卷），甘肃民族出版社2000年版，第719页。

岭国的统治中心，它具有至高无上的权力，代表了世界集权政治的核心。"雄狮是格萨尔史诗中经常出现的动物，它经常与猛虎、青龙（或金眼鱼）一起使用，以象征宇宙三界。"① 在藏族观念中，雪山狮子是神圣的教权、王权的标志，青龙则是地下宝藏的守护者。

五　对服饰的描述

帽子。在《赛马篇》中，白岭勇士们的赛马已进入最激烈、最精彩的阶段。觉如扬鞭催马，也向前赶了一程。觉如超过了古如后，很快赶上了仓尉俄鲁（tshangs-pavi-ngo-lug）。聪明的仓尉俄鲁一面唱歌一面将"长支作为护轮的圣缘物——莲花生的小花禅帽"献给了觉如，这顶帽子就根据宇宙观的构想制作而成，也祈求觉如同样赐给他"一件具有加持力的护身物"。仓尉俄鲁自豪地赞颂这顶帽子，他唱道：

> 这顶空性花禅帽，乃是嘉洛传家宝，
> 岭部长支圣缘物。这顶帽子非寻常，
> 它是莲师灌顶帽，今日敬献觉如你！
> 表示生死与涅槃，轮回三界和六道，
> 在它里面都具备。四根羽毛插帽顶，
> 表示无色处四边。上面有绸十七条，
> 表示色界十七天，帽上莲瓣十六片，
> 表示欲界有六天。

> 这顶禅帽有四边，象征四界四大洲。
> 每面二角共八角，象征周边八中洲。
> 帽带下缀三缕穗，象征恶趣三居处。
> 帽子总共为六面，象征轮回有六趣。
> 帽子内里空而宽，象征轮回无实义。

---

① 孙琳、保罗：《〈格萨尔〉中的三元象征观念解析》，《格萨尔学集成》（第5卷），甘肃民族出版社1998年版，第3508页。

　　帽色白而放光彩，象征心性无变异。

　　帽沿用布压边缘，表示消除二障义。

　　轮回事相帽中有，应乎出世涅槃理。①

　　从服饰上来看，格萨尔的帽子也具有神圣性。在赛马的关键时刻，对手仓尉俄鲁巧使一计，将既是"嘉洛传家宝"又是"岭部长支圣缘物"和"莲师灌顶帽"的"空性花禅帽"，献给了觉如（格萨尔），以期格萨尔落后于自己。结果奇迹发生了，赛马的胜负出乎人们的预料，叫花子觉如赢得了比赛的胜利，最终坐上了岭国的宝座，成为叱咤风云的雄狮大王，为以后降服四方妖魔、使人们过上安宁太平的日子奠定了基础。

　　英雄需要岭国人民来成就，更需要借助神奇的力量。人们认为这种强大的力量不外乎借助大自然以及宇宙天体的赐予。

六　对人体的描述

　　在《赛马称王》中，神医贡噶尼玛（kun-dgav-nyi-ma）给叫花子觉如诊脉，他惊奇地发现：

　　　　他（觉如）父脉如同须弥山，一派做大首领的气势；母脉好似无边海，一派做大财东的气象；风脉就如红绫绢，一派无往而不胜的劲头儿；他的血脉、精脉和中脉，法身、报身、化身其中……②

　　我们在研究成果中发现，"须弥山"象征着地位和权势；"无边海"象征着广大的财产；"红绫绢"等丝绸和哈达，象征着顺利、吉祥和平安。与"须弥山""无边海""红绫绢"相类似的象征物是普通的"山

---

　　①　王兴先主编：《赛马篇》，《格萨尔文库》（藏文版）（第 1 卷），甘肃民族出版社 2000 年版，第 627—628 页。

　　②　黄文焕译：《赛马称王》，西藏人民出版社 1988 年版，第 92 页。

峰"、"草原"（林地）、"桥梁"等。如贵德分章本《格萨尔》中，少年格萨尔（台贝达朗）向叔叔晁同索要他自己应得的财产时，晁同分给他一座荒芜的沟头蒿草山、一架沟末小木桥及一块沟中间的蕨麻海。这三个地方虽不值钱，但在史诗中很明显地埋下了格萨尔发迹的伏笔，实际上格萨尔就是利用这三者夺得了统治权，获得了勇武之力以及大批财富。当格萨尔得到这三个地方后，首先他站在沟头蒿草山上甩飞石赶走岭国放牧的人们，赢得了很大的名声和威望，并明确了对该地的占有权利；然后他又强行在小木桥上设卡把守，并在珠牡三姐妹要通过此桥时强迫珠牡以婚相许；后来他又在蕨麻海与他的对手大食财宝王对垒打败了对方。[①] 因为山峰、桥梁和低洼平地对于古代经常面临战争的氏族部落而言有着不同的价值。高山常被当作部落安居的大本营，所以在《格萨尔》中象征着统治权自有其深厚的文化内涵；桥梁在战争上既是交通要道，同时又是十分重要的防卫设施；低洼地对游牧民族来讲是肥美的草地，也是财富的象征。[②] 在史诗中，宝帐、宝座、摩尼珠、中心城堡、佛像、喇嘛、雪山狮子等象征着权力和统治力量；兵器、头盔、边缘城堡、护身结、勇士、鹰、虎等象征着勇武；宝瓶、黄金筒、奇珍异宝、宝箱、如意轮、地下青龙、嫔妃、牦牛、金眼鱼等象征着财富。《格萨尔》中，每一个人物的出场，都是创作者精心的安排；每一个物体的出现，都是巧妙的布局。

七　小结

综观全述，藏民族为了自身的繁衍和发展，在同大自然的长期斗争实践中，逐渐形成了自己对宇宙的看法。史诗《格萨尔》反映了整个藏族社会的形态和藏民族的思想观念，也不外乎用文学的手法来表现宇宙观念。其中的宇宙观念虽然与现代意义上科学的宇宙观念有很大的差异，但也不能不说在当时生产力不发达的情况下，人们认知自然、了解

---

① 王沂暖、华甲译：《格萨尔王传》（贵德分章本），甘肃人民出版社1981年版，第21—33页。

② 孙琳、保罗：《〈格萨尔〉中的三元象征观念解析》，《格萨尔学集成》（第5卷），甘肃民族出版社1998年版，第3508页。

物质世界的智慧和艰辛历程。这些朴素的宇宙观和自然观不仅为丰富史诗的故事情节和内容发挥着重要的作用，而且也在人们的文化和生产生活中发挥了重大的作用。

第一，史诗中的宇宙观是藏族早期创世神话的延伸。

世界上任何民族都有自己的原始宇宙观，也都有与之相伴而生的创世神话，创世神话是所有神话中最普遍的主题，它具有原始初民解释宇宙天体形成、万物产生及演变的特点。藏族的创世神话产生早，且蕴藏量非常丰富，它向人们传递着这个游牧民族的先民对宇宙、社会、人的独特思考和体验；它向人们述说着早期游牧民族的先民们面对茫然费解的外部世界所做的种种解释，并在这种解释之中寻觅自己的踪迹。

如藏族史诗中的"十八颗鸟卵"故事就是实例，说明了藏族原始苯教宇宙观所说的"三界"和"藏族原始六氏族"。从这则故事中可以看出，在藏族先民的观念中，不仅天地和人类是由鸟卵所形成，就连物种也是从鸟卵中产生的。这是对宇宙天地、人类自身及五种来源的总体认识。藏族史诗中的大鹏鸟卵创造"三界"和人类的神话，是十分古老的神话，它所涉及的历史文化渊源极其深远。"代表了藏族先民对宇宙天地、人类自身来源的幼稚的认识，体现了藏族创世神话与众不同的特点。"①

事实上，天地的生成，不仅在《格萨尔》中有着形象的描述，藏文文献《朗氏家族》也有这样的记载："五大（地、水、火、风、空）之精华形成一枚大卵，卵的外壳生成天界的白色石崖，卵中的蛋清旋转变为白海螺，卵液产生出六道有情。卵液又凝结成十八份，即十八枚卵，其中品者系色如海螺的白卵……"②"卵生说"被许多藏族学者接受并记载于著述中。这一学说的核心之一是认为宇宙万物起源于"空"，起源以后发生变化，产生了轻而震荡的"风"（即气流），又由轻而震荡的"风"产生"火"，火为热性。"风"与"火"触动产生"风"的"微尘"，"微尘"慢慢增大，在"火"的作用下，冷热不均，

---

① 何天慧：《〈格萨尔〉中的三界及三界神灵信仰》，《青海民族研究》1994 年第 4 期。

② 大司徒·降曲坚赞：《朗氏家族》（藏文版），西藏人民出版社 1986 年版，第 4—5 页。

变冷的出现湿润，由湿润产生"水"。风、火、水三种元素互相接触，微尘逐渐下降凝结为"土"。这一学说的核心之二是直接或间接地显示出宇宙起源的物质因素。最初的一枚或多枚卵都是潜在的固有状态，"卵生说"否定了神的意志和作用，将世界的形成归结为纯粹的自然物质的变化，具有进步意义。总而言之，"混沌初开，大鹏生卵，卵生宇宙天地，再生人类万物。这就是古代藏人对天地人类、世间万物起源的认识，既带有高原游牧文化的特点，又具有一种朴素唯物主义的因素，较之'大梵天'或者'上帝'创造世界的说法，具有很大的差别。"①

第二，史诗中的宇宙观是早期藏族宗教哲学观念的折射。

首先，藏族史诗说唱艺人，通过上千年对史诗《格萨尔》的传承和改造，注入了早期宗教的内容，史诗固有的框架结构受到了颠覆，随着传统苯教文化和外来宗教佛教的广泛传播，史诗《格萨尔》的内部结构发生了质的变化，故事情节发生了膨胀，以至成为世界上最长的英雄史诗。佛教特别是藏传佛教的内容也不断融入，那些所谓的藏族知识分子僧侣们，也加入到了搜集、整理和改造史诗的行列。正如张晓明在其文章中谈到的藏传佛教对史诗的影响，认为僧侣在搜集、整理《格萨尔》的过程中，注入了藏传佛教的观念，用佛教理想去解释史诗人物和行为，去认定战争的高尚目的，从而赋予了藏传佛教的价值观念，即把宗教的"社会道德、社会理想和人生观、世界观这支理性文化"与《格萨尔》合流。② 在史诗的叙事结构中体现得淋漓尽致，从《天界》到《英雄诞生》，从《赛马称王》到《降服妖魔》，从《地狱救母》到《回归天界》，以宏伟的叙事模式，构建了史诗的框架结构，既贯穿了藏传佛教的轮回观念，又反映了古代藏族朴素的宇宙观念。其次，《格萨尔》中自始至终都蕴含了天文学的概念，这些概念不论与藏族传统文化中的苯教文化还是藏传佛教文化都一脉相承。如苯教经典中所讲的将宇宙分为"三界"，就连藏区许许多多的山，都是苯教宇宙观念中的宇宙山。再如佛教宇宙观所讲的"三千大千世界"中，以须弥

---

① 何天慧：《〈格萨尔〉中的原始文化特征》，《格萨尔学集》（第5卷），甘肃民族出版社1998年版，第3762页。

② 张晓明：《〈格萨尔〉的宗教渗透和其形象思想上的深刻矛盾》，《西藏研究》1989年第3期。

山为中心可分为欲界、色界和无色界。人类居住在欲、色界中，而欲界可分为欲界六天和四大部洲八小洲。其中四大部洲八小洲是人类的具体住地。四大部洲的南瞻部洲是人类真正的家园。藏族的宇宙结构学说接受了佛教的思想，即认为地轮的中心是须弥山。藏区的圣山被认为是"神山""天柱""地钉"或"地脐"。随处可见的玛尼石堆，其渊源与佛教宇宙观中的"宇宙山"和"须弥山"有关。大量的宗教哲学词汇，也即天文词汇如"三千大千世界""三千小千世界""须弥山""无热湖"和"生死轮回"运用在史诗的创作中，使之更加散发出民间文学艺术的魅力。

苯教经典《十万经龙》载：世界源于龙母，它的头上部变成天空，右眼变成月亮，左眼变成太阳，四颗上门牙变成四颗星星。当龙母睁开眼睛时，出现白天，闭上眼睛时黑夜降临，它的声音形成雷，舌头形成闪电，呼出之气为云，眼泪为雨，鼻孔生风，血化成宇宙大洋，血管化成河流，肉体形成大地，骨骼变成山脉。这则故事十分类似于汉族的《盘古神话》，在《五运历年纪》中载："首生盘古，垂死化生，气成风云，身为雷霆；左眼为日，右眼为月，四肢五体为四极五岳，血液为江河，筋脉为地理，肌肉为田土，发髻为星辰，皮毛为草木，齿骨为金玉，精髓为珠石，汗流为雨泽；身之诸虫，因风所感，化为黎氓。"（徐整：《五运历年纪》）藏族的"龙母"和汉族的"盘古"都是原始社会氏族部落的首领，他们受到氏族部落后代的崇拜，并成为原始神话中的主角，进而又演变成后世民间文学创作的母题。"龙母"呈现出的女性化色彩，表明这则神话背景是人类早期母系氏族社会对母亲的崇拜。"龙母化生"万物的内容本身也与藏族上古龙对应的生殖和丰产观念相吻合。再则，"龙母"和"盘古"神话中有关涉世界的本源，具有人类的创造意义。就世界的中心这一问题，据有关专家研究表明，桑额世界中有一根"中心轴"联系在一起。中心轴或中心柱由于位于世界的中心，故又被称为"世界柱""宇宙柱""天柱""地钉""地脐"等。传说中的神灵、英雄以及萨满巫师都是通过这个"中心柱"或上天，或下凡，或入地。在爱斯基摩人，中亚的贝尔雅特人（Buryat）和索约人（Syot），我国东北的满族以及北美的印第安人，甚至非洲哈姆族的加拉人（Hamitic Galla）和海地亚人（Hadia）等许多游牧部落和渔猎民族中，"天柱"常常以帐篷前或村子中央树立着的杆子来象征。
欧亚草原上的游牧部落甚至将它们所居住的帐篷也按照这种宇宙模式加
以设想：帐篷顶部为天幕，支撑帐篷的中心柱被称为"天柱"，而帐篷
顶部走烟的开口，被认为是"通天的中心孔"，奥斯蒂亚人、蒙古人、
藏族人等莫不如是。① 这说明藏汉先民在思考宇宙起源问题时，已经开
始涉及人类自我的主体力量。

　　第三，史诗中的宇宙观是古代藏族朴素自然观的体现。

　　人们将佛教的宇宙观念广泛运用在口承史诗当中，使得史诗比喻丰
富，寓意生动。佛教经典中说，宇宙无边无际，众生世界只是其中的一
部分，该世界又有四大洲及日月星辰等。在人们的心目中，岭部落是至
高无上的，格萨尔也是最神圣的天神，所以格萨尔大王居住的龙宫，就
同样有取之不尽、用之不竭的宝藏。而佛教宇宙学说中的四大洲即"东
胜身洲""南瞻部洲""西牛货洲""北俱卢洲"的瑞相，在岭国的山山
水水，甚至物体、人体上也同样具备。由此可见，藏民族这些朴素的唯
物主义的意识，是在淳朴的自然观的基础上衍生出来的，藏族先民的自
然观从原始文化最初，便贯穿其思想意识之中。《格萨尔》虽然是一部
民间文学作品，但在藏民族的文化史上产生过重大影响，在人们的意识
形态中是不可或缺的精神食粮。其中不仅涉猎了人们对宇宙起源的追索
和认识，而且也贯穿了对大自然的探讨和感悟。实际上，这一手法在
《格萨尔》中的表达，所追求的效果就是其中的正面人物汇聚宇宙能量，
攻无不克，战无不胜。如尊贵的权势用"须眉山"来表示，广大的财富
用"无边的海洋"来比喻，吉祥可以用"哈达"来象征，统治力量可以
用"宝帐"来象征……诸如此类，将宇宙观念贯穿在整部史诗当中。正
如《〈格萨尔〉中的三元象征观念解析》所提出的"三元象征"："首
先，这种象征手法所具备的象征主题是很固定的，即它是通过种种不同
的事物来象征人类社会通常所具有的三大社会功能（或者说人类社会不
可缺少的三种需要）：①权势（统治力量）；②勇武（守卫力量）；③财
富（繁衍生育力量）。其次，这种三元象征多用在对正面人物的形容、

---

　　① 汤惠生：《神话中之昆仑山考述——昆仑山神话与萨满教宇宙观》，《中国社会科学》
1996 年第 5 期，第 173—174 页。

赞美方面，尤其是格萨尔本人，这种象征手法在叙事中是必不可少的。第三，史诗中许多篇章甚至将所象征的三大主题即权势、勇武、财富作为一种宇宙间所有力量的汇集，并把这三方面当作一种有内在关系的'主流模式'来看待，使之在具体的叙事中产生不同的演变，以此来达到某一类'巫术式'的隐喻作用。"① 给人们造成的印象："史诗的所有的人物也是按照这种模式来分类的——格萨尔与珠牡这对男女主人公是宇宙权势的代表；格萨尔的亲密战友与众武士是宇宙正义的守护力量的代表；晁同叔父及众多被格萨尔征服的对手（包括他的嫔妃）则是宇宙财富，即一种必要的生存基础的代表或化身。"② "其三元象征观念是藏族古老的宇宙观在史诗中以文学手法的体现。"③ 无独有偶，蒙古族认为，"天"源于蒙古博教。博教认为，"天"是宇宙的统治者，也是正义的支持者和生命的源泉，"天"作为阳性之源，赋予生命；地作为阴性之源，赋予形体，所以也就有了天父地母之说。"天"使人类获得灵魂，也使人间降生为人，以保佑人类，镇压邪恶。④ 可见，各民族朴素的唯物主义的意识，是在淳朴的自然观的基础上衍生出来的。藏族先民的自然观从原始文化之始，便贯穿其思想意识之中了。

　　总之，英雄史诗《格萨尔》代表了古代藏族民间文化的最高成就，反映了藏族人民在发展繁衍过程中，不同社会的人们的主流思想和意识形态。《格萨尔》与藏民族的生产、生活息息相关，自然贯穿和融入了哲学思想中的宇宙观念和自然观念。形象的比喻，生动的寓意，将宇宙万物，形容得淋漓尽致，将整个藏民族的宇宙观念贯穿在史诗当中，反映了藏民族在历史繁衍过程中试图了解自然、与自然和谐相处的美好愿望。

[原刊《中国民族学》（第十四辑），甘肃民族出版社 2014 年版]

---

① 孙琳、保罗：《〈格萨尔〉中的三元象征观念解析》，《格萨尔学集成》（第5卷），甘肃民族出版社 1998 年版，第 3507—3508 页。

② 同上。

③ 扎西东珠、王兴先：《〈格萨尔〉学史稿》，甘肃民族出版社 2002 年版，第 380 页。

④ 格日勒扎布：《论蒙古〈格斯尔〉的"天"——腾格里》，《格萨尔学集成》（第5卷），甘肃民族出版社 1998 年版，第 3655—3656 页。

试论灵魂寄存观念在藏族史诗创作中的作用

　　建立在自然崇拜基础上的"万物有灵"观念，是早期人类认识史上一个普遍存在的观念。藏民族也毫不例外，遵循着人类认识发展的规律，在蒙昧时期，便产生了万物有灵的观念。他们不仅认为万物有灵，而且还认为人的灵魂可以离体外寄，隐藏到别的物体上去。作为民间文学作品的《格萨尔》，具有浓郁的宗教色彩，既带有极为浪漫的神话主义色彩，又具有历史与现实交感的写真情感。整个作品的空间既是一个充满神灵与鬼怪的世界，又是一个灵魂外寄的迷宫，从而将灵魂观念理解得更加世俗，表现得更加完美，运用得更加广泛。本文拟就灵魂寄存观念在《格萨尔》创作中的作用等问题作一探讨，旨在从不同的角度或层面来展现史诗《格萨尔》的思想体系。

一　灵魂观念的内涵

　　灵魂观念是原始社会早期崇拜的一种形态，就藏族而言，并没有随着社会发展而完全消失，直到近代藏族社会，藏区还保留着较多的原始宗教的"沉积物"，特别是民间文学作品中，这种"活的化石"更是俯拾即是。

　　藏语将"灵魂"称为"拉绍合"（bla-srog），其中包含着三个概念："拉"（bla）即魂、"绍合"（srog）即命、"南木西"（mam-shes）即识三者。① 这分别是灵魂在不同条件下的三种称谓。

---

① 张怡荪主编：《藏汉大词典》（下册），民族出版社 1993 年版，第 1915 页。

　　《藏汉大词典》解释说"绍合"为命或生命。《俱舍论》和《戒律论》等佛教经典将命诠释为体中暖、识所依的主要根器，而其他经典则解释说，自体存活之力以及呼吸气息为命。命亦名寿或生气。① "南木西"指识了别对境本体，分别思维各自所缘之心，总指眼识乃至意识等六识身。②

　　关于"拉""绍合""南木西"三者的论述，还见诸不同的经论、典籍之中，如《俱舍论》道："识（mam-shes）所依是寿命（tshe-srog）。"《噶尔泽》（dkar-rtsis）中说："拉（魂）是绍（命）所依。""寿、命、魂三者"之关系在《藏汉大词典》中作如是解："佛书中以灯火比喻人生寿、命、魂三者互相依存之状，为寿如油灯，命如灯芯，魂如灯焰。"③ 贡唐丹贝仲美大师的《俱舍摄义》言："命寿（srog-tshe）为一。"④ 已故藏族学者毛尔盖·桑木丹认为："无论如何，命与寿的区别有多种说法：一种说法，二者没有区别；一种说法，前世之业果是寿，今世之业果是命。"⑤

　　在人们看来，附着在活人身上的灵魂为"拉"，"拉"可以被理解为人的生命之本，也可以被理解为一种个体的精神体现。一旦"拉"消失远去，即其载体生命的终结；"拉"可以离开人体而远游，可以寄存在某种物体上。人们的"拉"之所以"不灭"，并不是单纯地指在一个人死了之后，其"拉"才离开肉体，而是说即使是一个人活着的时候，他的"拉"也可以离开其肉体而存在。离开的"拉"，不是去为神，也不是去为鬼魅，而是寄存于或动物或植物或物体之上。如寄存"拉"的树称为"拉兴"（bla-shing），即"灵魂寄存树"，寄存"拉"的石称为"拉道"（bla-rdo），即"灵魂寄存石"。在史诗《格萨尔》中还出现有"拉日"（bla-ri），即"寄魂山"，"拉错"（bla-mtsho）即"寄魂湖"，"拉仲"（bla-vbrong）即"寄魂牛"，等等。

---

　　① 张怡荪主编：《藏汉大词典》（下册），民族出版社1993年版，第2987页。
　　② 张怡荪主编：《藏汉大词典》（上册），民族出版社1993年版，第1572页。
　　③ 张怡荪主编：《藏汉大词典》（下册），民族出版社1993年版，第2283页。
　　④ 恰日·嘎藏陀美整理：《贡唐丹贝仲美大师文集选编》，甘肃民族出版社2001年版，第263页。
　　⑤ 毛尔盖·桑木丹：《俱舍摄义释文》，民族出版社1996年版，第73页。

灵魂观念从很早开始就已经成为人们意识中的特定的组成部分了，因而在英雄史诗《格萨尔》中，多有非常生动而形象的表达，如《征服大食》中珠牡在唱词中唱道：

> 上玛地荡漾着一湖泊，宽阔的水面上翻金波，金色天鹅嬉水起又落，这是长系的寄魂湖泊。中玛地荡漾着一湖泊，宽阔的水面上翻翡翠波，松石色水牛横卧其中，这是中系的寄魂湖泊。下玛地荡漾着一湖泊，宽阔的水面上翻银波，雪白的海螺逍遥其中，这是幼系的寄魂湖泊。①

其中形象地描述了岭部落"长系""中系""幼系"三系的三个寄魂湖。

二 《格萨尔》中的灵魂寄存体系

人们将灵魂寄存的物体称为"拉内"（bla-gnas），即"灵魂寄存处"。在《格萨尔》中，寄魂物体可以是动物、植物，还可以是山川、湖泊以及飞鸟、走兽、爬虫、游鱼、树木等。我们将《格萨尔》中所涉及的灵魂寄存内容总结出来，可归纳为两大体系：即岭部落的灵魂寄存系统和其他部落的灵魂寄存系统。

1. 岭部落的灵魂寄存系统

在《格萨尔》中，岭国强大，英雄众多，上有天神之子格萨尔王，下有诸多的英雄豪杰，部落和个人都将各自的灵魂寄存在灵魂寄存物上。岭部落拥有共同的灵魂寄存物，各小部落也拥有各自的灵魂寄存物，如嘉洛、鄂洛和卓洛三大部落分别将自己的灵魂寄存在"扎陵湖""鄂陵湖"和"卓陵湖"三湖中。而董氏②长、中、幼三支亦有各自不

① 青海省民间文学研究会搜集翻译：《征服大食》，青海民族出版社1979年版，第317页。

② 董氏，在不同的翻译本中，还有译为冬氏、栋氏者，由于引文中应尊重原译，故本文中不作统一处理。

同的灵魂寄存物，长支寄魂于大鹏，中支和幼支分别寄存在青龙和雄狮上。

岭国的寄魂鸟（gling-lha-sde-bla-bya）有三种，正如《降魔篇》中记述："白仙鹤是岭国鸟，黑乌鸦是岭国鸟，花喜鹊是岭国鸟，这是白岭三种寄魂鸟。"[①]

格萨尔的寄魂山是"玛沁奔热"，即阿尼玛沁雪山，寄魂湖是扎陵、鄂陵、卓陵三湖。这座圣山和三个圣湖，同时又是岭部落的寄魂处。

岭部落总管王、格萨尔王的叔叔绒擦查根亦有自己的寄魂物，他的寄魂物是一顶被称作"朗拉古通卓奥丹"的大帐，即"解脱光明大神帐"（gling-lha-gur-mthong-grol-vod-ldan）。

2. 其他部落的灵魂寄存系统

除了英雄诞生的岭部落的灵魂寄存系统外，《格萨尔》以及其他文献资料中还描述了岭部落的敌对势力、代表邪恶势力的灵魂寄存系统。

岭国的敌对势力一般指天魔、赞魔、木魔和龙魔等四种魔王。格萨尔所降服的四方妖魔一般指魔国的鲁赞王、霍尔国的黄帐王、黑帐王、白帐王、姜国的萨丹王等，他们就是这四种魔王的化身。这些敌对势力的寄魂物更是多得数不胜数。其中，龙魔鲁赞王的寄魂物有多种，如他的寄魂牛是红野牛（vbrong-zangs-rwa-dmar-po），寄魂湖在黑魔谷（bdud-lung-nag-pu），寄魂山是九间铁围宫（lcags-ra-rtse-dgu），寄魂鸟是共命鸟王（bya-shing-ba-shang-shang-rgyal-po），寄魂树在森林。鲁赞王姐姐卓玛的命魂寄在一只装在珊瑚瓶子里的玉蜂身上。鲁赞王妹妹阿达拉茂有一个寄魂的蛙头玉蛇。鲁赞王弟弟才雏则有一只寄魂的箭。

霍尔国的白帐王、黄帐王和黑帐王，分别将自己的灵魂寄存在白、黄、黑三头野牛身上。霍尔四十九代大王的寄魂山是德载萨瓦泽（sd-ag-rtse-gsal-bavi-rtse，明亮虎峰）。霍尔国三王的寄魂树分别是白螺的生命树、黄色黄金生命树和黑色铁的生命树：

---

①　王兴先主编：《降魔篇》，《格萨尔文库》（藏文版）（第1卷），甘肃民族出版社2000年版，第921页。

在那金制宝座的里面，有一棵白螺的生命树，它是白帐王的生命柱；有一棵黄色黄金生命树，它是黄帐王的生命柱；有一棵黑色铁的生命树，它是黑帐王的生命柱；是我三大王的生命树。①

霍尔王的寄魂鱼是"寄魂鱼三兄弟"。白帐王的寄魂鸟叫赛沃灾鸟（bya-than-bse-bo），寄魂宝刀（bla-gri）名叫"挥斩千军的拖把镇国宝刀"（gri-stong-sde-sha-gzan），寄魂鸡叫作"沙鸡（bla-bya-sreg-pa-spun-dgu）九兄弟"。这些寄魂宝物都具有特殊的神力，如寄魂宝刀的"刀背能砍断牛腿，刀尖能剐骨剔髓，刀刃可挑断虎颈，刀把能舂掏谷米，刀光能映照人像，刀锋能斩杀飞蜂，刀面如流水细滑"。②

黑帐王的寄魂山是"索日安沁山"（sol-ri-rngam-chen），山林中的大树是霍尔黑帐王的寄魂树。格萨尔征服霍尔白帐王后，将霍尔国的"九件宝贝"带到了岭国，其中就有霍尔王寄魂的寄魂物：

> 霍尔上等九件宝，一是一口寄魂锅，二是一副霹雳甲，三是一块寄魂铁，四是一颗白璁玉，五是一块银巴扎，六是摄取花精衣，七是三对金蟾蜍，八是万物同辉金屋顶，这些也已归岭国。③

其中寄魂锅的形状和功用是"四面四个铜耳环，它会带来牛福运，里面能具奶精华，外面绘有吉祥图"。④

此外，还有在霍尔国，黑泰让将其灵魂寄存于黄牛以及天魔神、地魔神和空魔神的灵魂寄存在黑熊的脑中的说法。

归结起来，岭部落和其他部落的两大灵魂寄存系统中，寄魂物不外乎有以下四类：

第一，自然物：山、湖、岩石、玉。

第二，动物：野牛、飞禽（如鸟、乌鸦、喜鹊、猫头鹰等）、走兽

---

① 王兴先主编：《降霍篇》，《格萨尔文库》（藏文版）（第1卷），甘肃民族出版社2000年版，第1373页。
② 同上书，第1396页。
③ 同上书，第1457页。
④ 同上书，第1457页。

（如大黑熊、黄熊、红虎、豹子、苍狼等）、水生物（如鱼、蟾蜍等）、爬虫（如蛇）。

第三，植物：树木（如独脚恶鬼树等）。

第四，物体：帐篷、锅、宝剑、铁、箭。

灵魂寄存物丰富多样，大凡具有自然属性的实物，只要能与自身的某些特征相联系，或引申出某些象征意义，都可以用来充作灵魂寄存物。从岭部落众多的灵魂寄存物中可以看出，岭部落及格萨尔的寄魂物的选定与他们生存的地域环境和早期图腾崇拜密切相关。阿尼玛沁是当地最高大险峻的山脉，人们认为它与天最为接近，因而引起对它的宗教幻想，视其为地域保护神。同样，三湖是岭域境内最圣洁的湖泊，是生命的源泉，这些山湖本身所具有的强烈象征意义，使其被选定为部落或英雄王者的寄魂物，自然也在情理之中。而大鹏、青龙和雄狮这些寄魂物，则明显地带有原始图腾崇拜的痕迹，应该是董氏长、中、幼三部落从其原始社会时期遗存下来，并演变成为灵魂寄存的神圣物。除此而外，作为世俗物品的帐房，也成了寄魂物，大概是因为绒擦查根总管岭部落事物，他的大帐渐渐成为统治势力的象征，也即他本人的象征，从而被选定为他的灵魂寄存物。

三　灵魂寄存观构成《格萨尔》故事情节的创作主线

在史诗《格萨尔》中，格萨尔消灭恶魔、伸张正义的全部过程，基本上都是在捣毁对方灵魂寄存处这种基本思想指导下来完成，如降服鲁赞王、霍尔三王、祝古国王的故事便是如此。

在降服鲁赞王的故事①中，格萨尔在搭救爱妃梅萨的过程中，弄清了降伏魔王的秘诀，即首先要捣毁他的寄魂物"拉内"。可是除了鲁赞王本人外谁也不知道他的"拉内"是什么。魔王经不住梅萨的哄骗，讲出了自己的灵魂寄居处。原来，鲁赞王的寄魂湖在黑魔谷（bdud-lung-nag-pu），寄魂山是九间铁围宫（lcags-ra-rtse-dgu），寄魂鸟是共命

---

① 王兴先主编：《降魔篇》，《格萨尔文库》（藏文版）（第1卷），甘肃民族出版社2000年版，第866—867页。

鸟王（bya-shing-ba-shang-shang-rgyal-po），寄魂树在森林。格萨尔乘魔王外出巡视之际，打翻了魔王仓库里的一碗獭子血，弄干了寄魂湖；用魔王仓库里的金斧子砍断了寄魂树；用玉羽金箭射死了寄魂牛。魔王顿消妖气，身上的毒蝎毒蛇也消失得无影无踪。"与此同时，天神、赞神和龙神又把愚痴和沉迷降到他的身上，魔王从此便不分昼夜，处在半死半活的昏迷状态中。"最后，"格萨尔挥起红刃断尘宝剑，拦腰把老魔砍作两段"，终于制服了魔国的鲁赞王。

在降服霍尔三王的故事中，霍尔国的黑帐王、白帐王和黄帐王三兄弟，武艺高强，凶狠残暴，他们拥有雄兵百万，趁格萨尔到北方降魔之际入侵岭国，抢走了格萨尔的另一位妃子珠牡。格萨尔知道后，只身前往霍尔国。但是格萨尔根本无法取胜，只好向霍尔国的卦师请教。卦师告诉他：霍尔王的寄魂物是几头雄壮的野牛，黄野牛是黄帐王的寄魂物，白野牛是白帐王的寄魂物，黑野牛是黑帐王的寄魂物。要想降伏霍尔三王，先要把黄、白、黑三头野牛的头砍掉，而且千万不能回头。格萨尔来到雪山背后，果真看见有几头野牛，样子凶猛，很难接近，于是格萨尔变成一只大鹏金翅鸟，闪电般落在黄野牛身上，砍掉它的一只角，接着又砍掉白野牛和黑野牛的一只角。此后，白帐王、黄帐王、黑帐王都得了重病，立即请来医生诊断并向天神敬奉供品，病虽好了一些，但却不能理政。于是格萨尔趁机潜入霍尔国王宫，向卦师求得彻底降伏他们的秘法。格萨尔再次来到雪山背后，使用法术，在三头寄魂牛的头上钉了铁钉，霍尔三王果然病情加重了。霍尔三王中，白帐王最为凶悍，因为他的灵魂不仅寄托在野牛身上，还寄托在阿钦山的一株千年古树上。格萨尔又设法砍倒了寄魂树，捣毁了寄魂山。随着寄魂树轰隆一声倒下，白帐王也立刻从宝座上摔了下来。站在一旁的宠儿阿吉也摔得脑浆迸裂。[①] 格萨尔杀死寄魂牛，砍倒寄魂树，捣毁寄魂山，最终降伏了霍尔三王，救回了珠牡。

在降服祝古国王的故事中，祝古国国王宇杰托桂扎巴武艺非凡，13 岁便继承了王位。后来岭国与祝古国之间发生了一次恶战，岭国格

---

① 王兴先主编：《降霍篇》，《格萨尔文库》（藏文版）（第 1 卷），甘肃民族出版社 2000 年版，第 1397 页。

萨尔大王命王子扎拉孜杰率领三个邦国的兵马向祝古国发动进攻，但激战数年，未能取胜。于是，天母贡曼嘉姆向王子扎拉预言："宇杰托桂扎巴的寄魂物有五个：一是黑熊谷中的大黑熊，二是天堡风崖上的罗刹鸟九头猫头鹰，三是罗刹命堡大峪谷的恐怖野人，四是巴玛毒海的九尾灾鱼，五是富庶林海中的独脚恶鬼树。祝古大臣的寄魂物有凶猛的黄熊与红虎、华丽的豹子、强壮的苍狼，都藏在稀奇的黄金洞里。扎拉啊！要想降伏祝古君臣，先要消灭他们的寄魂物。"王子扎拉听了以后，还是没有消灭宇杰托桂扎巴的办法，因为除了精通巫术的晁同，无人知晓他的灵魂寄存在什么地方。晁同后来得意扬扬地说出了降伏寄魂物的办法："九头猫头鹰该由长系赛巴消灭；恐怖野人该由仲系文布消灭；九尾灾鱼该由幼系的穆姜氏消灭；独脚恶鬼树由达绒部落消灭；那宇杰托桂扎把的第一寄魂物黑熊该由岭国君臣十人前去消灭。"晁同带领岭国君臣来到石崖下，辛巴·梅乳泽劈死苍狼，森达砍死黄熊，玉拉抽刀杀死豹子，王子扎拉杀死猛虎，女英雄阿达娜姆将"闪电火焰铁箭"搭在"山岳宝弓"上，射死黑熊。众英雄一拥而上，把大熊剥开，从黑熊的脑子里取出三块鸡蛋大的弹丸，这正是天魔神、地魔神、空魔神的灵魂寄存所在。从黑熊心脏里取出精铁的九股金刚杵，是托桂王的灵魂寄存处。从肝脏里取出鹫鸟翅膀，是众魔臣的灵魂寄存处。与此同时，长系赛巴消灭了九头猫头鹰寄魂鸟，达绒部落消灭了寄魂独树，幼系的穆姜氏消灭了九尾灾鱼，仲系文布消灭了恐怖野人。祝古大臣等人的寄魂物毁灭后，岭军顺利地攻占了祝古兵器城，最终杀死了作恶多端的祝古王。[①] 这样的故事，在《格萨尔》中不胜枚举。

从《格萨尔》主要篇章故事情节的展开中我们不难发现，灵魂寄存在格萨尔与诸魔王的较量过程中，成为主导故事情节的主线。而灵魂寄存的目的和作用，是保护并延续寄存者的生命。灵魂寄存物一旦被破坏，生命就将难以保全。正是在这一点上，灵魂寄存观承担起了串联若干跌宕起伏的情节和成就格萨尔英雄形象的基础。可见，灵魂寄存观是支撑《格萨尔》活灵活现"躯体"的脊骨。

---

① 　东孔整理：《祝古兵器宗》（藏文版），甘肃民族出版社 1987 年。

四　结语

综上所述，通过对史诗《格萨尔》中灵魂观念的归纳和分析，我们可以看出：

第一，灵魂寄存观念由来已久。藏族先民将自己的灵魂寄存在动物之上，是由来已久的。据藏文文献记载，古代"董、珠、扎、廓、噶""五大氏族"就有灵魂寄存的说法。各大氏族都将灵魂寄存在动物身上。"董氏属土，灵魂托于鹿；珠氏属水，灵魂托于牦牛；扎氏属金，灵魂托于野驴；廓氏属火，灵魂托于山羊；噶氏属木，灵魂托于绵羊。这就是著名的五大氏族。"① 这种将灵魂寄存在动物身上的灵魂寄存方式，在《格萨尔》中更是表现得淋漓尽致。例如，董氏长、中、幼三支分别将灵魂寄于大鹏、青龙和雄狮身上；岭国的寄魂鸟是白仙鹤、黑乌鸦、花喜鹊。霍尔国的白帐王、黄帐王和黑帐王将自己的灵魂分别寄存在白、黄、黑三头野牛身上等。凡此种种，都体现了藏族原始文化的重要特征。在弗雷泽的人类学名著《金枝》中，槲寄生象征着祭祀权利与生命，灵魂则寄存在了槲寄生身上。灵魂寄存是一种普遍的原始宗教思维表现，可以说它展示了远古的一种文化信息。

第二，灵魂寄存观念是塑造众多人物形象的母题。通过大量的例子我们看到，灵魂外寄的主要目的和作用是保护并延续自己的生命，使之不受外来力量的侵害。在人们的思想观念中，寄魂物体应该是生命的坚强堡垒，有了它就能确保生命安全，甚至在人体的肉体死亡之后，他的生命实质还能保存下来。如果寄存物遭到破坏，也就等于其神魂受到了损伤，其生命岌岌可危。只要灵魂能得到更好的保存，关键时刻就能够发挥重大作用。因为灵魂所具有的无边法力，可以任由你去想象，尤其当身处无助和无奈的境况之下，奇迹般的最后一线希望往往就是灵魂力量登台亮相的导火索。在这样一种意识驱使下，灵魂的存在在民间文学作品中就成为与作品主要角色相生相伴的重要内容。如在战争中，消灭对方的手段往往是极为玄妙的，在许多情况

---

① ［意］南卡洛布：《藏族远古史》（藏文版），四川民族出版社1990年，第128页。

下，并不是直接与敌人交锋，而总是先要想方设法找到敌人的寄魂物体，设法将它摧毁，然后就能轻易地消灭其肉体。否则，一切努力都将徒劳无益。

需要特别强调的是，在《格萨尔》中，基于动物崇拜的观念，无论是岭国人物系统的灵魂，还是其他部落人物的灵魂，都已经超越了将灵魂寄存在单一的动物身上的这种格局，高大的雪山，无边的湖泊，都可作为灵魂的寄存物。在反映自然崇拜和万物有灵的远古时代文化信息的史诗《格萨尔》中，更是选择巍峨宏伟的阿尼玛沁作为生活在黄河源头的岭部落和英雄格萨尔的寄魂山，浩瀚洁净的三湖作为他们的寄魂湖。正是在这种灵魂寄存的观念意识支配下，《格萨尔》中出现了极其庞杂的原始神灵体系，寄魂体系五彩缤纷，灵魂寄存形式极为复杂。

第三，灵魂寄存观念是构成曲折动人故事情节的基本元素，是成就格萨尔英雄形象的基础。通过对《格萨尔》中人物灵魂寄存现象的分析，可以认为，在史诗的观念中，作品中人并不是一个独立的主体，他由三部分构成，即躯体、灵魂和灵魂寄存处。灵魂是躯体的精神支柱，而灵魂寄存处则是灵魂的生命存在，它具有神秘性和不可知性。所以，灵魂寄存处是生命的核心，灵魂是生命的中介，而躯体仅仅是生命的载体，一旦灵魂寄存处不存在了，灵魂就像鱼没有了水，自然躯体也就失去了存在的价值。一个人（或动物）可以只有一个灵魂，也可以有很多个灵魂；他（它）们的灵魂可以寄存在自身，也可以寄存在别的地方。灵魂越多，生命力越强，就越不容易受到伤害。"无论是英雄或是恶魔都是这样。"[①] 正是基于这样的思想，在史诗中，既能见到天神之子格萨尔大王降服妖魔鬼怪的刀光剑影，又能领略到格萨尔捣毁恶魔灵魂寄存处的聪明机智。灵魂寄存观念在《格萨尔》中，不仅承担了塑造人物形象的母题的重要角色，而且是构成《格萨尔》创作的重要基石。

总之，《格萨尔》中的灵魂观念，有着特定的表现形式，通过灵魂观念来塑造各种人物形象；通过灵魂寄存来推动故事情节的起伏跌宕，

---

① 降边嘉措：《格萨尔论》，内蒙古大学出版社1999年版，第215页。

最终引入高潮。① 灵魂观念在《格萨尔》中，不仅具有深厚的文化内涵，而且构成其主要艺术角色的塑造机缘，因而灵魂寄存观念无疑是英雄史诗《格萨尔》创作的重要基石。

（原刊《中国藏学》2003 年第 1 期）

---

① 当然，除了灵魂寄存方式外，构成故事情节跌宕起伏的因素还有灵魂搭救、灵魂超度等，容他文论述，此不赘述。

《格萨尔》所体现的古代藏族山水
为喻的审美特征

自然山水能涤荡人的情怀、慰藉人的心灵，也能激励人的心志。众所周知，藏族是一个被大山环绕的民族，人们无时不受山水自然生命意蕴的感悟。由《格萨尔》说唱艺人所创作的英雄史诗《格萨尔》就以大量篇章赞美了雪域高原的俊美和壮丽，将美丽的家乡描绘成人间仙境和富饶的天堂，从而折射出古代藏族以山水为喻的审美观念。这种以山水为喻的审美情趣突出地表现在对圣山圣湖虔诚的信仰和崇拜中，不仅讲究深层的文化理念，而且注重虔诚的敬仰行为。山往往被视作联系天地的"宇宙中心"和天梯，人们或致礼或绕转，以求安乐；水（湖）常常被看作是生命之源和通向龙宫的大门，人们要定期进行祭祀。这些都是古代藏族以山水为喻之审美情趣的重要表现，并构成藏族审美活动中讲求自然万物的和谐与统一以及体悟自然的生命意味的倾向。久而久之，这种审美观念潜入藏族的深层意识之中，并转变积淀成为传统文化的有机组成部分，从而极大地影响了本民族艺术家的创作灵感。从审美的角度，对《格萨尔》所体现的古代藏族山水为喻的审美特征进行透视，无疑是对史诗的一种有益探索。

一　对山川河流最初形成的描述

当藏族先民的思维发展到能够主动思考一些问题时，就开始探索天、地、人等各方面的奥秘。面对着复杂的自然现象，人们将自然界神灵化、把神灵人格化，并将它们的居所由人体拓展开去，使花草树木、日月山水全都有神有灵，于是就产生了自然崇拜和灵魂崇拜观念。在人们的观念中将神话传说、圣山圣湖、超自然的神灵都紧密地联系在一起，从而形成了朴素的自然观和宇宙观。在藏族民间文学的《斯巴宰牛歌》里这样唱道：

> 问：斯巴宰杀小牛时，砍下牛头放哪里？
> 我不知道问歌手；斯巴宰杀小牛时，
> 割下牛尾放哪里？我不知道问歌手；
> 斯巴宰杀小牛时，剥下牛皮放哪里？
> 我不知道问歌手。
> 答：斯巴宰杀小牛时，砍下牛头放高处，
> 所以山峰高耸耸；割下牛尾栽山阴，
> 所以森林浓郁郁；斯巴宰杀小牛时，
> 剥下牛皮铺平处，所以大地平坦坦。[①]

这是藏族神话传说中关于山川产生的想象。在早期人们的意识中，似乎林林总总的山川河流均是由宇宙神灵创造的，这也是圣山圣湖在原始文化中的基本定位，并成为后来产生《格萨尔》的肥沃的精神土壤。

苯教文化是藏族文明之一。苯教经典《十万经龙》载：世界源于龙母，它的头部变成天空，右眼变成月亮，左眼变成太阳，四颗上门牙变成四颗星星；当龙母睁开眼睛时出现白天，闭上眼睛时黑夜降临；它的声音形成雷，舌头形成闪电，呼出之气为云，眼泪为雨，鼻孔生风；血液化成宇宙大洋，血管化成河流，肉体形成大地，骨骼变成山脉。这则故事十分类似汉族的《盘古神话》，徐整的《五运历年纪》载："首生盘古，垂死化生，气成风云，身为雷霆；左眼为日，右眼为月，四肢五体为四极五岳，血液为江河，筋脉为地理，肌肉为田土，发髻为星辰，皮毛为草木，齿骨为金玉，精髓为珠石，汗流为雨泽；身之诸虫，因风所感，化为黎氓。"藏族的"龙母"和汉族的"盘古"都是原始社会氏族部落的首领，他们受到氏族部落后代的崇拜，并成为原始神话中的主角，进而又演变成后世民间文学创作的母题。"龙母"呈现出女性

---

① 佟锦华主编：《藏族文学史》，四川民族出版社 1985 年版，第 10—12 页。

化的色彩，表明这则神话背景是人类早期母系氏族社会对母亲的崇拜，"龙母化生"万物的内容本身也与藏族上古龙对应的生殖和丰产观念相吻合。再则，"龙母"和"盘古"神话中有关涉及世界的本源，此乃具有人类的创造意义，说明藏汉先民在审视自然、思考宇宙起源问题时就已肯定了人类自我的主体力量，并开始构建各自的审美观念。

二　对岭国山水的描述

藏族先民认为，自然界各种生命是彼此折射辉映、相生相长、共生共荣的；蓝天白云、青山绿水、鸟语花香的自然环境，才是人间的真正的乐园。《霍岭大战》中描写道：

> 在人世间南瞻部洲中心东部，雪域所属朵康地方的富庶区域，人们都称作岭噶布。岭噶布又分上岭、中岭、下岭三部，上岭叫噶堆，是岭国的西部，地方宽阔，风景美丽，绿油油的草原，万花如绣，五彩斑斓。下岭叫岭麦，也就是岭国的东部，地方平坦，像无边的大湖，凝结着坚冰，在太阳照耀下，反射出灿烂夺目的银光。岭国的中部叫岭雄，这里的草原辽阔宽广，远远望去，一层薄雾笼罩着，好像一位仙女披着碧绿的头纱。岭噶布的前边，山形像箭杆一样笔挺，岭噶布的后面，群峰像弓腰一样的弯曲。各部落所搭的帐房和土房，好像群星落地，密密麻麻，岭噶布这地方，真是个辽阔广大，景色如画的好地方。①

这里形象地描绘了岭部落"噶堆""岭雄""岭麦"的三个地域，三个部落分布在这三个不同的地域里。处处是青山绿水的岭国，是人类最美好的精神家园，也是古代藏族人民心目中的神奇土地。情景交融，成为《格萨尔》说唱艺人在审美创作中所追求的最高艺术境界。他们在审美创作中非常注重心与物、意与象、情与景的相生相融，使心境、形神、情景达到水乳交融的境地，从而创作出形真神全的史诗杰作。

---

① 《霍岭大战》（汉译本）（上册），青海人民出版社1984年版，第1页。

《公祭篇》描述：

> 好像面粉堆起一高山，那是白雪皑皑玛嘉山。
> 好像一潭碧湖翻绿浪，那是福运黄河水流缓。
> 紫气升腾犹如聚宝盆，那是富饶家乡玛域川。①

　　在史诗中，岭国是"世界的中心"，"玛域"既是黄河的源头又是"岭国的中心"。岭国的扎陵、鄂陵、卓陵三湖的周围有13座山峰，傲然高耸于群山之上，它们是岭国人的13位保护神。其中那座像面粉堆起的白雪皑皑的高山是阿尼玛沁雪山，又叫"玛嘉山"，该山是岭国和格萨尔王的寄魂山，在人们的心目中是至高无上的圣山，又被尊称为"东方大神"，常以神力护持着格萨尔王的正义事业；那一潭翻绿浪的碧湖是福运黄河缓缓的水流；那紫气升腾的聚宝盆是富饶家乡玛域川。这同样是古代藏族人民对可爱家乡岭国的赞美。

　　《松岭大战之部》中晁同在描述岭国地形时唱道：

> 我们的玛康岭地方，你若问形成是那般，
> 她的形势最是特别，如像摩尼珠是喜旋。
> 格卓的红色彩虹山，如像殊胜的须弥山，
> 天神山、龙王山、念神山、母亲山、玛杰、食杰山，
> 这是黄河上游的七花山，是自然形成的七金山。
> 黄河下游的拉龙三大谷，地方如东方胜身洲。
> 上岭塞尔巴八大部，地形如南方瞻部洲。
> 赛绒红石岩八大部，地形如西方牛货洲。
> 丹地部落十八万户，地形如北方俱卢洲。
> 玛岭木江的四大部，中岭翁本布广大部，
> 下岭日叉、上叉部，还有叉吾、叉肖部。
> 下岭四叉达尔部，达尔上下的尕、珠部，

---

　　①　王兴先主编：《公祭篇》，《格萨尔文库》（藏文版）（第1卷），甘肃民族出版社2000年版，第753页。

　　达吾米错玛尔布部，如像八小洲在八处。

　　毒水自旋的奶子湖，形成犹如那大海势。①

　　玛康岭地方，其地形尤如喜旋"摩尼珠"；那丽如彩虹的"格卓"山，如像殊胜的须弥山，加上"天神""龙王""念神""母亲""玛杰""食杰"山，是坐落在黄河上游的"七花山"或"七金山"。黄河源头的"拉龙""塞尔巴""赛绒""丹地"四大部落的地形如同理想王国的"东方胜身洲""南方瞻部洲""西方牛货洲""北方俱卢洲"。在《格萨尔》说唱艺人眼中，岭国的地形甚至建筑、物品都是根据宇宙的天体建构的，而这一切都是融入在神圣的山水怀抱之中的，因此，在人们的心目中岭部落是至高无上的。在佛教经典中说，宇宙无边无际，众生现居世界是其中一部分，该世界有四大洲及日月星辰等。此四洲坐落在须弥山四周咸海中之东南西北四方。整个宇宙就坐落在环山圣水之中，既贴近于现实，又富于神圣感。因此，说唱艺人们将佛教的宇宙观的构想就自然舒畅地融入史诗当中。《诞生篇》描述：

　　如若不知道这个地方，吉苏雅的岔口在这里。

　　两河并流哗哗永不停，两山对峙好像双箭羽，

　　两岸草坪坦荡如铺毡，地处青蛙似的山岩前，

　　顶宝龙王宝库在外面，是上师莲花生授记地。②

　　"吉苏雅"是金沙江和澜沧江的交汇之地，是一个美丽而又神奇的地方。传说，在莲花生大师的授记下，英雄人物格萨尔就诞生在这块形似"青蛙"的岩石旁。时至今日，生活在四川德格的阿须草原的人们都认为格萨尔就诞生在他们的"吉苏雅"地方，格萨尔出生地的"青蛙"石、射箭石、拴马桩等遗迹仍然接受着人们的瞻仰和朝礼。英雄诞生在山奇水秀之地。

---

　　① 王沂暖、王兴先译：《松岭大战之部》，敦煌文艺出版社1991年版，第36页。

　　② 王兴先主编：《诞生篇》，《格萨尔文库》（藏文版）（第1卷），甘肃民族出版社2000年版，第452页。

《征服大食》中，格萨尔大王的爱妃珠牡在唱词中唱道：

> 上玛地荡漾着一湖泊，宽阔的水面上翻金波，
> 金色天鹅嬉水起又落，这是长系的寄魂湖泊。
> 中玛地荡漾着一湖泊，宽阔的水面上翻翡翠波，
> 松石色水牛横卧其中，这是中系的寄魂湖泊。
> 下玛地荡漾着一湖泊，宽阔的水面上翻银波，
> 雪白的海螺逍遥其中，这是幼系的寄魂湖泊。①

　　这里形象地描述了岭部落"长系""中系""幼系"三系的三个寄魂湖。这三个寄魂湖分布在"上玛""中玛""下玛"三个不同的地域，三个不同的支系部落分别居住在不同的地域和湖畔。美丽的湖泊，荡漾着"金波""翡翠波"和"银波"，湖中栖息着"金色天鹅"等各种飞禽，一片静谧、祥和景象，如人间仙境，是岭国人们生活的最美好的家园。可见，对湖（水）的崇拜，在藏族先民中由来已久，并常常展现在史诗的文学语言之中。

　　此外，史诗中以山水等自然特征作为情景描写的例子也不胜枚举，如《取宝篇》写道："在东方天空黎明的曙光刚刚升起，下玛域大大小小、长长短短的道路上，便突然出现一群又一群的骡子，看上去就像南天卷起一团团乌云，湖面降下一阵阵暴雨，一浪推着一浪，滚滚行进；那赶骡子的脚户们，也像水面上的波浪，一层接着一层向前走着。在骡群的后面，是一群一群的牧马，一群一群的牦牛，一片一片的绵羊，一片一片的山羊，叫人分不清是假马群还是真马群，认不明是家牛群还是野牛群；看不清是牧草还是绵羊，辨不出是山羊还是羚羊。声势浩大，就像江河决口，洪水奔流，直向玛戴雅花虎滩而来。让人感到山峰也在摇动，草木好像也在行走。"②

　　接着又写道：玛戴雅花虎滩，又分为八个滩头，"内四滩就像耳环

---

① 青海省民间文学研究会搜集翻译：《征服大食》，青海民族出版社1979年版，第317页。

② 王兴先主编：《取宝篇》，《格萨尔文库》（藏文版）（第1卷），甘肃民族出版社2000年版，第656页。

一样圆，外四滩就像展开的虎皮一样平。它的上部是兄弟勇士们聚会的地方，中部是小伙子们练武射箭的靶场，下部是姑娘、小媳妇们唱歌跳舞的场所。那上滩是广阔的草原，草原上牧草丰茂；中滩是一片片的沼泽，沼泽上百花争艳；这下滩更是风光秀丽，树木丛丛，林园处处，果实累累。滩上共有一百零八眼清泉，一股股碧绿的泉水，从泉眼咕咕上冒，团团打转；条条溪水淙淙流淌，好像流的不是泉水，而是胶奶。林间杜鹃啼叫，蜜蜂歌唱；湖边大雁挺颈长鸣，天鹅在水上盘旋，小鸭在浅滩嬉玩"。①

"团团乌云""阵阵暴雨""一浪推着一浪""滚滚行进""水面上的波浪""声势浩大""江河决口""洪水奔流""一片片的沼泽""一股股碧绿的泉水""咕咕上冒""团团打转""条条溪水淙淙流淌"和"胶奶"等，都是以水的特征来做比喻的。岭部落水草丰茂，鸟语花香，不仅是人们理想的天然牧场，而且也是野生动物的乐园。遍地的牛羊马群，竟然都分不清是真是假，就像奔流的洪水，使人们感到山峰在摇，草木也在走。广阔的草原上，小伙子们射箭练武，姑娘们载歌载舞。这就形象地描写了岭国的美好自然景观和人文景观。

三　对黄河等江河湖泊的描述

《降霍篇》中，霍尔白帐王为了夺取珠牡，派赛沃鸟前去岭国侦察。赛沃鸟历经千辛万苦，终于探明了岭国的情形，返回后述说给了白帐王：

> 我飞往岭国的花花岭，那是南瞻部洲中心地，
> 那是高原吐蕃发祥地，长江黄河发源在那里。
> 玛域上部连着天竺国，天竺本是法运形成地。
> 高山峡谷下面连汉地，汉地财富丰盛兴贸易。
> 南面边界连着阿底戎，那里五谷丰登人畜旺。

---

①　王兴先主编：《取宝篇》，《格萨尔文库》（藏文版）（第 1 卷），甘肃民族出版社 2000 年版，第 656 页。

这边与我阿钦滩毗连，兵强马壮威名传四方。

白岭实力能与汉印比，地势高险雄关隘口坚。

上有保护神山十三座，下有巍峨险峻九座山，

中有六山高耸入云端。河脑上部如同狮子胸，

下有六条河水流的欢。河阳白岩九重山矗立，

河阴森林茂密千嶂暗。下河三道神谷相交汇，

河腰是羊羔的喜乐园。玛嘎勒有上部神仙原，

玛嘎雅有花花老虎滩，还有幽暗黑谷绕宗城，

著名险地要冲就这些，其余天然屏障数不清。

黄河之水如铁流，滚滚波涛泻千里。

小浪好像苍狼跑，大浪犹如滚岩石。

两岸悬崖魔张嘴，势如死象欲倒地。

看似鳄鱼把腭弹，更像龙魔在叹息。

千里黄河湾对湾，湾湾都有讲经场；

千里黄河湾对湾，湾湾都有刑法场；

千里黄河湾对湾，湾湾都有跑马川；

千里黄河湾对湾，湾湾都有习射滩；

千里黄河湾对湾，湾湾英雄有豪言。①

　　在黄河源头人们的心目中，最长的江河是黄河，最高山峰是阿尼玛沁雪山。人们总有一个美好的梦想，那就是壮丽的阿尼玛沁雪山和美丽的黄河永存，美好的岭国家园永驻。史诗对自然景观的刻画，构成了一幅动态的自然山水写诗画意境。从中可以领略到高原人们以自然为友、自然为美的心理、意识、愿望、憧憬和生活方式。唱词提到的"花花岭国"是"南瞻部洲中心地"，也是"吐蕃发祥地"，"长江黄河发源在那里"。在岭国"有保护神山十三座"，还有"滚滚波涛泻千里"的黄河。在"湾对湾"的黄河源头，有岭国的"讲经场""刑法场""跑马川""习射滩"等，仿佛将岭国的神奇和黄河的壮丽都逼真地展现在

　　①　王兴先主编：《降霍篇》，《格萨尔文库》（藏文版）（第 1 卷），甘肃民族出版社 2000年版，第 950 页。

我们面前。从这里又看到，人们将岭国的"讲经场""刑法场""跑马川""习射滩"等人文景观自然而然地与自然山水合而为一，将人们的生活、文化活动衬托在美丽的自然山水环境中，这就为史诗增添了无穷的趣味和活力。《公祭篇》中，格萨尔在一段唱词中唱道：

> 我从天界降生人间时，曾说野鸭不弃小湖水，
> 碧湖清水不忘野鸭子，夏季来临互相有联系；
> 曾说大鹿不把石山离，青石山岭不把鹿忘记，
> 花草茂盛跟它有联系；白岭大王不停唤天神，
> 天神永远保护不忘记，这与郑重誓言有关系。①

湖和野鸭、石山和大鹿、天神和格萨尔王，形成了自然和动物、人与天神和谐相处的关系。每当夏季来临，成群的野鸭子在小湖中游荡嬉戏，那是因为小湖在养育着它们；大鹿之所以在青石山岭自由栖息，那是因为青石山岭上茂盛的花草在饲养着它们；格萨尔王之所以降妖伏魔，那是因为天神在保护他。这种以山水为衬托的闲情野趣般的描写，无形中带给人们无限美好的遐想。

山环水绕是藏民族生活的主要环境，也是文学创作中的主要取材对象。《霍岭大战》中有这样的描述：

> 天鹅展翅飞北方，是去碧湖把家安。
> 如果湖水不干枯，天鹅自会落湖边。
> 绵羊奔向高山岗，是把青青花草馋。
> 花草若未遭霜杀，绵羊自会上草山。
> 杜鹃飞向森林里，是因果多食新鲜。
> 果实若未遭雹打，杜鹃自会来林间。
> 达萨离家去岭地，是为成亲寻夫君，

---

① 王兴先主编：《公祭篇》，《格萨尔文库》（藏文版）（第1卷），甘肃民族出版社2000年版，第751页。

　　　　　如果囊俄他在家，达萨自会留白岭。①

　　这里表明了人与自然互相依存的关系，这种依存关系是置于山水的载体之中的。在对自然山水进行美妙描写的同时，这些对破坏自然的恐惧情绪的表达，从反面衬托了人们对自然美丽环境的热爱和对山水自然遭到破坏的痛惜之情，更加突出了古代藏民族以山水为喻的审美观念。

　　按《降霍篇》讲述，霍尔国入侵岭国后，霍岭两国在黄河两岸对垒，岭国的环境遭到了破坏。正如岭国的大英雄嘉擦谢噶所说：

　　　　　白岭神部落头人，请巴嘉擦话来听！
　　　　　白帐霍尔太猖狂，肆无忌惮欺白岭。
　　　　　囊俄小弟被残害，还专挑杀勇士们。
　　　　　仅仅这些不为足，又在山谷扎兵营。
　　　　　茵茵绿草被踩死，清清流水被弄混，
　　　　　林木被砍被烧光，所有坏事都干尽。②

　　敌人的入侵使岭国人民付出了鲜血和生命的惨重代价，他们也进行了义无反顾的反击。于是，才生成了阿努斯潘捐躯黄河水、绒擦战死霍尔军营的诸多感人肺腑的故事。当冬天来临的时候，岭国军队只好撤出战场，而霍尔却占领了黄河两岸的岭国国土。"霍尔兵马在黄河两岸一住就是五个月，吃光了阴山的牧草，砍完了阴山的林木，拆除了玛沁奔热山（指阿尼玛沁雪山——引者）上的神坛。不仅如此，还把佛塔、佛堂和路旁的寺庙全部摧毁，将佛像和佛经全部抛入水中；而那些出家修行的僧人和尼姑，有的被屠杀，有的被抢走。真是做尽了坏事，丧尽了天良。"③ 这当中充分体现出古代藏族探索大自然、了解大自然、保护大自然和回归大自然的不朽探索和思考。人的生命意识的核心，是对自由与完美的渴望与追求，而只有在自由自在的心境之中，人的这种本

―――――――――――

　　① 王兴先主编：《降霍篇》，《格萨尔文库》（藏文版）（第1卷），甘肃民族出版社2000年版，第1005页。
　　② 同上书，第1041页。
　　③ 同上书，第1112页。

性和真情以及深层的心理意蕴，才能得到更好更深的表现。艺人们深知，若要获得对宇宙精神的神会妙悟，则只有置身于大自然的圣山圣水中，才更易达到最高的审美境界。这也是山水为喻的表现手法之所以为艺人们所喜好的根本原因之所在。

四　对岭国人物性格的描写

山和水，是自然界最具魅力的，因而也最能代表藏族人物的个性，因此常被运用到对岭国人物性格的描写当中。《格萨尔》中将人物的特性赋予山与水的寓意，两者相得益彰，体现着鲜明的审美价值取向。以老总管为例，他是"岭地三十名英雄""三十名头目"和"三十名有权势者"的总首领，德高望重，智慧超群。正如《天界篇》形容道：

　　这位总管王，他平日行动迟缓，就像是大象迈步；说话缓慢，就像那大江的流水；性情温和，犹如春天的太阳；出事稳重，犹如须弥山峰；胸怀宽广，如同无垠的大地。今天不知为啥，竟像老山羊一样咩咩地叫，又像老狗一样汪汪地吠。①

从中可以看出，"大象迈步"是稳重的象征；"大江的流水"是做事有条不紊的象征；"春天的太阳"是性情温和的象征；"须弥山峰"是做事稳重的象征；"无垠的大地"是宽广胸怀的象征。

《天界篇》中描述：

　　人寿长久愿如金刚岩，社稷稳固愿如须弥山，

　　气运兴旺愿像如意树，命运坚牢愿同大地般！②

这就将"如金刚岩"比作能长命百岁的"人寿"；将国家的社稷比

---

　　①　王兴先主编：《降霍篇》，《格萨尔文库》（藏文版）（第1卷），甘肃民族出版社2000年版，第389页。

　　②　同上书，第391页。

作稳固的"须弥山";把人的"气运兴旺"比作"如意树",希望人的"命运"像"大地般"一样"坚牢"。

此外,在《天界篇》中,当天神之子就要诞生在岭国时,总管王做了美梦后,便首先召集岭国的要员开会,在给弥钦·杰尉伦珠和嘉洛·东巴坚赞的信中,开头一句中便以"纯洁善业的海洋""纯洁善业的乳海"做了修饰性的赞美。当弥钦·杰尉伦珠接到总管王的信时,同样以传统的谚语做了对答:"世间有句谚语说:伟人、大山与大海,坚固不动稳坐好;大政事业忙乱首领迷方向,大山动摇频繁村民遭劫难,大海向上泛滥土地会被淹。"① 这就将"大山""大海"与"伟人"联系在一起,置于同等的地位,这是以山水为喻的审美价值观的典型表现。格萨尔是人们心中的伟人,同样具有"大山"般的气质、"大海"般的风范。这座大山始终没有动摇,并且扫除了人间的妖魔鬼怪,使人民过上了幸福美满的生活;这个大海永远也不向上泛滥,广阔的大地成为人们安居乐业的美好家园。

《赛马篇》中记载有:"在英雄的岭部落里,上至年迈的叔伯,下至幼稚的少年;贵自有权势的达绒晁同,贱到没有地位的古如,一个个求娶珠牡的愿望,比起得到王位和财宝来还要强烈。"晁同在家中摆上了宴席。在宴会上,以山水为喻对参加宴会的贵宾做了赞美。"在宴会上,首座的上师,犹如天空的日月;稳重的叔伯,如同须弥大山;贤惠的姑娘,宛如湖面的白冰;威武的英雄,犹如支支神箭;漂亮的姑娘,恰似夏日的花朵,大家汇聚一堂,看上去真像山口飘来的雪花、山谷腾起的浓雾。"总管王理当形容为"须弥大山","贤惠的姑娘"自然如"湖面的白冰",在形容高朋满座时比作"山口飘来的雪花"和"山谷腾起的浓雾",贴切地描绘出生动的岭国人物形象。在这次宴会上,将丰盛的宴席形容得更加淋漓尽致。"一时间,奶酪、酥油等三百食品,如像海潮汹涌;瓜果等三甜食物,好似蜜雨倾注;熟肉酥油等食物,犹如大山塌崩;香茶和美酒,如同河水流淌,纷纷端了上来。"② "蜜雨"

① 王兴先主编:《天界篇》,《格萨尔文库》(藏文版)(第1卷),甘肃民族出版社2000年版,第391—393页。

② 同上书,第560—562页。

"海潮"对"瓜果""奶酪"，"河水流淌"对"香茶和美酒"，极为
贴切。

《降霍篇》中，将须弥山看作是幸福美满的父母的象征。

> 古时藏人谚语说：儿孙俱全的父母，
> 幸福美满像须弥，福态就像海中珠，
> 被人羡慕似酥油，自己安乐如甘露。①

在岭国和霍国大战中，为了降伏霍尔白帐王，格萨尔只身来到霍尔
国，装扮成一个卦师，用石子给珠牡算卦，其中也用山和水来做比喻，
而这里的山水却具有了反面的象征。当算到第五颗石子的时候，珠牡问
霍尔王的命运时，卦师回答："这卦象显示，霍尔王的脖筋比牛的还
硬，傲气比山还高，色欲比麻雀还旺；事端比大山还重，自己以前造成
的纠葛，最后比江河还要长。若不是这样，他的洪福就很大。"② 这就
是说，霍尔王的脾气比牛还倔强；傲气赛过山；为了夺得美女，不惜任
何代价；挑起的事端比大山还重；造成的罪孽比江河还要长。

此外，圣山圣水被作为权力、勇猛、人丁兴旺的象征。正如《公
祭篇》中讲的：

> 若不知道这地方，这是僧珠达孜大王官，
> 是天神胜利的无量官，眼见城堡不堕恶趣中。
> 像座水晶宝塔大雪山，那是玛嘉神山貌威严，
> 它象征大王你地位尊。
> 那座彩虹格卓红石山，好像红虎面部笑纹满，
> 象征大臣勇士都勇猛。
> 碧水缓缓流淌那黄河，水深如湖鱼儿在畅游，

---

① 王兴先主编：《天界篇》，《格萨尔文库》（藏文版）（第1卷），甘肃民族出版社2000
年版，第1094页。
② 同上书，第1315页。

象征部落人多权势重。①

　　这些都是以水和湖作比喻的。从这林林总总的比喻中可以看到，藏民族的审美情趣和价值取向乃是围绕着山和水这样一个主题，从更广阔的背景上展示了古代藏民族的自然观和审美观。其审美取向和价值取向融入自然观之中，是以自然观为基础的。

五　古代藏族山水为喻的审美特征

　　综上所述，《格萨尔》所反映的古代藏族山水为喻的审美观，是藏族先民在认识自然的过程中逐步形成的。千百年来，这种一脉相承的山水等自然崇拜理念，在历史的长河中以特定的方式世代传承，一直延伸到现代人们生活的各个层面，成为现实生活中的一种文化习俗，也成为藏族传统宗教文化的一个重要内容。在这些内容中虽或多或少地带有一些原始宗教观念，但却暗含朴素的唯物观。而山水为喻的审美价值观正是其最重要的特征之一。这种山水为喻的审美特征具体体现在以下几个方面：

　　首先，在人物的塑造方面充分肯定了人性的主体作用。反映多样统一的自然景观，人们从宏观的"和谐"的现象之中得到美感。任何一种文化都有民间文化的成分，因为这种文化总是由特定的地域、特定的人群共同创造、共同繁荣起来的。这种文化并不是随着这个地区人群的出现而出现，而是经过这个地区的人的实践而逐步出现、发展、繁荣的。人，在这里依然是最活跃的因素，人的实践活动是民间文化存在发展的根基。古代藏族山水为喻的审美观也不例外，特定的自然环境——巍峨的山、圣洁的湖、广茂无垠的绿草地、变幻不定的自然气象，孕育了勤劳勇敢的藏族人民，也造就了他们独特的风俗习惯和传统文化。大自然造就的山川、海洋、丘陵、江河、泽薮、谷泉等山山水水都是崇拜的神灵，尤其是山川湖泊，一直是人们祭祀的重要神祇。藏族人民与圣

---

　　①　王兴先主编：《公祭篇》，《格萨尔文库》（藏文版）（第1卷），甘肃民族出版社2000年版，第760页。

山圣湖相生相伴，自然也就形成了山水崇拜的思想观念。

　　有了人类才有人类的文明，而大自然才是人类诞生和成长的摇篮。无论早期苯教经典《十万经龙》记载的世界源于龙母的故事，还是《格萨尔》记载的龙母廓姆诞生格萨尔的故事和龙女珠牡成为格萨尔的妃子的故事，都反映了人与自然的关系是亲和的，都是宇宙中的一个组成部分。人与自然万物息息相关、相交相融、山水自然、天地万物都可以和人的生命直接沟通，合成一个有机整体。也正是古代藏民族的这种传统审美意识决定了史诗的构思中包裹宇宙、涵盖古今的整体性形态内容。

　　在藏民族的思想观念中，山是阳性的象征，水是阴性的象征，"阴阳和气"而生万物。山是念神的居所，水是龙神（水神）的居所。黄河源头的阿尼玛沁雪山，既是岭部落的寄魂山，又是父神的形象；而扎陵、鄂陵和卓陵三湖，既是岭部落的寄魂湖，又代表了母神的形象。父神与母神的有机结合就是阴阳结合的一种重要的表征。因而，古代藏族审美意识中讲求事物内在的规律性和一致性。以慧眼灵心去超越时空、超越物象，直接潜入到宇宙自然的底蕴，从而始能容纳万物、识别万物，进而整体上把握浑融合一的美之精髓。

　　其次，主题思想方面注入了宗教的思想情感。反映"人化的自然"，山水美和生活美相交融，让人们从多层次的"美好"图景中得到美感。高原的每一座大山、每一条大河、每一个湖泊，几乎都伴随着一个美丽的神话传说，内容也包括了天地的形成和人类的起源，并给自然万物注入宗教的内容，由此产生了无数个圣山圣湖，而对圣山圣湖的崇拜，是藏族先民自然崇拜的一个重要方面。在"万物有灵"的宗教思想影响下，人们观念中的自然山水已经不是原来意义上的自然山水了。它既是圣山圣湖，又是人们的灵魂寄存处。人们给山水实体寓意了人性化的成分，使之成为岭国的父神和母神而走向神灵的殿堂。这虽然是一种宗教意象上的神学观念，但却暗含了藏民族对人性的自我肯定和自我完善的朴素的唯物观。山神和湖神（水神）崇拜的观念无论对于古代还是现代的《格萨尔》说唱艺人均有很大的影响。冈底斯山、阿尼玛沁神山以及玛旁雍错、纳木错，在藏民族人民的心目中是至高无上的，因此这些自然物体与《格萨尔》及其说唱艺人有着密切的联系。许多

《格萨尔》说唱艺人都曾朝拜过这些圣山圣湖，如著名的说唱艺人扎巴、桑珠、玉珠、才让旺堆等人均转过冈仁波且。尤其是才让旺堆与这座山更有着特殊的缘分。他曾磕着长头绕神山和神湖转了 13 圈，此后便开始了他的《格萨尔》说唱生涯。为此，圣山圣湖崇拜与《格萨尔》说唱艺人结下了不解之缘，也成为说唱史诗中的重要素材，使山水为喻的外在表现丰富而多彩。

　　圣山圣湖的祭祀活动，使《格萨尔》说唱艺人既得到了一种精神的超越和情感的慰藉，又陶冶了他们的高尚情操，同时还启迪了他们的创作灵感。从此，艺人们对《格萨尔》的说唱一发不可收拾，有的说唱数十部，更有多达百余部者。这就实现了他们对宇宙精神的体悟和自我存在的价值。艺人们在史诗创作过程中，不是"触物生情""情以景生""触景生情"以及"借景抒情"，而最大的特点是在他们的思想观念中深深地融入了宗教神学的思想，他们心目中塑造了万能之神格萨尔，将自身对人世间的喜怒哀乐尽情地诉诸其中，这些情感积郁、酝酿、膨胀、激荡于心中，逢时就发，势不可遏，唱出了流传千古的英雄史诗《格萨尔》。《格萨尔》所反映的山水为喻的审美构思，是说唱艺人与自然灵秀之气化和，他们的想象力超越了多样复杂的自然物象，直达宇宙万物的生命本源，触摸到了自然万物的底蕴，把握到了山水自然中宇宙生命的节奏和脉动，获得了认识上的升华，从而也构筑了心灵化的审美意境。

（原刊《西藏研究》2003 年第 1 期）

试述阿尼玛沁山神的形象及其在宗教
万神殿中的归属

崇尚山水的习俗，是藏族先民在认识自然的过程中逐步形成的。这种一脉相承的山水等自然崇拜理念，在历史的长河中以特定的方式世代传承，一直延伸到现代人们生活的各个层面，成为现实生活中的一种文化习俗，也成为藏族传统宗教文化的一个重要内容。阿尼玛沁雪山原本是坐落在安多藏区一座普通的自然实体，但在漫长的历史岁月里，生活在雪山脚下的人们将自己的思想情感融入其中，使其不仅变成了一座令人敬畏的山神而被人们顶礼膜拜，而且还形成了具体的形象被人们供奉，成为安多地区独具特色的民俗文化现象。下面我们根据《格萨尔》文本和民间传说，结合藏文文献资料就阿尼玛沁山神的形象及其在宗教中的归属等问题做一粗略的探讨。

一　作为"念"的阿尼玛沁

在安多藏区的宗教习俗中，人们将阿尼玛沁作为"念"①来崇拜。我们在《阿尼玛沁山神祭文》中看到，阿尼玛沁山神是"扎拉（dgra-

---

① "念"，在部分史料上写作"年神"，都是藏语音译。念神一般有黑、白两类，一般居于天空的称白念神（gnyan-dgar），居于地上的称为黑念神（gnyan-nag）。念神比任何其他神灵更容易被触怒，一旦冲犯了念神，就会招致疾病和死亡。鼠疫在藏区一般被称为"念"病，人们认为它是由念神招致而来的。人们通常还相信，自然灾害与念有关，是某种超自然的神灵作怪的结果。念神常以猎人的形象巡游在高山峡谷间，非常灵验，容易碰到。凡是经过高山雪岭、悬崖绝壁、原始森林等地方，人们都必须处处小心，不能高声喧哗，以免触犯到念神而患病甚至死亡。因此，念神被人们称为最灵验的神。

lha，战神）之王、众念（gnyan-lha，念神）之主"。在藏族传统文化中，"念"与藏族原始苯教文化紧密联系在一起。佛教还没有传播到吐蕃以前，苯教已在社会中非常兴盛。原始苯教是一种"万物有灵的信仰"，崇拜的对象包括天地日月，雷电草木等一切万物，具有打卦、占卜、祈福禳灾、治病除疾、役使鬼神等功能。

在苯教的根本经典《十万经龙》（klu-vbum-dkar-po）① 中，把世界分为三个部分（khams-gsum），即天、地和地下，由赞（btsan）、念（gnyan）、鲁（glu）三神分管，各有其主，各管其辖地。赞神居住在天空，念神居住在地上，鲁神居住在地下（水中）。② 赞、念、鲁是苯教早期的神，产生于原始社会时期，当时由于生产力水平低下，人们将自身与周围的自然现象混为一体，认为自然界的一切都具有人一样的灵魂。这些灵魂（rnam-zhes）又被转化为无形的精灵和神灵。他们欢喜的时候会造福于人类，发怒的时候会降祸于人类。久而久之，便产生了对念、龙、地主等自然神的崇拜。③

念神，在早期苯教中占有重要地位，它主管雨水、冰雹、雪灾、干旱等。"山神也是苯教的重要崇拜对象。苯教徒认为山神之所以成为年神，是因为山是'年'的附着之地。"④ 这就回答了为什么念神成为山神的原因。念神的根基在空中和光明之处，主要活动场所在高山峡谷中。念神的种类也很多，传说位于西藏北部的著名山神念青唐拉（gnyan-chen-thang-lha）就是早期苯教的一尊大念神。藏区有"四大念神"之说，分别是东方念神"玛沁奔热"，南方念神"伊杰玛本"，西方念神"念青唐拉"，北方念神"俊沁唐热"。⑤ 这"四大念神"保卫着雪域之邦的土地和百姓。阿尼玛沁是东方安多藏区的大念神。

---

① 《十万经龙》，全称《白、黑、花十万经龙》（klu-vbum-dkar-nag-khra-gsum），相传是苯教祖师辛绕弥吾亲口所讲的一部经典，分上、中、下三部，简称《十万经龙》。

② 格勒：《论藏族文化的起源形成与周围民族的关系》，中山大学出版社 1988 年版，第187 页。

③ 同上。

④ 同上书，第 195 页。

⑤ 降边嘉措：《格萨尔论》，内蒙古大学出版社 1999 年版，第 197 页。

二　作为"扎拉"的阿尼玛沁

人们还将阿尼玛沁作为"扎拉"来加以崇拜。这在史诗《格萨尔》中就表现得淋漓尽致。"扎拉"（dgra-lha）系藏语，可解释为"御敌之神"（dgra-vbab-gyi-lha）。① 在原始信仰的灵魂观念中，人们认为人的灵魂不止一个，每个灵魂都有其特定的职能。人体的各种灵魂除了体魂之外，其他的灵魂都可以离开身体而远游，寄留在其他物体之上，或飞禽走兽，或高山湖泊，或花草树木。战神就是其中的一种，其功用正如《格萨尔》中所描述的：

> 招之即来的战神，战而能胜的战神，
> 杀敌即死的战神，战地取胜战神用烟供。②

史诗《格萨尔》，是一部以战争为主线的民间文学作品，战神在你死我活的战争中是举足轻重的。岭国每一次出征，都要祭祀战神，呼唤战神，保护自己并战胜妖魔鬼怪。《格萨尔》中有两位重要的战神，一个称"格佐"（ge-mdzod）③，

---

① 张怡荪主编：《藏汉大词典》，民族出版社1993年版，第467页。

② 王兴先主编：《诞生篇》，《格萨尔文库》（藏文版）（第1卷），甘肃民族出版社2000年版，第442页。

③ 在《格萨尔》中，众战神的首领当属"格佐"，藏语全称"格念青佐"（gnyan-chen-ge-mdzod）。关于"格佐"，谢继胜认为其为史诗中"拉念"（lha-gnyan）和"赞格"（btsan）结构中"念"（gnyan）或"赞"（btsan）的主神，《诞生之部》中称为"念德合扎拉左吾"（gnyan-stag-dgra-blvi-gtso-bo）或"格佐念布"（dge-mdzo-gnyan-po）。在扎巴说唱本《仙界占卜九巫》中有"中界赞域念青尊神格佐"（bai-btsan-yul-nas-gnyan-chen-sku-lhager-mdzo）或"中界赞域念青尊神格佐等赞神三百六十位"（bai-btsan-yul-nas-gnyan-chen-sku-lhager-mdzo-dang-bcas-btsan-rgod-sum-brgya-drug-cu）的叫法。至于谢继胜指出的"表明了念青唐拉与念青格佐的关系：格佐只是念青唐拉的体神（即体魂）"（谢继胜《战神杂考》，《格萨尔集成》（第5卷），甘肃民族出版社1998年版，第3721页）结论，还有待我们做更进一步的研究。因为藏语"念青"意为"大念"或"大念神"，属于"念"一类的山神，都可以冠"念青"二字。谢国安先生认为，格佐应该是德格玉龙地区的一座大山神。石泰安先生曾发现在一部《煨桑祭文》中格佐是被称为扎曲和山脉的地方神（土地神鲁念），其后便是玛沁蚌拉山，即玛域的地神。（［法］石泰安著，耿昇译：《西藏史诗与说唱艺人的研究》，陈庆英校订，西藏人民出版社1993年版，第254页）

一个称"威尔玛"（wer-ma）①，都是岭国的战神，而后者还是格萨尔的战神。除威尔玛外，阿尼玛沁也是格萨尔的战神。

在《格萨尔》中，人们一旦需要战神的护佑，战神就会呼之即来，求之即到。在战场上它会保佑你，在一般的场合，他也会保护你。格萨尔在沙场争战时，祈请战神护驾之事不乏其例。如《霍岭大战》中，格萨尔的爱妃被霍尔王鲁赞抢走后，格萨尔便只身前往搭救。当他闯进霍尔国，来到"像五个手指竖起的山岭"附近时，遇到了长有五个头的牧羊倌，牧羊倌为试探格萨尔的能力，便将九只公羊、九只母羊、九副铠甲、九口鏊锅、九副鞍木作为靶子，与格萨尔进行了一场射箭较

---

① "威尔玛"（wer-ma），具有保护其崇拜者不受敌人伤害和帮助其崇拜者战胜敌人这两层含义。战神为什么又称为"威尔玛"，迄今为止尚未有一个确切的解释。威尔玛是一组由动物组成的战神，它们也是诸神的化身。藏语称为"威尔玛吉松"（wer-ma-bcu-sum），即"十三威尔玛"，藏语称谓分别为：1. 朗穷玉吉梅朵（snang-chung-gyu-yi-me-tog），2. 戎嚓贡格玛尔赖布（rong-tsha-gung-gi-dmar-leb），3. 穆培谢噶坚扎（mu-pavi-she-dkar-rgyang-grags），4. 温吾兼禅捏年青（vom-bu-spyang-khring-rngam-chen），5. 觉额帕色达瓦（bco-lngavi-dpav-gser-zla-ba），6. 贡帕部依夏查（gung-pa-bu-yi-shya-khra），7. 基那鹏布桑桑（lcags-nag-dpon-po-seng-seng），8. 玉亚贡帕东塔（gyu-yag-mgon-po-stong-thub），9. 东赞南额阿帕（gdong-btsang-snang-ngo-a-dpal），10. 高帕尼玛龙珠（rgod-povi-nyi-ma-lhun-grub-），11. 嘉洛吾雅合周嘉（skya-lo-vi-bu-yag-vbrug-rgyal），12. 色帕吴群塔亚（gser-pavi-bu-chung-thar-yag），13. 阿帕吴依膨大（a-vbar-bu-yi-vphen-stag）。它们是其他神派所化现的，正如在《公祭篇》，《格萨尔文库》（藏文版）（第1卷）第747—752页中记述，当岭部落到山上煨桑之际，黑魔地方黄霍尔和黑魔王的战神"寄魂的红铜角野牛""闻到了煨桑的烟气"，"就像狂飙一样直奔岭国而来"。"这头野牛，毫无迟疑地先向霍尔人马那边冲去。霍尔人从上到下，纷纷逃窜，四处藏身。那白帐王躲到山洞里去了，其他人有的掉到了水里，有的摔下悬崖，中毒而死的人马也不少。""岭地煨桑的人们，一见魔牛冲来，顿时乱作一团。"危急关头，格萨尔跨上赤兔骏马走到阵前。"与此同时，马头明王的化身，提高地位的战神大鹏鸟；贡曼嘉姆的化身，具有威望的战神青玉龙；大神梵天王的化身，协助逞威的战神白狮子；帝释天王的化身，英勇威武的战神红老虎；念青唐拉山神的化身，帮助速跑的战神白唇野马；食欲兴旺，帮助吞噬敌人的战神大青狼；玛嘉奔热山神的化身，飞速捉拿敌人的战神白头雕；宝帐护法的化身，凶猛无比的战神白胸熊；冬琼嘎波的化身，聪明敏捷的战神灰鹞子；多闻财神的化身，如意满愿的战神长角鹿；红火神的化身，肌体健壮而又威严的战神白肩熊；珠贝杰姆的化身，寻找食物财宝、帮助盘绕的战神黄金蛇等保护大王身体的十三位战神，也都伴随着虹光、火焰和黑风而来。""格萨尔随即从右侧战神依身的虎皮箭筒中抽出一支得到过祝愿的头等胜利持明箭；从右侧威尔玛寄魂的豹皮弓袋中取出了白背牛角大弯弓，把箭搭在黑曜自转的弓上"，"岭地的保护神和天、念、龙三神引着箭头，伴随着铺天盖地的火焰、狂风、雷声和冰雹向前飞去，正中魔牛的前额，把它射死在地上。"从这段描述中我们得知，格萨尔的十三战神也分别是由"马头明王""贡曼嘉姆""大神梵天王""帝释天王""念青唐拉山神""玛嘉奔热山神""宝帐护法""冬琼嘎波""多闻财神""红火神""珠贝杰姆"等诸神所化现的。

量。格萨尔从 900 支利箭中抽出一支，祈请战神帮助放箭：

呼请白梵天王兵，呼请顶宝龙王兵，
呼请黄色念神兵，今天为我做后盾！

箭如电舌红霹雳，要将箭靶全射穿。
所立箭靶一箭碎，才能满足我心愿。
接着你这神披箭，还要能够自飞还。
箭筒神来作保护，利众事要放心间！

南曼噶姆保护弓上端，弓下端请顶宝龙王保护！
战神王母请把箭镞引，红夜叉把扳手来保护！
带着毒气云雾作先导，猛降电舌冰雹把阵助！
平时供奉依靠的神祇，忙时快快降临莫误时！
从小刻苦练就的箭功，关键时刻不可有偏离！

祈祷完备，便张弓搭箭，只见那箭带着火焰、闪电和冰雹，铺天盖地而去，就像火燎羽毛一般，把所有靶子都射得粉碎，接着又嗖的一声，像一道彩虹似的回到箭筒里。牧羊人终于吓得魂飞魄散。①

在冷兵器时代，部落战争往往使用的是刀、矛等武器。恶战中短兵相接，常常造成大量的伤亡。即便是岭国的将领被击中要害时，在战神的暗中护佑下仍安然无恙。作为战神的阿尼玛沁常常在岭国和敌军交战时出现在人们面前，帮助岭国将士取胜。岭国与敌国交战时，作为战神的阿尼玛沁还赤膊上阵。《木古骡宗之部》中写道，木岭的一次战斗中，木古部落首领龙君亲自上阵，岭国百余将士惨死。"正在这时，玛嘉奔热山神化作闪光耀眼的白人白马，在十名幻身侍从的护拥下，前来助战。"② 在岭国与木古部落的另一次战斗中，玛嘉奔热山神化作红人

---

① 王兴先主编：《降魔篇》，《格萨尔文库》（藏文版）（第 1 卷），甘肃民族出版社 2000 年版，第 905 页。

② 彦顿唐丁·次旺多杰整理：《木古骡宗之部》（藏文版），西藏人民出版社 1982 年版，第 145 页。

红马前来助战。

三　作为父神的阿尼玛沁

在英雄史诗《格萨尔》中，阿尼玛沁是以战神的身份出现的。安多地区，尤其是黄河流域的玛域地区，流传着许许多多的民间传说。这些传说中，阿尼玛沁被人格化，俨然以一个父神的形象出现。

传说，阿尼玛沁有众多的伴神，犹如一个庞大的神灵王国，拥有大臣、将军、管家以及千军万马，阿尼玛沁是这个王国的最高统治者。他还有父王、母后、王妃、舅舅、公主等十分庞大而兴旺的家族，神灵们共同居住在富丽堂皇的九层白玉琼楼阁宝殿之中，过着美满的生活。

这些传说，可与安多藏区果洛地方众多的山峰对号入座。如阿尼玛沁山神的父王名叫"帕垭·赛日昂约"① （意为"金贵犀牛山"），阿尼玛沁山神母后的名叫"马英·智合吉加尔莫"② （意为"威猛女王山"），阿尼玛沁山神的伴偶名叫"桑伟雍庆·贡曼拉热"③ （意为"天界仙女山"），阿尼玛沁山神的舅舅名叫"香吾·帕日智合让"④，阿尼玛沁山神的大臣名叫"龙宝格同智尕尔"⑤ （意为"短善白岩山"），阿尼玛沁山神的管家名叫"尼尔哇·章吉夏嘎尔"⑥ （意为"客欢白脸山"），领诵经文的经头名叫"安确·卡赛巴尼"⑦ （意为"黄顶和上山"）。此外，还有赛格吾玛、头尕尔义英闹吾、拉庆莫哇多哇、念青俄拉则托合等"玛日尔"眷属360位，忠实的侍从、侍卫1500人……他们每个人都有一个山峰的名称，当地人们都能一一说出他们的名字来。⑧

章嘉绕贝多吉的全集中也收录了阿尼玛沁山神的祭文《玛沁奔热祭

---

① 位于阿尼玛沁峰的西北部，距阿尼玛沁峰24公里，主峰海拔5262米。
② 位于阿尼玛沁峰的北侧，紧贴着阿尼玛沁峰，海拔5611米。
③ 位于阿尼玛沁峰的北面10公里的地方。
④ 位于阿尼玛沁峰的西部8公里处，主峰海拔5029米。
⑤ 位于阿尼玛沁峰的西北部，距阿尼玛沁峰22公里，主峰海拔4955米。
⑥ 位于阿尼玛沁峰的西北部，主峰海拔4745米。
⑦ 位于阿尼玛沁峰的西侧，主峰海拔5310米。
⑧ 《果洛藏族自治州地方志》编纂委员会编：《果洛藏族自治州志》（上册），民族出版社2001年版，第210页。

文》（rma-chen-spom-ra'gsol-mchod-bzhugs-so），祭文中对该山神的眷属和伴臣做了概述，阿尼玛沁山神有密法大伴偶、9 个儿子、9 个女儿、360 个"玛"系兄弟。① 在拉卜楞寺三世贡唐仓活佛的全集中也有阿尼玛沁山神的祭文，名称叫《玛卿伯姆热福运如意悦海》（rma-chen-spom-ra'-gyng-vbod-phun-tshogs-vdod-dgu-rol-mtsho-zhes-bya-ba-dang-rgyal-gsol-mjug-tu-sbyar-rgyu'-gyang-vbod-bcas-bzhugs-so），阿尼玛沁除了以上提到的眷属外，还有"四大念神"② 和居住在西方的四大女神③等伴神。④ 女神多吉查姆（rdo-rje-drug-mo-rgyal）也被认为是阿尼玛沁山神的伴偶。⑤

　　文献记载，阿尼玛沁的眷属和伴神不仅分布在果洛地方，而且分布在整个安多地区，才旦夏茸所著的祭文中称，藏传佛教后弘期的发源地青海化隆县的丹斗寺附近的"阿玛琼莫曼宗多吉玉卓"是阿尼玛沁山神的女儿。⑥ 阿尼玛沁的眷属和侍卫集中居住的地方叫"热格尔东香"（意为"千顶帐房群"），也是 16 位菩萨的寄魂山，至于其中指的是哪 16 位菩萨今已无从查考。⑦

　　阿尼玛沁山神有眷属和侍卫，据传也有敌人。他的敌人是阿尼念青（即太子山，a-myes-gnyn-chen）山神⑧。阿尼念青和阿尼玛沁相距数百

---

　　① ［奥地利］勒纳·德·内贝斯基·沃杰科维茨著，谢继胜译：《西藏的神灵和鬼怪》，西藏人民出版社 1993 年版，第 243 页。

　　② "四大念神"是"俊钦懂查""叶钦热德""珠钦懂俄噶尔肖"和"念钦唐拉神"。［奥地利］勒纳·德·内贝斯基·沃杰科维茨著，谢继胜译：《西藏的神灵和鬼怪》，西藏人民出版社 1993 年版，第 243 页。

　　③ 四大女神是东方的"次丹玛"（ze-drtan-ma）、南方的"周嘉玛"（vbrug-rgyal-ma）、西方的"帕切玛"（phan-byed-ma）和北方的"才增玛"（tshe-vdzin-ma）。

　　④ 才让：《藏传佛教民俗与信仰》，民族出版社 1999 年版，第 92 页。

　　⑤ ［奥地利］勒纳·德·内贝斯基·沃杰科维茨著，谢继胜译：《西藏的神灵和鬼怪》，西藏人民出版社 1993 年版，第 243 页。

　　⑥ 才让：《藏传佛教民俗与信仰》，民族出版社 1999 年版，第 92 页。

　　⑦ 《果洛藏族自治州地方志》编纂委员会编：《果洛藏族自治州志》（上册），民族出版社 2001 年版，第 210 页。

　　⑧ 阿尼念青坐落在甘肃省甘南藏族自治州夏河县境内，登上太子山山顶，临夏回族自治州的临夏县、和政县和甘南藏族自治州的夏河县尽收眼底。令人称奇的是太子山山神不仅被周围的广大藏族人民崇拜，也为生活在山脚下的回、汉族人民所崇信。这座圣山，在不同的季节里，接受不同民族的信仰者的朝拜和敬仰。该山同阿尼玛沁山神一样，也有一套完整的山神体系，其左右两侧坐落着其妃子和儿子，妃子藏语称"阿尼玛玛"（a-myes-ma-ma），儿子藏语称"阿尼斯"（a-myes-sras），在它们的正前方还有打碾庄稼的场地，藏语称"内浑"（nas-suungs），意为"青稞场"（1986 年笔者在夏河县民政局地名普查办公室工作时考察）。

公里，为什么是敌对势力呢？这个问题在石泰安先生的著作中作了交代："玛卿山是黄教派的保护神，念青山则是红教派的保护神。它们不可能融洽相处。念青曾劫持了玛卿的妻子，玛卿追击它，并向其右眼射去一箭，从而使之变成了瞎子。念青被拉卜楞寺的第二位活佛①所镇伏，从此之后也变成了黄教的保护神。"②

民间神话如《玛沁奔热娶龙神措曼国玛为妃子的神话》③，阿尼玛沁作为雪域尊神沃德贡杰的第三个儿子"守护东方"，成为果洛地区黄河源头最大的神，他娶了天神、念神、龙神为妃子，并将龙神措曼国玛从东海带来的 13 颗珍宝赐给属下的玛域 13 位山神，在黄河里撒金沙，造就"黄河上游为大地吉祥园"，让黄河源头的人们因此过上了幸福生活。阿尼玛沁俨然成为父神的象征。

如《苯教师勒辛本玛娶玛沁山神的女儿的神话》④，苯教师与所遇到的"风姿绰约，含情脉脉"的佳人"结为夫妻"，一年过后生下一个大肉包就消失了，原来这位女子是"玛沁山神的女儿"。这则故事也是将阿尼玛沁作为父神来塑造的。

又如在《玛沁山射杀念青山的神话》⑤ 中，阿尼玛沁仍然以一个男神即父神的角色出现，并且极具人性的色彩。作为红教派保护神的念青行为极不检点，劫持了作为黄教派的保护神阿尼玛沁的妻子，这是山神具有人性一面的反映和流露。

在青海省文联珍藏的《英雄诞生》中，还有阿尼玛沁化作了金面金衣人与廓姆野合，后来廓姆生下了格萨尔的记述。从以上三个传说来看，在《玛沁奔热娶龙神措曼国玛为妃子的神话》《苯教师勒辛本玛娶玛沁山神的女儿的神话》《玛沁山射杀念青山的神话》三则神话故事中，阿尼玛沁山神无论如何都是以父神的角色来演绎故事情节的。

---

① 拉卜楞寺的第二位活佛，指的是寺主二世嘉木样大师。
② ［法］石泰安著，耿昇译：《西藏史诗与说唱艺人的研究》，西藏人民出版社 1993 年版，第 648 页。
③ 《果洛藏族自治州民间文学集成》办公室编：《民间故事》，第 226 页。
④ 才让：《藏传佛教民俗与信仰》，民族出版社 1999 年版，第 88 页。
⑤ 1986 年笔者在甘肃的甘南藏族自治州夏河县民政局从事地名工作期间，在太子山（藏语称"阿尼念青"）从事田野调查时采访了上卡加乡的吉太本。这个问题在石泰安先生的著作《西藏史诗与说唱艺人的研究》中也做过讨论。

　　阿尼玛沁山神拥有完整的家庭，握有至高的权力，犹如一个王国的统治者，行使着王权和父权，说明在神话传说时代，阿尼玛沁已经有了成熟的父神形象。从《格萨尔》中阿尼玛沁本身的功用来讲，它总是以一位"念拉"和"扎拉"的身份出现在史诗中，威武雄壮，充满了阳刚之气，俨然一副武士的形象。

四　在传统绘画中的阿尼玛沁形象

　　阿尼玛沁雪山作为一个护佑安多地区乃至藏区的山神，早已是人们心目中的偶像。如果我们进一步考察，阿尼玛沁不仅有众多的民间传说和文献记载，而且还以具体的形象展现在人们面前，得到人们的供奉和朝拜。

　　关于阿尼玛沁的形象，苯教徒往往将之描绘成挥舞长矛，骑绿鬃狮或白马的白人。① 这个偶像早期的形象我们无从稽考，但是后来经过佛教徒改造的形象还是不难见到。我们在考察过程中，在青海的塔尔寺、西藏的甘丹寺、甘肃的拉卜楞寺等寺院中就见到了阿尼玛沁的壁画，在安多藏区老百姓家中都普遍供奉此神。我们根据流通的阿尼玛沁画像，并结合藏文文献可以描绘出该山神的形象。

　　在藏传佛教中，阿尼玛沁山神是按照密宗护法神的形象绘制的，通常身为白色，骑白马；右手持摩尼如意宝珠，左手持水晶念珠；头戴珍宝天冠；双足置于金座。而当托付事业时，阿尼玛沁山神着金盔金甲，右手持长矛，左手拿绳索，腰插弓箭，乘骑金鞍美饰的宝马。塔尔寺和拉卜楞寺院所绘制的阿尼玛沁山神形象，纯粹是武将的形象；身着铠甲，乘骑宝马，佩带弓箭，手持长矛。画面上的四角还绘有乘骑龙、大鹏鸟、虎、狮四位随从。② 在史料中，还将阿尼玛沁山神描绘成身着金盔金甲，披白色斗篷，身上装饰各种珍宝，右手挥舞长矛，左手托着宝器的形象。

---

　　① 此说是根据奥地利的勒纳·德·内贝斯基·沃杰科维茨著的《西藏的神灵和鬼怪》一书 245 页的论述，其资料来源于南桑西瓦（nam-sang-zhi-ba）所著《静猛酬忏》（zhi-khrovi-bskang-bshags-pa）苯教经典 ma 卷。

　　② 2000 年 9 月笔者在拉卜楞寺、塔尔寺和甘丹寺考察的笔录。

阿尼玛沁山神的伴偶、9 个儿子、9 个女儿，也有各自的具体形象和标志。伴偶手持盛满甘露的法器和镜子，骑一头牡鹿；9 个儿子皆身着盔甲，骑着骏马，挥舞兵器；9 个女儿都骑着杜鹃鸟，标志是一支五彩丝带所装饰的箭和一个瓷瓶。360 个 "玛" 系兄弟，分别骑着虎、豹、马、豺、狗等，在山间嬉戏；众兄弟挥动箭、矛、拐杖、战斧和大锤。[①]

在人们的心目中，阿尼玛沁山神身材魁梧，浓眉黑发，骑着白色骏马，昂首挺胸，用敏锐的目光巡视一切。一旦发怒，则如流泻的瀑布、爆发的火山，震撼着大地，威力无比。有时，阿尼玛沁山神却身着普通藏袍，头戴白毡帽，骑着白骏马，挥动牧鞭在白云上放牧。他具有无穷的智慧，慈善的心肠，在人间震慑群魔，护持黎民百姓，永保四方安宁。

此外，有些藏文文献还将阿尼玛沁山神说成是居士白毡神（dge dsnyen phing dkar da）。白毡神最明显的标志是首冠白毡帽。《白史》（deb-thar-dkar-po）记载："如果将地方神与古人对比研究，定会认为是幼稚的理论。但仔细观察，印度的恒河女神（rgya-gar-gyi-gang'I-lha-mo）脚穿足钏（rkang-gdub），安多的玛嘉奔热（rma-rgyal-spom-rwa）头戴毡帽（phying-zhawa）、中国汉地的观音菩萨身披斗篷（ber-sngon），其服饰本地化、习俗地方化都是显而易见的。"[②] 其中就描述了阿尼玛沁山神是一个戴白毡帽的山神。国外学者研究，"一些格鲁派僧人也认为居士白毡神（dge-bsnyen-phying-dkar-ba）就是玛卿伯姆热山的精魂。指明居士白毡神和玛卿伯姆热两位神灵之间可能具有联系的一个物证，就是居士白毡神所戴的具有特征的毡帽与居住在玛卿伯姆热山周围的一些部落的人所戴的毡帽极其相似。"[③]

不仅如此，在安多藏区一些古歌中对阿尼玛沁也有形象的描述：

---

① ［奥地利］勒纳·德·内贝斯基·沃杰科维茨著，谢继胜译：《西藏的神灵和鬼怪》，西藏人民出版社 1993 年版，第 243 页。

② 根敦群培著，法尊译：《白史》，西北民族学院研究所 1981 年版，第 97 页。

③ ［奥地利］勒纳·德·内贝斯基·沃杰科维茨著，谢继胜译：《西藏的神灵和鬼怪》，西藏人民出版社 1993 年版，第 242 页。

上部玛嘉山有脑壳，有脑壳就一定有脑浆，白雪落下就是脑浆；

上部玛嘉山有腰身，有腰身就一定要扎腰带，山间的云雾就是腰带；

上部玛嘉山有肚子，有肚子就一定有肠子，毒蛇钻洞就是肠子。①

这就为自然山川注入了人类的情感，减少了原来的恐怖色彩，有了形象化的美感与活力。

五　阿尼玛沁在宗教万神殿中的归属

藏族人民对阿尼玛沁的信仰由来已久。它既是念神、战神，又是山神和父神，以诸多角色展现在人们的面前。人们也许要问，在宗教的万神殿中，阿尼玛沁到底属哪一种宗教的神？

据史料记载，苯教称阿尼玛沁圣山为"玛念博热"（rma-gnyan-spom-ra），苯教徒把阿尼玛沁圣山视为大护法神。一些佛教大师也承认此山与苯教有关系，如佛学大师阿柔格西说，"玛沁山神最初发心的遍照一切导师，似是苯教的祖师辛绕。"② 所以，苯教徒认为"玛念博热"是它们的守护神，是雍仲苯教的维护神。

那么阿尼玛沁山神是何时进入佛门的呢？章嘉国师的祭文中提到过玛沁山神曾两次在佛教大师座前立下信守佛教的誓言。莲花生大师一向被认为是第一位降服吐蕃鬼神的佛法大师，法力无边。阿尼玛沁山神自然也逃不出他的掌心，被降服后第一个在莲花生大师的座前发誓护卫佛法；第二位是朗氏家族的大师阿弥贤曲哲高，根据《朗氏宗谱》记载，阿弥贤曲哲高原是位密宗成就师，曾云游各地降服妖魔，格萨尔大王特邀他抵达岭国，诸位英雄豪杰向他敬献礼品，并聆听教法，阿尼玛沁山

① 佟锦华：《藏族民间文学》，西藏人民出版社1991年版，第15页。
② 才让：《藏传佛教民俗与信仰》，民族出版社1999年版，第92—93页。

神与他屡结法缘，山神及广大伴神立誓守教。①

　　据说，格鲁派创始人宗喀巴大师非常熟悉阿尼玛沁山神的崇拜形式，他所制定的宗教戒律中就介绍了阿尼玛沁山神。阿尼玛沁山神还被尊为甘丹寺特有的护法神之一，被供奉在甘丹寺的佛殿内。按照惯例，每天日落时要把阿尼玛沁山神小塑像请到寺外的一个小佛龛里供奉，这样做的原因，据说是阿尼玛沁山神只是一个世俗之体，有了伴偶之后，就不容许在寺内过夜，否则他的伴偶也定会进入寺内，这样就会违背格鲁派的戒律。② 这一点，我们在考察过程中进一步得到了证实。甘丹寺的安却康殿是当年宗喀巴大师带领五大弟子修行的地方，阿尼玛沁山神供奉在此殿中。据寺僧讲："这是玛沁奔热山神，他是宗喀巴的护法神之一，因为他只授了居士戒，所以他不能在寺里过夜，只能晚上请出去，早上请进来。"③

　　由此可见，阿尼玛沁山神最初是苯教的大护法神，其名称为"玛念博热"，并且有特定的形象和功能。后来佛教传入吐蕃后，受莲花生大师调伏，成为藏传佛教格鲁派的护法神，在格鲁派寺院和安多地区民间得到了广泛的供奉和信仰。

　　综上所述，阿尼玛沁山神在原始社会即作为天地日月自然崇拜的一部分而进入了宗教的殿堂。在早期传统苯教中也有重要地位，以"念神"的形象成为重要的崇拜对象之一。在藏传佛教中，该山神得到普遍供奉，宗教地位更加显赫。

〔原刊《安多研究》（第 1 辑），中国藏学出版社 2005 年版〕

---

①　才让：《藏传佛教民俗与信仰》，民族出版社 1999 年版，第 93 页。
②　〔奥地利〕勒纳·德·内贝斯基·沃杰科维茨著，谢继胜译：《西藏的神灵和鬼怪》，西藏人民出版社 1993 年版，第 242 页。
③　2001 年 11 月笔者在西藏甘丹寺田野考察的采访。

凝固在黄河源头的历史

——藏民族灵魂观念的现代遗存

坐落在黄河源头的青海果洛，是藏族部落最为集中的地方，也是史诗《格萨尔》流传最广的中心地带。从远古时代开始，这里的人们为实现精神和生存状态的超越，总是寻找着理想的生活方式。人们认为，高耸的山峰是沟通天界的阶梯，圣洁的湖泊是抵达龙界的通道。在神灵的世界里，有人的踪影；在人的世界里，有神灵的存在。敬仰神灵，是人们感情的一种神圣寄托；祭祀山湖，则是人们感情的一种独特表达。在这种人与神的交流中形成了人与自然和谐相处，人与环境协调发展的特殊关系。

一　大地的吉祥园

这里有千千万万座山，但最为著名的山要数阿尼玛沁雪山；这里有千千万万个湖，最为出名的要数扎陵湖、鄂陵湖和卓陵湖了。人们赋予阿尼玛沁雪山以神奇的力量，给予扎陵湖、鄂陵湖、卓陵湖以美好的精神寄托。在《格萨尔》中，对黄河源头的景色描写非常美好："在人世间南瞻部洲中心东部，雪域所属朵康地方的富庶区域，人们都称作岭噶布。岭噶布又分上岭、中岭、下岭三部，上岭叫噶堆，是岭国的西部，地方宽阔，风景美丽，绿油油的草原，万花如绣，五彩斑斓。下岭叫岭麦，也就是岭国的东部，地方平坦，像无边的大湖，凝结着坚冰，在太阳照耀下，反射出灿烂夺目的银光。岭国的中部叫岭雄，这里的草原辽阔宽广，远远望去，一层薄雾笼罩着，好像一位仙女披着碧绿的头纱。岭噶布的前边，山形像箭杆一样笔挺，岭噶布的后面，群峰像弓腰一样的弯曲。各部落所搭的帐房和土房，好像群星落地，密密麻麻，岭噶布这地方，真是个辽阔广大，景色如画的好地方。"这里的人民也同样过着和平安宁的日子。自从格萨尔做了岭国国王后，人民的生活过得更加富裕。

二　神奇的阿尼玛沁雪山

岭国是"世界的中心"，"玛域"既是黄河的源头，又是"岭国的中心"。在三湖的周围，群山巍峨，重峦叠嶂，雄伟壮观。有13座山峰，傲然高耸于群山之上，这里的人们称为"十三山神"，它们是岭国人的保护神。其中最高的雪山阿尼玛沁山神，又是格萨尔大王的寄魂山，在人们的心目中是至高无上的圣山，也被尊称为"东方大神"。他那白雪皑皑的峰顶直刺深蓝色的天穹，团团祥云在山腰升腾。岭国每逢出征或节日都要祭祀他，阿尼玛沁也常以神力护持着格萨尔王的正义事业。

在黄河源头流传着这样一则故事：雪域尊神沃德贡杰和他的8个儿子共称为最初九王。老三玛沁奔热（即阿尼玛沁雪山）被封为东方守护神，父王专门为他修建了一座9层水晶宫殿。玛沁奔热娶了天神贡曼拉日、年神多吉雅玛居恩莫、龙神措曼国玛为妃子。这位龙神妃子从东海带来了13颗珍宝和金制供壶。玛沁奔热当即将13颗珍宝赐给属下的玛域神位山神，并从金壶中取出一把金沙撒在黄河里。由于玛沁奔热有天、年、龙三神妃子，玛域的神位山神又获得了13颗龙王呈献的珍宝，为此，人们称黄河上游为大地吉祥园，而黄河也因山神玛沁奔热撒入金沙被称为曲沃色尔旦，意为金子河。

按照民间传说，阿尼玛沁山神常常身为白色，右手持如意嘛呢宝珠，左手持水晶念珠，头戴珍宝天冠，双足置于金座。玛沁王出行时乘配金玉鞍宝马，金盔铠甲，佩带弓箭，手持长矛。还有骑龙、大鹏鸟、虎、狮子四位随从。就这样，藏族人民的内心深处不仅构建起了阿尼玛沁山神的形象，而且将他看作是统治一方的大王。他拥有一个庞大的神灵王国，还有王妃、公主及大臣、将军和千军万马。据说，阿尼玛沁山神的伴侣叫"秘密大明妃贡曼拉日"，她身着华丽之服饰，右手持长寿宝瓶，左手持能使万物显现的明镜，骑一匹金鹿，高贵华美、婀娜多姿。玛沁山神生了 9 个神子，称为"大神心意之子九昆仲"，乘骑如风之宝马，手持锋利之武器。

每逢藏历新年和五月初四，是祭祀阿尼玛沁山神的日子。黄河源头的人们都要到玛沁雪山脚下桑多举行祭祀活动。桑多有一座石砌的大煨桑台，旁边竖立着 13 个大的玛尼堆，一字排开，十分壮观。传说，这里曾经是格萨尔大王为了降伏四方妖魔祈请阿尼玛沁山神及各种神祇护佑而煨桑的地方。每逢节日，人们带着拴有玛尼经旗的箭杆以及柏枝、牛粪以及神食（炒面、炒青稞）等从四面八方赶来。当东升的太阳照射圣山时，由祭师念诵山神祭祀文，于是人们将煨桑之物如柏枝、哈达等放在祭师旁边，以便得到加持和净化。当主祭人一声"拉加罗"（呼唤词，战无不胜之意），只见桑台上冒起滚滚浓烟，大把大把的柏枝在熊熊烈火中爆出噼里啪啦的响声，人们呼声如雷，呼唤着圣山的名字，争先恐后地往桑台上添加各自带来的供品。有的人还从怀里掏出大把大把印有风马的方块板，向着天空抛去。然后人们将哈达挂在长箭上，双手举起系有经幡的箭杆，绕转桑台一圈，再绕转箭垛三转，将箭杆插入垛内。有马的骑马环台狂奔，有枪的对天而鸣，没马没枪的呐喊助威。这时，桑烟连接天与地，风马弥漫天空，阵阵呼声响彻山谷。人们期盼着时来运转，来年人畜兴旺，永远得到神灵的护佑。

每年夏天，还有不少香客前来绕转圣山，以求吉祥。圣山脚下，尽管山陡路险，绕转主峰一圈约需一周，仍有不少虔诚的信徒远道前来。尤其到了马年，各方香客更是络绎不绝。《格萨尔》中有关黄河源头圣山圣湖、民风民俗的记载，在现实生活中也有神奇缥缈的传说，构成了藏民族绚丽多彩的精神世界。人们也自豪地认为自己就是岭国的子孙后代。黄河源头，有 50 座藏传佛教寺院，在僧侣的宗教活动中，祭拜阿尼玛沁山神是必不可少的内容。

三　美丽的三湖

黄河源头，仅玛多县就有 1000 多个湖泊，故称之为"千湖之县"。在星罗棋布的湖泊中，扎陵湖、鄂陵湖、卓陵湖像三颗碧绿的绿松石镶嵌在黄河的源头。当人们前往三湖时，首先看到的会是鄂陵湖。鄂陵湖，藏语称"错鄂郎"，意为"蓝色之湖"，因湖水清澈蔚蓝而得名，形如匏瓜，西宽而北窄，距扎陵湖 10 公里。扎陵湖，藏语"错加郎"，意为"灰白色长湖"，因湖区风力强劲，白浪翻滚而得名，呈不对称菱形。令人十分惋惜的是，卓陵湖现已干枯。

在人们看来，有太阳就有月亮，有白天就有黑夜，有圣山必有圣湖。圣山里居住着男神，圣湖里自然居住着女神。雪域高原最为著名的有"拉曼才让五女神"和"十二丹玛女神"，合称为"长寿五姊妹丹玛女神群"。据说，她们以前是被莲花生大师所征服的苯教神灵，尔后她们立誓护法，成为藏传佛教的护法神。女神们极具女性特色，藏文经卷《宝生佛》中记载，五位女神的首领是扎西次仁玛，身白色，呈笑貌，一面三眼两手，左手搁于胸前，持一盛满甘露的器皿，右手挥金刚杵，坐骑是一头白狮子。她的前方居住神婷格希桑玛，身绿色，手持魔镜和带经幡的白色木棍，骑一头带有蓝宝石毛发的野驴。其右边是米玉洛桑玛，身呈黄色，右手持粮食器皿，左手做手印，骑黄虎。其后为决班震桑玛，身红色，右手持珍宝盒，左手持宝石，骑红雌鹿。其左边为达嘎卓桑玛，身绿色，手捏一捆草，并握毒蛇绳套，骑玉龙。五位女神穿着不同的丝衣，戴着金、松耳石、珍珠做的装饰。

十二丹玛女神，是长寿五姊妹女神的从属神，她们的相貌大概是：四大魔女是长着丑脸的黑姑娘，四大夜叉女是满脸怒气的红姑娘，四大勉姆女是纯洁美丽的处女。她们分别是黑女神化身罗刹，红女神化身罗刹，白女神化身美女，绿女神化身轻幻飘动之躯体。其中的达尼钦姆住纳木错秋姆、戳钦廓都住羊卓措钦、色钦康顶住羌多玛措。居住在湖中的勉姆叫"湖勉"，如"七湖勉女神"和"湖勉五姊妹""九湖勉"。有关史料记载，湖勉分为具光湖勉、厉鬼湖勉、使者湖勉、业力湖勉四大类。湖勉女王是湖勉杰姆戳佐和湖勉如秋杰姆。湖勉五姊妹统治藏地五座大湖：即帕日黑湖、查乌衣擦木错嘎保、尺肖杰梅错、顿日黑湖、藏卡玉错瓮姆。据《格萨尔》记载，岭国有三大部落，分别是扎洛、鄂洛和卓洛。黄河源头的三湖，既是岭国三部落的寄魂湖，又是格萨尔王的寄魂湖。生活在这块土地上的人民把三湖看得极为神圣，将自己的感情深深地融进对圣湖的挚爱之中。人们走到哪里，就得供哪里的山神

湖神，向那里的圣山圣湖顶礼。因此，平日要绕转朝拜，战时要祈祷吁
请，才能获得护佑。史诗中人物对话时，首先对各自地方的神祇进行顶
礼。如《格萨尔》中姜萨曲钟和珠牡议和时唱词中唱道：

> 右边尼日山神很灵验，左边阴山密林很神奇。
> 玛多地方两大神湖，鄂陵在东扎陵在西。
> 我家住在扎陵部落里，父王敦巴坚赞很富裕。
> 我从天界降生人世后，十全福庆汇集我一体。
> 六条神河源于诞生地，象征六大福庆永不息……
> 十大吉庆汇集在一地，人杰地灵谁人能与比。

史诗中讲，珠牡的娘家住在扎陵湖旁，而果洛人也是这样认为的。
扎陵湖的西南沿岸由于是格萨尔美貌的妻子珠牡的娘家所在地而远近闻
名。黄河与扎陵湖交叉点的南端，有个状貌独特的小山包，山上遗留着
一座古城废墟。传说，这就是格萨尔的岳父噶嘉洛豪华的官邸。石墙若
断若续，或高或低，昔日的风韵隐约可见。

传说，噶嘉洛原来居住在西藏，后来流浪乞讨到黄河源，在莲花生
大师的授意下，在扎陵湖边，莲花生把馈赠给格萨尔的礼品寄放在他那
里，并赐给他一个白度母转世的花容月貌的女儿，预备让她做格萨尔王
的妻子。格萨尔赛马成王前，岭部落决定把珠牡作为赛马的一项彩注奖
给胜利者。七名美女之一、晁同王的女儿晁茂错，既羡慕又嫉恨，心
想：我晁茂错面容比月亮皎洁，眼睛比清泉鲜亮，身姿比雪山秀美，语
音比百灵婉转，花花白岭国哪个不夸我胜似天仙女，印度和中华汉地哪
个不说我美如格桑花？今天却让珠牡当王后，这口气怎么能咽得下？于
是，她约请了其他五位姑娘来到扎陵湖边，名义上是请珠牡参加煨桑，
其实是要在姐妹们面前奚落珠牡，借以炫耀自己，并乘机加害珠牡。她
像牦牛摇摆尾巴一样晃动着脑袋，指手画脚地说："没有阳光的抚慰，
草滩上的鲜花哪能争奇斗艳？没有深恩的父母，珠牡姑娘哪能这样窈窕
动人？姐妹们，让我们为就要做新娘的珠牡献上一串最珍贵的项链！"
说着，她把一串珍珠串成的项链捧送到珠牡面前。不知内情的人以为晁
茂错真是一位心地善良的女子，谁知道内里竟然隐藏着杀机呢？这串项

链已被恶毒的咒语浸泡了三天三夜，谁戴上它，谁就会被恶鬼缠身，变得面黄肌瘦，形同骷髅。珠牡早已识破晁茂错的险恶用心，故意装作什么也不知道的样子，笑吟吟地接过项链。晁茂错立即催促珠牡赶紧戴在脖子上，说："如同纯洁晶莹的雪山被金光环绕，如同湛蓝无垠的大海被鲜花簇拥，珠牡戴上项链，一定会更加光彩艳丽，我们姐妹们可就谁也比不过喽！"她的话明里奉承，暗箭伤人，果然激起了其他五个女子的不满和怨愤，个个脸上显露出不愉快的神色。晁茂错一看阴谋得逞，得意扬扬。

这时，只见珠牡扬起右手，口中念念有词，霎时，扎陵湖扬波起浪，鱼虫跃舞，天空中彩云斑斓，鸥雁翔集。一阵微风吹来，珠牡手中的项链腾空而去，化作银花点点，散落在湖面，变成了今天我们经常能看到的梅花藻。晁茂错眼看自己的阴谋被戳穿，十分懊丧，其他姑娘也都目瞪口呆，不知所措。珠牡当上王后，格萨尔便在扎陵湖畔为他的岳父建造了一座宏伟壮观的宫殿，这就是我们今天看到的古城堡。如今，崇阁丽舍早已杳无踪影，只剩下几段残破不堪的石墙。然而，珠牡和寄魂湖的传说，仍然在这里流传。

四   魂寄山水间

人们为什么要把灵魂寄存在圣山圣湖呢？黄河源头的人们认为，人并不是一个独立的主体，他是由三部分构成，即躯体、灵魂和灵魂寄存处。灵魂是躯体的精神支柱，而灵魂寄存处则是灵魂的生命存在，它具有神秘和不可知性。当这三者保持平衡的时候，人就会健康、吉祥、充满朝气，如果这种平衡遭到了破坏，人就会患病、背运、直至死亡。所以，灵魂寄存处是生命的核心，灵魂是生命的中介，而躯体仅仅是生命的载体，一旦灵魂寄存处不存在了，灵魂就像鱼没有了水，自然躯体也就失去了存在的价值。一个人（或动物）可以只有一个灵魂，也可以有很多个灵魂；他（它）们的灵魂可以寄存在自身，也可以寄存在别的地方。灵魂越多，生命力越强，就越不容易受到伤害。常见的寄魂处有寄魂山、寄魂湖、寄魂树、寄魂牛。

《格萨尔》带有浓郁的传奇色彩，当人们想杀死仇敌时，首先要想方设法找到敌方的灵魂寄存处，然后将其捣毁，于是敌方也就大难临头、不堪一击了。在格萨尔成为岭国国王后，降伏的第一个魔王是鲁赞。鲁赞十分凶猛，体如高山，9个脑袋，19个角，身上爬毒蝎，腰上盘毒蛇，吐气像火山爆发，呼气像狂风大作。一天，他趁格萨尔闭关修行之际，驾着黑云，带着魔将，刮起一股狂风，席卷整个岭国，趁机抢走格萨尔的爱妃梅萨，格萨尔不得不停止闭关修法，前往搭救爱妃。但两人虽得以相见却又无法把她搭救出来，原来鲁赞的魔法很高。魁梧雄壮的格萨尔躺在魔王的床上，像一个婴儿。被称之为天神之子的格萨尔竟然端不动魔王的碗，格萨尔十分吃惊，问梅萨怎样才能降伏魔王。梅萨回答说，要降伏魔王，首先要捣毁他的寄魂物"拉乃"（灵魂寄居处），否则永远降伏不了他。可是除了鲁赞王本人外，谁也不知道他的"拉乃"是什么。一天夜里，鲁赞王经不住梅萨的哄骗，讲出了自己的灵魂寄居处。原来，鲁赞的灵魂有9个，分别寄居在海洋、大树和野牛身上。寄魂的海是魔王仓库里的一碗獭子血，只有把这碗打翻，寄魂海才会干枯；寄魂树在森林里，只有用仓库里的金斧子砍三次，才会折断；寄魂牛在远山，只有用玉羽金箭去射，才能射死。格萨尔运用智慧和勇气，几经周折，才弄干了寄魂海，砍断了寄魂树，射死了寄魂牛，魔王顿消妖气，身上的毒蝎、毒蛇也变得无影无踪。从此他昏迷不醒，半死不活，格萨尔终于达到了救回梅萨的目的。

另一则故事讲：霍尔国的黑帐王、白帐王和黄帐王三兄弟，武艺高强，凶狠残暴，他们拥有雄兵百万，趁格萨尔到北方降魔之机入侵岭国，抢走了格萨尔的另一位妃子珠牡。格萨尔知道后，只身前往霍尔国。但是格萨尔也根本无法取胜。他只好向霍尔国的卦师请教。卦师告诉他：霍尔王的寄魂物是几头雄壮的野牛，黄野牛是黄帐王的寄魂物，白野牛是白帐王的寄魂物，黑野牛是黑帐王的寄魂物。要想降伏霍尔三王，先要把黄、白、黑三头野牛的头砍掉，千万不能回头。格萨尔来到雪山背后，果真看见有几头野牛，样子凶猛，很难接近，于是格萨尔变成一只大鹏金翅鸟，闪电般落在黄野牛身上，砍掉它的一只角。接着他又砍掉了白野牛和黑野牛的一只角。此后，白帐王、黄帐王、黑帐王都得了重病，立即请来医生诊断并向天神敬奉供品，病虽好了一些，但却不能理政。于是格萨尔趁机进入霍尔国王宫，向卦师求得彻底降伏他们的秘法。格萨尔再次来到雪山背后，使用法术，在三头寄魂牛的头上钉了铁钉。霍尔三王果然病情加重了。在霍尔三王中，白帐王最为凶悍，因为他的灵魂不光寄托在野牛身上，还寄托在阿钦山上一株千年古树上。格萨尔又设法砍倒了寄魂树，捣毁了寄魂山。随着寄魂树轰隆一声倒下，白帐王也立刻从宝座上摔了下来。站在一旁的宠儿阿吉也摔得脑浆迸裂。格萨尔杀死了寄魂牛，砍倒了寄魂树，捣毁了寄魂山，最终降伏了霍尔三王。

也许是藏文化太富有神秘性、现实性和实用性，因此史诗中的灵魂观念走进了现实，反过来又丰富了本民族的灵魂观念。人们自觉或不自觉地将周围的湖泊、山水或者树木视为灵魂寄存处。藏民族把羊卓雍措湖视为自己的寄魂湖，把塔布东南方的"曲科吉措"看作是达赖喇嘛的寄魂湖，把拉萨近郊的奔波日和格培日圣山视为自己的寄魂山。

从史诗《格萨尔》的故事中可以看出，万物有灵、圣山圣湖崇拜、灵魂外寄等灵魂观念对藏族人民的意识形态产生了极大的影响，正如降边嘉措先生所言："万物有灵的观念是自然崇拜的思想根源和理论基础，而灵魂外寄和灵魂转世的观念，是灵魂观念的重要表现形式。从某种意义上讲，这种灵魂观念构成了雪域文化的根基，是雪域文化的一个重要特征。"

五　大地的呼唤

黄河源头，是藏族人民世代居住的美好家园。然而，由于自然和人为的原因，这里的一切正在发生着变化。玛多县就是一个例子，黄河首先从这里流过，这里的总人口只有 10771 人，一年只有冷暖之别，无四季之分。年平均气温在零下 4 摄氏度左右，最冷的时候达到零下 48 摄氏度。进入 20 世纪 90 年代以后，由于特殊的自然气候因素和人为破坏等影响，草原正在逐步缩小，生态日趋恶化，牧业经济受到严重影响。该县早在 20 世纪 80 年代初还是全国"三连冠"首富县，如今一落千丈，出现了为数众多的"生态难民"。流动人口增加，无序采金，过度放牧，连续发生自然灾害。牧草长出不长时间，因缺水很快就枯黄死亡。1999 年该县遭受百年不遇的沙尘暴天气，5 万多头牲畜死亡，65 户牧民无家可归。从 2001 年以来，又有 38% 的牧户因冬季草场缺草少水而背井离乡。土地沙化特别严重，荒漠化的草原成了老鼠的天下，上吃牧草下吃草根，和牲畜争食，严重地威胁着牧民群众的生存。一遇灾害就会有几十万头牲畜死亡。在黄河下游断流的同时，源头也多次出现断流，原来有的近千个小湖泊如今已经干涸。美丽的扎陵湖和鄂陵湖的水位已下降了 2 米多。黄河从鄂陵湖至黄河沿岸近 60 公里出现断流，给黄河中下游地区造成了巨大的灾难。千湖之县的玛多，同样存在着缺水的问题。牧民为了吃水，每天只能到十几公里外的河滩上驮运。由于缺水缺草，人们迫于无奈，也就只好放弃草场，赶着牛羊，到都兰、格尔木等地过起"乞牧"生活，有的甚至远游到青、川、藏三省区交界地带。同时，由于人类活动日益频繁，草原植被遭到破坏，野生动物数量显著减少。野牦牛、藏羚羊、棕熊、盘羊等珍稀野生动物面临着灭绝的危险。

毫无疑问，千百年来，藏民族所追求的就是一条人与自然、人与环境协调发展的道路，也正是对这条正确道路的追求和选择，才使本民族虽历经曲折，但仍能繁衍不息，也使藏族的文明得到了发展和延续。《格萨尔》中有不少自然崇拜观念和神灵观念，其中暗含了这样一种思想，即人类只有依靠自然界才能生存、繁衍和发展壮大。无论是"万物有灵"还是"灵魂外寄"，抛弃谬误成分，吸取精华部分，我们才能求得人与天地参合，与天地同理同气，达到"天时、地利、人和"的理想境界。因而，继承和发扬传统文化的理性光辉，对我们今天保护生态环境、实施西部大开发的战略，无疑具有重要的现实意义。

今天的黄河源区被世界环境保护委员会誉为"全球四大净空"之一，这使全国人民为之感到骄傲。由于生态环境的急剧恶化，生活在这块土地上的人民感到十分忧虑。生态环境的好坏，直接影响到文化环境的存亡，甚至影响到民族的存亡。生态环境得到保护，文化环境相应也会得到保护。如果生存环境破坏了，民族的文化背景也就失去了，民族的文化从何谈起？只有保护好我们的家园，才能使我们的优秀文化传统得以传承，并且能日益发扬和光大，才能够使藏族人民及全国各族人民共同过上美好的幸福生活。

［原刊《中国〈格萨尔〉》（第 1 辑），中国民族摄影艺术出版社 2001 年版］

《格萨尔》中的生态意蕴探析

生存与发展是人类社会所面对的永恒主题。纵观人类社会文化历史的发展进程，文学艺术的命运与大自然的状况、人的精神状况是血脉相连、息息相关的。文学艺术的内容，更接近生命的属性和生态学的原则，其创作本身就是根植于自然的土壤中的。[①] 阅读以战争为主要题材的英雄史诗《格萨尔》，我们除了看到刀光剑影的战斗场景，更能领略字里行间那青山绿水、鸟语花香的美好景象。使人在畅想于雪域高原壮美神奇的自然风貌的同时，又能联想到人与自然和谐相处的人文景观，品味高原民族豪迈浪漫的情怀。更令人不能释怀的，是人与自然抗争、自然环境恶化后给人们带来灾难的记述。在赞叹古代藏民族为适应严酷的生存环境而做出的努力的同时，更加钦佩藏族人民对大自然的探索所总结出的生产和生活经验，这些优良传统至今仍为社会发展、民族兴盛的宝贵财富。

关于史诗《格萨尔》中所反映的生态方面的相关内容已经引起学界的注意，研究文章亦不乏论及，从不同的视角审视了藏族文化以及《格萨尔》中的生态问题。降边嘉措先生的《藏族传统文化与青藏高原的生态环境保护》[②]，对藏族传统文化在青藏高原的自然生态环境保护中所起的积极作用进行了论述，并对当前青藏高原生态环境保护所面临的严重问题提出了自己的看法。该先生的《浅谈〈格萨尔〉与三江源

---

① 鲁枢元：《生态文艺学》，陕西人民教育出版社 2000 年版，第 1 页。
② 降边嘉措：《藏族传统文化与青藏高原的生态环境保护》，1997 年海峡两岸江河源地区发展问题学术讨论会论文。

的生态环境保护》① 则通过对《格萨尔》中的生态环境保护意识与三江
源地区的生态状况紧密结合，全面阐释了三江源地区生态保护的现实意
义。索南卓玛的《从〈格萨尔〉看藏民族的生态观》② 提出了"万物
有灵"是藏民族崇拜大自然的思想根源和基础，并进一步对神山圣湖、
野生动物、草场和森林的保护等方面进行了阐述。在此笔者就《格萨
尔》中的生态意蕴③做一探讨。

一　理想的精神家园

众所周知，英雄格萨尔是岭国的国王，出生在岭部落，岭部落就坐
落在黄河源头的玛域地区。史诗对玛域的自然景观和人文景观多有描
述，将岭国人民心目中的美好家园绘成一幅美丽而神奇的画卷。

在人间南瞻部洲中心东部，雪域所属朵康地方的富庶区域，人们都
称作岭噶布。岭噶布又分上岭、中岭、下岭三部，上岭叫噶堆，是岭国
的西部，地方宽阔，风景美丽，绿油油的草原，万花如绣，五彩斑斓。
下岭叫岭麦，也就是岭国的东部，地方平坦，像无边的大湖，凝结着坚
冰，在太阳照耀下，反射出灿烂夺目的银光。岭国的中部叫岭雄，这里
的草原辽阔宽广，远远望去，一层薄雾笼罩着，好像一位仙女披着碧绿
的头纱。岭噶布的前边，山形像箭杆一样笔挺，岭噶布的后面，群峰像
弓腰一样的弯曲。各部落所搭的帐房和土房，好像群星落地，密密麻
麻，岭噶布这地方，真是个辽阔广大、景色如画的好地方。④

这里形象地描绘出了岭部落的三个地域——"噶堆"（dkaar-stod）、

---

① 降边嘉措：《浅谈〈格萨尔〉与三江源的生态环境保护》，《安多研究》（第 1 辑），
中国藏学出版社 2005 年版，第 294—311 页。

② 索南卓玛：《从〈格萨尔〉看藏民族的生态观》，《西藏研究》2005 年第 2 期，第
72—77 页。

③ 关于生态文艺学的界定和理论体系，学界多有研究并有定论。生态文艺学所涉内容
既包含了文艺学与自然、社会的内容，也包括了文艺学与精神的内容。作为人类重要精神活
动之一的文学艺术活动，必然全部和人类的生态状况有着密切的联系，优秀的文学作品《格
萨尔》更是如此，因而都应当纳入生态文艺学的理论视野加以考察研究。本文仅从《格萨尔》
的文学描述中有关生态内容为其主旨，来探究古代藏族先民的朴素的生态观和思想内涵。至
于史诗中精神和社会的生态内容未展开讨论，在此特做说明。

④ 吴均、金迈译：《霍岭大战》（汉译本）上册，青海人民出版社 1984 年版，第 1 页。

"岭雄"（gling-gzhung）、"岭麦"（gling-smad），岭国三个部落就分布在这三个不同的地域里。充满了青山绿水的岭国，是人类最美好的精神家园，也是古代藏族人民心目中的神奇土地。情景交融，成为《格萨尔》说唱艺人在审美创作中所追求的最高艺术境界。

《公祭篇》描述：

> 好像面粉堆起一高山，那是白雪皑皑玛嘉山。
> 好像一潭碧湖翻绿浪，那是福运黄河水流缓。
> 紫气升腾犹如聚宝盆，那是富饶家乡玛域川。①

在岭国人们的心中，阿尼玛沁雪山如雪白的面粉高高堆起，黄河水则如一潭碧湖②满载福运，玛域川富饶如紫气升腾的聚宝盆。这便是岭部落人们对可爱家乡岭国的赞美。

《公祭篇》中又写道：

> 最长的江河是黄河，最高的山峰玛嘉山，
> 滚滚流水像狼跑，右旋好比坠耳环。③

从中我们可以看出，在岭部落人们的心目中，最长的江河不是雅鲁藏布江，也不是长江，而是波浪滚滚的黄河；最高的山峰不是喜马拉雅山，也不是珠穆朗玛峰，而是阿尼玛沁雪山。

玛域草原水草丰茂，鸟语花香，不仅是牛羊成群的天然牧场，还是动物遍野的安详乐园。在辽阔的草原上，有时甚至无法分清是动物还是家畜：

> 在东方天空黎明的曙光刚刚升起，下玛域大大小小、长长短短

---

① 王兴先主编：《公祭篇》，《格萨尔文库》（藏文版）（第1卷），甘肃民族出版社2000年版，第753页。
② 碧湖，指黄河源头的扎陵湖、鄂陵湖和卓陵湖三湖。
③ 王兴先主编：《公祭篇》，《格萨尔文库》（藏文版）（第1卷），甘肃民族出版社2000年版，第774页。

的道路上，便突然出现一群又一群的骡子，看上去就像南天卷起一团团乌云，湖面降下一阵阵暴雨，一浪推着一浪，滚滚行进；那赶骡子的脚户们，也像水面上的波浪，一层接着一层向前走着。在骡群的后面，是一群一群的牧马，一群一群的牦牛，一片一片的绵羊，一片一片的山羊，叫人分不清是假马群还是真马群，认不明是家牛群还是野牛群；看不清是牧草还是绵羊，辨不出是山羊还是羚羊。声势浩大，就像江河决口，洪水奔流，直向玛戴雅花虎滩（rma-del-yag-stag-thang）而来。让人感到山峰也在摇动，草木好像也在行走。①

在史诗中，神奇的玛域，更充满了人文气息。正如史诗中所描写：玛戴雅花虎滩，又分为充满生命气息的八个滩头。

内四滩就像耳环一样圆，外四滩就像展开的虎皮一样平。它的上部是兄弟勇士们聚会的地方，中部是小伙子们练武射箭的靶场，下部是姑娘、小媳妇们唱歌跳舞的场所。那上滩是广阔的草原，草原上牧草丰茂；中滩是一片片的沼泽，沼泽上百花争艳；这下滩更是风光秀丽，树木丛丛，林园处处，果实累累。滩上共有一百零八眼清泉，一股股碧绿的泉水，从泉眼咕咕上冒，团团打转；条条溪水淙淙流淌，好像流的不是泉水，而是胶奶。林间杜鹃啼叫，蜜蜂歌唱；湖边大雁挺颈长鸣，天鹅在水上盘旋，小鸭在浅滩嬉玩。②

关于各色人等生活空间的描写，更是生动逼真。如《取宝篇》：

就在这样风光明媚的地方，一时间搭起了十八种不同颜色的帐房——那上面是喇嘛的法帐，僧人们正在里面讲法辩经；中间是头人们执法的大帐，里面法官们正在据理评判是非；下边是商人们的

---

① 王兴先主编：《取宝篇》，《格萨尔文库》（藏文版）（第1卷），甘肃民族出版社2000年版，第656页。

② 同上。

商帐，里面摆满了各种商品货物。其中那些高大的帐篷，叫人猛一看还以为是雪山；那些矮小的帐篷，更是多得不计其数。帐房间背水的人来来往往，就像是捣开了巢穴的蚂蚁；拾柴的人撒遍山山沟沟，就好像冰雹降落大地。就在这些帐房中间，有一顶高大威严的帐篷，显得格外光辉灿烂，引人注目，他就是岭大王觉如的神帐。[①]

《霍岭大战》中亦有类似的描写。[②] 在这些描述中，大帐星罗棋布、牛羊遍岗、炊烟遮阳的生活场景，无处不透出勃勃的生机和祥和的旋律。这种祥和的自然景观的描写，达到了物中有我、我中有物、物我合一的物化境界，勾起人们对美丽家园的热爱和依恋。

以上描述中的"玛域川""玛嘉山""黄河水"等自然地理名称，正是架构史诗《格萨尔》中地域、山系、水系等自然实体的核心。"玛域"[③]，从确切的地理位置来讲，指黄河源头和阿尼玛沁雪山周围辽阔的地域。"玛嘉山"即阿尼玛沁雪山[④]。格萨尔是天界和人间念神之子，故与天界大梵天王和人间念神阿尼玛沁山神密切相关。诗歌中的"东方玛嘉奔热山是玛域三百山峰首"的首峰"玛嘉奔热"即指阿尼玛沁

---

① 王兴先主编：《取宝篇》，《格萨尔文库》（藏文版）（第 1 卷），甘肃民族出版社 2000 年版，第 656 页。

② 同上书，第 1339 页。

③ 玛域，系藏语，"玛"，"疮伤""过失"之意；"域"，有"地方""故乡""范围""区域"以及"境"等含义。"玛域"照汉文字面理解为"玛地方""玛域"。就其名称来由，我们在藏文文献中还没有发现，如果我们从"玛曲""玛多""玛查理"以及"玛拉查则"等黄河源头一系列带有玛字的地名来推断，也就不难解释了。"玛多"（rm-stod），系藏语译音，"多"为"上"或"上部"之意，"玛多"其地域靠近阿尼玛沁雪山，故有"上部玛域"或"玛曲上游"之意。"玛查理"（rma-vgram），"玛"意同上，"查理"，有"沿"或"岸边"的意思，整个意思是"玛曲沿"。"玛拉查则"（rm-la-brag-rtse），系位于玛多县扎陵湖北部的山峰名，"玛"意同上，"拉"，山的意思，"查"是"岩"的意思，"则"是山顶的意思，整个意思是"玛域岩山峰"。这些地名，都与"玛"有关联，由此可以推断，"玛域"一名可能源于"玛沁奔热雪山"。

④ "玛嘉山"即阿尼玛沁雪山。据藏文文献记载，阿尼玛沁山神的别名有"觉吾相格尔瓦"（jo-bo-phying-dkar-ba）"觉吾奈瑟"（jo-bo-ne-ser）"穆洪觉吾坚赞"（dmag-dpon-jo-bo-rgyal-mtshan）"噶丹兆格盖念"（dgavi-ldan-vbrog-gi-dge-bsnyen）"多吉华咱"（rdo-rje-dbavi-rt-sal）"依达合多吉华旦"（zhi-bdag-rdorje-dpal-ldan）"额穆加"（ngom-rgyal）"盖念觉吾坚赞"（dge-bsnyen- jo-bo- rgyal-mtshan）等多种称谓，是属于藏区九尊神中最为古老的山神之一。参见恰日·嘎藏陀美编著《藏传佛教僧侣与寺院文化》，甘肃民族出版社 2001 年版，第 249 页。

山神。传说，作为"世界中心"的"玛域"，既是黄河的源头，又是"岭国的中心"。在岭国的周围有13座山峰，被奉为"十三山神"，它们均为岭部落的保护神。其中最高的雪山"玛嘉奔热"既是岭国的寄魂山（bla-ri），又是英雄格萨尔的寄魂山。英雄的格萨尔就诞生在这座圣山脚下，所以这座山才成为他的"寄魂山"，此山神也常以神力护持着格萨尔王的正义事业和生活在这里的人们，使格萨尔圆满地完成了英雄的业绩。"玛曲"即黄河，黄河上游的绝大部分都为藏族地区。[①]

　　史诗中凡是涉及的岭国，无论是自然环境还是人文环境都极为优越，正如史诗描述："在人间南瞻部洲的北方，属于雪域藏土的朵康（mdo-khams），有一块具有福运的风水宝地，它就是人们一见便仰慕的岭地通瓦贡门（mthong-ba-kun-smon）。"[②]"通瓦贡门"，即"人见人爱"的地方，这是高原人们与自然为友、崇尚自然之美的心理、意识的反映，体现了高原人民对自然环境的依赖和对美好环境的渴望。自然界各种生命是彼此折射辉映、相生相长、共生共荣的；蓝天白云、青山绿水、鸟语花香的自然环境，才是人类真正的乐园。

二　恶劣的生存环境

　　如银的雪山是水源的宝库，美丽的圣山离不开积雪的装饰。对牧民来讲，积雪既是水泉之源，又是草原最大的杀手。在《格萨尔》中，

---

　　① 黄河发源于巴颜喀拉山山脉北的格姿各雅山，源头五泉喷涌，聚汇成流，名卡日曲，东流转北，与约古宗列曲汇合称玛曲河，入星宿海，再东流入扎陵、鄂陵二湖，然后经玛多、达日、甘德、玛沁、久治出州，果洛州境内全部流程760公里，占黄河总流长的17.77%，人们称之为"玛曲"。玛曲西南出果洛境到达甘肃省甘南藏族自治州，然后急转向西北流去，又进入青海省境内的河南蒙旗、海南州、循化撒拉族自治县再折入甘肃省，形成绕积石山脉的第一大河曲。果洛人形容玛曲河曲，像一只蜷曲着身子静卧在草原上酣睡的绵羊，人们就世代吉祥地生活在蜷曲的绵羊的温暖怀抱之中。早在远古时期，人们对黄河的认识已达青海的大积石山。《尚书·禹贡》有"导河积石"之说，禹贡"导河"所至之"积石"，即今果洛境内的阿尼玛沁山，亦称大积石山。《山海经·海内西经》云："昆仑之虚在西北，昆仑之虚，方八百里，高万仞……河水出东北隅，以行其北，西南又入渤海，又出海外，即西而北，入禹所导积石山。"《尔雅》载："河北昆仑墟，色白，所渠并千七百一川，色黄。"据以上古代史籍记载，"河出昆仑"之说与今黄河发源地较为接近。
　　② 王兴先主编：《天界篇》，《格萨尔文库》（藏文版）（第1卷），甘肃民族出版社2000年版，第388页。

冰雹和雪灾的记载也不乏其列。

《降霍篇》中有如下记载：

> 在狗年年底和猪年年初的冬春之交，霍尔地方下了一场淹没膝盖的猛烈冰雹，砸死无数牲畜；霍尔河渡口上雹子和冰块前拥后挤，冻结成一座座冰塔；七天之中，河水从河底冻干，人们连饮用的水也无法取到。①

《诞生篇》中，当觉如母子被岭部落流放到黄河源头的拉隆松多地方后，岭地被积雪覆盖，牲畜濒临灭绝。

> 大雪从十二月初一开始下起，直下得山头插上长矛只能看见枪缨；山沟插下竹箭只能看见箭口。整个岭地，全被积雪覆盖，牛羊牲畜，濒临饥饿死亡；特别是上中下三大岭部地区，积雪更厚。

面对恶劣环境，史诗中反映出的人们的解决办法是："一定要找一个没有降雪的地方，不然，牲畜将会一个不剩，全部死光。"② 于是，岭部落派出了四位勇士，到上、中、下岭地周围察看灾情。他们所到之处，到处是白雪茫茫。当他们到达黄河源头的"桑钦考巴"（seng-chen-khog-pa）、"鲁古泽热"（lu-gu'-rtse-ri）、"拉隆松多"（lha-lung-sum-mdo）以及玉隆噶达查茂（gyu-lung-ga-dar-khra-mo）等地方时，惊奇地发现"山上一片青色，川里雾气升腾；山上山下，牧草丰厚。估计可供六大部落的牛羊马群，吃上三年也吃不完。"这里正是被逐出岭部落的觉如管理的地方。

在求得觉如的同意后，他们召集六大部落集会商议，"由总管王做出了迁居玛域河曲的决定"。一个大的部落迁徙便开始了。"这一天，庞大的搬迁队伍终于出发了，从嘎考山口上往玛考附近看去，就像夏日

---

① 王兴先主编：《降霍篇》，《格萨尔文库》（藏文版）（第1卷），甘肃民族出版社2000年版，第1273页。

② 同上书，第491页。

天空的雨云，浩浩荡荡涌向玛域。"①就这样，整个岭部落迁移到了黄河源头。自此，"岭人们迁居玛域后，在当地世间土地神的佑护下，穷者变富，弱者变强，都过上了幸福的生活。"②

在某一地域形成的民族体并不是稳定不变的，而是随着时间的推移不断发展变化。在人类形成与发展过程中，由于某些综合因素的影响，民族体常会出现规模不等的空间迁移。当然，民族和部落迁徙的主要因素不外乎经济、战争和环境的恶化等几个大的因素。根据史诗不同版本提供的信息，岭部落原来的牧地并非如后代史诗中所描述的人间天堂的玛域地区，而是在阿须，即今四川省甘孜藏族自治州德格县阿须乡所在地。格萨尔5岁才被岭部落逐出牧地。后来，岭部落在遭遇一次雪灾后，迁徙到了格萨尔和他母亲生活的地方即玛域地区的"拉隆松多"地方。对一个游牧民族来讲，草原一旦被大雪覆盖无疑就是灾难。草原的动物包括牲畜就会大批死亡，牧民的生产和生活受到严重威胁。大自然既是养育人类的母亲，往往又是葬送人类的坟墓。岭部落在自然灾害的迫使下，最终走上了举部迁徙的道路。由此看来，每个民族都有迁徙的历史，这种迁徙活动已成为一个民族维护自身生存和求得进一步发展的必然手段，也是民族发展进程中难以避免的步伐。

三　猎杀动物的后果

在《格萨尔》中，有许多因猎杀动物而遭到惩罚的内容。无论是天神之子格萨尔还是部落头人，无论是将军还是平民百姓，一旦触犯了这些法规，同样会受到本部落的惩罚。少年时期的格萨尔曾因滥杀无辜遭到了部落的流放。《诞生篇》记载有：

> 每日，觉如都到山上捕猎取鹿茸，到滩上拿石头打黄羊，用绳子捉野马驴，打杀周围山上的野兽，然后用尸肉垒墙，拿兽头围院

① 王兴先主编：《诞生篇》，《格萨尔文库》（藏文版）（第1卷），甘肃民族出版社2000年版，第495页。

② 同上书，第501页。

落，使兽血汇成了海子。他还把附近山路上过往的旅人抓来关进牢房里。他饿了吃人肉，渴了喝人血；用人皮当坐垫，把人头撒山上。这情景啊，神鬼见了会寒心，罗刹目睹要厌恶，就是天龙八部发现了，也要心惊胆战的。[①]

觉如打猎虽为生活所迫，但按照部落的习俗，乱杀生命，就违犯了部落内部的法规，岭部落查实后召开了民众大会，总管王感到很遗憾，然而公法难容：

> 觉如是顶宝龙王的亲外孙，愿想让他把王位登。
> 而且又是嘉擦的亲兄弟，称他好却像是敌人。
> 偷马的罪行早暴露，又杀死达绒打猎人。
> 这些事情罪过已不小，又把荒山野兽全杀尽。
> 抓取外沟商旅投牢房，吃了人肉还把人血饮。
> 这些事伤了岭神的心，占卦预言星算都不灵。
> 觉如已经犯了法，他在白岭难容身，
> 要把他逐到玛域坪，我总管王就是执法人。[②]

尽管有很多好心人说情挽留，但觉如母子还是被逐出部落，流放到了黄河源头的玛域。就在流放的这一天，岭部落的达绒长官、察香丹玛、曲鲁达尔盼三人喊着"咯""索"，带着公证人来到了觉如母子帐前，晁同和三大支系派出的三个代表，把觉如的帐篷放倒卷了起来。次日，岭地六大部落的人们把觉如母子押送启程。在一些不同的版本中还记述，驱逐时有100个喇嘛吹螺，100个小伙射箭，100个妇人撒炒面。

此外，珠牡打死香獐的故事，也颇耐人寻味。在《赛马篇》中，珠牡受天神的授记，抓住赤兔神马交付觉如，他俩便踏上了返回的路上，觉如看到对面山上有一只香獐（gla-ba），便让珠牡唱歌迷住了香

---

① 王兴先主编：《诞生篇》，《格萨尔文库》（藏文版）（第1卷），甘肃民族出版社2000年版，第484页。

② 同上。

獐。然后，觉如一下子就用绳索套住香獐，不料獐子把觉如拖倒在地，"珠牡搬起一块石头，把獐子砸死了"。觉如从地上爬起责备：

> 哎！阿姐珠牡，应该由我降伏这只獐子魔，而你却动手把它打死了。獐子死不瞑目，觉如也降魔未成，香獐死在女人手里，它的灵魂会推向地狱的大门，不仅损坏了你阿爸嘉洛的家风，而且也出卖了岭地勇士的灵魂。还说什么公獐取它的麝香，母獐割它的肉吃，你乃是白岭赛马会上要争夺的瑰宝，名声很大。我要即刻把你的名声和这些贪吃好财的话同时宣扬出去。照你的话说，这也非真，那也不实，似乎连獐子也没杀死，但善恶是有个标准的。还是听听我的歌，看你的罪孽有多大吧！①

这则故事反映了不随意杀生是岭部落人们遵循的守则，也是牧民的"家风"（rus-smad）。这种家风的产生源自于人们对大自然的依赖而萌生的敬畏和爱惜之情。人们不能随意杀生，尤其是女子，否则会"丑闻留给众人说，岭地闲话四处传，贱女人人来指责"。②

无论是格萨尔打地鼠的故事还是珠牡杀死獐子的故事，都向人们展示了古人保护草原、保护动物的观念与意识。尤其是不能随意猎杀动物，似乎成为当时人们的一种约定俗成的习俗。实际上，长期以来这种禁止随意猎杀动物的习俗始终沿袭不绝，有的已成为"部落习惯法"或约定俗成的禁忌。从天上的飞禽到地下的走兽，包括水生鱼类等都被列为禁杀之列。如乌鸦被看作是神的使者，忠实地预告一日或一年的祸福吉凶。敦煌古藏文残卷中就有根据乌鸦的叫声来判断吉凶的记载。③秃鹫在藏区非常活跃，常常守候在各大、小天葬场。人们出远门时，如果路途遇到鹤、鹰、狼，即被认为平安归来预兆；黑颈鹤传说是格萨尔仆人的化身；布谷鸟、野鸭、燕子以及金银鸟等是春的使者。鸟类在家

---

① 王兴先主编：《赛马篇》，《格萨尔文库》（藏文版）（第1卷），甘肃民族出版社2000年版，第594页。

② 同上书，第595页。

③ 王尧、陈践践：《吐蕃的鸟卜研究——P. T. 1045译解》，《敦煌吐蕃文书论文集》，四川民族出版社1988年版，第96—102页。

中筑巢，是家庭和睦的象征；人们禁食驴、马、骡等圆蹄类动物的肉。如此等等，不胜枚举。

在青海海东农业区，人们将羊圈看得十分贵重而加以保护，不得随意污染，更不能在羊圈内撒尿，否则会被看作是不吉利。在婚嫁时，要把羊圈打扫干净，铺上毡条被子，周围置放木板当席。牧民们视牛羊为命根，为求得生活保障，发自内心地将牛羊看作是最为圣洁的动物。更值得一提的是自古藏族就形成了一种关爱生命的文化情结，由此还形成了专门的节日——"放生节"，藏语称"才塔尔"（tshe-thar）。[①] 这是一种普遍存在的民间习俗，各地区的表现形式大致相同，将生灵放归自然，任其自生自灭，这被认为是一种修善积德的行为。

四　草原生态保护

在《格萨尔》中，除了体现有崇尚良好环境、保护动物的观念外，还有对保护草原、保护水源和树木等观念的刻画。这种观念被认为是天经地义的。如《诞生篇》中，格萨尔5岁那年，母子俩被部落驱除出境流放到了玛域地区的玛麦玉隆嘎都松多（rma-smad-gyu-lung-ga-dar-sum-mdo）地方。这里原本是"宝藏之门"（gter-sgo），当格萨尔的母亲廓姆拿出嘉洛东巴坚赞送给她的"护地铁铲"（ljags-vco）在帐篷四周随意挖掘时发现，"东边的蕨麻（gro-ma，人参果）有马头那么大，南边的蕨麻有公牛头那么大，西边的蕨麻有母牛头那么大，北边的蕨麻有羊头那么大"。[②] 土地肥沃，草原植被极好。

然而在"这下部黄河堪隆六山（rma-smad-mkhan-lung-ri-drug）地带，原来是无尾地鼠占领的草场：山头的黑土被翻遍，山腰的茅草被咬断，大滩的草根被吃掉。人要到这里，会被尘土埋葬掉；牲畜到这里，

---

① 放生节，在拉卜楞地区一般于正月初八在拉卜楞寺举行，每逢节日，在图丹颇章院内僧众诵经并跳法舞，然后在各地牧民送来的牛、羊、马身上撒上净水，系上彩带放走。凡是被放生的牲畜都被视为"神牛""神羊"或"神马"，任何人不敢猎取。当天拉卜楞寺的总执法僧在拉卜楞寺"从拉"（tshong-ra市场）向各地朝圣的香客和当地村民宣布治安事项（参见苗滋庶等编的《拉卜楞寺概况》，甘肃民族出版社1987年版，第59页）。

② 王兴先主编：《诞生篇》，《格萨尔文库》（藏文版）（第1卷），甘肃民族出版社2000年版，第486页。

会被饥饿折磨死"。于是，就展开了一场人鼠大战，觉如一面消灭地鼠一面唱着"英雄怒吼调"：

> 古代藏族有谚语：毁坏田地的是老鼠，
> 扰乱村寨的是强盗，撤散家庭的是悍妇。
> 你们作害的老鼠精，干下的坏事无其数。
> 看你们今天的坏主意，是想消灭所有大部落。
> 抢去草原牧草难养畜，毁坏上供花田难敬佛。
> 草原牧人幸福全散失，所有坏事都是你们做。①

　　他用"猫眼石花蛇投石袋"，"装上羊腰子一般大的三块神鬼寄魂石"向地鼠打去。"只听山崩地裂一声巨响，鼠大王无尾大嘴鼠、多眼小地鼠和青耳鼠大臣同时中石而死。其他所有地老鼠，被抛石的声音震破耳朵，也在同一时间里全部死去，灵魂被引上了解脱之路。"用抛石器打死了鼠王扎瓦卡切、扎瓦米茫、地鼠大臣扎瓦那宛，所有的地鼠也纷纷死去。

　　其实，保护草原、树木、水源等措施，也成为今天民间的传统习俗。地鼠是草原的公害，其危害不亚于草原的沙化。据资料显示，目前黄河源头的草原每年要被地鼠吞噬数万公顷。防鼠害的斗争在历史上就曾引起重视，史诗中就有格萨尔消灭鼠王的故事，虽然有些神话的色彩，但可见藏民族与地鼠做斗争的历史非常悠久。新中国成立后，政府逐年加大投资力度，组织人员配合牧民进行灭鼠。当然，也不排除其他一些保护措施。

　　在《降霍篇》中，当霍尔国白帐王侵入岭国抢走珠牡，9年后回到岭国的格萨尔为搭救珠牡，在霍尔国的"黄霍尔达拉四方大滩的下方"，幻化出了无数的商贾和僧侣，引起了霍尔国的警戒，于是颁行了一套保护草原的"禁令"：

---

① 王兴先主编：《诞生篇》，《格萨尔文库》（藏文版）（第1卷），甘肃民族出版社2000年版，第487页。

> 在这美丽的草原上，丛丛青草已结籽，
> 弄撒要拿酥油赔。
> 草上露珠一滴滴，踩落要拿绸子赔。
> 草茎根根在喷香，折断要拿金簪赔。
> 百花盛开颤巍巍，撞花要拿松石赔。
> 溪水清清起涟漪，弄浑水头用奶赔。
> 树枝交蔽像拉手，砍断树叶用马赔。
> 果实累累如垂珠，打落果子用羊赔。
> 石头砸破用铅粘，开辟道路用金赔。
> 吃草就要讨草价，饮水就要掏水税……①

　　只要是牧民就会体验到，茫茫草原，看起来无人，实际上草原的主人无处不在，只要你不怀好意，马上就有人来劝阻。正如上面所说弄撒结籽的青草，"要拿酥油赔"；踩落草上露水，"要拿绸子赔"；折断草茎根根，"要拿金簪赔"；撞坏盛开的花朵，"要拿松石赔"；等等，可见这一传统习俗历史悠久。

　　《格萨尔》中所描述的小规模的战斗，往往是在巡哨人员和入侵者之间发生的。② 而巡哨的目的，是使岭地不受侵犯，草地不遭破坏。

　　在近现代的藏族地区，为了防止偷猎者、破坏封山禁令者、盗贼以及敌对部落的侦探，人们每逢夏秋两季进行不定期的搜山。意大利藏族学者南卡洛布曾在 20 世纪 50 年代在四川的杂曲卡、色达等部落进行了考察："搜山是牧区地方法的核心，保卫家乡安全最重要的事情就是进行搜山。"③ 何峰曾撰文将这一习俗纳入了藏族传统习惯法的"军事习惯法"中。"青海果洛地区还将警戒的内容、措施写入习惯法条文。其中规定，与外部落发生严重纠纷，由头人宣布戒严，禁止与外部落往来，布置防线。白天巡逻设卡，夜间值更防范。发现敌情，白天由头人

---

① 王兴先主编：《降霍篇》，《格萨尔文库》（藏文版）（第 1 卷），甘肃民族出版社 2000 年版，第 1345 页。
② 青海民间文学研究会搜集翻译：《丹玛青稞之部》（油印本），第 97 页。
③ 南卡洛布著，索朗希译：《川康牧区行》，四川民族出版社 1988 年版，第 74 页。

发出音调高而长的'咯咿'声，夜间在山顶放火报警。"①

　　对水资源利用和保护的观念，无时无处不反映在人们的生活习俗中。无论在牧区还是农区，清晨，当人们起床后，老人的第一件事就是一面念诵六字真言，一面毕恭毕敬地给佛龛前的净水碗内换上新水。《天界篇》中，"**按照往常的习惯，总管王每日清晨早起来，先要念很多遍六字真言，诵二十一遍《忏悔经》，其次还要做回向、发愿、供水、煨桑等各种仪式。这些功课不做完，他是不会放弃跏趺静坐而起身的。**"② 这种习俗已历经数百年，至今仍没有多大改变。云南藏区"农牧区举行婚礼，村邻们每家要赠送一桶纯净水，男方要在最末一只水桶横放一只柏枝，新娘下马后，送亲人在每只木桶上献一哈达，以示对村邻们的感谢祝福。新娘拿起柏枝醮桶里的圣水向天空连洒三次，以示祭三宝，完后在水桶上敬一条哈达，并和送亲者围着水桶转三圈，应供喇嘛手持圣水沐浴宝瓶，念沐浴经，向新娘洒圣水，为其洗礼"。此外，在云南藏区，每逢藏历新年都举行抢"头水"的习俗。新年来临时，第一个抢到"头水"的为"金水"，第二个为"银水"。饮用这种净水或洗漱，可以祛病增福。所以，这里的人们有的每到年末夜一过就去争抢"头水"，有的鸡叫头遍就去背水。尽管现在很多地方有自来水，但这一习俗仍然传承了下来，人们乐此不疲。③

　　为了求得各种福运，藏区还形成了一系列禁止乱砍滥伐树木的习俗，这一习俗与宗教有联系，是将树木作为一种"神"来对待，并加以崇拜、祭祀。如11世纪著名高僧热罗多杰扎，他曾赴印度和尼泊尔学经，将大威德系列密法引进藏地的五大传承系统中，成为热系的首位传经师，得到了后来八思巴大师、布敦大师、宗喀巴大师的好评。他除了广布教法外，还向"阿里三部、卫藏四区、聂、罗、佳以及达、贡、阿各地投放大量资金，封山禁伐，保护森林和野生动物，安置猎人和渔

---

① 何峰：《〈格萨尔〉与藏族部落》，青海民族出版社1995年版，第90页。
② 王兴先主编：《天界篇》，《格萨尔文库》（藏文版）（第1卷），甘肃民族出版社2000年版，第390页。
③ 陈树珍：《谈藏族、纳西族水、木文化中的生态意识》，中国社会科学院民族文学研究所和云南省迪庆藏族自治州于2001年10月召开的《格萨尔·姜岭之战》与藏、纳西文化关系暨第四次《格萨尔》精选本编纂工作学术研讨会的交流论文。

民，使其放弃猎杀职业。出现了到处风调雨顺，水盛草茂，人畜兴旺，纠纷平息，社会安宁，人人行善戒恶，一片吉祥升平景象"。①

另据有关调查，尔苏藏族崇拜"冲巴"（树神），他们认为树神归山神管辖，每个寨子附近，都有一片森林，林中必有一棵古老而枝叶繁茂的神树。越西县尔苏藏族一年一度的祭山会，就是在这种神树林中举行，据说这样就可获得农牧丰收。川西藏区崇拜一切树（除马桑树），祭祀树时，以高大的万年青树为对象，这些树被称为"沙树坡"（意为神树）。每家每户都供有一棵神树。人们认为神树能主宰这户人家的一切，小孩出生时行祭，祈求树神保护健康成长；有人生病也要祭树神，有人发痒或发肿，便认为是触犯了树神，必须请巫师到家中来施法，并到山上去祭树神。石棉藏区，各寨山后都有一片茂密的山林，不能在其中放牧，更不能砍伐，它是全寨的神树林，可主宰全寨的祸福。每个家族选一棵最老的树作为家族的树神，每年都要杀鸡祭祀。② 同样，在四川的白马、西藏的林芝以及云南的迪庆等藏区都有树木崇拜的习俗。在历史上，藏传佛教界人士亦为保护环境、关爱自然做出了重要贡献。他们除在教义上制定出了各种戒律外，更重要的是将这些规章制度付诸实践。

以上史诗中描述的战胜自然灾害，保护草原、树木以及水源所做的努力，不仅表达了物有所属的一个界限，而且从深层反映出敬畏和珍视自然的淳朴思想，与当今人类所倡导的人与自然和谐相处、关爱自然、珍惜生命、保护好人类家园的良好理念不谋而合。正是在这种理念的支撑下，藏民族"过去几千年来，在干旱寒冷的气候条件下，高原生态环境仍得到了较好的保护。人们靠的不是外在强制性的手段，而是内在的道德观念和心理素质，这便是视草原为神圣的、朴素的禁忌观念。自然禁忌行为是藏族生态文化的重要内容，对环境保护起了强有力的保障作用"。③

---

① 热·益西森格著，多识·洛桑图丹琼排译：《大威德之光——密宗大师热罗多杰扎奇异一生》，甘肃民族出版社1999年版，第176页。

② 钱安靖：《川西南尔苏藏族宗教习俗调查》（四川大学宗教研究所1986年打印稿），转引自周锡银、望潮《藏族原始宗教》，四川人民出版社1999年版，第82—83页。

③ 南文渊：《高原藏族生态文化》，甘肃民族出版社2002年版，第94页。

五　自然规律的总结和遵循

自然界的一切都有其自身的客观规律，人们必须遵循这些客观规律。藏民族在严酷的自然环境中，总结出了一套宝贵的农牧业生产经验，以适应自身生产发展的需要。如《天界篇》记载有：

> 世间寒热作基础，才有夏季与冬天。
> 大海上面不起雾，天空不会降细雨。①
>
> 大地腹部没湿气，田间五谷不成熟。
> 若无父母合精血，神子人体从何出？②
>
> 在三春不播下籽种，到三秋收不到五谷。
> 在三冬不饲养奶牛，到三春挤不出牛乳。③

这是人们总结出来的与季节变化、冷暖干湿有关的农牧业生产规律。又如：

> 平川广袤大地上，肥田沃土五谷丰，
> 犏牛地上勤耕耘，肥沃土地方显能。④
>
> 三山腰部水浇地，五谷丰登六畜旺，
> 养活岭尕黑头人。三山脚下清水流，
> 鱼儿生息在水中，嬉戏漫游张金翅。⑤

---

① 王兴先主编：《天界篇》，《格萨尔文库》（藏文版）（第1卷），甘肃民族出版社2000年版，第404页。

② 同上书，第406页。

③ 《赛马称王》，四川人民出版社1980年版。

④ 李朝群、顿珠译：《格萨尔王传：察瓦箭宗》，西藏人民出版社1987年版。

⑤ 甲措顿珠译：《门岭之战》，西藏人民出版社1986年版，第60页。

哪里有肥沃的土地哪里才能长出丰收的粮食；哪里有丰美的草原就在哪里放牧。河谷地带，有利于发展农业。

> 只要大山不倒下，大鹿总要成群结队；
> 只要雪峰化不完，河水就永远流不干……①

雪山是万水之源，也是蓄水的水库，只要雪山上有积雪，那么河水永远也流淌不尽；反过来讲，只要山口溪水常流，那么就证明雪山上的积雪就没有融化完。只要大山还存在，大鹿总要成群结队地在山上吃草。这种辩证的思维正反映出古代藏族对自然规律的领悟。

《格萨尔》中的谚语讲：

> 天高搭梯子，地低挖坑道，
> 石坚凿子凿，水深造船渡。②

这正是人们在遵循自然规律的同时，发挥人的主观能动性，适应自然的规律、战胜自然的体现，这种朴素的唯物观很早就在人们的观念中产生。

在《诞生篇》中，讲到了一年四季的转换规律：

> 太阳月亮运行在天空，太阳送给四大洲温暖，
> 月亮专司驱逐夜黑暗，这是自然分工要这般。
> 石山草山屹立大地上，草山夏季葱茏秋枯黄，
> 石山四季如旧不变色，这是自然分工不一样。③

诸如此类，《格萨尔》中有大量的篇幅描述。但说到底自然规律还是不可抗拒的、不可逆转的，正如《降霍篇》中的谚语：

---

① 王兴先主编：《天界篇》，《格萨尔文库》（藏文版）（第1卷），甘肃民族出版社2000年版，第420页。

② 同上书，第421页。

③ 同上书，第424页。

三件事情难逃避：一是日出要天亮，
二是日落黑暗罩，三是人老必死亡，
千条江河归大海，决不逆流把头掉。①

《格萨尔》以大量的篇幅描述了人与自然、人与环境的关系。在
《公祭篇》中，格萨尔在一段唱词中唱道：

我从天界降生人间时，曾说野鸭不弃小湖水，
碧湖清水不忘野鸭子，夏季来临互相有联系；
曾说大鹿不把石山离，青石山岭不把鹿忘记，
花草茂盛跟它有联系；白岭大王不停唤天神，
天神永远保护不忘记，这与郑重誓言有关系。②

在诗歌中，湖和野鸭、石山和大鹿、天神和格萨尔王，自然、完美
地体现了自然和动物，人与天神和谐相处的自然关系。
在《霍岭大战》中有这样的描述：

天鹅展翅飞北方，是去碧湖把家安。
如果湖水不干枯，天鹅自会落湖边。
绵羊奔向高山岗，是把青青花草馋。
花草若未遭霜杀，绵羊自会上草山。
杜鹃飞向森林里，是因果多食新鲜。
果实若未遭雹打，杜鹃自会来林间。
达萨离家去岭地，是为成亲寻夫君，
如果囊俄他在家，达萨自会留白岭。③

---

① 王兴先主编：《天界篇》，《格萨尔文库》（藏文版）（第 1 卷），甘肃民族出版社 2000
年版，第 965 页。
② 同上书，第 751 页。
③ 王兴先主编：《降霍篇》，《格萨尔文库》（藏文版）（第 1 卷），甘肃民族出版社 2000
年版，第 1005 页。

这里表明了人与自然互相依存的关系。

《霍岭大战》中描述有：

> 地气升腾形成云，天空雨水降大地，
> 雷电雾霭从此生，这叫天地相调和。
> 夏水冬季结成冰，天空雨水降大地，
> 冷热相间植物生，这叫冬夏相调和。
> 善业净化罪孽果，怕下地狱修善业，
> 善恶之间识前途，这叫善恶相调和。
> 霍尔好比红清茶，岭国就像白酥油，
> 酥油调茶喷鼻香，两家不合没理由。①

在这些"天地调和""冬夏调和""善恶调和"以及家国关系的"调和"之中，充分地反映出古代藏族的自然观念，亦即：从顺应自然、敬畏自然到融于自然、战胜自然的强烈意识。

从以上的这些实例我们可以看出，古代藏族在严酷的自然环境中得出一整套的经验：

第一，农牧业生产经验。"大地"有了"湿气"，"五谷"才能"成熟"；"三春""播下籽种"，才能保"三秋"的"五谷"；"三冬"不"饲养奶牛"，到"三春""挤不出牛乳"。这些都是从农牧业生产实践活动中总结出的客观规律。

第二，水是生命之源的经验。"雪峰化不完"，那么"河水就永远流不干"；"大山不倒下"，那么"大鹿"总要成群结队。说明了水在自然界的重要性。

第三，季节的转换规律。如"太阳"送给大地"温暖"，"月亮"才是驱逐"黑暗"的明灯；"草山"夏天葱茏，秋天枯黄，"石山"四季如旧，这完全是自然"分工"所使然。

---

① 王兴先主编：《降霍篇》，《格萨尔文库》（藏文版）（第 1 卷），甘肃民族出版社 2000年版，第 1194 页。

第四，自然规律的不可抗拒性。如"日出"要"天亮"，"日落""黑暗罩"，"人老死亡"，"江河归大海"。

第五，人与自然、人与环境的关系。"湖"和"野鸭""石山"和"大鹿""天神"和"格萨尔大王"，形成了人与自然、自然与动物和谐相处的自然关系。

第六，大自然的连生关系。"地气"与"云"，"天空雨水"与"雷电雾霭"，"夏水"与"冬冰"，天空"雨水"与"植物"，"善业""罪孽"与"地狱"等的"天地""冬夏""善恶"的"调和"之中，充分地反映出古代藏族与自然的连生关系。

所有这些经验，至今仍在藏民族的生产生活中发挥着积极的作用。

六　《格萨尔》中生态意蕴的归纳

纵观全书，藏族史诗《格萨尔》通过对自然景观和人文景观大量的描述，总结出的自然规律几乎涵盖了生产生活的各个方面，再现了藏族人民朴素的自然观念。

首先，塑造了藏族的精神家园，再现了游牧民族的生活风貌。

在黄河源头的阿尼玛沁雪山脚下的玛域，它像一个"聚宝盆"，岭国人民自古就生活在这里。这里有"碧湖"，满载福运水的黄河孕育高原的众多生命。在广阔的草原上，那成群的牛羊分不清是家畜还是野生动物，让人感到山峰在摇，草木在走。那"玛戴雅花虎滩"既有勇士们聚会的地方，又有小伙子们练武射箭的靶场，还有年轻女子们唱歌跳舞的场所。牧草丰茂，百花争艳；树木丛丛，果实累累；泉水咕咕，溪水淙淙；杜鹃啼叫，蜜蜂歌唱；大雁在长鸣，天鹅盘旋，小鸭嬉玩。喇嘛讲法，头人们执法，商人们经商，来往的行人就像是捣开巢穴的蚂蚁。那"千朵莲花草原上"大帐星罗棋布，僧人"成百上千"，金银财宝堆积如山，牛马骡遍布山冈，背水拾柴的人成群结队，炊烟遮住了太阳，一派生机。由此可见，黄河源头的玛域地区是青藏高原藏民族心目中美好的家园。在这里，自然界的生态节律、人们的神话思维内容达到了完美的一致性。

其次，说明了自然界是人"赖以生活的有机界"，强调了人与自然和谐相处的思想。

对一个游牧民族来讲，草原一旦被大雪覆盖，牲畜就要大量死亡，严重威胁着牧民的生产和生活。大自然既养育人类，也会葬送人类。从岭国在自然灾害的迫使下选择迁徙的道路来看，无论是哪个民族都有自己的迁徙历史，或大的战乱，或大的自然灾害，为人们生活得更加美好，只好迁徙。

格萨尔曾因猎杀动物，遭到了流放。珠牡杀死獐子遭到了格萨尔的讽刺。这种古代岭部落保护草原、保护动物的举动，已成为岭部落的一种约定俗成的习俗。史诗中描述的人鼠大战，保护草原、树木以及水源所做的努力，从深层反映出人们敬畏和珍视自然的光辉思想，表明了我们目前人类所倡导的人与自然和谐相处、关爱自然、珍惜生命、保护好人类家园的理念。

禁止杀生不仅古人就有，而且成为传统沿袭至今，并成为今天习俗的重要组成部分。人们普遍认为自然神灵无处不在，无所不能。"水源是龙神之所"，"树是树神之所"，均不可亵渎和玷污，于是"泉水不污"，"树木不童"。"龙神"之所以称为"水神"，是因为它们大部分居住在江河湖泊，主司人类的水灾和疾病。这些地方，是极为圣洁的地方，不能随意污染，否则会亵渎龙神，遭到报复。而千百年来流传的祭祀龙神的习俗，更蕴涵了人们的一种关爱生命的情结，成为自觉保护生态环境的无形资产。为此，人们为了求得生存，达到与大自然和谐相处的目的，自然制定了一系列的禁忌，才产生了"雪峰化不完"，那么"河水就永远流不干"，"大山不倒下"，那么"大鹿"总要成群结队地相互依赖的关系。人与自然是共处于同一个"有机团体"之中的，是扎根于同一块土壤之中的。

中国古代思想家也正是从"天人合一"、"天人相分"的认识出发，提出了许多调整人类行为，保护资源，保护生态平衡，实现对自然永续利用的主张。如战国时期的庄子说："民食刍豢，麋鹿食荐，虫即蛆甘带，鸱鸦嗜鼠，四者孰知正味？"（《庄子·齐物论》）又说："当是时也，山无蹊隧，泽无舟梁；万物群生，连属其乡；禽兽成群，草木遂长。"（《庄子·马蹄》）这些都说明庄子有万物相连，群生群长的整体观念。春秋齐国的宰相管仲，他将齐国治理得富裕强大，主张"山泽林薮积草天财之所出"（《管子·立政》），即山林湖泊茂草都是国家财富的来源。管仲还提出："山林虽近，草木虽美，宫室必有度，禁发必有时。"（《管子·八观》）

藏族人民形成的独具特色的保护自然、人与自然和谐相处的思想理念，与中华民族文化中的"天人合一"的观念是合拍的。千百年来，中华民族所追求的就是一条人与自然、人与环境协调发展的道路。也正是通过对这条正确道路的追求和选择，才使中华民族虽历经曲折，但仍能繁衍不息。

"青藏高原的资源保护和利用得如何，生态环境保护得怎样，关系到长江流域、黄河流域和印度河流域的发展与兴衰，也就是说，关系到东方两个文明古国的繁荣昌盛……因此，保护好水资源，保护好青藏高原首先是黄河、长江源头即三江源的生态环境，就是保护人类自己，就是保护中国和印度这两个东方文明古国灿烂辉煌的历史文化。"①

人与自然是一个永恒的话题。保护环境，是人们发自内心的呼声，精心呵护好人类的家园，是人们意识中自觉产生的。正如《马克思恩格斯全集》所说：人从自然界中脱离出来以后，依然具有自然属性，其活动不可能不受着自然界的制约和限制。人直接的是自然存在物……作为自然的、肉体的、感性的、对象性的存在物，和动植物一样，是受动的、受制约的和受限制的存在物。② 人在自己的活动过程中，必须不断地和自然界举行各种交往，自然界是人"赖以生活的有机界"。

另外，阐明了实践是人与自然关系历史的起点，强调了遵循客观规律是实践活动成功的前提。

人类为了求得生存，必须要进行一系列的社会实践。人与自然关系的发展，也导致人的主观认识能力的不断发展，从而能够越来越了解自然的本性。随着认识水平的不断提高，"他们对自然界的作用就会愈带有经过思考的、有计划的、向着一定的事先知道的目标前进"。③ 人们通过社会实践，才总结了如"大地"有了"湿气"，"五谷"才能"成

① 降边嘉措：《浅谈〈格萨尔〉与三江源的生态环境保护》，《安多研究》（第 1 辑），民族出版社 2005 年版，第 296—310 页。

② 《马克思恩格斯全集》（第 42 卷），人民出版社 1995 年版，第 17—18 页。

③ 《马克思恩格斯选集》（第 3 卷），人民出版社 1995 年版，第 516 页。

熟";"三春""播下籽种",才能保"三秋"的"五谷";"三冬"不"饲养奶牛",到"三春""挤不出牛乳"等农牧业生产经验。如"太阳"送给大地"温暖","月亮"才是驱逐"黑暗"的明灯。"草山"夏天葱茏,秋天枯黄,"石山"四季如旧,这完全是自然"分工"所然的季节转换规律。又如"日出"要"天亮","日落""黑暗罩","人老死亡","江河归大海"自然规律的不可抗拒性。"湖"和"野鸭""石山"和"大鹿""天神"和"格萨尔大王",形成了人与自然,自然与动物和谐相处的自然关系。"地气"与"云","天空雨水"与"雷电雾霭","夏水"与"冬冰",天空"雨水"与"植物","善业""罪孽"与"地狱"等的"天地""冬夏""善恶"的人与自然、人与环境的关系。说明了人的主体能动性,永远受到自然界客观规律的制约,遵循客观规律,是实践活动成功的前提。

总之,藏民族在与自然环境相依相存的发展过程中,为达到人与自然的和谐统一,不断发挥人的主观能动性,积极地利用、改造和保护自然,来达到人类社会永恒进步的目的。这些意识,带有朴素的辩证法思想,是来自对自然现象和社会现象的观察,是以客观事物的辩证法为依据的。人们的这种辩证思想,尽管更具感性的成分,但真实地反映了古代藏民族社会实践发展的水平,也反映了这个古老民族当时对客观世界的认识水平。这种辩证思想,既是《格萨尔》说理的有力依据,又是古代藏民族指导、观察和处理人与自然、人与人关系的世界观和方法论,对指导古代藏民族的社会实践活动,规范人们的行为,维护自然生态平衡发挥了积极的作用。

21 世纪将是生态科学的世纪,也是生态文化的世纪。在中国悠久的民族文化传统中,蕴藏着大量的生态伦理思想,这是一笔宝贵的历史遗产,有赖我们去整理,使之弘扬光大。本文仅对藏族史诗《格萨尔》中的生态意蕴加以探讨,有望对黄河源头地区未来的生态保护与研究提供借鉴,并对青藏高原生态研究提供有价值的资料,使得藏区的经济、社会、环境、资源、人口等因素协调发展。至于对《格萨尔》中蕴藏的丰富的自然观内容,还有待于我们进一步的发掘整理。

(原刊《西藏研究》2007 年第 1 期)

第 二 编
部落及其山神崇拜习俗

从姓氏源流看果洛藏族的宗教文化习俗

人类只有了解与依赖自然界、实现人与自然界之间双向适应才能保证自己的生存发展；文化正是了解与依赖自然界、实现人与自然界之间的双向适应的产物。众多的山脉、湖泊以及河流，将青藏高原分割成不同的地域，这种地域上的分割与差异，对藏族文化有着重要影响，不同的地域又有着不同的文化特点。

果洛地处青海省东南部的巴颜喀拉山与阿尼玛沁山（a-myi-rma-chen）之间。阿尼玛沁雪山坐落在玛沁县境内，最高峰玛沁奔热（rma-chen-spang-ri），山势巍峨磅礴，冰峰雄峙。该山的余脉一直绵延到甘肃省甘南藏族自治州境内。甘南的玛曲、碌曲等县，四川的阿坝草原与阿尼玛沁雪山所在地，同属草原地带，在文化传统上有着共性。"果洛藏族世世代代以牧业为主，过的是游牧生活，在与大自然的长期斗争中，陶冶了他们粗犷豪放的民族性格。"[①] 8 世纪以前，果洛各部族中普遍信奉苯教（bon-po），崇拜多神，信仰"万物有灵"。藏传佛教传入后，逐步取代了原来的苯教，人们普遍信仰藏传佛教，各地区分布着大小不等、规模不一的藏传佛教寺院，有萨迦、觉囊、噶举、宁玛、格鲁等派。"在当时的部落社会制度下，各部落头人也把本部落有无寺院视为衡量权势大小的重要标志。"[②] 人们崇信"念神""赞神"和"鲁神"，将阿尼玛沁和年宝叶什则雪山视为"神山"，年年祭祀，经久不衰。[③]

果洛藏族自称为"董氏"后裔，自古以来就居住在黄河源头，在英雄

---

① 《果洛藏族自治州地方志》编纂委员会编：《果洛藏族自治州志》，民族出版社 2001 年版，第 6 页。

② 同上书，第 1189 页。

③ 同上书，第 1186 页。

史诗《格萨尔》中将这一地区称作"玛域"（rma-yul）。在"玛域"境内有一座著名的圣山称作"阿尼玛沁"，果洛藏族部落的姓氏往往与阿尼玛沁山神有着密切的联系；随着宗教在当地的传播和发展，人们给阿尼玛沁雪山增添了浓郁的宗教色彩，同时也给自己的姓氏赋予了深厚的文化内涵。本文依据藏文文献和口碑资料，就果洛藏族的姓氏源流与宗教文化的关系展开讨论，旨在让人们了解早期藏族认知自然、肯定人性的生存历程，了解藏族深厚的部落文化遗存与宗教文化传统密不可分的关系。

一　果洛藏族的姓氏

人类的起源一直都是人们关注的重要话题。藏民族也不例外，无论是藏文文献还是民间口承史诗中，都有关于祖先的记载和描述。果洛人认为他们的祖先就是"董氏"，最初源于西藏。

史诗是人类的童年历史，流传于藏区的《格萨尔》也无疑折射了早期藏族氏族部落演化和变迁的历史影子。果洛人也将地域的保护神人格化，宗教神灵便注入了自然地理实体，自然实体也可作为神灵来朝拜，使得部落社会习俗与宗教信仰难以区分，充满了浓郁的宗教色彩。

在史诗《格萨尔》中，对藏族族源尤其是"董氏"家族多有提及。史诗讲述了世界形成和众生形成的辩证关系，指出，只要人们能够辨别众水的源头就是"冈底斯山"的话，那么果洛藏族部落的源头也可以在史诗《格萨尔》中找到。

《天界篇》中岭部落酋长绒查察根（rong-tsha-khra-rgan）提道：

> 世界如何形成？众生如何演变？
>
> 佛法的源头在何处？"董"氏族的渊源在哪里？
>
> 这些我当然能讲述！正如与世长存的冈底斯山，
>
> 是众水的源头，正确无误的"董"氏的渊源，
>
> 保存在古老的故事之中，这些深远的历史我当然能讲述！[①]

---

① 《天界篇》，四川民族出版社1980年版，第60页；另见青海省民研会整理《格萨尔王传·霍岭大战》，青海民族出版社1962年版，第28页。

《格萨尔》中，在格萨尔的伯父晁同（a-khu-khro-thung）的对白中同样交代了"董"氏家族演化的历史线索：

> 由古代六大氏族中，如何繁衍出强大的"穆布董"，
>
> 从而又出现三十个众兄弟，只有我晁同才知道。

这段唱词告诉人们：古代六氏族—穆布董—岭六部—三十个众兄弟的血脉关系。

史诗《格萨尔》的核心内容就是用诗的语言咏唱了英雄格萨尔的祖先"董"（ldong）氏族的来源、繁衍、壮大以及格萨尔率领"三十英雄"（phu-nu-sum-cu）南征北战，建立丰功伟绩的英雄故事。

史诗的分部本《世界形成》（srid-pa-chags-lugs）、《董氏预言授记》（ldong-gi-ma-yig-lung-bstan）、《天界篇》（lha-gling）中就专门讲述了格萨尔祖先"董"氏族的传承；《诞生篇》（vkhrungs-gling）、《赛马篇》（rta-rgyug）等部，讲述了格萨尔的诞生和"董"的"父系三兄弟"（pha-tsho-spun-gsum）从卫藏辗转迁徙到黄河源头并占领其地（rma-sa-bzung）的历史过程。

史诗《格萨尔》中关于"董氏"的记载，实际上是一个历史事实，这在藏文文献记载中可以得到验证。"董氏"就是古代藏族四大姓氏之一。据最早的藏文文献《柱间史》载：应观世音菩萨点化，猕猴菩提萨埵到北方雪域的深山修行，与岩罗刹女（brag-srin-mo）成亲生得一子，一年过后繁衍成 400 多只，观音菩萨赐以五谷种子，他们生活在"雅隆泽当"（yar-lungs-rtses-dang）。后来，猴子们分化为"四个部族"（bod-kyi-mi-bu-rigs-bzhi），分别为"董"（ldong）、"东"（stong）、"赛"（se）、"穆"（smu），他们是内族之四大土著部族，也即雪域吐蕃最早的先民。[①] 后来，在四大种姓的基础上增加了"惹"（dbra）和"柱"（vdru）两氏族，通称"六大氏族"（mi-bu-

---

① 觉沃阿底峡发掘：《柱间史》（藏文版），甘肃民族出版社 1989 年版，第 54—56 页。

rigs-drug）。①

　　大司徒·降曲坚赞在《朗氏家谱》中将"董氏"的族源写得更加详细：彭部落的始祖"彭梅"（sangs-povi-vbum-khri），经过几代世袭，到阿尼木思钦波（a-nyi-mu-zu-chen-po）时娶念莎夏米玛生三子，长子帕秋董传出十八贵人，繁衍为董氏十八氏族，其中有肤色为紫色的董氏显贵六族和尊者六族。②

　　《朗氏家谱》又载：

> 　　（董氏族中）老大是"阿波董"（spos-chu-ldong）③，（其他）
> 还有我"十八大支"（che-bco-brgyad），
> 　　"大姓十八支"（rus-chen-bco-brgyad）和"穆布董"，
> 　　"穆布董"（smug-po-ldong）中又细分为：
> 　　"长者六系"和"尊者六系"（Btsun-drug）。④

　　《安多政教史》载：

---

① 　巴俄·祖拉陈瓦：《智者喜宴》（藏文版），民族出版社 1986 年版，第 154 页。《传奇》载："藏区古代六氏族，加上舅系向波郭一支，共七个氏族。"此说是《安多政教史》中所提及的文献，《传奇》疑是作者在《安多政教史》第二章中所列的莱隆（sle-lung）所著的《护法神嘉措传奇》（dam-can-rgya-mtshovi-rtog-brjod）；《汉藏史集》载："吐蕃之人源于猴与罗刹女，故讲阿巴支达魔之语言。内部四族系，为东氏（stong）、董氏（ldong）、赛氏（se）、穆氏（rmu）等。"（藏文版，四川民族出版社 1985 年版，第 12 页）；智贡巴·贡却乎丹巴饶吉的《安多政教史》第 771 页记载，藏族的族姓分赛氏、穆氏、董氏、东氏四个贵姓，称为"先是舅系相波（zhang-po），以后则是神族郭（phyis-lha-rigs-sgo）"。

② 　大司徒·降曲坚赞：《朗氏家谱》（藏文版），西藏人民出版社 1986 年版，第 6 页；达仓·宗巴班觉桑布的《汉藏史集》中也有同样的记载，吐蕃三人六子分配土地，董得到了柱莫冲冲（vbru-mo-khrom-khrom）、噶得到了噶玛麦波（sgar-ma-me-dpo），韦和达在汉藏交界（rgya-bod-sa-mtshams）之地，占据了当地的达岱宫玛（mdav-dar-gong-ma）。由此，长系之中，未失尊长地位的是兄长董的后裔（12 页）；智贡巴·贡却乎丹巴饶吉的《安多政教史》第 771 页中记载，赛氏贵姓种姓繁衍为赛（bse）、琼（khyung）、扎（sbra）；穆氏贵姓繁衍为穆（rmy）、察（tsha）、噶（sga）；董氏贵姓种姓繁衍为阿（a）、波（lcags）、董（ldong）；东氏（stong）贵姓种姓繁衍为阿（a）、嘉（lcags）、柱（vbru）。此外，剩下的贱种又分为韦（dpav）和达（zla）两种姓，这就是藏族原始六氏族。

③ 　据尊胜的《格萨尔史诗的源头及其历史内涵》一文考证，spos-chu-ldong 怀疑是 a-spo-ldong（《西藏研究》2001 年第 1 期，第 39 页）。

④ 　大司徒·降曲坚赞：《朗氏家谱》（藏文版），西藏人民出版社 1986 年版，第 6 页。

在多康（stod-khams）地区，称为董氏十八大秀（ldong-shul-chen-bco-brgyad）者有阿秀（dbal-shul）、柔秀（rag-shul）、熙秀（phyag-shul）等。其中阿秀的来源是这样的：在董华青嘉布（ldong-dpal-chen-skyaos）的氏族中，有一时期，一个称作阿秀普瓦塔（dbal-shul-phur-da-thar）的人，肤色黝黑，体高而背驼，声似山羊，因而其别名为董木雅格苟热格（ldong-mi-nag-gug-gu-ra-skad），他的牧地在玛科拉嘉曲卡（rma-khog-rwargya-chu-kha）等处。①

以上文献可见，"董"氏族是一个庞大的家族，遍布青藏高原。②其中"阿波董""十八大支""大姓十八支""穆布董"是平辈的氏族。"长者六系"和"尊者六系"是"穆布董"的分支。那么，穆布董的长者六系和尊者六系又在何处？藏文文献《汉藏史集》也有更为详尽的记载：

穆布董（pho-bo-ldong）的长者六系（che-drug）是：
上部是巴曹（spa-tshab）和郑叶（vbring-yas），
中部若曾（ro-vdze）和冉西（rag-shi），
下部木雅（mi-nyag）和吉坦（gyi-than）。

长者六系（che-drug）之后是尊者六系（btsun-drug），
他们是白利（bi-ri）安多和岭巴（gling-pa），
若曾分为上下两部，
吉坦分为上下两支，
这叫长尊混合十二支（che-btsun-spel-ma-bcu-gnyis）。③

---

① 智贡巴·贡却乎丹巴饶吉：《安多政教史》（藏文版），甘肃民族出版社1982年版，第238页。

② 尊胜：《格萨尔史诗的源头及其历史内涵》，《西藏研究》2001年第1期，第33页。

③ 达仓·宗巴班觉桑布：《汉藏史集》（藏文版），四川民族出版社1985年版，第13页。

由此可见，"穆布董"的"岭巴"属于"尊者六系"。

从上述藏文文献记载中我们首先看到，在安多地区属于董氏系统的部落较多，如董氏阿秀等十八大秀，董氏多察等十八大察。"董氏"之"董"与汉文史书中记载的"党项"羌（ldong-dyang）之"党"在读音上很接近。"党项"的"党"，即"董"（ldong）的转音，"项"（byang）即"北方"之意，顾名思义是"北方的董氏"。古代藏族六大姓氏之一的"董"氏的一支可能迁徙到了北方，这与董氏活动在这一地区的记载是吻合的。正如法国学者石泰安所言：这些部族实际上都位于西藏的中部，可能是由于羌族人向西藏中部迁徙的结果，这些部族对于吐蕃的形成做出了贡献。①

上述表明，果洛藏族的传承脉络从董氏—穆布董—尊者六系—岭巴。岭巴就是史诗中所说的岭部落，以至演化为岭国六部。

二　果洛藏族姓氏与阿尼玛沁山神的信仰

关于"董氏"的具体描述，在史诗中有诸多描述，如《赛马篇》，在古代藏族先民六大氏族之一的董氏家族中，有一位叫作拉查根宝的人，生有三子，分别与玛嘉奔热山神的三个女儿结为夫妻，形成三户人家。后来，由于外族侵扰，迫使董氏家族迁徙，途中拉查根宝老人掉队，不幸葬身狼腹。三兄弟只好停止迁徙，驻锡在玛域地区，留守先辈遗骨。②

黄河源头，藏语称"玛康岭"（rma-khams-gling），史诗中有时简称为"岭岱"（gling-sde）或"岭"（gling）。居住在"玛康岭"的"董"氏族的人们则以"岭巴"（gling-pa）自称。"用地望代替姓氏是藏族史中常见的现象，于是格萨尔也有了'岭·格萨尔'（gling-ge-sa-er）的称呼。"③

① ［法］石泰安著，耿昇译：《西藏史诗与说唱艺人的研究》，西藏人民出版社1993年版，第6页。

② 青海省民间文艺研究会收集，青海民族出版社整理：《赛马篇》（藏文版），青海民族出版社1981年3月版，第1—301页。

③ 尊胜：《格萨尔史诗的源头及其历史内涵》，《西藏研究》2001年第1期，第29页。

迁徙到岭地的"董"氏父系三兄弟与当地其他氏族联姻,组成更大的群体,史诗中称为"岭地六部"(gling-tsho-drug)。"岭地六部"的同辈男子互为兄弟,当格萨尔降生时,"岭地六部"共有 30 个众兄弟(phu-nu-sum-cu)。格萨尔率领这 30 个众兄弟首先征服了"四方四敌"(指"魔部""霍尔部""门部""姜部",在藏文中简称 bdud-hor-mon-vjang-phab-pa),其后相继征服了邻近的"十八大宗"(rd-zong-chen-bco-brgyad-blangs-pa),然后占领了边远的"三十六小宗"(rdzong-phran-so-drug-blangs-pa)。在征服这 58 个部落或邦国的过程中,格萨尔为岭地的民众夺取了牛、羊、马、金、银、绸缎、水晶、茶叶等生活必需的物质财富,并把这些财富作为遗产留给后人。

其实,在藏文文献中同样有其来由的记载。《安多政教史》中记载:

> 当董(ldong)、柱(vdru)两氏族争战时,玛沁大山神护佑董姓黑汉,赐予了称为如意能断的九股利剑(bsam-chod-kyi-ral-gri-rt-se-dgu)作为悉地,助董氏在战争中取胜。①

这就是说,在"玛沁大山神"的护佑下,"董姓黑汉"才"在战争中取胜",部族才得到了繁衍。这与《安多政教史》记载的另一则"董氏"因发生战争而迁徙的传说颇为相似。②

地方文献《果洛宗谱》中也记载:昂欠本、阿什姜本、班玛本三兄弟的父辈死后,遗骨由喇嘛曲本巴等高僧分给几个儿子,分别撒在自己的圣山上,这些圣山也成为他们各自的神山。他们依自己的神山为根据地,繁衍生息,发展为三大部众,分别以自己的名字称呼。③《安多政教史》中载:在"玛科包底多(rma-khog-po-tivi-mdo)等地,有上下阿秀(dbal-shul),他们都属于董氏族。有这样的歌谣:'三大山峰归董

---

① 智贡巴·贡却乎丹巴饶吉:《安多政教史》(藏文版),甘肃民族出版社 1982 年版,第 238 页。

② 同上书,第 235 页。

③ 扎西加措、土却多杰:《果洛宗谱》(藏文版),青海民族出版社 1992 年版,第 26—85 页。

氏，董氏冒顶高耸乃有此。'他们权势甚大，柏日（be-ri）也属于董氏"。① 为此，石泰安在文章中考述，得出了"董族人分散在汉藏边界由南至北的辽阔疆域中"。②

古代藏族氏族都有各自信仰的部族神，果洛藏族部落的保护神是阿尼玛沁山神。果洛藏族部落的先祖之所以在部落战争中获得胜利，从而得到繁衍和发展，是山神阿尼玛沁护佑的结果。果洛藏族部落的先祖去世后，遗骨由后辈撒在周围的雪山，这些雪山成了他们依靠的圣山，成为部落的山神，从而山神也就得到了后代的崇拜和祭祀，并注入了祖先朝拜的成分。

由此可见，氏族的姓氏、部落的山神崇拜、宗教祭祀活动之间由于护佑关系，以及祖先的原因而产生了密切的联系。正如《山神、祖先的姓氏及其神圣的武器》中所述："众所周知，宗教祭祀活动是一种主要以土地神为对象的祭祀活动，在这些社区里，藏族古代保护神之一的战神和神圣的宗教武器并不陌生。这种对神山的崇拜习俗在这些地方更具有典型和普遍意义。特别是在那些曾享有过一定自治权的边境社区里祭祀活动似乎是该领地的重要组成部分和社区的自我标志。与此同时，这种宗教祭祀活动中发现该地方人民的以佛教为框架的、具有各种信仰特征的宗教生活。这种信仰是在远古的祭祀仪式的基础上增加了佛教理念和一些新的要素之后形成的。"③

长期的历史演变过程中，果洛藏族部落在"自然崇拜""万物有灵"的宗教思想影响下，将灵魂观念注入于自然山水之间，给山水实体寓于了人性化的成分，雪山不再是一座普通的雪山了，而被当作神灵顶礼，当作祖先祭祀。④ 随着果洛藏族社会的长期历史发展，人们给阿

---

①　智贡巴·贡却乎丹巴饶吉：《安多政教史》（藏文版），甘肃民族出版社1982年版，第238页。

②　［法］石泰安著，耿昇译：《川甘青藏走廊的古部族》，四川民族出版社1992年版，第70页。

③　［奥］海德戈德著，德康·索朗曲杰译：《山神、祖先的姓氏及其神圣的武器》，《西藏研究》2003年第1期，第112—113页。

④　如《玛沁奔热娶龙神措曼国玛为妃子的神话》《苯教师勒辛本玛娶玛沁山神的女儿的神话》《玛沁山射杀念青山的神话》中，都将阿尼玛沁山神以父神的角色来演绎故事情节。（见《果洛州志》）在青海省文联珍藏的《英雄诞生》中还有阿尼玛沁化作了金面金衣人与廓姆野合，后来廓姆生下了格萨尔的记述。

尼玛沁雪山赋予了精神生命，也描绘出了其特殊的形象，同时也将其塑造成了一个国王和父王，犹如一个家族和王国拥有自己的家族成员和庶民，使其既具备了人格化，又具有社会的多项功能。此外，在安多地区，还流传着与果洛藏族族源相关的许多神话，限于篇幅，在此不做讨论。

三　果洛藏族的姓氏与宗教文化

《格萨尔》中描述的阿尼玛沁山神，在人们的心目中是一个活灵活现的生命体，山体是山神的寄托体，这样就成了神山，它有灵魂、"有脑壳"、"有腰身"、"有肚子"，正如安多藏区的古歌：

> 上部玛嘉山有脑壳，有脑壳就一定有脑浆，
> 白雪落下就是脑浆；
> 上部玛嘉山有腰身，有腰身就一定要扎腰带，
> 山间的云雾就是腰带；
> 上部玛嘉山有肚子，有肚子就一定有肠子，
> 毒蛇钻洞就是肠子。①

这就为神灵注入了人类的感情，也注入了更多美的愉悦感和真实感，减少了原来的恐怖色彩，祖先崇拜也注入其中。在藏文文献中，阿尼玛沁俨然以一位父王和郡王的形象②出现。在人们心目中阿尼玛沁山神是世界九大神之一，专司"安多"地区的山河浮沉和沧桑变迁之职，是藏乡的保护者。③

---

① 佟锦华：《藏族民间文学》，西藏人民出版社1991年版，第15页。

② 阿尼玛沁山神的形象，苯教徒往往将其描绘成挥舞长矛，骑绿鬃狮或白马的白人。如雅拉香波（war-lha-sham-po）由牦牛变成了一位身体白如海螺，穿着白色衣服的白人神；念青唐拉（gnyan-chen-tan-lha）为骑一匹四蹄雪白的神马，左手握藤枝，右手持水晶念珠的英武白人神。阿尼玛沁山神的形象还被绘制在藏传佛教格鲁派寺院的墙壁上，如甘丹寺、塔尔寺和拉卜楞寺等都有其画像。

③ 《果洛藏族自治州地方志》编纂委员会编：《果洛藏族自治州志》，民族出版社2001年版，第92页。

　　章嘉绕贝多吉在祭文《玛沁奔热祭文》（lcang-skya-rol-pai-rdo-rje）中描述了阿尼玛沁山神有密法大伴偶、9 个儿子、9 个女儿、360 个"玛"系兄弟。①　阿尼玛沁山神拥有众多的山神，犹如一个庞大的神灵王国，其中有大臣、将军、管家以及千军万马，阿尼玛沁山神是这个王国的最高统治者。他还有父王、母后、王妃、舅舅、公主等构成十分庞大而兴旺的家族，其家族成员在当地人们的心目中也有确切的地理位置，如其父王"帕垭·赛日昂约"，母后"马英·智合吉加尔莫"，密妃"桑伟雍庆·贡曼拉热"，舅舅"香吾·帕日智合让"，大臣"龙宝格同智尕尔"，管家"尼尔哇·章吉夏嘎尔"，经头"安确·卡赛巴尼"；此外，还有赛格吾玛、图尕尔意英闹吾、拉庆莫哇多哇、念青俄拉则托合等"玛日尔"眷属 360 位；忠实的侍从、侍卫 1500 人。②　其眷属和侍卫集中居住的地方叫"热格尔东香"（意为"千顶帐房群"），此地也是 16 位菩萨的寄魂山。至于其中指的是哪 16 位菩萨今已无从查考。③　他们共同居住在富丽堂皇的九层白玉琼楼阁宝殿之中，过着美满的生活。阿尼玛沁不仅以山神的身份给黄河源头果洛藏族部落的人们带来了幸福和吉祥，最终也成为家族、部落、部落联盟的国王，也是岭国以及黄河源头藏民族的地方保护神。关于果洛藏族姓氏源流与宗教文化的关系及其特点有以下几个方面：

　　第一，果洛的姓氏是古代藏族姓氏的一支。

　　首先，从藏文文献中，藏族最初来源于"神猴与罗刹女"结合而繁衍形成的，后来又出现了六大种姓之说最为普遍。在很早以前，"古代六氏族"中的"董氏"已经走出卫藏，迁徙到"汉藏交界的地方"，"当吐蕃人在玛卡秀热（dmar-kha-shur-ras）地方种地时，吐蕃三父六子分地居住"（dmar-kha-shur-ras-vdebs-stag-pa-der-bod-mi-gsum-bu-dug-sa-bgos-byas）。这与《格萨尔》中谈及的董氏父系三兄弟占据"玛康

---

　　①　［奥地利］勒纳·德·内贝斯基·沃杰科维茨著，谢继胜译：《西藏的神灵和鬼怪》，西藏人民出版社 1993 年版，第 243 页（另见藏文《玛沁奔热祭文》rma-chen-spom-rivi-bsang-yig）。

　　②　《果洛藏族自治州地方志》编纂委员会编：《果洛藏族自治州志》，民族出版社 2001 年版，第 210 页。

　　③　同上。

岭"即占地称王的说法是颇为吻合的。果洛的人们坚信，他们源于古代藏族六大种姓之一的"董氏"。在现实生活中，果洛的人们也认定他们就是岭部落后裔。[①] 果洛甘德县科曲乡德尔威部落的人们，都认为自己是岭国格萨尔所属的直系部落。

其次，《格萨尔》描述的董氏族向北方迁徙的历史描述至少给我们提供了三条信息：一是岭部落是从"古代藏族先民六大氏族之一的董氏家族"发展而来的；二是"董氏家族迁徙"；三是他们"驻锡在玛域地区"。这实际上清楚地交代了岭国岭部落的渊源，其家族、祖先的来由以及所住的地域。虽然在藏文文献或史诗的记载和所描述的岭国长、中、幼三支是否就是今天生活在黄河源头的果洛藏族的三大部落等的真实性，尚待我们做进一步的考证，但它却既反映了藏族文化与果洛地区地方文化的不可分割的渊源关系，同时又反映了源远流长的中华黄河文明中认知自然、肯定人性的光辉历程。

此外，果洛藏族是民族共同体发展中的历史类型，有着悠久的历史。部落的发展也遵循了人类社会部落发展的共同规律。在远古时期，因各种战争的日益频繁，最终导致了血缘联系逐渐被地缘联系所代替，出现了由若干部落的解体或结合而成的部落联盟，成为新的民族共同体部族和民族出现的前提。新中国成立前，果洛地区完全以骨系组成的血缘组织便已不复存在了，同一个骨系的人分散在许多部落里。[②]

第二，传统宗教文化中的山神信仰是祖先崇拜和英雄崇拜的一种延续。

果洛地区的人们将山神与英雄、山神与部落的祖先、英雄与祖先紧密联系在一起。英雄、祖先与阿尼玛沁雪山同在，三者都得到人们的崇拜和敬仰。人们将自己的理想和愿望寄托在祖先、英雄、神山上，祭祀

---

①　2000 年 12 月我们在果洛地区田野考察中得知，著名的《格萨尔》说唱艺人昂日就是该部落的人，他的身份证上依然印着"德尔威昂日"字样。该部落先后产生了国家四部委表彰过的两位优秀说唱艺人，一位是昂日，一位是"掘藏艺人"格日坚赞，还有一位青海省政府表彰过的牧民艺人嘉木样。长期以来，德尔威部落的许多男士们都自认为是格萨尔某大将的转世。也有学者考察，史诗中记载的原先生活在玛域地区的格萨尔部落的后代，现已被压缩到甘德、达日县一带。

②　邢海宁：《果洛地区藏族部落组织及其演变》，《西北民族研究》1992 年第 1 期，第162 页。

山神，崇尚祖先，打造英雄是部落氏族、部落联盟的一种时尚和追求。使山神崇拜与史诗之间搭建了一种特殊的桥梁，"应该说，果洛人由于得天独厚地拥有巍峨雪山而有了神山崇拜，它们作为一种特定的文化载体及其营造的特殊文化氛围，自古至今对史诗《格萨尔王传》产生了至关重要的影响。而充盈着原始观念与信仰的《格萨尔王传》反过来又不断丰富、规范了果洛人的神山崇拜观念"。① 山神信仰，实际上是始祖信仰，其产生不是偶然的，在人类早期从母系到父系阶段中，男性是这种纽带的载体。父神的产生乃是男性以前具有一定社会地位的现象在信仰中的放映。作为父神的阿尼玛沁山神与氏族部落的繁衍联系在一起，它有效地调节了共同的祖先分化出来的不同部落间的关系，使得山神、祖先、英雄以及部落四者紧密相连，也成为流传在果洛一带的民间传说②的重要内容。这种信仰习俗既是青海果洛地区古老的生产方式和生活方式下风俗习惯的沉淀，也是人们宗教信仰和部落融合下文化兼容性的折射，这种习俗逐步成为维系黄河源头社会秩序的文化基础和象征。"'山神文化'中虽保留着不少原始民间宗教文化的成分，但其结构形态已是以藏传佛教文化为中心的多元文化形态。"③ "由此可见，无论在《格萨尔》中还是现实生活中，阿尼玛沁山神在藏族人民心目中有着极其崇高的地位，英雄格萨尔有时也被当作是山神，山神与英雄紧密联系在一起，有时二者是独立的，有时二者合而为一，二者得到人们敬重、祈求、崇拜。人们将自己的理想和愿望寄托在英雄身上，同时也寄托在阿尼玛沁山神之上，打造英雄，崇尚战神，信仰山神是部落氏族、部落联盟的一种时尚和追求，部落的英雄产生了，民族的英雄也由此产生了，极大地迎合了藏民族在危难之中获得拯救的心理。"④

第三，特殊的自然环境孕育了果洛独特的宗教文化习俗。

阿尼玛沁雪山周围是藏族部落最集中的地方，也是《格萨尔》流

---

① 杨恩洪：《果洛的神山与〈格萨尔王传〉》，《中国藏学》1998 年第 2 期，第 119 页。

② 关于果洛三部来由，在果洛民间传说有五则，在《安多政教史》中也有记载；在《果洛州志》（1091—1095 页）中更为详尽。

③ 王兴先：《华日地区一个藏族部落的民族学调查报告——山神和山神崇拜》，《西藏研究》1996 年第 1 期，第 83 页。

④ 丹曲：《果洛地区藏族的阿尼玛沁山神崇拜及其信仰与习俗探析》，《安多研究》（第 4 辑），民族出版社 2007 年版，第 244 页。

传最广的中心地带。传说格萨尔王所属的岭国中心就在这里。阿尼玛沁雪山既是现实生活中果洛藏族崇拜的山神，也是岭国和格萨尔的寄魂山和保护神，它是救助岭国将士英勇杀敌、战胜妖魔鬼怪的念神（gn-yan）、战神（dgra-lha）。从《格萨尔》所反映的灵魂观念来看，岭部落、格萨尔将灵魂选定于与他们生存的地域环境密切相关的阿尼玛沁雪山，而阿尼玛沁既是地域保护神，又具有成为灵魂寄存处所应具有的强烈的象征意义。所以阿尼玛沁演变为灵魂寄存的载体有它的合理性。这种合理性，既符合果洛部落"父辈死后将遗骨撒在神山"的民俗，又符合史诗中将"岭部落和格萨尔的灵魂寄存在阿尼玛沁雪山"的文学创意。因为山的包容性与山地生活的复杂性，使人们产生了依赖感和崇拜感，同时，雪山具有基础宽广、厚重安稳之特点，这就既迎合了英雄英武、豁达的自然性格特征，符合了藏族将英雄神化的审美要求，又符合了果洛藏族部落世世代代繁衍生息在这块广袤的草原上的客观历史事实，这就与藏族自然观、灵魂观在意识观念中根深蒂固的文化背景相契合。反映出"人本身是自然界的产物，是在他们的环境中并且和这个环境一起发展起来的"。①

在汉文化中，有着许多山神的自然性转向人格性的文化现象。据有关文献记载，至少在仰韶文化中就有了山川崇拜。汾神应是夏人建立于汾水流域的山川神，后来由于自然的人格化，夏人后裔将臺骀奉为汾神。② 山川神到后来又拥有了"能助佑战争胜利或赐予土地"的功能。"自然神人格化的结果，不仅使山川诸神获得了人的形象，而且许多山川之神又与人神结合在了一起。"华夏民族的母亲河的河神黄河神也经历了这种人格化的过程。山川神的人格化往往在神话中得以很好的保存。③ 诸如此类，在藏族的神灵系统中的阿尼玛沁既是山神中的念神，又是战神。正如汉族的自然神走向人格化的道路一样，阿尼玛沁山神在其演化过程中最终获得"东方的大神"的称号，被藏区人们所崇拜，

---

① 恩格斯：《反杜林论》，《马克斯恩格斯选集》第 3 卷，人民出版社 1972 年版，第 74 页。

② 詹鄞鑫：《神灵与祭祀——中国传统宗教综论》，江苏古籍出版社 1992 年版，第 66 页。

③ 同上书，第 71—74 页。

清代国师章嘉呼图克图将该山神视为"黄河之神"，曾建议朝廷祭祀。[①]
藏历水虎年（清乾隆四十七年，1782），黄河涨水，下游遭受重灾。皇
帝下旨吹卜藏呼图克图祭祀阿尼玛沁山神，嘱托事业，可能有所裨益，
于是前赴星宿海，祭祀后出现希奇预兆。[②]

　　总之，果洛藏族部落的姓氏，与流传在果洛的宗教文化有着千丝万
缕的关系。这种关系，首先表明了"董氏"自古就生活在阿尼玛沁雪
山脚下，他们为实现人与自然的最大化和谐，与这里的地理环境之间构
筑了一道神圣的桥梁，即人与自然、人与人、人与文化之间特殊的依存
关系；其次反映了果洛藏族的姓氏脉络和其祖先董氏家族的丰功伟绩，
历史与宗教互相交织，人文与地理相得益彰，给这里的地域文化赋予了
深厚的文化内涵，使得黄河源头成为特殊的民俗文化区。虽然有着浓郁
的宗教神话色彩，从侧面反映了居住在青藏高原的藏族先民生生不息、
艰苦创业的历史过程，"也客观上反映了古代藏族崇尚大自然的哲学理
念"[③]。

（原刊《西藏研究》2009 年第 3 期）

---

　　① 乾隆四十七年二月（1782 年 2 月 4 日）：谕军机大臣等：本日据章嘉呼图克图奏称：
"黄河素来灵应，从前康熙、雍正年间曾因堵筑工程差官至西宁虔申祈吁，得以藏工"等语。
现在北岸要工屡有变动，朕斋心默祷，以期天佑神助，并经传谕阿桂等不可稍存怨忧之念。
但念阿桂连日在工，不免昼夜焦急，此特遣伊子阿弥达驰往西宁，同留保住并章嘉呼图克图
弟吹卜藏呼图克图恭诣河源致祭，仰祈神佑，庶得迅奏成功，合龙喜音当即在日夕也（《清实
录》，卷一一五一，乾隆四十七年二月丁亥条，页一四上—一五上）。

　　② 《清实录》，乾隆四十七年二月丁亥条。

　　③ 丹曲：《果洛地区藏族的阿尼玛沁山神崇拜及其信仰与习俗探析》，《安多研究》（第
4 辑），民族出版社 2007 年版，第 237 页。

果洛地区藏族的阿尼玛沁山神崇拜及其
信仰与习俗探析

在漫长的历史岁月里，生活在阿尼玛沁雪山脚下的人们将自己的思想情感和文化色彩注入其中，演绎出了许许多多的神话和传说，使阿尼玛沁雪山成为安多藏区的众多山神中最重要的一员，甚至这里的人们将古代氏族和部落的来源，也与这座雪山联系起来。阿尼玛沁山神既是人们世代尊崇的神灵，也是民间英雄史诗《格萨尔》中的格萨尔和岭部落的寄魂山。在特殊的自然环境和人文环境中，人与自然、人与人、人与文化之间，形成了一种特殊的关系，给这座雪山赋予了深厚的文化内涵。

早在清代，高僧学者章嘉绕贝多吉（lcang-skya-rol-pai-rdo-rje）① 撰写的《玛沁奔热祭文》（rma-chen-spom-ravi-gsol-mchod-bzhugs-so）②；三世贡唐仓·丹贝仲美（gung-thang-bstan-pvi-sgron-me）③ 的《玛沁奔热

---

① 章嘉绕贝多吉（1717—1786），清代藏族著名的高僧学者，原籍凉州（甘肃武威），康熙五十八年（1719）经理藩院奏准，认定他为第二世章嘉活佛的转世灵童，次年迎到青海佑宁寺，他8岁入京，跟随二世土观活佛修习佛法。雍正十二年（1734）他被封为"灌顶普惠广慈大国师"。乾隆元年（1736）他成为管理京城喇嘛事务的掌印喇嘛。章嘉国师，通晓藏、梵、蒙、满等文，博学多才，著作多部。

② ［奥地利］勒内·德·内贝斯基·沃杰科维茨著，谢继胜译：《西藏的神灵和鬼怪》，西藏人民出版社1993年版，第243页。

③ 三世贡唐仓·丹贝仲美（1762—1823），清代拉卜楞寺的著名高僧学者，原籍甘南夏河，7岁被二世嘉木样认定为贡唐仓活佛的转世灵童，乾隆三十三年（1768）被迎进拉卜楞寺院，并随学者多人修习佛法，后于乾隆四十三年（1778）赴藏学法，获得拉然巴格西学位。他返归拉卜楞寺后，相继就任拉卜楞寺、青海佑宁寺等寺院法台，嘉庆九年（1804）嘉庆帝赐予他"呼图克图"尊号。他一生勤于讲经传法，著书立说，著作13部，《水树格言》是其著作的重要组成部分。

福运如意悦海》（rma-chen-spom-ravi-gyng-vbod-phum-tshogs-vdod-dug-rol-mtsho-zhes-bya-ba-dang-rgyal-gsol-mjug-tu-sbyar-rgyu'-gyang-vbod-bcas-bzhugs-so）；智贡巴·贡却乎丹巴饶吉①的《安多政教史》② 中，都有对该山神的描述。此外，才旦夏茸所著的祭文中除有阿尼玛沁山神外，还有对女儿的赞颂。

1926 年 4 月，奥地利探险家洛克（J. F. Rock）博士抵达黄河源头地区，对阿尼玛沁雪山进行了考察，后撰写了题为 The Amnye ma-Chen Range and Adjacent Regions：A Monographic Study③ 的著作，书中对阿尼玛沁雪山及其民俗文化作了介绍和研究。奥地利著名的藏学家勒内·德·内贝斯基·沃杰科维茨（Renē Nebesky-Wojkowitz 1923—1959）在其著作《西藏的神灵与鬼怪》④ 中也对阿尼玛沁山神作了介绍。

20 世纪的 80 年代初，中国也多有学者关注果洛这一区域，涌现出一批学术成果，如杨恩洪先生在考察后相继发表了《史诗与民间文化传统——果洛地区〈格萨尔王传〉的实地考察》⑤ 和《果洛的神山与〈格萨尔王传〉》⑥，从果洛人心目中的阿尼玛沁山神、史诗中记载的岭国的玛域地区等方面展开讨论，认为果洛多神崇拜中的山神崇拜和格萨尔是这一特定文化背景上的精神财富。笔者曾于 2000 年对果洛地区的藏族部落以及传统文化进行了考察，写了题为《试述阿尼玛沁山神的形象及其宗教万神殿中的归属》⑦ 一文，也概要阐述了阿尼玛沁山神的产生、历史背景及其宗教内涵。下面我们在前贤研究的基础上，依据藏

---

① 智贡巴·贡却乎丹巴饶吉（1801—1866），清代拉卜楞寺的著名高僧，原籍合作（甘肃甘南），5 岁时被三世嘉木样认定为前世活佛的转世灵童。他两次抵达西藏学法，从清道光十三年（1833）始至清同治四年（1865）完成了《安多政教史》的撰写，此书成为研究安多地区藏传佛教历史、文化的重要文献。他有佛学和史学方面的著作 10 部。

② 智贡巴·贡却乎丹巴饶吉：《安多政教史》（藏文版），甘肃民族出版社 1982 年版。

③ 洛克于 1926 年 4 月抵达黄河源头地区果洛，对阿尼玛沁雪山进行了考察，所撰本文刊登在《罗马东方丛书》第 12 辑，1956 年版。

④ ［奥地利］勒内·德·内贝斯基·沃杰科维茨著，耿昇译：《西藏的神灵与鬼怪》，西藏人民出版社 1993 年版。该作的原文于 1956 年出版。

⑤ 杨恩洪：《史诗与民间文化传统——果洛地区〈格萨尔王传〉的实地考察》，《民族文学研究》1997 年第 2 期。

⑥ 杨恩洪：《果洛的神山与〈格萨尔王传〉》，《中国藏学》1997 年第 3 期。

⑦ 丹曲：《试述阿尼玛沁山神的形象及其宗教万神殿中的归属》，《安多研究》（第 2 辑），民族出版社 2005 年版。

文文献，并结合笔者多年来实地踏查的认识和心得，就果洛藏族的阿尼
玛沁山神崇拜习俗做进一步的探讨。

一

果洛地处青海省东南部的巴颜喀拉山与阿尼玛沁山之间，四周与 7
个自治州的 11 个县为邻，东与甘肃的玛曲、四川的阿坝毗邻；东南部
与四川的壤塘和色达为界；西南至西北与四川的色达、石渠，青海的称
多县、曲麻莱、都兰相连；北部至东北部与都兰、兴海县、同德县、河
南接壤。境内地势高峻，雪山耸立，河流纵横，湖泊密布。其间，巴颜
喀拉山绵亘南部，阿尼玛沁雪山逶迤境北，年宝叶什则山（果洛山）①
高耸东南，黄河及长江主要支流下切侵蚀明显，形成谷地，平均海拔在
4000 米以上，自然环境特殊。② 阿尼玛沁雪山，位于青海果洛州北部，
主峰阿尼玛沁马积雪山或玛沁岗日，坐落在玛沁县境内，最高峰玛沁奔
热海拔 6282 米，山势巍峨磅礴，冰峰雄峙。雪山的余脉一直绵延到甘
肃省甘南州境内。甘南的玛曲、碌曲等县，四川的阿坝草原与阿尼玛沁
雪山所在地同属草原地带，在文化传统上都有着共性。

"阿尼玛沁"③ 系藏语，在《格萨尔》中有时还称为"玛嘉奔热"

---

① 年宝叶什则山，俗称"果洛山"，"年宝叶什则"系藏语音译。该山位于久治县东南
部约 35 公里处，南北走向，平均海拔 4000 米，最高 5369 米。年宝叶什则山峰雄踞群峰，气
势雄伟，主峰终年积雪，山脚湖水映盆，景象万千，是朝圣者朝拜的著名圣地，它是果洛藏
族重要的山神之一。据传，年宝叶什则山神居住在富丽堂皇的水晶宫，宫门右侧有兽王神虎
守卫；左侧有吉祥神牛守卫；周围有四大门神守护，即东面有拉音尕尔门神守护，南面有达
尕尔浪则（又称克赞年钦）门神守护，西面有扎益赛池门神守护，北面有帕隆智西门神守护。

② 《果洛藏族自治州地方志》编纂委员会编：《果洛藏族自治州志》，民族出版社 2001
年版，第 67—68 页。

③ "阿尼"（a-mye）在藏语安多方言中的字面意思为"祖父""外祖父"。按照安多藏
区的传统习俗，在山神前冠以"阿尼"二字，以示尊崇，如"阿尼念青"（a-gnyan-chen）、
"阿尼妈妈"、"阿尼斯"（a-gnyan-sras）等；"玛沁"（rm-chen）字面意思可理解为"大玛神
山"，其中"玛"字，颇为难解，《藏汉大词典》中，解释为"疮伤""过失"。在《格萨尔》
中有时还称其为"玛嘉奔热"（rma-rgyal-sbom-ra）。祭祀文献中，玛沁山神有"玛类神三百六
十"（rma-rigs-gsum-brga-drug-ju）个眷属，其中有一种专治瘟疫的"念神"也被称之为
"玛"。发源于阿尼玛沁雪山下的黄河，藏语为"玛曲"（rma-chu），意为"玛神之水"。"阿
尼玛沁"可理解为"祖先大玛神山"。

（rma-rgyal-sbom-ra）①，即汉文史籍中的"门摩历山""积石山"，藏语中该山有时还被称之为"博卡瓦间贡"（bod-kha-da-jan-gong，意为"雪山之王"）、"斯巴乔贝拉干"（srid-ba-mqod-bavi-lha-dgu，意为"世界九大神"），认为他是世界九大神之一，也是21座神圣雪山之一，排行第四，专司"安多"地区的山河浮沉和沧桑变迁之职，是藏乡的保护者。② 有的藏文文献还将阿尼玛沁称之为"伯姆卿奔热"、"卓奈玛杰伯姆切"（abrog-gnas-rmar-gyal-spom-che）、"卓奈拉依凯念"（abrog-gnas-lha-yi-dge-bsnyin）。③ 除了"凯念"的称号以外，玛沁奔热山神的名前还可以冠"战神大王"、岩赞（brag-btsan）、地神等称号。偶尔也可称为"玛域众土地神之主"。与念青唐古拉等山神拥有众多的伴神一样，人们相信玛沁奔热也有360个兄弟神相伴，简称"三百六十'玛'"，由此有人推测，"玛"（rma）一词也许是古代土著神的一个分支。④ 章嘉绕贝多吉的祭文《玛沁奔热祭文》记载，阿尼玛沁山神有密法大伴偶、9个儿子、9个女儿、360个"玛"系兄弟。⑤ 三世贡唐仓·丹贝仲美的祭文《玛卿伯姆热福运如意悦海》除了对阿尼玛沁的眷属有提及外，还有"四大念神"⑥和居住在西方的四大女神⑦等伴神。⑧ 女神多吉查姆（rdo-rje-drug-mo-rgyal）被认为是

---

① 《丹玛篇》，《格萨尔文库》（藏文版）（第1卷），甘肃民族出版社1996年版，第514页。在《藏传佛教民俗与信仰》中将"玛沁奔热"中的"奔热"解释为"粗大的角"（第90页）。

② 《果洛藏族自治州地方志》编纂委员会编：《果洛藏族自治州志》（上册），民族出版社2001年版，第92页。

③ 藏文文献还将其别名称之为"觉吾相格尔瓦"（jo-bo-phying-dkar-ba）、"觉吾奈瑟"（jo-bo-ne-ser）、"穆洪觉吾坚赞"（dmag-dpon-jo-bo-rgyal-mtshan）、"噶丹兆格盖念"（dgavi-ldan-vbrog-gi-dge-bsnyen）、"多吉华咱"（rdo-rje-dbavi-rtsal）、"依达合多吉华旦"（gzhi-bdag-rdorje-dpal-ldan）、"额穆加"（ngom-rgyal）、"盖念觉吾坚赞"（dge-bsnyen-jo-bo-rgyal-mtshan）等多种，是属于藏区九尊神中最为古老的山神之一（恰日·嘎藏陀美编著的《藏传佛教僧侣与寺院文化》，第249页）。

④ ［奥地利］勒内·德·内贝斯基·沃杰科维茨著，谢继胜译：《西藏的神灵和鬼怪》，西藏人民出版社1993年版，第241页。

⑤ 同上书，第243页。

⑥ "四大念神"即"俊钦懂查""叶钦热德""珠钦懂俄噶尔肖"和"念钦唐拉神"。

⑦ 四大女神是东方的"次丹玛"（ze-drtan-ma）、南方的"周嘉玛"（vbrug-rgyal-ma），西方的"帕切玛"（phan-byed-ma）和北方的"才增玛"（tshe-vdzin-ma）。

⑧ 才让：《藏传佛教民俗与信仰》，民族出版社1999年版，第92页。

阿尼玛沁山神的伴偶。① 此外，藏传佛教后弘期的发源地青海化隆县的丹斗寺附近的"阿玛琼莫曼宗多吉玉卓"是阿尼玛沁山神的女儿。② 总之，阿尼玛沁雪山称号繁多，大部分词意难考。藏文文献记载，阿尼玛沁山神拥有众多的山神，犹如一个庞大的神灵王国，其中有大臣、将军、管家以及难以计量的千军万马，他是这个王国的最高统治者。他还有父王、母后、王妃、舅舅、公主等十分庞大而兴旺的家族，其家族成员在果洛地区人们的心目中还有确切的地理方位。如其父王"帕垭·赛日昂约"，位于阿尼玛沁雪山的西北部，母后"马英·智合吉加尔莫"，位于阿尼玛沁的北侧，紧贴着阿尼玛沁，密妃"桑伟雍庆·贡曼拉热"，位于其峰的北面，舅舅"香吾·帕日智合让"，位于其西部，大臣"龙宝格同智尕尔"，位于其西北部；管家"尼尔哇·章吉夏嘎尔"，位于其西北部，经头"安确·卡赛巴尼"，位于其西侧。此外，还有赛格吾玛、图尕尔意英闹吾、拉庆莫哇多哇、念青俄拉则托合等"玛日尔"眷属 360 人，忠实的侍从、侍卫1500 人。③ 阿尼玛沁的眷属和侍卫集中居住的地方叫"热格尔东香"（意为"千顶帐房群"），也是 16 位菩萨的寄魂山，至于其中指的是哪16 位菩萨今已无从查考。④ 他们共同居住在富丽堂皇的九层白玉琼楼阁宝殿之中，过着美满的生活。

　　阿尼玛沁山神的历史源远悠久，传说他最初系印度罗刹守门人。⑤后来，莲花生大师来吐蕃时期，该山神被降服，遂立誓弘扬佛法。关于阿尼玛沁山神的由来在阿底峡的《弟子问道录》中也有详尽的记载。⑥人们还将这一故事改编为著名的藏戏《达巴丹布》，久而久之，罗刹守门人被人们忘却了，而阿尼玛沁山神却成为人们日常精神生活不可分割

　　① ［奥地利］勒内·德·内贝斯基·沃杰科维茨著，谢继胜译：《西藏的神灵和鬼怪》，西藏人民出版社 1993 年版，第 243 页。

　　② 才让：《藏传佛教民俗与信仰》，民族出版社 1999 年版，第 92 页。

　　③ 《果洛藏族自治州地方志》编纂委员会编：《果洛藏族自治州志》（上册），民族出版社 2001 年版，第 210 页。

　　④ 同上。

　　⑤ 恰日·嘎藏陀美：《藏传佛教僧侣与寺院文化》，甘肃民族出版社 2001 年版，第250 页。

　　⑥ 阿底峡：《弟子问道录》（仲顿巴本生传）（藏文版），青海民族出版社 1994 年版，第 206—302 页。

的重要组成部分，得到了广泛的信仰。

　　藏文苯教文献也有相关记载，苯教称阿尼玛沁圣山为"玛念博热"，将之视为大护法神。一些佛教大师也承认此山与苯教有关系，如佛学大师阿柔格西说，玛沁山神最初发心的遍照一切导师，似是苯教的祖师辛绕。① 所以，苯教徒认为"玛念博热"是它们的守护神，是雍仲苯教的维护神。②

　　藏传佛教亦然，据说阿尼玛沁山神在莲花生大师时期才进入佛门。章嘉国师的祭文中提到过阿尼玛沁山神曾两次在佛教大师座前立下信守佛教的誓言。③ 莲花生大师也被认为是第一位降服吐蕃鬼神的佛法大师。第二位是朗氏家族的大师阿弥贤曲哲高（byang-chub-vdre-bkol）。《朗氏宗谱》载，阿弥贤曲哲高是位密宗成就师，曾云游各地降服妖魔，格萨尔大王特邀他抵达岭国，诸位英雄豪杰向他敬礼，并聆听教法，他与阿尼玛沁山神屡结法缘，并答应阿尼玛沁山神"担任东方的信使"，山神及广大伴神立誓守教护法。④

　　在藏传佛教发展过程中，阿尼玛沁山神还被借用作一些重要寺院的专职护法神，如仲敦嘉贝琼内（vbrom-ston-rgyal-bvi-vbyung-gnas）还将其作为热振寺的主要守护神，成为噶当派的守护神。后来，其先后被第一世达赖喇嘛迎请为札什伦布寺的守护神、二世达赖喇嘛迎请为曲科嘉寺（chos-vkhor-rgyal-dgon-pa）⑤ 的守护神。总之，阿尼玛沁山神是新旧噶丹派（bkavi-gdams-gsar-rnying）最重要的守护神之一，也是噶丹颇章和历代达赖喇嘛护法神中功业最突出的

---

　　① 才让：《藏传佛教民俗与信仰》，民族出版社 1999 年版，第 92—93 页。

　　② 此说是根据勒内·德·内贝斯基·沃杰科维茨著的《西藏的神灵和鬼怪》一书第 245 页的论述，其资料来源于南桑西瓦（nam-sang-zhi-ba）所著《静猛酬忏》（zhi-khrovi-bskang-bshags-pa）苯教经典 ma 卷。才让：《藏传佛教民俗与信仰》，民族出版社 1999 年版，第 93 页。

　　③ 才让：《藏传佛教民俗与信仰》，民族出版社 1999 年版，第 93 页。

　　④ 大司徒·降曲坚赞著，赞拉阿旺、余万治译：《朗氏宗谱》，西藏人民出版社 2002 年版，第 30—34 页。

　　⑤ 曲科嘉寺位于山南地区桑日县，系二世达赖喇嘛于藏历第九绕迥土蛇年（明正德四年，公元 1509）倡建，寺下有湖，名叫拉毛拉错（dual-ldan-lha-movi-bla-mtsho），为藏俗观湖景以占卜吉凶之处。

一位。①

据说格鲁派创始人宗喀巴大师非常熟悉阿尼玛沁山神的崇拜形式，他所制定的戒律中就介绍了阿尼玛沁山神，该山神不仅被尊为甘丹寺特有的护法神之一，还被供奉在甘丹寺的安却康佛殿②内，并且要在每天日落时把阿尼玛沁山神小塑像请到寺外的一个小佛龛里供奉。据寺僧讲："这是玛沁奔热山神，他是宗喀巴的护法神之一，因为他只授了居士戒，所以他不能在寺里过夜，只能晚上出去，早上请来。"③ 这一点在我们的研究成果中得到了进一步证实。据说是阿尼玛沁山神只是一个世俗之体，有了伴偶之后，就不容许在寺内过夜，否则他的伴偶也会进入寺内，这样就会违背格鲁派的戒律。④

阿尼玛沁山神的形象还被绘制在格鲁派寺院的墙壁上，如甘丹寺、塔尔寺和拉卜楞寺等都有其画像。总之，阿尼玛沁山神为什么被人们广泛信仰，究其原因有如下几点：

首先，我们从阿尼玛沁山神的属性来看，果洛藏族部落在长期的历史演变过程中，在"自然崇拜""万物有灵"的宗教思想影响下，将灵魂观念注入大自然雪山之上，人们给山水实体予以了人性化的成分，它不再是一座普通的雪山，而是安多藏区一座著名山神和部落的人们顶礼膜拜的祖先神。可见，他既是神山，又是部落和英雄的灵魂寄魂处，从而与部落崇拜紧密结合在一起了。

从流传在果洛地区的诸多神话中来看，如《玛沁奔热娶龙神措曼

---

① 相传很久以前印度国王巴嘎拉（rgyal-po-bla-ga-la）生得王子达巴丹布（dad-pa-brdan-po），其母后不幸病故，继母雅帕察玛（yar-phag-khra-ma）为谋得王权，妒忌王子，借病让王子远去罗刹市蓝嘎布热（sras-povi-grong-kyer-lang-ka-pu-ra）采集一种叫作"梅多格夏那"（me-tog-ku-sha-na）的特效良药，据说这种药物疗效奇特。于是，达巴丹布就到达罗刹地区，首先遇到了罗刹的守门人，打听了此地的情况。守门人说，"梅多格夏那"不是药，那是罗刹王公主的名字，此为你母亲忌妒你的表现。王子达巴丹布不负使命，罗刹守门人对王子产生了敬仰，立誓弘法。后来罗刹守门人就成为阿尼玛沁山神。莲花生大师来吐蕃时期，阿尼玛沁山神立誓弘扬佛法。随着历史的推移，罗刹守门人成为后来的阿尼玛沁山神，得到了藏民族的敬仰，而王子达巴丹布不畏艰辛的动人故事，又被改编为著名的藏戏《达巴丹布》，家喻户晓。参见《藏传佛教僧侣与寺院文化》（藏文版），甘肃民族出版社2001年版，第250页。

② 甘丹寺的安却康殿是当年宗喀巴大师带领五大弟子修行的地方。

③ 笔者于2001年11月在西藏甘丹寺田野考察。

④ ［奥地利］勒内·德·内贝斯基·沃杰科维茨著，谢继胜译：《西藏的神灵和鬼怪》，西藏人民出版社1993年版，第242页。

国玛为妃子的神话》① 《苯教师勒辛本玛娶玛沁山神的女儿的神话》②《玛沁山射杀念青山的神话》③ 等,其内容都表述了阿尼玛沁山神与生活在黄河源头人们的祖先的来由有关,都是将阿尼玛沁山神以父神的角色来演绎故事情节。在《玛沁奔热娶龙神措曼国玛为妃子的神话》中,阿尼玛沁作为雪域尊神沃德贡杰的第三个儿子"守护东方",成为果洛地区黄河源头最大的神,他娶了天神、念神、龙神为妃子,并将龙神措曼国玛带来的珍宝赐给属下的玛域 13 位山神,在黄河里撒金沙,让人们过上了幸福生活,阿尼玛沁俨然成为父王的象征。其中在《苯教师勒辛本玛娶玛沁山神的女儿的神话》中,苯教师与所遇到的"风姿绰约,含情脉脉"的佳人"结为夫妻",一年过后她生下一个大肉包就消失了,原来这位女子是"玛沁山神的女儿"。这则神话也是将阿尼玛沁作为父王来塑造的。而《玛沁山射杀念青山的神话》中,仍让阿尼玛沁以一个神即父神的角色出现,并且极具感情色彩。作为藏传佛教宁玛派保护神的念青行为极不检点,劫持了作为格鲁派的保护神的阿尼玛沁的妻子,这是人性的一种自然反映和流露。在青海省文联珍藏的《英雄诞生》中还有阿尼玛沁化作金面金衣人与廓姆野合,后来廓姆生下了格萨尔的记述。更具说服力的是阿尼玛沁山神拥有完整而庞大的家庭,握有至高的权力,犹如一个王国的统治者,行使着王权,说明在神话传说时代,阿尼玛沁已经有了成熟的王者形象。

其次,从藏族传统的山神形象描述和绘画来看,阿尼玛沁山神的自然性转向人格性,遵循着藏族神话的演进规律,由纯粹的自然属性向人格化演进,神灵现象不再是人类行为和功能的自然化,而呈现为自然法则的人化,开始变作了真正的人格神。"玛念博热"的形象,苯教徒往往将其描绘成挥舞长矛,骑绿鬃狮或白马的白人。④ 在藏文文献中,不

---

① 果洛藏族自治州民间文学集成办公室编:《果洛民间故事选》之《阿尼玛沁雪山的传说》。

② 才让:《藏传佛教民俗与信仰》,民族出版社 1999 年版,第 88 页。

③ [法]石泰安著,耿昇译:《西藏史诗与说唱艺人的研究》,西藏人民出版社 1993 年版,第 648 页。

④ 此说是根据勒内·德·内贝斯基·沃杰科维茨著的《西藏的神灵和鬼怪》一书第 245 页的论述,其资料来源于南桑西瓦(nam-sang-zhi-ba)所著《静猛酬忏》(zhi-khrovi-bskang-bshags-pa)苯教经典 ma 卷。

乏这样的例子。如山神中的雅拉香波（war-lha-sham-po）由牦牛变成了
一位身体白如海螺，穿着白色衣服的白人神；念青唐拉（gnyan-chen-
thang-lha）为骑一匹四蹄雪白的神马，左手握藤枝，右手持水晶念珠的
英武白人神。而阿尼玛沁却"有脑壳""有腰身""有肚子"，"脑浆"
就像落下的"白雪"，"腰带"犹如"山间的云雾"，"肠子"好似"钻
洞"的"毒蛇"。① 这就为神灵注入了人类的情感，减少了原来的恐怖
色彩，有了许多形象化的美感与活力。由此可见，阿尼玛沁父神的塑造
和演化是藏民族山神崇拜和祖先崇拜的一种延伸。他不仅是黄河源头果
洛藏族部落的保护神，最终演化成家族、部落、部落联盟、岭国以及黄
河源头藏民族的凝聚力的象征。

如果我们放宽视野，从中华民族传统文化中的山神崇拜习俗来看就
会发现，山神的自然属性向人格属性化的文化现象并不是藏民族所独
有，历史上在汉文化中也不乏其例。据研究，汉文化中山川崇拜的起源
不会晚于以农业为主的仰韶文化。传说中最早的山川神，也许是山西汾
水神臺骀。《左传》记郑子产说："昔金天氏有裔子曰昧，为玄冥师，
生臺骀。臺骀能业其官，宣汾、洮、障大泽，以处太原。帝用嘉之，封
诸汾川。由是观之，则臺骀汾神也。"汾神应是夏人建立于汾水流域的
川神，后来由于自然的人格化，夏人后裔将臺骀奉为汾神。②

《格萨尔》中，被描绘成"世界的中心"的岭国和"岭国的中心"
的"玛域"，其周围的13座山峰亦被人们称为"十三山神"，均为岭部
落的保护神。这种神灵观念，似乎也与汉民族的"四大山川与四方配
合"的观念相一致。据有关史料表明，春秋战国时期，人们就将大神
叫作"名山大川"，小神叫作"山林川泽"。在大一统观念的影响下，
周人为中央四方九州各立一座名山，称"五岳""九镇"。由于四大山
川与四方配合，称为"四渎"。

汉文化的"昆仑山崇拜"亦与此相类。据研究表明，"昆仑"是
一个连绵词。作为一般形容词，它还写作混沦、浑沦、浑沌等。在上

---

① 这是流传在安多藏区的一首古歌，参见佟锦华编写的《藏族民间文学》，西藏人民出
版社1991年版，第314页。

② 詹鄞鑫：《神灵与祭祀——中国传统宗教综论》，江苏古籍出版社1992年版，第
66页。

古先民看来，滚滚黄河之水从西方天极而来，其发源地是浑沌莫测的，因而把处于"混沦"的想象中的黄河发源地称之为"昆仑"。在地理学概念并不清晰的古代，人们认为黄河出自于昆仑，黄河神是伟大的，黄河又出自于昆仑，因而昆仑在古人眼中几乎与大地神、神州神相当。山川神的威力巨大，他可以"兴云致雨"，所以人们"祭祀山川"，"求年祈雨"；他可以"祟而使人得疾病"，《左传》中屡见有关山川神作祟致疾的记载。此外，山川神到后来又拥有了"能助佑战争胜利或赐予土地"的功能。于是山川神也终于被人格化了。"自然神人格化的结果，不仅使山川诸神获得了人的形象，而且许多山川之神又与人神结合在了一起。上文提到的汾水神臺骀，就是金天氏的后裔。"这种现象很普遍，华夏民族的母亲河的河神黄河神也经历了这种人格化的过程。

"殷代的山川与山川神是二位一体的，殷代的自然神还没有完成人格化的过程。"先秦诸子典籍中，"河伯"还只是鱼身人面的神。后来，山川神也都与人鬼相结合。这在藏族的神灵系统中是不乏其例的，阿尼玛沁既是山神，又是念神，而且还是战神。自然山川神的人格化往往在神话中得以很好的保存。如传说舜南巡死于苍梧，其二妃娥皇、女英死于湘水而成为"湘灵"；天帝之季女名曰瑶姬，未嫁而亡，葬于巫山而成为巫山神女。至于纳入祀典的五岳、四渎、九镇诸神，则被封建帝王封为公、侯、王。如唐代先后封泰山神为"天齐王"，华岳神为"金天王"，中岳神为"司天王"，南岳神为"安天王"。[①] 殊途同归，正如汉族的自然神走向人格化的道路一样，阿尼玛沁山神也在其演化过程中最终获得了"东方的大神"的称号。对大自然做观察和思考，是人类的天性。自古迄今，居住在黄河源头的人们，从未停止过对自己的生活环境的探索。阿尼玛沁雪山与果洛人民相生相伴，久而久之也就形成了阿尼玛沁雪山崇拜的习俗。可见，自然神灵地位的确立，推动其上升为宗教神灵。同时，宗教的地位不断提升，成为藏族民间信仰主要成分的重要原因。

---

① 詹鄞鑫：《神灵与祭祀——中国传统宗教综论》，江苏古籍出版社 1992 年版，第 71—74 页。

二

　　笔者在实地考察民俗风情时发现，果洛藏族部落的起源和祖先也与阿尼玛沁山神有关。

　　在藏文文献中记载，关于果洛藏族的种姓，就是从"穆布董"中分化出来的。在《格萨尔》中，也有同样的描述，阿尼玛沁山神既是岭部落的祖先，又是岭部落的"战神"。这些描述和记载，虽然都带有浓郁的宗教色彩，但客观上反映了古代藏族崇尚大自然的哲学理念。

　　《朗氏家谱》① 《安多政教史》② 《汉藏史集》③ 等文献记载，藏族源于古代六大氏族赛（bse）、穆（rmy）、董（ldong）、冬（stong）、祝（vbri）、扎（sbra）。《汉藏史集》记载：

> 穆布董（pho-bo-ldong）的长者六系（che-drug）是：
> 上部是巴曹（spa-tshab）和郑叶（vbring-yas），
> 中部若曾（ro-vdze）和冉西（rag-shi），
> 下部弭药（mi-nyag）和吉坦（gyi-than）。
> 长者六系之后是尊者六系（btsun-drug），
> 他们是白利（bi-ri）安多（a-mdo）和岭巴（gling-pa），
> 若曾分为上下两部，
> 吉坦分为上下两支，
> 这叫长尊混合十二支（che-btsun-spel-ma-bcu-gnyis）。④

　　这就为我们清晰地展现了"穆布董"的演化脉络，即古代六氏

---

　　① 大司徒·降曲坚赞：《朗氏家谱》（藏文版），西藏人民出版社 1986 年版，第 6 页；大司徒·降曲坚赞著，赞拉阿旺、余万治译：《朗氏家谱》，西藏人民出版社 2002 年版，第 3—5 页。

　　② 智贡巴·贡却乎丹巴饶吉：《安多政教史》（藏文版），甘肃民族出版社 1982 年版，第 771 页；《安多政教史》（汉译本），第 724 页。

　　③ 达仓·宗巴班觉桑布：《印藏史集》（藏文版），四川民族出版社 1985 年版，第 12 页；陈庆英译：《汉藏史集》，西藏人民出版社 1986 年版，第 12—13 页。

　　④ 达仓·宗巴班觉桑布：《印藏史集》（藏文版），四川民族出版社 1985 年，第 13 页。

族—穆布氏—岭部落。由此可知，果洛藏族部落的祖先就是从"穆布董"中分化出来的。《安多政教史》又载：

在多康（stod-khams）地区，称为董氏十八大秀（ldong-shul-chen-bco-brgyad）者有阿秀（dbal-shul）、柔秀（rag-shul）、熙秀（phyag-shul）等。其中阿秀的来源是这样的：在董华青嘉布（ldong-dpal-chen-skyaos）的氏族中，有一时期，一个称作阿秀普瓦塔（dbal-shul-phur-da-thar）的人，肤色黝黑，体高而背驼，声似山羊，因而其别名为董木钠格苟热格（ldong-mi-nag-gug-gu-ra-skad），他的牧地在玛科拉嘉曲卡（rma-khog-rwargya-chu-kha）等处。当董、柱两氏族争战时，玛沁大神山护佑董姓黑汉，赐予了称为如意能断的九股利剑（bsam-chod-kyi-ral-gri-rtse-dgu）作为悉地，因而董氏在战争中取胜了。[1]

这就是说在阿尼玛沁山神的护佑下，果洛的先祖"董姓黑汉"在战争中获胜，并得到了繁衍生息。这与《安多政教史》记载的另一则故事中，果洛部族的祖先因发生战争而迁徙的传说颇为相似。[2]

其与果洛地方文献《果洛宗谱》的记载也有异曲同工之妙：昂欠本、阿什姜本、班玛本三兄弟的父辈死后，遗骨由喇嘛曲本巴等高僧分给几个儿子，分别撒在自己的圣山上，这些圣山也成为他们各自的神山。他们以自己的神山为根据地，繁衍生息，发展为三大部众，分别以自己的名字称呼。[3]

在《格萨尔》的《赛马篇》中描述，古代藏族先民六大氏族之一的董氏家族中有一位叫拉查根宝的人，生有三个儿子，分别与阿尼玛沁山神的三个女儿结为夫妻，形成三户人家。后来，外族侵扰，迫使董氏家族迁徙，途中拉查根宝老人掉队，不幸葬身狼腹。三兄弟只好停止迁徙，驻锡在玛域地区，留守先辈遗骨。在藏文文献和史诗中，都有将阿尼玛沁山神作为果洛藏族部落的祖先的记载和描述。更令人称绝的是，

---

[1]　智贡巴·贡却乎丹巴饶吉：《安多政教史》（藏文版），甘肃民族出版社 1982 年版，第 238 页。

[2]　同上书，第 235 页。

[3]　扎西加措、土却多杰：《果洛宗谱》（藏文版），青海民族出版社 1992 年，第 26—85 页。

在《格萨尔》中，通常还将阿尼玛沁山神作为"扎拉"（dgra-lha）① 即
"御敌之神"（dgra-vbab-gyi-lha）：

> 招之即来的战神，战而能胜的战神，
> 杀敌即死的战神，战地取胜战神用烟供。②

《木古骡宗之部》中也写道，在木岭的一次战斗中，木古部落首领
龙君亲自上阵，岭国百余将士惨死。"正在这时，玛嘉奔热山神化作闪
光耀眼的白人白马，在十名幻身侍从的护拥下，前来助战。"③ 在岭国
与木古部落的另一次战斗中，阿尼玛沁神化作红人红马前来助战。

通过上述，我们可以看出以下几点：

首先，阿尼玛沁山神与古代藏族六大姓氏之一的董氏之间的关系更
是非同寻常，该山神是董氏极为崇敬的神灵。正如《安多政教史》记
载："玛科包底多（rma-khog-po-ti'mdo）等地，有上下阿秀（dbal-
shul），他们都属于董氏族。有这样的歌谣：'三大山峰归董氏，董氏冒
顶高耸乃有此。'他们权势甚大，柏日（be-ri）也属于董氏。"④

安多地区，属于董氏系统的部落较多，如董氏阿秀等十八大秀，
董氏多察等十八大察。董氏之"董"与汉文史书中记载的"党项"
羌（ldong-dyang）之"党"，在读音上很接近。"党项"的"党"，即
"董"（ldong）的转音，"项"（byang）即"北方"之意，顾名思义
是"北方的董氏"，这与古代董族活动在这一地区的文献记载是吻
合的。

《格萨尔》就岭部落源于董氏家族的描述，至少给我们提供了四

---

① "扎拉"（dgra-lha）系藏语，张怡荪的《藏汉大词典》中解释为"御敌之神"（dgra-
vbab-gyi-lha）。在原始宗教信仰的灵魂观念中人们认为，人的灵魂不止一个，每个灵魂都有其
特定的职能。人体的各种灵魂除了体魂之外，其他的灵魂都可以离开身体而远游，寄留在其
他物体之上，或飞禽走兽，或高山湖泊，或花草树木。

② 王兴先主编：《诞生篇》《格萨尔文库》（藏文版）（第1卷），甘肃民族出版社2000
年，第60页。

③ 彦顿唐丁·次旺多杰整理：《木古骡宗之部》（藏文版），西藏人民出版社1982年版，
第145页。

④ 智贡巴·贡却乎丹巴饶吉：《安多政教史》（藏文版），甘肃民族出版社1982年版，
第238页。

个信息：第一，岭部落是从"古代藏族先民六大氏族之一的董氏家族"发展而来的；第二，岭部落是拉查根宝"三个儿子"和玛沁奔热山神的"三个女儿"结合所繁衍的；第三个信息是"董氏家族迁徙"；第四个信息是他们"驻锡在玛域地区"。这实际上清楚地交代了岭部落的渊源，其家族、祖先的来由以及所住的地域。史诗中的这些描述，虽然都带有宗教和神话色彩，甚至显得扑朔迷离，但其主线便叙述了"果洛人的祖先来自西藏的某一个地方，在灵山秀水的年宝叶什则定居下来，凭借厉神的护佑和帮助，传宗接代，繁衍生息，发展成为果洛"。①

除民间文学史诗《格萨尔》外，在现实生活中也有果洛藏族部落是岭部落后裔的说法。如甘德县科曲乡的德尔威部落的牧民都认为，他们是岭国格萨尔所属的直系部落。著名的史诗歌手昂日就是岭部落的人，他的身份证上依然印着"德尔威昂日"字样。德尔威部落先后产生了国家四部委表彰的优秀说唱艺人，第一位是昂日，第二位是"掘藏艺人"格日坚赞，第三位青海省政府表彰的牧民艺人嘉木样。长期以来，德尔威部落的许多男士们都自认为是格萨尔某大将的转世。也有学者考察，史诗中记载的原先生活在玛域地区的格萨尔部落的后代，现已被压缩到甘德、达日县一带。② 从种种迹象表明，有可能从远古时期始，"古代六氏族"就已经走出了卫藏，迁徙到了"汉藏交界的地方"，这与史诗中谈及的董氏父系三兄弟占据"玛康岭"即占地称王的说法是极其相似的。这表明，史诗与历史事实始终互为表里，即有其事才有其说，不是艺人异想天开编造出来的。③

其次，《格萨尔》是一部以战争为主线的民间文学作品，而战神在你死我活的战斗中的作用是举足轻重的。岭国每一次出征，都要祭祀战

---

① 《果洛藏族自治州地方志》编纂委员会编：《果洛藏族自治州志》（下册），民族出版社 2001 年版，第 1095 页。

② 2000 年 12 月，笔者在果洛地区田野考察。杨恩洪老师也曾对果洛的德尔威部落做过调查，在《果洛的神山与〈格萨尔王传〉》一文中指出，那里的部落除了供奉果洛的三大山神即阿尼玛沁、年保玉则和雍仲吉则外，还供奉拉则扎奔贡觉神山，据说该神山是《格萨尔》中的大将尼奔的寄魂山。

③ 尊胜：《格萨尔史诗的源头及其历史内涵》，《西藏研究》2001 年第 1 期，第 32 页。

神，呼唤战神保护自己并战胜妖魔鬼怪。岭部落常常出现的有三位重要战神，第一个称"格佐"（ge-mdzod），第二个称"威尔玛"（wer-ma），第三个就是"阿尼玛沁"，而后两者都是格萨尔的战神。在危难之中，人们一旦需要战神的护佑，战神就会呼之即来，求之即到。在一般的场合中，他也起着保驾作用。在冷兵器时代，部落战争往往使用的是刀、矛等武器。恶战中短兵相接，常常造成大量的伤亡。但是岭国的将领被击中要害时，在战神的暗中护佑下仍安然无恙。作为战神的阿尼玛沁，常常在岭国和敌军交战时出现在人们面前，他赤膊上阵，帮助岭国将士取胜。由此可见，无论在《格萨尔》中还是现实生活中，阿尼玛沁山神在藏族人民心目中有着极其崇高的地位，英雄格萨尔有时也被当作是山神，山神与英雄紧密联系在一起，有时二者是独立的，有时则二者合而为一，二者得到人们敬重、祈求、崇拜。人们将自己的理想和愿望寄托在英雄身上，同时也寄托在阿尼玛沁山神之上，打造英雄，崇尚战神，信仰山神是部落氏族、部落联盟的一种时尚和追求，部落的英雄产生了，民族的英雄也由此产生了，极大地迎合了藏民族在危难之中获得拯救的心理。

三

综上所述，藏民族在自然崇拜、图腾崇拜以及神灵崇拜的过程中，将阿尼玛沁雪山神圣化，将普通的雪山塑造成了念神、战神、部落守护神，甚至描绘成了具体的形象被人们供奉，成了果洛藏区甚至安多地区独具特色的民俗文化现象。① 归结起来，有如下几点：

首先，果洛地区藏族文化传承与藏族文化传统一脉相承。无论是藏文文献，还是史诗《格萨尔》以及民间神话、传说，都有果洛藏族部落源于古代藏族六大种姓之一的"董氏"的记载，并且这种祖先传说均与山神阿尼玛沁有关。这些文献记载和神话、传说虽然不能断定它的科学性，或者说现实生活中的部落能否与文献或史诗

---

① 丹曲：《试述阿尼玛沁山神的形象及其在宗教万神殿中的归属》，《安多研究》（第1辑），中国藏学出版社 2005 年版，第 214 页。

中的部落对号入座，然而它却反映了源远流长的中华黄河文明中认知自然、肯定人性的光辉历程。同时也证实了，阿尼玛沁山神庞大的生灵王国的山神系统和组织结构，其实反映的就是人类社会部族的组织结构。

其次，阿尼玛沁山神成为人们维持黄河源头社会文化秩序的重要象征。阿尼玛沁山神的崇拜与氏族和部落的演变和繁衍结合在一起，它有效地调节了共同的祖先分化出来的不同部落间的关系。它既作为威力无比的念神、战神和地方守护神，呵护着生活在阿尼玛沁雪山脚下的部族，又被人们尊崇为部落的祖先深得敬仰。这种崇拜和信仰习俗，是果洛藏区古老的生产生活方式下风俗习惯的沉淀，是人们远古多神崇拜的宗教信仰和多民族融合下文化兼容性的折射。这与果洛藏族氏族和部落来源的种种神话和传说一同使得阿尼玛沁和年宝叶什则山神日渐走向了神圣化，成为维系和巩固果洛以及周边地区社会秩序的文化基础和重要象征。

最后，阿尼玛沁雪山神圣化成为藏族传统文化的重要体裁。人们在阿尼玛沁雪山的信仰过程中，将其人格化和宗教化，使其走向了神灵王国的巅峰，最终被尊为"东方大神"，以父王、祖先的化身活在人们的心中，不仅成为安多地区地位最高的山神，而且在藏族地区也声名远扬。对"阿尼玛沁"的其中一种解释就是"祖先大玛神"，顾名思义，该山神与人们的祖先有关，与流传在这一带的众多的民间传说是一致的。在阿尼玛沁雪山脚下，既是部落最集中的地方，也是藏族史诗流传最广的中心地带，在史诗中格萨尔王所属岭国的中心就在这里。阿尼玛沁雪山既是岭国、格萨尔的寄魂山，也是岭国的保护神。在文学作品中又是念神（gnyan）、战神（dgra-lha），救助岭国的将士英勇杀敌，战胜妖魔，成为岭国所在的地域保护神而具有强烈的象征意义。山神产生和存在的这种合理性，既符合果洛藏族部落的"父辈死后将遗骨撒在神山"民俗事项，又与英雄史诗中将"岭部落和格萨尔的灵魂寄存在阿尼玛沁雪山"的文学创意相吻合。因为雪山具有基础宽广、厚重安稳之特点，迎合了英雄英武、豁达的自然性格特征，符合了藏族英雄神化的审美要求，与藏族自然观、灵魂观在意识观念中根深蒂固的文化背景相契合。因此，阿尼玛沁成为英雄灵魂寄存的载体，也成为神话、传说、史诗《格萨尔》的重要体裁，有其浓厚的藏族文化传统根基和民族亲和力。在这种独具特色的藏族文化沃壤中，阿尼玛沁也最终走向了文学的殿堂。

[原刊《安多研究》（第 4 辑），民族出版社 2007 年版]

藏民族山湖崇拜习俗与《格萨尔》
说唱艺人探析

　　藏民族是一个被大山环绕的民族，无论在现实生活还是精神世界中，均与圣山圣湖有着永远无法割断的联系。千百年来，人们为了满足自身的精神文化需要，构筑了完美的精神世界，创造了众多的神灵鬼怪，每一条江河每一片湖泊都伴随着一个美丽的神话和传说，并由此产生了永恒的山湖（水）崇拜的习俗和信仰。诸如西藏阿里地区的冈底斯山和玛旁雍错，青海黄河源头的阿尼玛沁山和扎陵、鄂陵、卓陵三湖，念青唐古拉山和纳木错，云南的卡瓦格博和碧塔海以及青海的青海湖等，几乎大大小小的山川湖泊都与神灵联系在一起。民间传说中，这些圣山圣湖的历史几乎与当地山民的历史同龄。在漫长的历史过程中，藏区特殊的自然环境与藏民族独具的人文特征融为一体，积淀了光辉灿烂的文化，圣山圣湖的崇拜观念既体现了藏民族天地人和谐发展的哲学思想，又成为自古至今藏族精神文化的载体和象征，为民间《格萨尔》说唱艺人的产生和史诗《格萨尔》的生成创造了重要的条件。本文从雪域高原的自然、人文环境入手，分别就《格萨尔》说唱艺人们成长的文化背景及其山湖崇拜情节、圣山圣湖崇拜的文化意蕴、《格萨尔》说唱艺人与圣山圣湖的关系等问题试作探讨。

一

　　任何民族的文化形成和发展，都要经历一个极其曲折漫长的发展和演变过程。但就其文化结构和层次以及推动它不断演进的决定性因素来说，不外乎有地域环境、社会环境和宗教信仰三大因素，这三大因素构成了一个民族的人文环境。藏民族也不例外，藏族文化中《格萨尔》的生成就离不开这样一个自然环境和文化环境。

雪域高原群山巍峨，河流密布，湖泊众多，是地球上最特殊的一个地理环境区域，有"远看是山，近看是川"之特点。[①] 藏区最南部是极负盛名的喜马拉雅山脉，位于中、尼交界的珠穆朗玛峰是世界最高峰。往北横亘西藏中部的冈底斯山—念青唐古拉山，是藏北、藏南以及藏东南的分界线，也是外流河与内流河的分界线。唐古拉山横卧青藏高原中部，是西藏与青海的交界，最高的格拉丹冬峰为长江的发源地。昆仑山位于青藏高原北部，是西藏和新疆的界山，素有"亚洲脊柱"之誉，也是中国古代神话体系的核心。此外，横断山脉自西而东坐落在藏、川、滇三省区的交界。青藏高原成为一个"山脉的海洋"，也赢得了"世界屋脊"的美名。[②]

藏区的河流可分为四大水系，即太平洋水系，包括金沙江、雅砻江、通天河、岷江等长江干支流及黄河、澜沧江等；印度洋水系，有雅鲁藏布江、怒江、吉太曲、察隅曲、西巴霞曲、朋曲、朗钦藏布（象泉河）、森格藏布（狮泉河）等；高原北部内流河水系，包括藏北汇入纳木错的侧曲，汇入色林错的扎加藏布、扎根藏布，汇入昂拉仁错的阿毛藏布，汇入班公错的马嘎藏布，以及青海的柴达木河、格尔木河与青海湖；高原南部内流水系，主要由玛旁雍错—拉昂错流域、佩枯错—错戳龙流域、错姆折林—定结错流域、多庆错—嘎拉错流域、羊卓雍—普姆雍错—哲古错流域等组成。青藏高原的内流水系又形成了地球上海拔最高、数量最多、面积最大的高原湖群区。湖泊大多在山间盆地或区形谷地之中，青海湖是国内最大的内陆咸水湖，其他较大的湖泊尚有羊卓雍错、玛旁雍错、纳木错、班公错。这些大大小小的湖泊河流，构成了青藏高原珍贵的水资源宝库。

第四纪地质学研究确认，青藏高原在亘古时气候温暖，是适于远古人类生存的优越环境。新中国成立后，在长江源头一带发现了旧石

---

① 徐华鑫编著：《西藏自治区地理》，西藏人民出版社1986年版，第32页。
② 同上书，第31页。

器时代的石器，证实了雪域高原远古文明的踪迹。此后，又相继在西藏定日县、藏北申扎县珠洛勒、日土县、普兰县等地，发现了诸多旧石器时代的石器，由此可见，藏族的先民们自古以来便繁衍生息在这块土地上。①

在青藏高原的博大人文摇篮里，藏族先民生生不息，留下大量宝贵的历史文献和文化信息。较早的古藏文文献如《柱间史》《西藏王统记》中有记载：受观音菩萨点化的一只猕猴和居住在岩洞中的罗刹女结合，生下小猴，逐渐发展繁衍成了藏族先民。②敦煌藏经洞出土的藏文文献《敦煌古藏文文书》中有"藏族先祖出自十三天神"和藏族地区最初有"十二小邦"和"四十小邦"的记载。在不断兼并和征服之后，相继出现了象雄和雅隆等势力强大的部落和部落联盟，并出现了最早的象雄文明和雅隆文明。

7世纪，松赞干布统一高原，建立了吐蕃王朝，称雄雪域，象雄、苏毗、党项、白兰、多弥以及吐谷浑等部落、邦国大多被纳入其治下。从某种意义上讲，这不只是军事意义上的征服，更重要的是，它给了多种民族文化和多层次民族意识以接触和融合的契机，形成了民族的多重文化和多层次意识交叉互补的领域，这为藏民族以及藏族文化的形成起了重要的作用。《格萨尔》犹如一块浸水的大海绵，以大量的篇幅，翔实地记录了藏族与其周边地区各民族之间进行文化交流的历史现象。内容丰富的民族文化交流，为藏族独特的文化内涵和浓厚的文化根基奠定了基础，正是在这种前提条件的保障下，才酝酿出了《格萨尔》中《汉地茶宗》《大食财宗》《象雄珍珠宗》《霍岭大战》《门岭大战》《姜岭大战》《蒙古马宗》《木雅马宗》《印度佛法宗》等精彩的篇章，保留下来了古代藏民族与周边地区各民族之间政治、经济以及文化交流的历史痕迹。

当然，多姿多彩的藏族文化，更离不开域外传入的佛教文化的渲染。据文献记载，藏族第一代赞普拉妥妥日年赞时期，自天而降了

---

① 张民德：《试论西藏地区的旧石器时代考古》，《西藏民院学报》1992年第1期，第58页。

② 觉沃阿底峡发掘：《柱间史》（藏文版），甘肃民族出版社1989年版，第48页；萨迦·索南坚赞：《西藏王统记》（藏文版），民族出版社1988年版，第49页。

"宁波桑哇"，这就是佛教最早传入西藏的信息。松赞干布建立吐蕃王朝后创制了藏文，佛教也大规模传入，吐蕃文化得到了较大的发展。吐蕃的最后一任赞普朗达玛执政后，灭法毁佛，被佛教僧侣射死，由此引发了一场席卷青藏高原的奴隶平民大起义，吐蕃王朝随之崩溃。吐蕃王朝的覆灭，使外来文化和传统文化都遭到了严重的破坏。但这并不意味着藏族文化从此灭绝，反而通过历史时局的反复震荡，使其有了更大的包容性和整合性，并走向了多元化。以战争为题材的史诗《格萨尔》与历史的脉搏和时代的音符相和谐，历史在震颤，《格萨尔》也在跳跃和记录，在战争中也不断地得到充实。当人民呼唤统一、祈祷和平的愿望越来越强烈时，《格萨尔》的内容也就越来越丰富；历史的事件发生得越多，《格萨尔》的结构也就越宏伟，"它像一个滚动的雪球，越滚越大"。

象雄文明、雅隆文明、吐蕃文明、佛教文化等多元文化吸收融合的过程，也是反复地打破历史文化环境的旧格局，不断接受新信息加以吸收和消化，同时产生新思维和行为模式，并建立起新的文化格局的过程。地域空间的不断扩展与回缩，社会结构的不断更新与起伏，多种宗教的接触与碰撞，使藏族文化包括史诗《格萨尔》的结构具有多样化、信息化、复杂化、系统化的综合特征。

藏民族在特殊的自然环境中，长期与大自然搏斗，形成了艰苦耐劳的精神，面对着辽阔的与世隔绝的大地，人们产生了富于浪漫气息的想象力，形成了开朗的胸襟、纯真的情怀、知足的性格。佛教思想的传入，教会人们重视自身内省，企望来世幸福。这又打造了藏民族纯真烂漫、豁达开朗、勤奋坚毅的民风。人们认为自己所拥有的，是世界上最美好的。[①] 在这特殊的历史自然地理、人文背景条件下，逐步产生了较为深厚的部落游牧文化和原始宗教文化。这不仅成为藏族文化包括英雄史诗《格萨尔》生成的沃土，而且成为产生《格萨尔》说唱艺人的深层文化背景。

---

① 胡兆量等编著：《中国文化地理概述》，北京大学出版社 2001 年版，第 245 页。

二

　　雪域高原的山山水水，都被注入了神话传说和宗教的内容，雪域民族对之无比的信奉与崇敬。而那些民间说唱艺人们，多自小就与山水湖泊结下了不解之缘。笔者有幸对藏区许多著名的说唱艺人如才让旺堆、桑珠、玉珠、扎巴老人进行采访，对此深有感触。笔者现就采访所获几位艺人的生活经历略述如下，以便探索山水崇拜习俗与他们的内在联系。获得"著名的民间说唱艺术家"称号的扎巴老人，1906年出生在西藏昌都边坝阿拉嘉贡地方的一户贫苦农奴家中。边坝曾是上至拉萨、下至康定的一个重要交通枢纽。这里的人们曾把进藏之路分为北路、南路、中路，边巴就坐落在最主要的中路。地处交通要道，构成这里极为特殊的地理人文景观。由于家境贫穷，扎巴从小跟随父母支乌拉差役。8岁那年外出放牧时曾走失，7天后仍找不见他的踪影。按照传统习俗，家人若死亡要请僧人念经。就在父母准备请僧人念经超度扎巴时，却意外地在家附近找到了他。唤醒后他只知道自己做了一场梦，梦见岭国三十大英雄之一的丹玛打开了他的肚子并掏出了内脏，装进了史诗《格萨尔》。父母将扎巴领回家后其仍不省人事，家人带领他到附近的边坝寺去看活佛。据说这位活佛是格萨尔大王手下大将丹玛的转世，对于格萨尔极为熟悉和崇敬。当喇嘛听到扎巴断断续续地说唱格萨尔故事时，便决定给他开启智慧之门。经过活佛的沐浴、加持，扎巴终于可以流利地说唱《格萨尔》了。[①]后来，扎巴同一个农奴的女儿结了婚，生有一女，生活仍十分艰难。由于不堪忍受当地头人的迫害，他带着妻子和女儿背井离乡，来到了波密地区找到了一个落脚的地方，自此生活才有了一些改善。后来，他云游四方，从边坝走向圣地拉萨，走在高原的神山、圣湖旁，边朝拜，边说唱。高原那气势雄浑的山山水水赋予了他恢宏的气魄和坦荡的胸怀，在集各地的说唱精华之后，他的说唱日臻完善，不仅风格独特，而且篇幅极长，能够完整说唱的达34部。从格萨尔诞生直到他完成人间使命重返天国，除了最后一篇地狱篇没有说唱过

---

① 杨恩洪：《民间诗神——格萨尔艺人研究》，中国藏学出版社1995年版，第149页。

外，其余各部他都完整地说唱过。①

现在西藏自治区社会科学院从事说唱工作的桑珠艺人，出生在藏北丁青琼布地方。② 据他讲，这里是那曲与昌都的交接处，西行可经索县、那曲而至拉萨，东去是类乌齐、昌都，向北则可进入青海玉树囊谦、结古等地，朝圣、经商的人们却络绎不绝。桑珠的外祖父洛桑格列是个做小本生意的人，走南闯北，喜好喝酒，一旦喝点酒就唱起了《格萨尔》。每当唱起来，便召来左邻右舍，桑珠在外祖父的膝盖上伴随着格萨尔曲调度过了幼年的时光。后来外祖父因生意失败而离开了人世，债主拿走了所有值钱的东西，小桑珠只得给别人放羊。11 岁时，一天到山上放牧，中午钻进了一个山洞避雨时睡着了。睡梦中他与逼债人扭打了起来，危机时分，格萨尔突然出现并降服了那几个恶人。惊醒之后才知道自己做了一场噩梦。回家后，他精神恍惚，梦中的一切总在脑海中翻腾。父亲把他送到了仲护寺，得到了勒丹活佛的精心照料。返回家中后，他便能说唱一段《格萨尔》了，左邻右舍听后都赞不绝口。为了谋生桑珠只好外出流浪。当他流浪在索县的绒布寺时，那里正好举办洛达（说唱艺人玉梅的父亲）的演唱会。这时的桑珠除了《英雄诞生》外，还能够说唱《天界篇》和《赛马称王》。接着他又来到了巴青县、比如县和那曲。那曲当时住着 9 个百户，他专门到著名的孝登寺举办了说唱会。此后，北上安多县的扎玛旁寺说唱。最后他随着人群继续西行，朝拜了著名的圣山冈仁波钦，绕圣山三圈后，一面说唱，一面乞讨，经申扎县回到了故乡。几年的流浪，历经磨难，他的说唱技艺也在实践中得到了提高。由于生活所迫，当他再一次离开家乡后，经波密、白玛古、工布，来到了山南等地区，一个村子接着一个村子地说唱。后来，在随着朝圣的人群去拉萨的路上，他被拉加里王请到了府邸，先后说唱了《阿达拉莫》和《卡契玉宗》，受到了人们的普遍赞扬。后来，他随拉加里王到拉萨说唱，还到过大贵族索康家表演，成为远近闻名的《格萨尔》说唱艺人。他说唱的语言十分接近拉萨话，因为他走南闯北，每到一处非常注重学习和运用各地方言，并不断学习各地的民间谚

---

① 杨恩洪：《民间诗神——格萨尔艺人研究》，中国藏学出版社 1995 年版，第 149 页。
② 藏北丁青琼布今为西藏自治区昌都地区丁青县所属。

语、歌谣，丰富自己的说唱内容，所以说唱的《格萨尔》备受各地听众的喜爱。①

格萨尔说唱女艺人玉梅，1957 年出生在昌都地区索县的一户牧民家里。1983 年她来到拉萨，她能说唱几十部《格萨尔》，经过有关方面组织测试，被西藏自治区《格萨尔》抢救办公室正式录取成国家干部，自此，她成为专职《格萨尔》说唱艺人。据她讲，她之所以成为一个"托梦神授"型艺人，完全始自一次与圣湖有着密切联系的梦中。在 16 岁那年的春天，一日，她与女伴才让吉在她家山背后牧场上放牦牛，她躺在草地上睡着了。梦见了两个大湖，一个黑水湖，一个白水湖。突然从黑水湖中跳出一个红脸妖怪，把她使劲往湖里拖，她害怕极了，边哭边喊，正在挣扎时，从白水湖中走出来一位仙女，用黑布缠住她的胳膊，与红脸妖怪争夺她。仙女道："她是格萨尔大王的人，我要让她讲格萨尔的英雄业绩，传播给高原雪域的黑头藏民。"黑水湖的妖怪只好钻入了湖中。这时她若隐若现地看到，从白水湖中又走来一位穿白衣服的少年。他们共同给她沐浴后，并赠给她宝石和九根白马的鬃毛，说道："你以后就是我们的人了，现在你可以回家了。"仙女和白衣少年就飘然而去。这时又飞来了一只神鹰把她拖到一个很大的天葬场，啄下她肩膀上的一块肉，她惊醒后回到家中就患了一场大病，她口吐白沫，满口胡说，两眼发直，眼前一直显现出格萨尔四处征战的场面。家人很担忧，她阿爸去热布丹寺将永贡活佛请回家中，经过活佛诵经祈祷，四五天过后，她的病就逐步好转起来了。此后，她就能完整地说唱《格萨尔》了。

现在青海省文联从事格萨尔说唱工作的说唱艺人才让旺堆，出生在西藏那曲安多县的多堆地方，8 岁那年，父亲和哥哥意外死去，不久老母亲也去世。才让旺堆为超度亡灵离家去各地朝圣，一边讨饭一边赶路，与朝佛的三个大姐结伴来到拉萨。他们先后朝拜了色拉、哲蚌、甘丹、大昭等寺后，又到后藏先后朝拜了日喀则的扎什伦布寺、江孜、普莫雍错、羊卓雍湖、桑耶寺，听到牧民们说马年是转冈仁波

---

① 笔者于 2000 年 9 月 2 日在拉萨采访桑珠艺人，文中所录其人生经历为桑珠老人的自述。

钦的最好时机，经过长时间的跋涉，终于来到了拜冈仁钦切脚下。经过一年零两个月的苦苦努力，旺堆终于转完了13圈。牧民们说，转过冈底斯山，再转要朝转完成念青唐古拉和纳木错，那样才算功德圆满。于是他们用两个月的时间，徒步转了圣山和圣湖13圈，完成了夙愿。一天，他们来到纳木错畔的叫"纳木错赤锅"（据说这是格萨尔的战马"江噶佩布"的头）的岩石边休息。才让旺堆梦中看到一个高大的汉子骑着紫色的马从湖那边走来，围着"纳木错赤锅"转了3圈，此人头戴钢盔，身着闪闪发光的铠甲，手持长矛。这一睡就是7天。他做了无数的梦，梦见自己得到了许多财宝，后来又梦到自己获得了许多牲畜，统统都分给了老百姓；最后，他梦见了刀光剑影和人们互相残杀的情景。7天过后他终于醒了过来。此后他几乎每晚都在不停地做格萨尔故事的梦。有时连续做梦，甚至连续做几个月的梦，最长的有连续一年多的。醒来以后，梦中的情节就如同放电影一样，展现在眼前，格萨尔的故事也就从嘴里自然地流泻而出。13岁时，他返回了自己的家乡安多，开始了说唱生涯。安多波恩寺的噶玛吾坚占堆活佛得知后派人把他接到寺院，让他说唱了《卡契玉宗》，并让两个僧侣记录，记录完活佛高兴地说："我们雪域有不少《格萨尔》艺人，但是像你这样说的还没有见过，你是一个出色的艺人，是格萨尔的大将嘎尔德的转世，你要好好保重啊！"就这样，活佛对才让旺堆非常器重，送给他说唱艺人帽、弓箭和短剑，同时写了一张凭据送给他说："把这条子带在身边，它可以帮助你。"于是他带着说唱帽、道具和活佛的手谕，走到哪里，唱到哪里。①

才让旺堆漂泊数十年，后定居在青海省海西蒙古族藏族自治州格尔木市唐古拉乡二队。"才让旺堆的故乡，对《格萨尔王传》非常尊崇，几乎和宗教信仰处于同一地位。这里有一种风俗，每年农历正月初七和四月十五，人们都要聚在一起，为格萨尔王和岭国三十大员大将煨桑祈祷。村子里或家人发生什么灾难，便请人说唱《格萨尔王传》进行驱邪。才让旺堆深受这种环境和宗教的影响，使他从14岁起，就养成了为格萨尔王点酥油灯、煨桑、祈愿保佑的习惯。他还常说：就因为他对

---

① 2000年9月14日笔者在青海西宁采访了才让旺堆，此段材料为采访所获。

格萨尔王无比崇敬，才使他能够说唱《格萨尔王传》。"① 他周游各地，开阔了视野，一生云游过卫藏、康巴等许多地方，还到过印度、尼泊尔等国家，饱览人间奇观，广听各种趣事，熟知许多地方的风俗习惯，并精通藏族三大方言。他还与各地的说唱艺人保持交往，切磋技艺。长期的流浪行吟生涯，为他以后的说唱积累了宝贵的经验，也为《格萨尔》的创作奠定了基础。

说唱艺人玉珠的生活经历更加跌宕起伏。他出生在唐古拉山脚下安多巴尔达新村②的一户牧民家中。父亲班觉自幼右脚被烫伤成了残疾人，生活困难，为了谋生，他学会了跳神，在天葬台为死者刻经文，学会了说唱《格萨尔》，逐渐成了一个较有名气的说唱艺人。后来班觉结婚生下了玉珠，因生活所迫，他带着孩子开始了流浪生活，靠打短工和说唱《格萨尔》挣得微薄的收入来养家糊口，在别人家放牧打工的玉珠，常常在小伙伴中间模仿父亲，一会儿扮演拉娃（巫师），一会儿扮演仲堪（说唱艺人），受到了伙伴们的赞扬。因受家庭的熏陶，他对《格萨尔》的兴趣越来越浓，常常在梦中梦见格萨尔的故事。一天，他得了重病，父亲请来了当地达隆寺的玛居活佛为他祈祷念经，这位活佛还专门送给了玉珠一顶仲夏。17 岁时他父亲去世后母亲和妹妹离家流浪，几年后杳无音信，他便一边寻找母亲和妹妹，一边流浪。他通常晚上做梦白天说唱，在漂泊生活中，说唱得越来越好。一年冬天，他来到了拉萨，正好是一年一度的正月传召大法会，各地的僧众云集拉萨，玉珠坐在八角街头说唱《格萨尔》，吸引了不少听众。后来无意中找到了离别 10 年的母亲和妹妹。于是一家人一同去朝拜了冈仁布钦圣山和纳木错圣湖，终于实现了他母亲朝圣的夙愿。他先后到萨迦、江龙宗等地朝圣，从而又开始了他的流浪说唱生涯。

我们从以上可以看出，藏民族自古便依偎在大自然的怀抱之中，自古就形成朝拜圣山圣湖的文化习俗，并且影响至今。为什么众多的民间说唱艺人对圣山圣水情有独钟呢？其实质就在于圣山圣湖蕴藏着藏民族

---

① 角巴东主：《才让旺堆现象析评》，《格萨尔学集成》（第 4 卷），甘肃民族出版社 1994 年版，第 2798 页。

② 今西藏自治区那曲地区安多县所属。

深厚的文化意蕴。这也是本文所要着重讨论的。

三

在藏族的传统文化习俗中，人们认为山有山神，水有龙神。高耸的山峰是沟通天界的阶梯，圣洁的湖泊是抵达龙界的通道。敬仰神灵，是人们感情的一种神圣寄托；祭祀山湖（水），则是人们感情的一种独特表达方式，构成人与神、人与自然间一种特殊关系。这种地理环境特点，既为史诗提供了创作素材，又提供了激发史诗创作灵感的氛围，同时，也影响着说唱艺人们的心理素质与审美情趣。这一文化现象，在历代人们对冈底斯山与玛旁雍错、念青唐拉圣山与纳木错、阿尼玛沁雪山与扎陵、鄂陵和卓陵三湖以及青海湖等的信仰中可以得到证实。

冈底斯山①位于喜马拉雅山脉之北，主峰冈仁波钦在阿里地区的普兰县境内，海拔6714米，与此山一起被朝圣者膜拜的还有与之相距260公里的玛旁雍错。在藏族历史上，宗教几经变化，教派纷争不已，唯独冈底斯山神可以容纳不同种族、国度、宗教信仰的人们崇拜。大多数《格萨尔》说唱艺人亦都曾拜访过冈仁波钦和玛旁雍错。

在藏族传统文化中，对冈底斯神山崇拜的起源可以追溯到原始苯教鼻祖辛绕米吾以前的年代。苯教的三界宇宙观认为，整个宇宙分三层，即上界为"神"界（也叫"天界"），中界为"念"界，下界为"鲁"界。"天"界又有十三层，居住着各种不同的神祇；"念"界就是人间；"鲁"界是大地底下的充满着各种鲁即水栖生灵的世界。冈底斯山位于人间的中心，在原始苯教的信仰中，其根被形容为一个十字形金刚杵，下伸鲁界，上刺神界，是贯通宇宙三界的神山。传说，苯教神祇鼓基芒盖下凡时一束光芒射下并消失在冈底斯山上，该山便成为其下凡人间的

----

① "冈底斯山"是藏、梵、汉3种文字的混合，"冈"为藏语"雪"的意思；"底斯"为梵语，取清凉之意，"山"为汉语，合成后就是"清凉的雪山"。由于终年有积雪封顶，在藏文文献中常被比喻成水晶塔。"冈"加上尊称"仁波钦"（宝贝）则表现了人们对它的敬仰之情。

第一个落脚点，以后就逐步形成了冈底斯神山崇拜习俗。

历史上在冈底斯山修行的大师不计其数。11 世纪，印度著名的佛学大师阿底峡进入西藏传法，传说途经冈底斯山时，听到山上阵阵钟鼓妙音，告诉随从说，这是五百罗汉进斋的钟声，于是便在山脚下用斋。米拉日巴大师在冈底斯山修行数年喜得正果，并与苯教法师拿若苯琼斗法取胜的故事家喻户晓。后来，噶举派的高僧大德们前往此山修行几乎成为一种惯例。竹巴噶举创始人藏甲热巴·益西多吉也曾在冈底斯山苦修多年，薄衣过冬，完好无损，获得了"热巴"的美称。他的得意弟子郭仓巴·贡保多吉在冈底斯山修行时，开辟了正确的转山之路。止贡噶举派的创始人仁钦贝大师三次派遣门徒前往冈底斯等山修行，相传第二次派出的弟子近 3000 人。这一切使得寂静的冈底斯更加神秘莫测。12 世纪以后，来冈底斯山的修士更是络绎不绝，并在圣山圣湖旁修建了许多座寺庙。无论是白天黑夜，春夏秋冬，人们或朝拜顶礼，或祈祷叩首，他们的共同信念就是转圣山一圈可洗尽一生的罪孽；转十圈可在五百次轮回中免受地狱之苦。藏传佛教认为，藏历马年是释迦牟尼正觉成佛之年，所以马年朝圣是修行的最佳时机。

玛旁雍错湖坐落在阿里地区普兰县中部，海拔 4588 米。在中国西藏及印度、尼泊尔等地的佛教徒心目中，玛旁雍错传说是世界上的"圣湖"之王，神圣不可侵犯。玛旁雍错最早名叫"玛垂措"，是湖中广财龙王的名字。11 世纪，藏传佛教噶举派在与苯教的斗争中取得胜利，便将"玛垂措"改称为"玛旁雍错"，取意"不败之湖"，以此来纪念这一决定性的胜利。佛教信仰者认为，该圣湖是胜乐大尊赐给人类的甘露，以湖水洗身，不仅能清除肌肤的污垢，还可以清除心灵上的烦恼业障；而饮用湖水，能够健身除病。湖的四面有 4 个洗浴门，东为莲花浴门，西为去垢浴门，北为信仰浴门，南为香甜浴门。朝圣者如能绕湖一周，便能消除各种罪过，得到不同的福德。玛旁雍错湖还是马泉河、孔雀河、象泉河、狮泉河的源头，从东、南、西、北 4 个方向流向不同的地方。南流之水到印度即恒河。

又如念青唐古拉，据说为雪域高原九位山神①中最重要的一位，被

---

① 　九位山神即被称为"世界形成九神"。

称为东方的大神。史诗《格萨尔》中也多有记载。8 世纪赤松德赞时期迎请莲花生入藏，大师一路降妖伏魔，念青唐古拉山神却傲慢地展示他的神威，变作一条巨蛇，蛇头伸到了吐谷浑，蛇尾横扫康地，堵住了莲花生大师的去路。莲花生大师作法，冰雪消融，洪水滔天，山顶裸露，岩石轰塌。念青唐古拉山神惊慌万状，现身顶礼献供，发誓遵从上师教导。莲花生大师遂封他为佛教护法神，同时亦成为赤松德赞的护法神，后来被诸多高僧大德，尤其为历代班禅大师所供奉，五世达赖喇嘛时期，又成为噶丹颇章的护法，即今天称作"红黑二护法"中的红护法。[①]念青唐古拉山神有自己的谱系，山神的父亲是沃德贡嘉，母亲是芸恰秀吉，妻子是纳木错女神，还有随从 360 位念神，以及众多的魔、赞、女神等，山神的居住地是达姆秀纳姆。念青唐古拉山神成为佛教护法后，积德行善，与阿尼玛沁山神相媲美，传说其上师是著名的热译师多杰扎。

人们朝拜和绕转念青唐古拉的事迹虽不见经传，但对此山北面的纳木错的崇拜却历史悠久。该湖位于西藏当雄西北，汉语意为"天湖"，蒙语称"腾格里海"，与羊卓雍错、玛旁雍错并称为西藏的"三大圣湖"。湖中有三个岛屿，东南又有石灰岩构成的半岛，藏语称"扎西多"，半岛上有石柱、天生桥、溶洞等自然奇观。传说它的水源是天宫御厨里的琼浆玉液，因此，常被天宫神女当作一面绝妙的宝镜。伸入湖心的扎西多半岛上的扎西多寺，香火旺盛。每当藏历羊年，便有成千上万的信徒前来朝圣。站在扎西多半岛上向南望，念青唐古拉像一条玉龙，卧在湖畔。纳木错是著名的佛教圣地之一，相传古代有不少高僧来到扎西多半岛上潜心在溶洞修法，终成正果。于是，大批佛家弟子远道而来，或转湖、或修法，忍饥挨饿，苦度寒秋，净化灵魂，以求正法。大批朝圣者也蜂拥而来，或为死去的亡灵超度，或为自己的来世搭桥，纳木错圣湖终年接受着善男信女的朝拜。据才让旺堆讲，他就是在此湖畔启开说唱格萨尔之门的。

---

① 恰日·嘎藏陀美编著：《藏传佛教僧侣与寺院文化》（藏文版），甘肃民族出版社 2001 年版，第 249 页。

　　位于青海省果洛藏族自治州境内的阿尼玛沁①山，主峰阿尼玛沁峰，又称"马积雪山"或"玛沁岗日"，坐落在玛沁县境内，最高峰玛沁奔热海拔 6282 米，山势巍峨磅礴，冰峰雄峙。阿尼玛沁雪山的余脉一直绵延到甘肃省甘南藏族自治州境内。甘南的玛曲、碌曲等县，四川的阿坝草原与阿尼玛沁雪山所在地，同属草原地带，在文化传统上都有着共性。

　　自古以来，阿尼玛沁山神一直受到这一地区游牧部落的崇拜。雪山脚下既是部落最集中的地方，也是英雄史诗流传最广的中心地带。传说中格萨尔王所属岭国的中心就在这里。阿尼玛沁圣山亦被尊为东方大神，是安多地区地位最高、崇拜者最多的山神，史诗《格萨尔》中说他是岭国和格萨尔的寄魂山和保护神。它以战神和黄河源藏族部落祖先的双重身份深得人们的敬仰。阿尼玛沁山神的来由，据藏文文献记载传说久远，据说印度国王巴嘎拉生得王子达巴丹布，达巴丹布的生母病故，继母雅帕察玛王妃一心想夺取王位，就假装生病，设法让王子去罗刹市蓝嘎布热采集一种叫作梅多格夏那的良药来治她的病。王子奉旨前往罗刹地区，通过罗刹守门人得知梅多格夏那不是药，而是罗刹王公主的名字。达巴丹布没有取到药，但却"种下了未来弘扬佛法的良缘"而变成了后来的阿尼玛沁山神。他在莲花生大师来藏区弘扬佛法时发愿护法，于是由仲敦嘉维炯奈将其供奉为热振寺的主要守护神，遂成为噶当派的守护神。后来，被第一世达赖喇嘛根敦珠巴迎请为扎什伦布寺的守护神，被第二世达赖喇嘛根敦嘉措迎请为曲科嘉寺②的护法神。阿尼

---

　　①　"阿尼玛沁"系藏语，"阿尼"在藏语安多方言的字面和《藏汉大词典》第 3124 页中可理解为"祖父""外祖父"，在安多藏区，山神前皆冠以"阿尼"二字，以示尊崇，如"阿尼念青""阿尼日朗"等圣山；"玛沁"字面意思可理解为"大玛神山"，其中"玛"字，颇为难解，在《藏汉大词典》第 3124 页中，解释为"疮伤""过失"。在《丹玛篇》（《格萨尔文库》，甘肃民族出版社 1996 年版，第 514 页）中有时还称为"玛嘉奔热"。祭祀文献中常有"三百六十玛类神"的阿尼玛沁山神的眷属中有一种导致瘟疫的"念神"，也称之为"玛"。发源于阿尼玛沁雪山下的黄河，藏语为"玛曲"，意为"玛神之水"。"阿尼玛沁"四个字连在一起可理解为"祖先大玛神山"，含有祖先崇拜的内容。据《果洛藏族自治州志》第 92 页记载，阿尼玛沁雪山又称"博卡瓦间贡"（意为"雪山之王"），也称为"斯巴乔贝拉干"（意为"世界九大神"），是世界九大神之一，也是 21 座神圣雪山之一，排行第四，专司"安多"地区的山河浮沉和沧桑变迁之职，是藏乡的保护者。

　　②　曲科嘉寺位于山南地区桑日县，系第二世达赖喇嘛根敦嘉措于藏历第九绕迥土蛇年（明正德四年，1509 年）倡建，寺下有湖，名叫"拉毛拉错"，为藏俗观湖景以占卜吉凶之处。

玛沁山神陆续成为新旧噶当派重要的守护神，也是噶丹颇章和历代达赖喇嘛世代护法神中功业最突出的一位。①

　　藏族人民对阿尼玛沁圣山的信仰由来已久。据藏文文献记载，苯教称阿尼玛沁圣山为"玛念博热"（ram-gnyan-sbom-ra），视之为大护法神。佛教界也承认此山与苯教有关系，如佛学大师阿柔格西说，玛沁山神最初发心的遍照一切导师，似是苯教的祖师辛绕，直到莲花生大师时期才进入佛门的。章嘉国师的祭文中提到过阿尼玛沁山神曾两次在佛教大师座前立下信守佛教的誓言。莲花生大师则被认为是第一位降服吐蕃鬼神的佛法大师。第二位是朗氏家族的大师阿弥贤曲哲高，根据《朗氏宗谱》记载，他是密宗成就师，曾云游各地降服妖魔，格萨尔大王特邀他抵达岭国，诸位英雄豪杰向他敬献礼品，并聆听教法，阿尼玛沁山神与他屡结法缘，山神及广大伴神立誓守教。

　　另外，阿尼玛沁山神为宗喀巴大师所崇拜，并被尊为甘丹寺特有的护法神之一，供奉在甘丹寺的佛殿内。阿尼玛沁山神拥有众多的眷属，犹如一个庞大的神灵王国②，他们共同居住在富丽堂皇的九层白玉琼楼阁宝殿之中。

　　扎陵湖、鄂陵湖和卓陵湖③，位于黄河源区。三湖曾以格萨尔的寄魂湖而闻名遐迩，岭国的扎、鄂和卓三部落也以此湖命名。在人们的观念中，湖是龙王的驻锡地，也是女神居住的地方。传说，格萨尔的母亲廓姆就是龙王的女儿，岳丈嘉洛东珠的王宫就坐落在扎陵湖

---

　　①　恰日·嘎藏陀美编著：《藏传佛教僧侣与寺院文化》（藏文版），甘肃民族出版社2001年版，第250页。

　　②　《果洛藏族自治州志》第210页记载，阿尼玛沁山神有大臣、将军、官家以及难以计量的千军万马，阿尼玛沁山神是这个王国的最高统治者。她还有父王、母后、王妃、舅舅、公主等十分庞大而兴旺的家族。阿尼玛沁山神的父王"帕垭·赛日昂约"，位于阿尼玛沁雪山的西北部，母后"马英·智合吉加尔莫"，位于阿尼玛沁的北侧，紧贴着阿尼玛沁，密妃"桑伟雍庆·贡曼拉热"位于阿尼玛沁峰的北面，舅舅"香吾·帕日智合让"位于阿尼玛沁的西部，大臣"龙宝格同智尕尔"意为"短善白岩山"位于阿尼玛沁峰的西北部，管家"尼尔哇·章吉夏嘎尔"位于阿尼玛沁峰的西北部，经头"安确·卡赛巴尼"意为"黄顶和上山"，位于阿尼玛沁峰的西侧。此外，还有赛格吾玛、图尕尔意英闹吾、拉庆莫哇多哇、念青俄拉则托合等"玛日尔"眷属360位，忠实的侍从、侍卫1500人。

　　③　由于青藏高原的生态环境等各方面的原因，如今的扎陵湖、鄂陵湖、卓陵湖三湖中的卓陵湖已经干枯，只有在水期才能见到一汪碧水。

旁，格萨尔的妃子珠牡名字的含义就是龙女，她从小就生长在此湖旁。今天的黄河源头，仍然流传着有关这三个湖的许多美丽动人的故事。

青海湖①位于青海省东北部的大坂山、日月山和青海南山之间，面积为 4583 平方公里，湖面海拔 3195 米，最深达 32.8 米，湖中有"海心山"小岛。该湖有许多传说。② 据《安多政教史》记载，青海的仙密寺高僧阿琼贡噶喜宁（a-khyung-bla-ma-kun-dgav-bshes-gnyen），曾住在青海湖修行获得成就，降服湖主嘉摩（rgyamo）等八部众，给玛沁授金刚乘灌顶，役使玛索玛（dmag-zor-ma）如仆役，所化甚众。③ 该湖不仅得到了居住在青海湖周围地区广大藏蒙民族的普遍信仰，而且得到了历代中央政府的高度重视，祭湖仪式和活动逐步带有官方的政治色彩。据有关史料记载，青海湖早在唐代就被封为"广润公"，而宋代再次封为"通圣广润公"。在元代出现了"遥祭"的记载。正规的祭海，始于清代，并明显的"兼有政治、宗教、民事及文艺"等内容。④ 民国年间，国民政府先后派马鹤天、陈进修、宋子文、邵元冲等大员来青海，主持祭海。蒋介石为了控制马步芳和蒙藏民众，于民国二十九年（1940 年）举行了盛大的祭祀活动。据史料记载，蒋介石特派国民党第八战区司令朱绍良前来青海，参加祭海与会盟。民国中央特拨专款 5 万元；朱绍良私人赠款万余元；青海省政府拨款 3 万元；购置茯茶 2000 多份、白酒 1000 余斤。准备双层蒙古大帐 8 顶，普通帐篷 100 余顶。筑道通车，"事先通知湟源各界绅士和群众，悬灯结彩，夹道欢迎。藏蒙各族王公、千百户等，在离海二里远的地方，骏骑盛装，隆重迎接，热烈欢

---

① 青海湖藏语全称"雍措赤雪嘉姆"（gyu-mtsho-khri-shog-rgya-mo），"雍措"有"碧玉湖"之意，"赤雪"有"千户"之意，"嘉姆"有"夫人"之意。藏语简称"错奥布"（mt-sho-sngon-po），蒙古语称"库库诺尔"，其意均为"青色的海"，汉语俗称"青海湖""西海"等。

② 相传此地源自一泉，有龙王之供其旁，藏民万家汲饮。居民汲水后，以石掩之，则不更溢。有活女鬼夜汲，不掩其石，以挑怒龙王。泉涌泛滥，淹没万家，以成大海，而水溢不止，势且淹没南赡部洲。自此后，就形成了青海湖。

③ 智贡巴·贡却乎丹巴饶吉：《安多政教史》（藏文版），甘肃民族出版社 1982 年版，第 151 页。

④ 韩官却加：《简述青海之祭海与会盟》，青海民族研究所编《青海民族研究》（第 2 辑），1985 年，第 93—106 页。

迎，鸣放鞭炮，高奏藏乐"。① 当时，祭祀圣湖的目的，一方面，通过举行祭海这样的民族大聚会，开展各种各样的民间文艺活动，草原上的蒙藏优秀民间艺人，包括《格萨尔》说唱艺人，也来到这里进行演唱，成为他们互相交流、互相学习的场所。格萨尔艺人格日坚赞就背着行囊来绕转过此湖。另一方面，通过祭海会盟，减少了蒙藏民族间的草山纠纷，增进了蒙藏民族的相互交往和了解，有利于青海牧业经济的稳定发展，促进了民族经济文化的交流。

通过以上大量的实例不难看出，在雪域高原这一特殊的自然环境中，人们对圣山非常笃信，同样，对待圣湖也情有独钟。在他们看来，有光明就有黑暗，有正义就有邪恶；有仙境就有人间，有圣山必有圣湖，给崇山峻岭寄予生命，给湖泊海子寄予灵气。正因为有了深厚的圣山圣湖崇拜的民间传统文化土壤，所以才孕育了众多的民间说唱艺人，形成说唱艺人的圣山圣湖崇拜文化情节。他们认为，只有走近圣山圣湖，才会富有灵感；只有绕转圣山圣湖，《格萨尔》才会富有神韵。

山神和湖神崇拜是藏族早期自然崇拜的主要内容，但延续至今，不仅没有消失，反而深深扎根于藏族文化之中。圣山崇拜的内容和形式流布广泛，而圣水崇拜，据研究，多保留在远离藏区中心文化区边缘地带，祭祀水神的仪式和习俗只在民间流行，未被纳入藏区佛教的正式仪轨之中。② 这说明藏族早期自然崇拜超越宗教形式，以一种顽强的文化形式根植于藏族文化。

在文化的三个层次中，表层文化以器物技术为主，中层文化以制度组织为主，而深层文化则是以意识形态为主的。圣山圣湖崇拜的民间传统文化土壤，是藏族文化中的重要构成，以此为核心的深层文化孕育了众多的民间说唱艺人，形成说唱艺人的圣山圣湖崇拜文化情结，并将这种文化展现在表层文化中，即活灵活现地融入史诗《格萨尔》的字里行间。如格萨尔的妃子珠牡即被描写为从龙宫（水）中走出的一位龙女。

---

① 陈邦彦：《"祭海"沿源和一九四〇年的祭海情况》，《青海文史资料》（第6—9辑合订本），第8辑，青海省政协文史资料研究委员会编1981年，第59页。

② 周锡银、望潮：《藏族原始宗教》，四川人民出版社1999年版，第53页。

四

首先，任何一种文化都有民间文化的成分，因为民间文化总是由一个特定的地域、一定的人群共同创造、发展繁荣起来的。这种文化也并不是随着这个地区人群的出现而产生，而必须是经过这个地区人们的实践才逐步出现、发展、成熟。人，在这里依然是最活跃的因素，人的实践活动是民间文化存在发展的根基。通过大量的事例我们可以看到，与山水相生相伴的藏民族，无论是现实生活还是精神世界，都与圣山圣湖有着永远也无法割断的联系。在漫长的历史过程中，围绕圣山圣湖所积淀的文化内容丰富多彩，形成自然与人文融为一体的崇拜圣迹，不仅成为历史上藏民族精神文化的载体和象征，而且也保留了民族审美意识中原始崇尚范畴的古老原型。在这种特殊的地理环境和文化环境中成长起来的《格萨尔》说唱艺人，自然产生了圣山圣湖的文化情结。如女艺人玉梅做梦所出现的湖意境，也是现实生活的一种反映，其实在她家的山背后，真的有两个湖，一个叫"错噶"（mtsho-dkar），意为白湖，另一个叫"错纳"（mtsho-nag），意为黑湖。玉梅从小就经常在湖畔放牧。可以说，密布着圣山圣湖的青藏高原既是《格萨尔》说唱艺人成长的摇篮，也是《格萨尔》说唱艺人文学创作的源泉。

其次，雪域高原，特定的历史自然环境孕育了勤劳勇敢的藏族人民，也造就了独特的风俗习惯和传统文化。藏民族漫长的生产实践和社会生活，为《格萨尔》的创作产生提供了物质条件和现实基础；大自然造就了山川、海洋、丘陵、江河、泽薮、谷泉等山山水水，在古代藏族先民的心目中都是崇拜的神灵，尤其是大型的灵山秀湖，一直是人们祭祀的重要神祇。雪域高原那广阔的草原、神奇的山水、万变的气候，又培养了艺人们丰富的艺术想象力，使之出入于天地三界，驰骋于高山神湖。写英雄则自天而降，降伏妖魔；写魔王则"吃一百个成人做早点，吃一百个男孩做午餐，吃一百个少女做晚餐"，贪欲无限，凶恶至极；写美人则如虹彩，灿若太阳，美若莲花。这些想象方式，独具高原民族所内涵的崇尚感和力度。于是，能歌善舞的藏民族，在传统说唱形式的基础上，经过广泛加工创作，不断丰富发展，以口头文学的艺术魅力，创作出了这部宏伟的史诗。也正是这些优秀文化传统的积淀和民间艺人的苦苦努力，才逐步酝酿和形成了中华民族最具有高山旷野气息的伟大史诗《格萨尔》。

最后，在"自然崇拜""万物有灵"的宗教思想影响下，注入了灵魂观念的自然山水，已经不是原来意义上的自然山水了。它既是神山神湖，又是灵魂寄居处。人们给山水实体寓于了人性化的成分，使之成为宗教意向上的神学观念，但却暗含了藏民族对人性的自我肯定和自我完善的朴素的唯物观，是藏族自然观的物化表现。山神和湖神（水神）崇拜的观念无论对于古代还是对于现代的《格萨尔》说唱艺人均有很大的影响，这种人对自然的有限性和无限性，赋予神性和灵性的自然观不仅反映在艺人们的现实生活当中，更多的则是体现在他们所创作的《格萨尔》内容情节当中。

每逢节日尤其是到了马年，转山朝湖的人们都聚会于此。许多《格萨尔》说唱艺人都曾朝拜过重要的圣山圣湖，如说唱艺人扎巴、桑珠、玉珠、才让旺堆等人均转过冈仁波钦，特别是才让旺堆与这座山更有着特殊的缘分。又如"阿尼玛沁雪山原本是坐落在安多藏区一座普通的自然实体，但在历史岁月里，生活在雪山脚下的人们将自己的思想情感融入其中，使其不仅变成了一座令人敬畏的山神而被人们顶礼膜拜，而且形成了具体的形象被人们供奉，成为安多地区独具特色的民俗文化现象"①。藏民族圣山圣湖崇拜的传统习俗，贯穿了古代藏民族朴素的唯物观和自然观的文化内涵，成为说唱史诗中的重要素材，使山水为喻的外在表现丰富而多彩。圣山圣湖的祭祀活动，使《格萨尔》说唱艺人既得到了一种精神的超越和情感的慰藉，又陶冶了他们的高尚情操，同时还启迪了他们的创作灵感。有缘于此，艺人们对《格萨尔》的说唱一发不可收拾，有的说唱数十部，更有多达百余部者。这就实现了他们对宇宙精神的体悟和自我价值的实现。他们心目中塑造了万能之神格萨尔，将自身对人世间的喜怒哀乐尽情地诉诸其中，这些情感积郁、酝酿、膨胀、激荡于心中，逢时就发，势不可遏，唱出了流传千古

① 丹曲：《试述阿尼玛沁山神的形象及其在宗教万神殿中的归属》，《安多研究》（第1辑），中国藏学出版社2005年版，第201页。

的英雄史诗《格萨尔》。艺人们在史诗创作过程中，将这种价值转化为史诗创作的精神动力，深深地融入了圣山圣湖崇拜的宗教情感，这是一种把文化情结与《格萨尔》说唱艺人紧密联系在一起的纽带，所以产生了许许多多感人的故事。如在"文化大革命"期间，《格萨尔》被视为毒草，扎巴老人也受到了强烈的冲击。他脑海中的《格萨尔》虽然任何人也无法拿走，但陪伴他度过了半个艺术生涯的说唱帽，却成了罪证，他含着伤心的泪水一气之下将此帽抛进了林芝地区著名的错高圣湖，以圣湖为最好的归宿。

圣山圣湖本属于自然物质世界，然而在藏民族文化传统中，却被赋予了自然物质以外的诸多含义而被人们加以崇拜，在人们的观念中便显示为一种人文符号，山神与湖神，这种最具特征的人文符号的载体，则更易为人类构思为神祇主宰者，而这个人造的神祇，也很自然地成为人们的精神代表和文化象征，两者相辅相成，相得益彰。圣山圣湖既是《格萨尔》说唱艺人浪迹求艺的重要场所和成长的摇篮，更是藏族文化包括英雄史诗《格萨尔》产生的沃壤。从而可以看出，藏民族的山湖崇拜习俗和信仰背后的朴素的唯物的思想基础。

［原刊《安多研究》（第 2 辑），民族出版社 2006 年版］

第三编

史诗文化

《格萨尔》与藏族绘画

被人们誉为文学巨厦的英雄史诗《格萨尔》，多少年来，有多少仁人志士以毕生的精力，潜心研究，整理发掘，最终面对着它的浩繁发出无声的感叹。的确如此，它好像是云雾遮盖的群山，只见高耸的峰顶，它又似冰层下的激流，只闻涛声回荡，这种奇特现象构成一幅绚丽多彩而又宏伟壮观的神秘画卷。从这幅画卷上既可看到藏民族社会历史发展的轨迹，又可看到千姿百态的雪域文化奥秘，成为包罗万象的藏族大百科全书，它对藏族艺术同样也产生过重大影响。长期以来，与藏传佛教结下了不解之缘的藏族绘画艺术，表现的内容均以宗教为主题，久而久之，以战争为主题的《格萨尔》史诗也成为藏族绘画的内容，这就使得藏族传统绘画艺术由单一地表现宗教的神佛，注入了世俗的内容，更接近广大人民的生活，从而使英雄史诗广泛在人民群众中流传。英雄的形象也作为一种崇拜的偶像，形成了神奇的崇拜英雄文化现象。本文拟就格萨尔在藏族绘画艺术中的表现形式、内容及艺术特色等作一概述，以求教于长期辛勤耕耘在格学园地的老师们。

一　藏族绘画表现的主题

藏族绘画艺术的发展，与佛教的传播和发展有着紧密的联系。无论是吐蕃王朝刚刚文明于世，还是藏传佛教的逐步形成、藏族文化艺术的日趋完善，都有力地证明了这一点。长期以来要求藏族绘画既要服务于宗教，又必须符合美的规律，这种相互包容的关系，使得绘画经典在阐释艺术理论时，常与佛教义理的弘扬融为一体。由此可见，藏族的艺术基本上是在宗教的母腹中孕育和发展的。藏传佛教主张"因果报应"

"轮回转世""修行成佛"的说教，认为奉行教法的人们最终的目的就是脱离"生死轮回之道"以证得"涅槃"或"成佛"。这些观念对藏民族造成了巨大的心理冲击，笃信灵魂不灭、崇信佛的存在，由此形成了对佛的崇奉膜拜。在这种崇拜心理支配下，佛像作为佛的身影或佛的自现身，受到信徒的崇拜，修行者经常静观佛像。便如见到本尊，得以引导进入更高境界，修得"正果"最终达到"涅槃"或"成佛"的目的。正如《画像度量经》所言："为给众生积福德，日日供奉不能忘，这样神能赐'寂静'。"因而对佛像的膜拜为佛教皈依的三宝之一，此为藏族绘画艺术所表现佛教主题的原因之一。可见佛像艺术在佛教文化体系中，并不是作为单纯的艺术品来供人欣赏，而是作为宗教信仰的一个重要组成部分且与宗教结合并服务于宗教。

藏族绘画中不仅主张描绘多种形象，而且也注意不同形象之间的个性差异。"多绘神像慈善像，亦画夜叉海中龙，饿鬼吸血食肉鬼，罗刹飞天也绘形。"① 也就是要求创造的艺术形象应该富有个性特点和多样化，从而达到"肖像画得美、真、善"的艺术效果。由此可见，藏族绘画艺术千百年来通过艺术家们含辛茹苦的艺术实践，在宗教的影响下，逐渐注入了佛教的出世思想，并成为直观服务于宗教的文化艺术种类。在艺术造型处理上，基本上按照佛教工艺典籍中的规范绘制。诸多绘画艺术理论典籍都出自宗教高僧大德之手。他们用藏族人民传统的造像学和美学理论，以准确的数据和精确的构图，为世人总结出了绘画技法。这种绘画艺术，经过长期的流传和发展，在本民族古老的传统绘画艺术的基础上，汲取了古印度、尼泊尔以及内地等国家和地区绘画艺术的优点，逐渐形成了具有浓郁民族特色和地方特点的艺术体系，内容丰富，种类繁多。就其内容而言，可分为显宗绘画、密宗绘画、传承祖师、护法神系、寺塔图绘画、装饰图案及其他绘画七类。就其种类而言，有壁画、唐卡、堆绣、刺绣、水版印刷等工艺，这些艺术作品，大多馆藏在各地寺院以及僧侣手中，只有极少部分在民间流传。

---

① 李景隆：《藏传佛教艺术论著〈通经〉美学思想初探》，《青海民族学院学报》1994年第 4 期。

二　格萨尔在藏族绘画艺术中的表现形式

　　由于史诗本身产生的年代极为久远，地域异常广泛，流传形式多种多样，内容纷繁复杂，它与宗教的关系也呈现出极为复杂的现象。从内容到形式，从流传、演变到发展，从搜集到加工修改，都受到了宗教尤其是佛教的深刻影响。就总体而言，史诗宣扬了佛教的观点，无论是佛、菩萨，还是地狱龙宫都成为了史诗歌颂、祈祷、信奉的对象。其中还将莲花生大师放在突出的地位，提出了格萨尔就是莲花生大师和观世音菩萨的化身这种说法。英雄本身多次宣称，他来到世间，是要弘扬佛法，降伏妖魔，"把魔地变成佛法昌盛的地区，把信奉苯教的众生教化成佛祖的信徒"。史诗中还将格萨尔说成是大梵天王的儿子。大梵天王原是印度婆罗门教与印度教创世之神，后被佛教吸收为护法神之后，便为释迦佛祖的右胁侍。在《仙界遗使》中记载，莲花生大师对格萨尔说："藏区污浊的世界，众生没有幸福和安乐。为了降伏霍尔和妖魔、拯救众生于苦海、管理好藏区的事情，弘扬神圣的佛法，聪明的神子推巴噶瓦不要耽误快到藏区去。"[①]　于是格萨尔向莲花生大师立下誓言，决心到人间去降妖伏魔、弘扬佛法、拯救陷于苦海之中的藏族百姓。《格萨尔》的整体构思也是顺着这条设想勾勒的。其主体是战争，全部内容展示了一场场世俗与神魔互化了的战争画面，它犹如一台回顾历史场景的系列戏剧，英雄、美人、魔王、暴君、奸臣等纷纷登场，形成了一幅幅精彩感人的战争画卷。尽管如此，可格萨尔却被格鲁派各寺禁止，这是什么原因？此问题在降边嘉措先生的《〈格萨尔〉初探》之"格萨尔同宗教的关系"中做出了回答，他认为有以下几个原因："第一，尽管史诗中一再声明要'弘扬佛法'，而且确实也贯穿了'抑苯扬佛'的倾向，但是，格萨尔及其他英雄人物的所作所为是直接违背佛教教义的，佛教戒律的头一条就是'不杀生'。而格萨尔及其所统领的将士们到处作战，所杀之人不可胜数，往往一次战斗下来，就血流成河，尸盈旷野……""第二，就拿格萨尔来说，尽管他一再宣称自己来

---

　　①　土登尼玛、更登搜集整理：《仙界遗使》（藏文版），四川民族出版社1980年版。

到人世间，就是为了'弘扬佛法'，但在实际行动中，史诗的作者没有把他塑造成一个虔诚的佛教徒，恰恰相反，有时还直接违背佛教的教义和教规，显得有点'离经叛道'。""第三，佛教提倡清心寡欲，超凡脱俗，严守教规，其中尤以黄教为甚。"①

尽管僧侣集团禁止在寺院里说唱《格萨尔》，然而，这部英雄史诗仍在广大藏族人民群众中广为流传，一方面说明史诗本身具有的强大的艺术生命力；另一方面说明广大藏族人民既需要超凡脱俗的宗教，又需要丰富人民精神生活的"格萨尔"。为此，带有浓厚宗教韵味和独具民族特色的绘画艺术，冲破了宗教的主题，按照人民大众的意愿，也将这位英雄的形象用绘画的形式表现出来作为藏族人民供奉、瞻观、朝拜的信物。其内容有"格萨尔骑征图"和"英雄赛马图"，有"十三英雄出征图"和"英雄出征送行图"，更有"征服魔王图""凯旋归宴、诸护法神、战神、山神天母图"，内容丰富，多彩多姿。用绘画艺术的手法将格萨尔表现出来，这种艺术品，伴随着自身的流传，给史诗本身的研究增加了一个重要的内容。我们按照散见的格萨尔绘画艺术作品大致分类，有壁画、雕塑、唐卡、木版印刷等种类。

壁画：四川德格龚垭村吉基贡寺前照壁上绘有格萨尔的壁画，是当地画家江擦乐周所画，高约 8 市尺，宽约 1 丈，彩绘，曾有文字记录。② 在四川炉霍藏区的格聪活佛私寺中，也有一幅壁画，该画刻画了格萨尔前往霍尔国夺回被霍尔国王掳去的妻子的场面。③ 在拉达克馆藏着有关格萨尔的一幅壁画，在列城也有同样的壁画。据拥有者认为，它是在多格拉战争之后绘制的。图中绘有坐在王位上的格萨尔，如同喇嘛一样坐在那里，头戴一顶多瓣的白帽子。④ 根据杨恩洪先生的有关论著介绍，在青海塔尔寺中存在完好的格萨尔出征壁画；在玉树文成公主庙内也绘有格萨尔出征图像。除青海果洛州的嘎洛等用传统手法绘制格萨

---

① 降边嘉措：《〈格萨尔〉初探》，青海人民出版社 1986 年版，第 280—282 页。
② 徐国琼：《论"格萨尔骑征唐喀"及其在史诗中的神话内涵》，《格萨尔研究》（第 4 辑），内蒙古大学出版社 1989 年版，第 23 页。
③ ［法］石泰安著，耿昇译：《西藏史诗与说唱艺人的研究》，西藏人民出版社 1995 年版，第 123—124 页。
④ 同上书，第 122 页。

尔史诗中的人物和情节的各种作品①外，一批画家还利用现代绘画手法与传统手法绘制了精美的《岭·格萨尔王》，该画在1987年全国少数民族美术作品展览会上被评为优秀作品并参加了法国的秋季沙龙展览②。

唐卡：这是格萨尔绘画中最引人注目的一种绘画艺术作品，在国际文坛上亦备受人们的青睐。石泰安先生不但在他的研究文章中多次提到"格萨尔唐卡"，而且早年就苦心搜集。1958年，他将搜集到的唐卡编选成集，出版了名为"格萨尔生平的西藏画卷"画册。1959年在巴黎出版的专著《格萨尔史诗与吟唱诗人》一书的扉页，便是一幅精心绘制的"格萨尔唐卡"，画面的构图，由格萨尔骑征、十三英雄随骑出征、珠牡送行等部分组绘而成。徐国琼先生于1960年6月，在西藏昌都考察《格萨尔》史诗时，昌都卧龙街的降央曲措阿姐将家中祖辈珍藏的一幅"格萨尔唐卡"赠送给了他。此画收藏年久，画面色彩陈旧，但精细的构图仍清晰可见，可惜这幅珍贵唐卡在"文化大革命"中逸失。③ 1960年7月，徐先生在西藏昌都江达县收集了一幅唐卡，画长2.5市尺，宽1.7市尺，由红、黄、蓝、白、绿、紫、棕等色绘成，以万字纹绵缎镶边，画面完整无损。同年7月，他见到四川德格龚垭村旁吉基贡寺内藏有一幅唐卡，长2.5市尺，宽1.8市尺，色彩由红、黄、蓝、白、绿、紫、棕等色绘成锦边原已被撕去，画面完整无损。④ 目前国内收藏数量最多且最完整的一套格萨尔唐卡被四川博物馆馆藏，这些珍品绘于清代，一套共11幅，唐卡高83.5厘米，有中心主像，四周配以格萨尔王传故事图，它以人物为中心表现生动的情节。可以说这套绘画是藏族绘画中具有强烈民族性与群众性的作品，别具一格地再现了《格萨尔》中的精彩场面，生动地反映了藏族人民的现实生活，寄托了人民反对战争的愿望，表达了群众对和平生

---

① 杨恩洪：《中国少数民族英雄史诗〈格萨尔〉》，浙江教育出版社1995年版，第71页。

② 同上书，第77页。

③ 徐国琼：《论"格萨尔骑征唐喀"及其在史诗中的神话内涵》，《格萨尔研究》（第4辑），内蒙古大学出版社1989年版，第18—19页。

④ 同上书，第21页。

活的向往及对英雄的怀念。① 在石泰安先生《西藏史诗与说唱艺人的研究》一书中写道，吉美博物馆也馆藏有绘有格萨尔生平的一套唐卡共 11 幅。此外，"打箭炉藏本"也有 11 幅组画，这是石泰安先生在一次打箭炉木雅人的原土司府中发现的一套甚至在具体情节上都与吉美博物馆藏本完全相同的唐卡组画。吉美博物馆和打箭炉收藏的这两组绘画相吻合，而吉美博物馆的那一组的其中 4 幅无藏文释文，其余 7 幅则与打箭炉的那一组一样带有藏文释文，这还需进一步研究。② 全国格鲁派六大寺院之一的塔尔寺，还将格萨尔作为其护法神之一，并绘制于大金瓦庙的壁画中。③ 昌都地区的大活佛即第十世帕巴拉，在自己的经堂里，绘有格萨尔和 30 位英雄的画像，作为藏传佛教格鲁派的护法神。④

雕塑：藏区格萨尔的雕塑像多为铜、木、泥等质地。铜塑鎏金像如德格女土司降央伯姆在她家的经堂里，曾供奉过一尊高约一尺五寸的格萨尔骑征铜铸镀金像，可惜此像在大炼钢铁时被烧毁。后来徐国琼先生经多方探寻，才从四川刘家驹先生处得到了这尊镀金铜像的照片。⑤ 笔者在五台山考察时曾见到菩萨顶殿中供奉有一尊木雕格萨尔像，做工十分精细，格萨尔骑着神马，手持武器，通高约 80 厘米。⑥ 在拉萨大昭寺中，供奉有格萨尔像；在果洛大多数宁玛派也都供奉着格萨尔的塑像、唐卡。

绘画：康定所出的一部《赛马称王》的手抄本中，有 11 幅画像。其中格萨尔的骑马像，人现正面，左手挥巨斧，右手执如意鞭，身穿护身甲，肩披红彩带，腰佩宝剑，背插长矛，红缨迎风飘扬，头戴铁盔，盔顶加配连环宝珠，顶珠旁高插令旗，胯下赤兔马。马现侧身，红鞍鞯

① 王平贞：《四川省博物馆馆藏〈格萨尔王传〉唐卡初步研究》，《格萨尔研究》（第 3 辑），中国民间文艺出版社 1988 年版，第 418—419 页。

② ［法］石泰安著，耿昇译：《西藏史诗与说唱艺人的研究》，西藏人民出版社 1995 年版，第 124—125 页。

③ 降边嘉措：《〈格萨尔〉初探》，青海人民出版社 1986 年版，第 285 页。

④ 同上书，第 283 页。

⑤ 徐国琼：《论"格萨尔骑征唐喀"及其在史诗中的神话内涵》《格萨尔研究》（第 4 辑），内蒙古大学出版社 1989 年版，第 21—22 页。

⑥ 笔者于 1996 年 10 月前往五台山考察。

红辔红缨，颈吊银铃，尾打环结，四蹄彩云缭绕，势如凌空飞驰。人马精神抖擞，虎虎有生气。①

木版印刷：1960 年 7 月，徐国琼先生见于德格更庆寺德格印经院内。雕版长 2.4 市尺，宽 1.8 市尺。以墨汁印刷版画印刷流通。② 还有小雕版两块，尺寸完全相同，长 1 市尺，宽 6 寸，其中一块为承守寺老奶奶博丘赠送，携往青海，在"文化大革命"中逸失。印刷流通传世于玉树、甘南等地。③ 1982 年 10 月，在拉萨大昭寺前排流通，画长 9 市寸，宽 6 市寸，印于红布之上，墨汁印刷。④ 1986 年，徐先生去云南迪庆藏族自治州中甸县承恩寺时，在侧楼小经堂的墙壁上挂有雕版印刷画，画长 2.5 市尺，宽约 1.8 市尺，画的下端用藏文注刻"雕于 1983 年 10 月 1 日"字样，雕于何地以及雕刻人均未注明。其尺寸与德格印经院大雕版近似，线条比德格寺的纤细。大小、风格、纸质完全相同，并排供奉者尚有一幅宁玛派教祖莲花生大师生平的印版画。

由此可见，藏族绘画中以格萨尔英雄史诗为内容，用传统的各种艺术手法表现出来，流通并供奉，形式多样，体裁广泛。这样，既丰富了藏族绘画的内容，又为史诗本身的流传注入了新的活力。

三　格萨尔在藏族绘画中的表现内容

每一个民族都有自己独特的文化心理结构，因而也有着独特的审美意识传统和艺术传统。每个民族的审美心理特征都无一例外地在他们的审美活动中表现出来。审美活动是人的一种社会本能，是人自身的一种特殊存在方式，是人的本质的一种特殊的表现形态。在特定的文化环境中，藏民族形成了自己独特的性格，造就了独特的审美观念和情趣。作为一部藏族社会历史的一面镜子的英雄史诗，其本身就是这种审美意识

①　佟锦华：《〈格萨尔王传〉在藏族文学史上的地位和影响》，《格萨尔学集成》（第 2 卷），甘肃民族出版社 1990 年版，第 853 页。

②　徐国琼：《论"格萨尔骑征唐喀"及其在史诗中的神话内涵》《格萨尔研究》（第 4 辑），内蒙古大学出版社 1989 年版，第 23 页。

③　同上。

④　同上。

和艺术传统的产物。藏族绘画艺术，也是按照藏民族独特的审美思想，在强调艺术明德、扬善、规范、教化的作用时，并没有忘却艺术本身所特有的美感作用，不仅用艺术为弘扬史诗服务，而且懂得如何利用艺术，为弘法服务。现就根据我们所介绍的格萨尔唐卡组画分述其内容。

　　如《郎敏甲姆》图，下中绘郎敏甲姆，骑黄羊从云端冉冉而至。仙女面相丰腴，蛾眉细眼，高鼻小嘴，右手持明镜，左手执经幡。着藏袍，开大领，宽衣窄袖。腰系绶带，胸配"告乌"。头梳髻，插饰金花。双耳垂铛，双目凝视，似将预言岭国要降生一位英武的君王。右下方格萨尔诞生，端坐在母亲怀中，格萨尔被晁同撺到黄河边，母子二人挖蕨麻，捉无尾地鼠充饥，左上方格萨尔打死野牛，用箭射死魔鬼变的三只乌鸦，征服了野山羊、野牦牛，左下方绘有珠牡一家。《十阿栋青呷波》图，正中绘十阿栋青呷波保护神，人身鸟嘴、头戴战盔，身着铠甲，双臂长着大鹏翅膀，胯下骑一只大鹏，鹏鸟双翅绕着一条蛇在云中飞翔。左上方格萨尔身穿白袍、头戴毡帽向群众说法。右上方格萨尔五岁到阿里地方取黄金，到果洛地方取牦牛分给群众，征服了野牛沟，把得到的牦牛分给群众。左中，龙女用箭射死魔鬼变的野牛保护格萨尔。中下方，格萨尔征服了大鹏宗，用大鹏的羽毛做盔缨。右中，格萨尔六岁时到雪山取水晶分给群众。右下方，格萨尔七岁时征服了邓柯取青稞分给群众。《念青多吉巴瓦则》图，正中绘藏区有名山神念青多吉巴瓦则，手拿念珠，左手执法器，头戴五佛冠，额前生一慧眼，正身横坐马上，马侧向左，四蹄踏莲，中上为格萨尔用法力征服了魔鬼。右上为格萨尔九岁时到尼泊尔取羊分给群众，左中为格萨尔在草原上用法术修建了一座宫殿，并说法。图的下面均描绘珠牡带上干粮骑马去黄河边通知格萨尔赛马和在山洞中找到一副金鞍送给格萨尔等情节。《格萨尔王》图，正中绘格萨尔，头戴战盔，盔缨呈幢形，缨顶插四面小旗。身穿铠甲，面相英武，腰系箭囊，左手执长矛，矛缨彩旗飘扬，右手托下颌作深思态。侧身跨战马，马间向右踏祥云作奔驰状。在格萨尔绘像上方和下方有众多神放出的各种动物。左侧绘格萨尔十二岁时，在住地上部修建一座千佛殿，中间修一存放经书的宫殿，左上为格萨尔坐在帐内诵经，右中为格萨尔远征北地返回岭国受到大将、王妃们的迎接。中下为格萨尔在北方魔宫中，找到了梅萨妃，用箭射死了魔王鲁赞。《达那却果》图，正中绘达那却果战神，战神身着铠甲，左手执矛，右手执法器，腰佩箭囊，脚穿藏靴，侧身跨战马，马头向王侧踏祥云，作奔驰状。左上为岭国首领在召开军事会议，白帐王派兵捉去珠牡，左中岭营士兵架设石炮向敌人进攻，左下霍岭两国在黄河流域激战，右下岭国军攻向霍尔营地。右下晁同在霍尔营中为白帐王出谋划策，出入霍尔营房，岭国将士英勇保卫岭国，霍尔侵略军受到应有惩罚。此外，尚有《普·羊雄玛波》《龙王朱拉仁亲》《绿举脱岗》《多吉苏列列》《仓巴栋沱》《生羌特列玛》等图。这些画形象逼真，造型优美，具有浓郁的神话内涵和丰富的思想内容。不管是绘画中的壁画、唐卡，还是雕塑中的铜塑、木雕以及木版印刷，都反映了藏族人民在创作这部英雄史诗的过程中追求的真善美观念。正如《〈格萨尔〉初探》中所言："真、善、美与假、恶、丑之间的斗争，像一条红线，贯穿了《格萨尔》；对真、善、美的热烈向往和执着追求，成为整部史诗的主旋律。"①

四　格萨尔绘画的艺术特色

古老的民族，唱着英雄的赞歌，尽管时光流逝、岁月变迁，然而这首美妙的赞歌，只要藏族存在，那么它将永远伴随着藏民族的历史吟唱下去；只要史诗流传，它也将不断地用丹青描绘在画布中。这就是英雄史诗的艺术魅力所在。就格萨尔绘画的艺术特色而言，归结起来，表现在如下几个方面。

（一）塑造英雄形象，描写英雄业绩

每一个民族，都会有维系本民族之灵魂或情感的历史事件、历史人物、文化遗产及生活方式，或者使本民族感到自豪，或者使本民族成员之间感到亲切。格萨尔，长期以来成为藏民族的骄傲和崇拜的对象。久而久之，这种崇拜英雄的风俗文化在藏族人民中间根深蒂固，这就是这部英雄史诗在藏族人民中间得以广泛长久流传下来和藏族绘画艺术得以细致而形象表现出来的重要原因。显然衬托和表现这位英雄的行为模

---

① 降边嘉措：《〈格萨尔〉初探》，青海人民出版社 1986 年版，第 103 页。

式，只能靠战争的反复来实现。从降伏妖魔起，降伏十八大宗、七个中宗和四个小宗都是战争。整个史诗，基本上是一曲英雄主义的颂歌。史诗中无论是个人或者集团，在战争中都最充分地表现出英雄本色。岭国的主要人物"甲擦协尕神刀手，好像满面怒容的活阎王。丹玛江叉神箭手，好像雷电闪红光，却鲁达尔潘神枪手，好像彗星放光芒。僧达阿冬无敌将，好像猛虎出了洞"（《世界公桑》），高超的武艺、非凡的力量、超人的胆识，是各族英豪的典型特征。主角格萨尔这个英雄首领雄狮王，是勇猛无敌的象征，被人们敬仰和供奉。绘画中表现的主体人物、马、十三战神、武器、佩戴等，都是与作品所描写的情节相吻合的，这就预示了格萨尔绘画的真实内涵，也是人们世代讴歌、供奉、敬仰、流传之所在。

（二）构图形式多变，人物造型生动

这一点，是藏族艺术表现的共同手法，也是藏族绘画艺术的特点。在取景布局上，以广阔的视野鸟瞰全局，将景、物、人等有机地组合在画面中，在把握主题的前提下，尽量强调所表现的对象和层次关系，疏密得当，层次分明。内容决定构图，所表现的主要内容为中心点，形成群星捧月之势，放射排列，达到画面主次分明、饱满匀齐的效果。如《郎敏甲姆》《十阿栋青呷波》《念青多吉巴瓦则》《龙王朱拉仁亲》《格萨尔王》《绿举脱岗》《达那却果》《仓巴栋沱》《生羌特列玛》等图，均达到了这种艺术效果。以英雄格萨尔王和诸神主供神像为中心，将佛尊置于最高点（主神像上方），史诗重大故事情节环绕。如《生羌特列玛》图，最高点置狮头佛和红喇嘛传承。正中主供像为格萨尔的保护神生羌特列玛，她头戴金冠，两耳垂铛，胸饰缨珞，左手执明镜，右手执宝物，身披薄纱，侧身跨青狮，青狮头向左侧踏祥云奔驰，右上侧珠牡回顾在地坝梳头，黑鸹衔走发箍，霍尔抢走珠牡，霍岭两国发生战争。左侧，格萨尔母亲病故，格萨尔下到地狱寻母，与阎王展开恶战，并完成人间夙愿后回到仙界。整个画面有《霍岭大战》的故事情节，又有《地狱救母》的故事情节，画面以优美的高原风景为主，白云环绕雪峰，琼楼玉宇，既有圣贤在幽静的环境中修行，又有硝烟弥漫的宏大的战争场面，真是一幅人间与天堂、神佛与人魔、天国与自然景

观融为一体的艺术杰作，构图清晰，栩栩如生。

（三）线条流畅优美，色彩绚丽多姿

格萨尔藏族绘画艺术，非常讲究用色，不同的造型艺术，恰如其分地把握色彩的搭配。绘制的作品雍容华贵，富丽堂皇，造型严谨，用色强调对比，笔法细腻，层次鲜明，技法全面。着色最多的是红、橙、绿、蓝等颜色。从而使画面更加丰富多姿和感人。艺术大师们不仅在人物造型上追求完美的效果，而且在人体比例、解剖结构的准确性方面达到了很高的水平，突出和发挥线条的表现力，采用厚涂与点染相结合的手法，所塑造的形象比例匀称，形神兼备，惟妙惟肖。

线条的讲究与应用是格萨尔绘画作品的主要手段，在每幅作品中都有不同的表现，有的刚劲有力，有的挺秀流利，有的纤细繁复，有的古朴素雅。无论绘制壁画、唐卡，还是其他工艺，画稿都将白描勾勒得十分具体，以后才敷色，人物体态的勾画，根据人物的表情、姿态、结构及肤色勾勒，几乎看不出毫痕，而衣纹却随着肢体的起伏变化而转折，以虚实确定疏密关系。如四川博物馆所藏的《格萨尔》唐卡组画，已经有数百年历史，但依然色调明朗。在色彩应用上，固有色和夸张色同时使用，蓝天、白云、雪山、草地、鲜花、树丛采用高原强烈阳光下呈现出的固有色相，具有浓厚的高原特点。绘画将大自然赋予世间万物的绚丽色彩，结合《格萨尔》的具体情节，创造出独特的色彩格调，如同美丽的梦幻展现在人民大众面前，使人感受英雄史诗的神奇，领略绘画本身的表现意图。

综上所述，可以看出，千百年来，雪域高原的藏族人民，不仅用口传讲述和文字记载格萨尔这位英雄人物，而且用各种艺术形式来表现其主题。藏族绘画艺术也积极承担了宣扬英雄史诗的重任，尽管用宗教艺术的格调来表现它，却依然散发出浓郁的生活气息，闪烁着哲理的光辉，表现了藏族人民的智慧、情感、愿望。格萨尔绘画以色彩绘制了独具魅力的天神生灵，喻示了藏族人民深刻而又丰富的思想内涵。作为藏族艺术作品的格萨尔绘画，其本身具有强烈的民族性和宗教性。虽然以绘画的手法将格萨尔表现在方寸画面上进入宗教绘画的行列，然而它又有别于宗教神佛绘画，别具一格地再现了史诗中的精彩战争场面，生动

地反映了藏族社会历史；寄托了藏族人民反对战争的愿望；表现了群众对和平生活的向往及对英雄的怀念和敬仰；反映了藏族人民崇拜英雄的心理和崇拜英雄的审美文化特点。

（原刊《西藏研究》1997 年第 1 期）

试论《格萨尔》戏剧艺术

戏剧艺术是一个特殊的艺术门类。它有文学、音乐、绘画、雕塑及舞蹈等多种艺术形式和表现手段，可以说是时间艺术和空间艺术的综合体。象征着藏族文学艺术大厦的英雄史诗《格萨尔》，经过千余年的文化积淀，自然成为藏族戏剧艺术的重要内容，使古朴淳厚、沉悲奇崛的传统八大藏戏，显得瑰丽多彩，具有强烈的浪漫主义传奇色彩，成为广大雪域人民喜闻乐见的一种艺术形式。《格萨尔》戏剧再现了英雄史诗中惊心动魄的战争场景，缠绵悱恻的爱情插曲，使观众"生于千古之下，而游于千古之上，显陈迹于乍见，幻灭影于重光"①。感染观众的魅力比其他艺术形式更为强烈，对社会的影响更为广泛。近年来，随着国际学术界藏学热的升温，格萨尔学研究的不断深入，无论从文化人类学的角度，还是从历史学的视角，进行了多元化、全范围的研究，新论迭起，著术颇丰，为人们展示了宏伟的前景，开辟了广阔的道路。本文拟将从《格萨尔》戏剧的形成和发展、内容、艺术风格以及作用和意义做一论述。

一 《格萨尔》戏剧的形成和发展

藏戏的产生与生产劳动有密切的关系。在劳动过程中，藏族先民为了协调有节奏的劳动，为了总结劳动经验而重复劳动动作如模拟打猎等，由此就产生了简单的舞蹈。随着生产的发展，认识能力的提高，模拟事物的才能不断增强，人们对文化生活的要求逐渐迫切，因而在诗、

---

① （明）潘之恒：《鸾啸小品·神会》。

歌、舞结合的基础上，人们把自己的行为如播种、收获、礼仪、狩猎等加以戏剧化，由此就产生了藏民族的戏剧。纵观藏族的文化历史，藏戏经过数百年的不断完善、演化和规范，形成了具有浓厚民族特色和丰富思想内容的八大藏戏。至于以英雄史诗《格萨尔》为内容的戏剧的产生则很晚了。据有关资料表明，大约在 20 世纪的 40 年代初，就出现了一种由史诗改编的《格萨尔》僧戏，是《格萨尔》说唱艺术和寺院法舞艺术结合的产物。史诗究竟何时改编成藏戏，由于资料有限，尚待考证。然而能将一种文化现象转化成另一种艺术形式，这种举措本身标志着《格萨尔》形态的一种转型。

据资料记载，早在 1941 年，四川甘孜佐钦寺（今甘孜藏族自治州所属）的公保活佛带着他的"羌舞"导演司德途经地处黄河上游的青海贵德昨那寺（今青海省贵德县罗汉堂乡所属）时，在寺主的恳求下，给该寺僧侣传授了独具特色的《格萨尔沪羌舞》。自此以后，每年农历五月二十九日，便是举行《格萨尔》"羌舞"活动的固定的庙会。每逢节日，罗汉堂、叶后浪、曲乃亥等 10 多个村的千余名藏族群众，身着节日盛装，喜气洋洋地前来观看演出。演员都是既参加生产劳动又从事宗教活动的宁玛派僧侣，年龄最大的 60 余岁，最小的才十一二岁，共有 20 多个演员，表演形式以说、唱、跳为主，有一个以藏族传统器乐为主的小乐队伴奏。昨那寺的这套"羌舞"，不仅有独特的风格，而且规模也较为宏大，既有说唱又有舞蹈，乐队、道具、服装等齐全。昨那寺的"羌舞"，除有《格萨尔》的内容外，还有其他宗教舞蹈，总共有 20 多项节目，时间长达 6 个多小时。从上午 11 时起，在阵阵唢呐和法号声中，"羌舞"正式开幕。格萨尔王在绘有雪山雄师、战神等图案的十几杆旗帜的引导下昂然出场。雄狮大王全副盔甲，佩剑挎刀，威风凛凛；总管王察根和汉地富商俄吾对酒当歌，歌颂格萨尔的千秋功绩；美丽的珠牡和美丽动人的梅萨，翩翩起舞，13 员大将舞刀弄枪，好一阵威风。①

20 世纪四五十年代，康巴地区的一位活佛，将《格萨尔》设计创

<hr>

① 索洛：《独具特色的传统〈格萨尔〉"羌舞"在昨那寺演出》，《格萨尔学集成》（第 1 卷），甘肃民族出版社 1990 年版，第 400 页。

制，采用把《格萨尔》的说唱曲调与传统藏戏的表演艺术相结合的方法，达到既将《格萨尔》藏戏化，又将藏戏《格萨尔》化的奇妙效果。

"文化大革命"期间，《格萨尔》被当作毒草，列为禁书大规模焚毁，自此，以《格萨尔》为内容的藏戏再也未能在舞台上展现给人民群众。历史的车轮不会倒转，社会总是会抛弃那些历史的小丑，向前推进。当被人们长期压抑的《格萨尔》合理猛烈爆发时，它便似满园关不住的春色，伸出墙头的一枝红杏，再度活跃在艺术的殿堂之上，让人们再次对《格萨尔》的魅力表现出极度的兴趣和热情，在社会上掀起一股狂澜，与现代文化和中西方文化的大潮交汇。

1980 年春节，由青海玉树藏族自治州民间老艺人扎西格勒一手编剧、导演、设计曲子、设计服装道具，将《格萨尔》之部《达食施财》排成了一部新型藏剧，在民间演出成功。这种戏剧不同于传统藏戏，它的音乐腔调为《格萨尔》说唱曲调，同时吸收戏曲的表演手法，并根据情节需要，设计民间歌舞场面而成。实际上是一种通俗的民族歌剧。此剧与民间艺术家活佛达洛创建的四川色达《格萨尔》藏剧的戏路基本相同。

1980 年，四川甘孜藏族自治州色达县在各级组织的支持下，2 月成立了色达业余藏戏团，排练了日洛创编的《智美更登》，于"五一"演出，深受群众欢迎。为满足群众的要求，塔洛根据藏族史诗《格萨尔》的《赛马称王》，编写成剧本亲自导演，承袭了安多藏戏的一些特点和程序，根据剧情，对唱腔和表演身段、人物服饰、道具、置景方面做了进一步发展。在参加省州藏戏调演演出时，得到了广大群众的肯定。之后，塔洛陆续创编了《取阿里金库》《赤松德赞》《岭国七勇将》等。这些剧目，塔洛亲自参加编导、演出。他在编导中融入本地曲艺、舞蹈艺术，均据剧情需要创作改编设计，故色达藏戏，独具一格，自成一派。

德格藏戏，历史较为悠久。1980 年，恢复了戏剧演出活动，更庆、龚垭、竹庆等地剧团演出了《格萨尔》中的其中一部，得到了广大群众的好评。此后，每年 7 月份均公演藏戏。

1955 年，甘肃的甘南藏族自治州夏河县红教寺成立了藏戏队，由

35人组成，演出了第一部传统藏戏《智美更登》。1962年，又演出了《阿达拉姆》，该剧是由红教寺僧完玛仁增根据史诗《格萨尔》的《地狱救妻》改编而成的，由完玛仁增、久西草担任主角，成为拉卜楞地区有影响的一个藏戏队。1978年，夏河县九甲乡成立了昂去乎藏戏队，由30人组成，演出了《格萨尔》的《降魔》等藏戏。此后拉卜楞地区纷纷成立藏戏队，为活跃乡村文化发挥了重要作用。

英雄史诗《格萨尔》在青海果洛地区流传非常广泛，它深深扎根于人民群众之中，受到无比喜爱。20世纪80年代初，果洛藏族自治州甘德县龙恩寺的白玛丹贝活佛，怀着对这部史诗的深厚感情，为将这部史诗搬上舞台，在熟悉史诗的基础上，进一步翻阅所能找到的史诗本子，听民间艺人的说唱，不断丰富自己。后来，他亲自前往四川甘孜藏族自治州色达县藏剧团，虚心学习，了解藏戏演出情况。在当地闻名的藏戏专家塔洛先生的具体指导下，编写了《格萨尔》剧本。返回青海后，动员本寺僧众，并从当地群众中挑选了一些嗓子好、会唱格萨尔的群众参加，组建了80多人的业余藏戏演出队。四处筹款，将群众给他布施的钱都用于排演和制作服装道具上，在他的努力下，一台倾注了他无数心血的《格萨尔》藏戏诞生了。1983年夏，在果洛藏族自治州赛马会上，这台节目与群众见面后，受到了热烈欢迎。他们的演出，为丰富群众文化生活和发展民族文化事业做出了很大贡献。①

青海省海南藏族自治州文工团，自20世纪80年代初就自编、自导，演出了《格萨尔》的《霍岭大战》，于1982年正式上演，曾于1983年4月参加广交会演出，曾抵达川、黔、陇等省进行慰问演出，1987年应西藏自治区文化局邀请赴藏演出，同年5月27日赴京在民族文化宫首场演出，受到了党和国家领导人胡启立、王兆国、阿沛·阿旺晋美、班禅大师等同志的高度称赞。次日在文化部召开由首都文艺界、学术界有关专家和知名人士40余人组成的座谈会，赞扬其是"一出充满民族气魄，健康向上，坚持民族化道路的好戏"。该团自1982年始至

---

① 苍赛拉姆：《一位热心于民族文化事业的活佛》，《格萨尔学集成》（第1卷），甘肃民族出版社1990年版，第401页。

1987 年，已演出 201 场，观众多达 34 万人，被称为 "藏族艺苑中的奇葩"①。

此外，令人高兴的是青海省京剧团于 20 世纪 80 年代初，还将《格萨尔》排成了京剧，搬上了舞台，这不能不说又是一个重大的创新。

二　《格萨尔》戏剧的内容及特征

据有关资料不完全统计，《格萨尔》改编的系列剧产生至今，已有《赛马称王》《天界遣使》《阿达拉姆》《降魔》《地狱救母》《霍岭大战》《达岭大战》《魔岭大战》《格萨尔的一生》《岭国七勇将》《取阿里金库》《达食施财》十余个。

就剧目的内容来讲，《阿达拉姆》剧中刻画了格萨尔王远征汉地，王妃阿达拉姆病重，多方医治无效，49 天去世后便来到地狱。她在地狱目睹众生惨受苦难。她想起 "恶人受狱苦，善者进极乐世界"，便对阎王说，她在人间做了许多好事，念了许多经。于是判断善恶的两个黑白小人从她的左右肩里生出，白人说她是格萨尔的妻子，应把她引到极乐世界。黑人说她是人间干尽坏事的恶人，应把她打入地狱。阎王不知如何是好，拿出阎王镜，明白阿达拉姆在人间是个残害众生的刽子手，把她罚入地狱受苦 900 年。格萨尔王从汉地返回得知爱妃落入地狱，他诵经祈祷，来到地狱，大吼三声，狱卒、阎王发抖。格萨尔排除阻力，找到了爱妃。她被关在一座无缝隙的铁屋里，哭泣着。他念了一阵密法，铁屋碎成 18 块，终于带领阿达拉姆和地狱受苦的 18 亿生灵，一起升入极乐世界，全剧告终。

《降魔》一剧，则刻画了岭国国王格萨尔继位后，全国上下一片兴旺景象。他一度入山修行，北方魔国国王鲁赞趁机施魔法用风卷走王妃梅萨。格萨尔得知，决定抢救王妃，降服魔王，为民除害。另一王妃珠牡得知大王去北方救梅萨，在敬酒时暗中放昏迷药，格萨尔忘

---

① 张怡文：《〈霍岭之部〉在京首场演出获得成功》，《格萨尔学集成》（第 1 卷），甘肃民族出版社 1990 年版，第 390 页。

记远征北方，天神在梦中提醒了格萨尔王。格萨尔决心前往，将国事交给三十英雄，珠牡见大王要去北方，设宴相劝，经格萨尔解释，王妃仍然不听，他只好毅然远离。去魔国途中，首先遇到魔国女将阿达拉姆，经过比武，降服了阿达拉姆，女将愿为大王效劳，并告诉了救人的道路。格萨尔闯过了许多难关，来到了五指山边，遇见放羊的泰恩，格萨尔说明自己的来历和勇武，与泰恩较量后结为友人。经泰恩相助，格萨尔方抵魔宫与梅萨王妃相逢。格萨尔悄悄藏在宫中，杀死了魔王的命根，魔王方知格萨尔来到宫中，经摔跤比武，格萨尔终于杀死了鲁赞魔王，将北方领土归于岭国，魔国百姓从此信仰佛教，过上安宁生活，全剧告终。

《赛马称王》一剧，叙述了格萨尔王，幼名觉如，衣着相貌粗陋，居住在马漫沙纳地方。一天，天神勒贡闷姐姆向觉如预示：你化身为北神红马头金刚（晁同的保护神），告诉晁同岭国举行赛马集会，获胜者可登岭国宝座，并娶珠牡为妃子。东赞（晁同之子）的玉鸟青驹千里马，定会跑得最快，那时岭国的金宝座及珠牡全归你，岭国的欢庆活动也由你们达绒家主持。如按此办，今年你必将登上岭国的王位。觉如按神母的预言化身成晁同的保护神红马头金刚神鸟告诉晁同道："达绒总管晁同，花岭国举行赛马集会，获胜者为岭国之王，并娶珠牡为妃子。此次获胜者必定是你家玉鸟青驹千里马。"晁同接到假预言，信以为真，派岭国仆人阿柯他委索拉通知岭民准备。

在花岭国赛马时，珠牡给姐妹们一一介绍岭国参加比赛的人马，觉如行至半途赶上了岭国有名的驼背格如，觉如向格如唱道："觉、格一切都相称，赛马同路向前奔……"格如感到小人觉如与他比，真是相形见绌，便给觉如对唱，十分藐视。比赛时，觉如之马飞脚一踢，格如人马陷进泥潭，觉如随之拽回，晁同采取讲故事的办法，拖延觉如的时间。觉如答谢之后，继续向前，看见跑在最前的东赞之马失蹄倒地，觉如救活东赞之马后，跑在前面，赛马获胜。岭国格萨尔登上王位，由大臣威玛拉达尔安排席次，总管阿来根唱欢庆之歌，珠牡敬献哈达，并捧杯祝贺格萨尔登上王位，万众欢舞，祝贺吉祥，全剧告终。

《地狱救妻》一剧，叙述了岭国格萨尔王将赴汉地前夕，预见他妻阿达拉姆离命终不远，提醒她随时都要注意。格萨尔王去汉地不久，阿达拉姆突然患不治之症，她招来以呷达相恩为首的群臣口述遗嘱。阿达拉姆死后被押到阎魔狱主前，但她装出毫不胆怯的神态，瞒哄阎魔狱主：妾在人间时，弘扬佛法，并无孽障。然而计算善与恶的白黑二子各执照明镜和秤，辨别真伪，阿达拉姆在世征战，多事显露，遂被关入地狱。格萨尔王赴汉地返岭国后，明知阿达拉姆已死，但假装不知此事，便问道：阿达拉姆现在何处，呷达相恩将阿达拉姆的装饰品与盔甲放在大王面前说：阿达拉姆已经死去。格萨尔大王去阴间，向阎王讲了阿达拉姆不该入地狱的道理，阎王只好释放以阿达拉姆为首的掉进地狱的全部众生，由格萨尔王引向西天极乐世界。雄狮大王去阴间，救出众生回岭国后，岭国民众们高兴地跳起了舞蹈，格萨尔告诫岭民要行善治恶，否则在阴间痛苦无量。剧最后，在预祝吉祥的歌声中结束。

在藏戏戏剧艺术发展过程中，《格萨尔》戏剧艺术的诞生，突破了传统，丰富了内容，吸收了藏族文学艺术的营养，给藏戏艺术本身注入了活力。它作为藏族优秀文学艺术作品的《格萨尔》史诗音乐多元结构的形成，经历了新与旧、同质与异质等多元文化的碰撞，对史诗本身又是一次弘扬，一次突破，一次超越和拓展，使其既保持传统的、本质的、主体的东西，又饱吮现代的、异域的养分来丰富自己，将自身变得适应现代环境，为自身的发展和传播开辟了更为广阔的前景，从而踏上了一个崭新的光辉历程。《格萨尔》戏剧内容，总体离不了史诗这个主体，再度在戏曲舞台上展现了古往今来格萨尔的几多故事。从其内容特征来讲有如下几点：首先，以完美的形象，成功地刻画了英雄人物；其次，具有浓郁的藏民族生活气息。另外，大圆满的戏剧结局。

三　《格萨尔》戏剧的艺术风格

有人曾感慨：从《格萨尔》的"唱词可以看出，这儿有比喻、夸张、排比，这些手法用得奇特、新颖，各种因素综合起来，造成一种雄奇瑰丽之美，《格萨尔》中的大多唱词都具有这种特色。这些唱词在我们眼前展现另一番天地，它像天空雨后的彩虹，又像清晨绚丽的彩霞；它像鲜花盛开的草地，又像翠绿苍郁的松林，如果你把展现的画面一个个连接起来，又是一卷色彩丰富的大型画册；它让我们听到潺潺小溪的鸣叫，百灵婉转的歌音，又听到万钧雷霆的轰响，江河汹涌的涛声，把这一切音响组合起来，又是一曲壮丽的史诗交响乐"①。是啊，兼有文学、音乐、绘画、雕塑及舞蹈等综合艺术的《格萨尔》戏剧在藏族传统戏剧艺术的基础上，吸取民间歌舞、艺术、佛乐的营养成分，在和周边兄弟民族文化艺术长期互相交流过程中，形成了一种更为辉煌的戏剧艺术。

第一，它以现实主义的手法，塑造了广泛的人物形象。《格萨尔》戏剧在刻画人物内心世界方面取材范围广，除人间人物神态外，从仙界到地狱，均给予刻画和雕塑。具体可归纳为现实性和非现实性的形象。通过人物的形象、语言、动作特征，刻画了现实性的形象，勇猛刚强，表现了一代统帅的英雄形象。非现实性形象，主要是塑造神、佛、鬼怪等形象，通过象征、变形、想象、夸张等手法，力求达到形似。这种类型的造型，既有对正面形象的夸张，又有反面形象的变形。在表演上除根据人物的不同要求，尽量表现出凶残、狰狞等性格特征。如阎王、罗刹、魔妃等形象变形，都具有明显的象征意义。通过现实性和非现实性出场人物的对比，正义与邪恶、美与丑、善与恶的对立，具有鲜明的对比性，一曲英雄的赞歌，在表演中被刻画得更加传神。

第二，具有鲜明的藏族民间歌舞的特征。在《格萨尔》戏剧中，以浪漫主义的情调构筑了美妙的旋律。藏戏是在藏民族民间歌舞的基础上，加以改造和发展起来的。而《格萨尔》戏剧，在某种程度上还吸收并穿插了许多歌舞场面，继承和发展了藏族地区歌舞精华，如同跳、甩、摆、转、摇、顺等舞姿，成功地运用到每个剧中不同性格人物身上，使人物形象更加鲜明。基本舞台调度的场面设计，也大都采

---

① 索代：《谈〈格萨尔王传〉的艺术特色》，《格萨尔研究》（第3集），中国民间文艺出版社1988年版，第295页。

用歌舞队列中的圆圈、半圆圈形态，群舞则直接将民间歌舞搬到舞台穿插表演，舞蹈动作始终贯穿着同臂同足同时舞的歌舞风格。音乐体系，是一种开放性的，结构没有严格的程序，不是曲牌联套体系，它完全依靠自己独特的连缀形式不断地丰富和发展唱腔音乐和间奏音乐。其艺术特色主要表现在唱腔音乐、舞蹈音乐和间奏音乐三个方面。

唱腔音乐：是藏戏音乐的主体，唱腔曲目繁多，形式多样，情调各异，结构不同，构成了藏戏独特的灵魂部分。戏中虽有男女、民王、贵贱、老幼、善恶、仙妖之分，但在唱腔音乐方面，除对男女唱腔有时略加区分，无严格行当区别。唱腔的选用完全是根据剧中人物所解释的特定的感情需要而定。抒情性唱腔，节奏平稳，乐段完整，旋律流畅，感情细腻。叙事唱腔，曲目较多，节奏固定，旋律平衡，情绪质朴。说唱性唱腔，节奏自由，伸缩性强，唱词容量大，词的节奏密集，如《降魔》剧，多数唱腔用说唱性唱腔。宗教类唱腔，曲目不多，风格独特，节奏自由，旋律起伏不大，大多源于"嘛呢"调而演变。多用于剧中宗教职业人物或渲染宗教场面。①

舞蹈音乐：在剧中是不可缺少的组成部分。多用于剧情中主人公诞生降世，称王喜庆，迎客祝福，收场团圆等场合。

间奏音乐：除戏中道白时，音乐一般不停地演奏，人物上下场，行经过程，场景变换均伴以音乐。

第三，以传统文化艺术手法，塑造了五彩缤纷的舞台世界。它的舞台、布景、服装、面具以及灯光和化妆等互相映衬组合，形成了别具特色的舞台美术特点。西藏和康区部分地方是采用广场剧的形式，而安多藏戏主要采用舞台剧的形式，向广大人民群众展示戏剧的风姿。在布景的设置上，还是离不了雪域高原藏族人民的生存环境，如白雪皑皑的雪山，碧草如茵的草原，辉煌灿烂的皇宫相互映衬，剧情推向高潮，服装、面具上力求按照史诗中所描写的那样来刻画人物，如四川甘孜藏族自治州色达藏戏中的人物扮演：

格萨尔王：头戴五佛冠帅盔，盔顶插白、黄、红三色幢，四周

---

① 慈成本：《南木特戏》，甘肃省文化艺术研究所编 1993 年版，第 15—24 页。

插红、黄、蓝、白小旗 4 面；身穿金黄镶花绿边软靠，腰系豹皮腿靠；颈系橘色菊瓣围脖，腰饰护心镜，护身佛龛，肩插壶箭、碗袋，背靠上插 4 支彩旗等；穿白彩裤、藏靴，油彩妆，唇上着八字胡。①

格萨尔王大将：均头戴额子或将军盔，额子或盔顶插红、蓝、白、黄幢一支至三支，着彩裤藏靴，身穿黄色镶红边软靠，颈饰花瓣围脖，腰挂带鞘刀、剑，胸挂护心镜、护身佛龛。非征战场面，武将均着蓝、黑、黄、绿等色蟒袍，袍饰山水、云龙等纹图，油彩妆，唇上均画有胡须。

晁同：头饰、口条耳发俨若"封神榜"中的太师，不同者戴有无色眼镜，玄色袍上，颈系红、白、绿三条绸巾，胸饰护心镜，双剑一插腰前，一插腰侧。

国王：头戴五佛冠，佛冠后系白绸从两侧飘下，身穿山水、龙纹红蟒袍，腰系粉红绸带，下着彩裤、藏靴。

王妃、公主：头戴凤冠，身穿镶獭皮边、白羔毛袖口霞帔，从颈至胸前，挂有金、银质料佛龛，还有玛瑙、珊瑚、密纳珠串、翡翠色念珠，腰挂钱袋针盒，穿翠绿彩裤、藏靴，油彩化妆。

格萨尔王妃阿拉达姆：头戴扁平六角将军盔，盔顶插小旗 3 面，身穿鱼鳞黑靠，颈挂类银质护身佛盒、松耳石皮带，并以翠绿绸带系之，外罩万字纹红袍，腰挂带鞘刀一把，穿白底淡花彩裤、藏靴，着油彩粉面妆。

鬼兵：披发，身穿黑色或红色鱼鳞靠，着红彩裤、便靴。油彩画白眼圈，眉目涂黑，加大口型。

第四，在表现手法上，它明显地受到汉族戏剧的影响。自古以来，藏民族就有与周边地区和国家兄弟民族经济上互通有无，文化上相互交流的光荣传统。与汉民族的各方面往来历史更是源远流长。汉族的戏剧产生早，发展迅速，也较定型。因而藏族戏剧或多或少地受到了汉族戏剧的影响，《格萨尔》戏剧也不例外。如安多著名的藏戏

---

① 甘孜州文化局集成办公室编：《甘孜藏族自治州藏戏志》（内部资料铅印本）。

艺术家郎仓活佛①（已故），于 20 世纪初出生在甘南藏区，6 岁被拉卜楞寺认定为活佛迎进寺院，学习佛学理论、天文、历法、音乐、舞蹈，酷爱戏剧，后来先后看过梅兰芳、荀慧生、尚小云、马连良、金少山、李多奎、李万春等名家演出的许多传统京剧剧目，并与梅兰芳等艺术家们有过交往，故对京剧较为熟悉，这也就为后来拉卜楞藏戏的创立和发展奠定了良好的基础。如藏戏中的服饰、道具、化装等都带有明显的汉族戏剧的风格。

　　第五，《格萨尔》戏剧与生产生活、宗教活动有密切的关系。藏民族的歌舞戏剧，有一些与宗教仪式联系在一起。如祈求风调雨顺、祈求消难免灾、祈求牛羊兴旺和农业丰收等，将民间的傩舞和寺院的法舞与戏剧紧密糅合，起到了多功能的文化含义，显示了多层次的文化特征，在更大程度上寄托了藏族人民向往美好生活的意愿。

----

　　①　郎仓·尕布藏洛合西嘉措（1900—1988），合作市佐盖多玛乡人。他出生于贫苦牧民人家，自幼出家于佐盖新寺。8 岁时被拉卜楞寺主定为三世郎仓活佛的转世灵童并坐床。他拜拉卜楞寺喜金刚学院高僧旦培格西和闻思学院的智华塔义格西等为师，入喜金刚学院学习天文、历法、音乐、法舞等，又入闻思学院学习显宗教义，获拉卜楞寺"多然巴格西"学位，先后担任拉卜楞寺时轮学院、喜金刚学院和甘加白石崖寺堪布、嘉木样大师随从秘书等职。1928 年，郎仓活佛应内蒙僧众恭请，赴呼伦贝尔盟讲经，并为五世嘉木样活佛入西藏求学募化集资。在内蒙 10 年中，创建了拉旗格尔寺，募集白银 2.5 万两。1939 年，他奉拉卜楞寺之命，将募集的银两经天津、印度送达西藏拉萨后，入哲蚌寺郭莽学院深造一年，经内蒙返回拉卜楞寺。他在内蒙讲经建寺的 10 年中，每到冬季，转居北京。他看到京剧等戏曲表演，因喜京剧，渐识梅兰芳、尚小云、马连良、李万春等艺术名家，并与其中一些名家（如梅兰芳等）过从甚密。1940 年，五世嘉木样创编安多藏戏"南木特"，郎仓接受编演法王松赞干布题材藏戏的任务。他根据民间传说和藏史资料，用安多口语创作了藏戏《文成公主进藏》和《冉玛乃》等剧本，歌颂藏王松赞干布在沟通汉藏文化、加强民族团结等方面的丰功伟绩，剧本汲取了京剧与西藏藏戏的艺术手法。1946 年冬，第一台藏戏由拉卜楞青年喇嘛职业学校的 60 余名学员在德央宫大院演出，引起轰动。新中国成立后，应甘肃省民委聘请，郎仓活佛任翻译科顾问及编审之职。1958 年反封建斗争及"文化大革命"中，曾两次被捕入狱达 11 年之久。中国共产党的十一届三中全会以后，冤案得以彻底平反，他先后担任了全国佛教协会理事、五省（区）藏戏研究学会顾问，省、州、县政协委员，夏河县佛教协会副会长，拉卜楞寺管会副主任等职。郎仓·尕布藏洛合西嘉措除了藏戏创作，还潜心于藏戏理论和诗词歌赋、佛学传记的研究和创作。作品有《顿月·顿珠》、《意乐·罗摩衍那》、《达巴旦保》、《松赞干布》、《妙音仙女赞》、《红·黄文殊菩萨赞》、《五世达赖诗镜注释妙意欢歌例解》等。1988 年 4 月 13 日，郎仓活佛因心脏病圆寂于拉卜楞寺，享年 89 岁。

四 《格萨尔》戏剧的作用与意义

藏戏是藏族人民喜爱的戏剧形式，其产生和发展，与其他兄弟民族的戏剧艺术一样，具有悠久的文化背景和独特的艺术形式。由于受特殊的自然条件和人文景观的影响，既保持藏族传统戏剧中讲究情辞文彩的传统，又注重采撷史诗的精练语言，使作品充满浓厚的生活气息和强烈的浪漫主义传奇色彩的《格萨尔》戏剧，它从始萌到初兴，再到定型规范，也同样经历了一个复杂的历史过程。在这个历史过程中，凝结了史诗说唱艺人的心血，更凝聚了藏戏艺术家们的智慧。这块神奇迷离的文化土壤孕育的史诗本身，与史诗同样通过不同的文化形式给广大雪域人民带来了至高无上的精神文化享受。就《格萨尔》戏剧的作用和意义归纳起来有如下几点。

第一，给传统的藏族戏剧艺术注入了新的内容。

传统的藏族戏剧艺术，仅限于八大藏戏。《格萨尔》戏剧的产生，给传统的藏戏注入了新的内容、活力和生机，以写实的手法，将这部充满浓厚的生活气息的文学艺术作品活灵活现地展现在舞台上，通过人物的形象、语言、动作特征，展现在广大群众的眼前，为藏族戏剧艺术的发展开辟了新的途径，形成了方兴未艾的可喜局面。

第二，推动了英雄史诗《格萨尔》的广泛传播。

当英雄史诗产生以来，主要是通过民间诗神——格萨尔艺人以口头传唱和说唱本的媒介来传播的，当人们步入广大的藏区，无论是大街小巷，还是辽阔的草原，你会随处发现人们汇集起来，聚精会神地聆听着艺人口若悬河的说唱。同时你也会发现，不管是识字的小孩还是大人都会手捧着《格萨尔》，领略着格萨尔王这个伟大人物的风骚。随着人们物质生活和精神生活的不断提高，文化视角的日益丰富，人们突破了口传和拜读的局限，经过藏族戏剧艺术家的苦苦尝试，《格萨尔》戏剧应运而生，将《格萨尔》这部文学作品通过戏剧的形式展示在人们面前，这就极大地推动了史诗的传播。

第三，丰富了广大藏族群众的精神生活。

众所周知，生活在青藏高原的藏民族，由于酷劣的气候等自然条件的限制，物质生活和精神生活受到了影响。在精神生活方面，除了念经拜佛外，就是听听民间故事和史诗《格萨尔》。《格萨尔》戏剧艺术的出台，为丰富群众的业余文化生活，起了积极的促进作用。这种文艺活动，一则有固定团体组织和场所，再则有一定的规模和固定的时间，每逢一年一度的庙会或是赛马节，均可表演《格萨尔》藏戏。这些朴实憨厚的藏族农牧民，用他们洪亮的歌声可尽情表达对自己热爱家乡、建设家乡，追求幸福生活的美好愿望。

第四，寄托了藏民族对和平生活的美好向往。

从《格萨尔》戏剧圆满的结局可以看出，在《格萨尔》史诗中，虽然用大量的笔墨描写了战争，但从其侧面却反映了广大藏族人民向往自由、渴望和平的美好愿望。直到今天，在藏族聚居地区，只要听到哪里演出《格萨尔》藏戏，人们就会翻山越岭，争相观看。当舞台上的格萨尔降伏了妖魔，人民过着幸福生活时，台下顿时人声鼎沸，声泪俱下。许多人情不自禁地给格萨尔扮演者磕头。由此可见，格萨尔永远活在世代藏族人民心中，人类的和平相处也永远召唤着人们。

综观上述，《格萨尔》戏剧的产生和发展，为丰富和拓展藏族戏剧艺术，开辟了广阔的前景。它使《格萨尔》说唱艺术，发生了一种质的飞跃，它也使英雄史诗这部文学作品，发生了重大变革，这种质的变化，量的扩张，使世人用文化的眼光，来品尝这部举世无双的英雄史诗。这部史诗从梦幻中开始，史诗的结局仍是梦幻。我们仿佛梦到了天空闪耀着圣洁的光芒，拽住一片云霞，走进了雪域高原古老而神奇的大地，渐渐看到了雪域之魂。在那辽阔湛蓝的天空与光彩闪烁的天地相接处，飘然走来了当年威震雪域的岭国英雄格萨尔王。他饱经了风霜的磨砺和辛酸后，从远古的历史深渊中醒来，鞭打黎明中成群的牛羊，他忘我的精神，使雪山流下了激动的泪水，唤醒了大地的新春……当我们从梦幻中醒来时，深深感到，神奇的史诗，我们只能懂其表而无法及其里。由于水平所限，加之时间仓促，我只能从以上几个小的方面阐述《格萨尔》戏剧框架，至于其精深的文化功能还有待同道师友做更进一步的探讨。

（原刊《西藏艺术研究》1999 年第 2 期）

藏族史诗《格萨尔》中的龙神
(klu)及其文化意蕴

上下数千年的中华文明，龙不仅成为中国的象征、中华民族的象征、中国文化的象征，而且也凝聚和积淀成为一种民族文化与民俗文化。对于每一个炎黄子孙来说，龙的形象是一种符号、一种意蕴、一种血肉相连的情感。因此，"龙的传人""龙的国度"也获得了世界的认同。当我们翻阅藏族英雄史诗《格萨尔》后，又会发现藏族史诗不仅成功地塑造了一个伟大的英雄格萨尔形象，而且还生动地刻画了一个成功的英雄母亲，这位来自龙宫的龙女，使人不禁对龙文化在中华大地上传播之深远而感到震撼。从龙宫、龙王、龙女的形象及其故事情节中，我们看到史诗中的一系列神话和传说的相关描写，是人类的自然崇拜观念和祖先崇拜观念以及宗族文化观念的自然表露，特别是始终伴随着英雄格萨尔成长的圣湖崇拜，将藏民族的这些民族观念与民众观念完整地贯穿起来。

本文拟以《格萨尔》文本为基础，就藏文文献中的"龙神"、英雄母亲出自龙宫、龙女化凡人间、岭国财富来自龙宫等问题展开讨论，以求教于方家。

一 藏文文献中的"龙神"

《辞源》和《辞海》对龙作了最基本的定义。前者说"龙是古代传说中的一种善变化能兴云雨利万物的神异动物，为鳞虫之长"；后者说"龙是古代传说中一种有鳞有须能兴云作雨的神异动物"。亦有专家认为，"龙原是一种图腾，但它又与其他图腾有区别。它最初可能是一个部落的图腾，后来演变为超部落、超民族的神，成为中华民族共同敬奉的、延续时间最长的图腾神。"①

龙神在藏文文献中多有记载。在苯教经典《十万龙经》② 中，龙神大多是牛羊虎豹熊狮头、人身，有的还带鱼尾或蛇尾。它是一种生活在地下的神，与汉民族传说中有鳞、须、爪，可以兴云作雨的龙还有区别。藏文史籍中，龙神的形象较为模糊，仿佛泛指地下，尤其是水中的动物。而龙神的栖息地又常被描写在山尖或岩石上，甚至还可以住在柏树、桦树或云杉上。为什么会有这种矛盾的说法，暂无从查考，这里仅将经文中的记述照搬过来存疑。

龙神对人类的生命构成威胁，是人间各种疾病之源。"龙神"又称为水神，藏语称为"鲁"（klu），是雨水的主人。遇到旱灾，人们求雨，都要到海子、山泉等龙居之地祈祷。龙神分嘉让（rgyal-rigs）、解让（rjevi-rigs）、莽让（dmangs-rigs）、章赛让（bram-zevi-rigs）和得巴让（gdol-bavi-rigs）五类，分别居住在东、南、西、北、中五个方向。其中嘉让是善的龙神，它可以保护人类，给人类带来幸福；莽让是恶的龙神，它给人类带来灾难，导致各种瘟疫和疾病的产生；其他三种龙神似乎是介于善恶之间，既可能给人类带来幸福，也可能给人类带来祸乱。这三种类型的龙神分别借根性于神界、人界、非神非人界。藏族人面对着龙神强大的威慑，不得不对其虔诚地崇拜。无论在江、河、湖、泊，还是在井、泉、渠、塘，都要定期或不定期地进行祭祀活动，以此祈求和祝祷来年的五谷丰登、牛羊满圈、家人平安。敦煌文献中也有龙神崇拜被应用的例子，如《赞普传记》载："在工布哲那地方，会见夏歧、夏歧二王子，同时会见龙王俄得仁摩。"③

二　《格萨尔》中的龙女、龙神与龙宫

炎黄时期就以龙为图腾，对神异动物龙的崇拜，在中国有着悠久的

---

① 何星亮：《中国图腾文化》，中国社会科学出版社1992年版，第356页。
② 转引自格勒《论藏族文化的起源形成与周围民族的关系》，中山大学出版社1988年版，第188页。
③ 王尧、陈践：《敦煌古藏文文献探索集》，上海古籍出版社2008年版，第102页。

历史，龙文化是中华文化的源头之一。早在五六千年前新石器时代的红山文化时期，先人们就雕刻各种"C"形玉龙、玉猪龙等作为礼器，拜祭天地山川。在古人心目中，龙是一种神秘的宝物，不易见到，即使显现了也见首不见尾，或只见到只鳞片爪。而龙的出现，是天下太平的征兆，所以它被人们视为天下最大的吉祥物。由于自然界的山和水在形态上变化多端，与传说中的龙相似，所以古人将山和水都比喻为龙，把山脉直呼作"龙脉"，把曲折的流水呼作"水龙"。这样，龙就成为山和水的象征，各种龙的塑像和图案大量出现在宫殿衙署、大户人家乃至寻常百姓家中。同样的审美意蕴与文化映象在《格萨尔》中也有遗存。

1. 《格萨尔》中的龙女化凡人间

藏族史诗《格萨尔》的《天界篇》中描述，南赡部洲藏地的分内神子脱巴嘎瓦（thos-pa-dgavi-da）已答应要降到人间，他的生身父亲是玛桑格卓神（ma-sang-ge-vdzo），母亲是龙女雅嘎孜丹（yal-ga-mtshes-ldan）。"为了将来降伏四方边地的非人和魔类，正如要以毒攻毒，以铁削铁，这也变成了同类的教化对象。所以，神子生做龙和念的儿子至关重要。为了实现以往的诺言，莲花生大师想到应去龙宫，设法求得龙女。于是，便拿传染龙病的药物，念了咒语，藏到黑牦牛的犄角里，投入玛旁湖（ma-pham-mtsho）中，随即发出一声巨大的破裂声。由于这个缘故，下部龙界，到处都传染了龙病。"于是，"清净的龙世界""流行起十八种瘟病"。后来莲花生大师亲自到龙宫，"这时，莲花生大师运用神通法力，一刹那工夫，便来到无热湖的第一道大门口，看见龙界的斯巴雍错湖（srid-pa-gyu-mtsho）里，右边躺着龙病，在不断地呻吟；左边睡着龙病，在呼号恸哭，龙首前伏后仰，辗转颤抖，龙尾翻来覆去，甩打不停，真是惨不忍睹。"于是莲花生大师为龙宫的龙族们准备了"各种树枝，各种净水，各种治病的药物，拿来用吉祥草装饰的金、银、铜、玉、水晶五种宝瓶！同时还要把白狮子、如意牛、雌牦牛、白绵羊和山羊的奶子、洁白无垢的供神台、右旋的白海螺、白色莲花瓣状的神馐和三节的白色神箭等，一一备办齐全。"莲花生大师"用净水洗涤，用香气烟熏，顷刻间，一切龙病全都消解，跛子跳起了舞蹈，哑巴放声歌唱，盲龙看见了大师尊容，聋子听到了声音。"在龙族们看来，莲花生大师的大恩大德"情重犹如胸中的心，报恩至末劫也未尽"。他们将无价的"如意宝珠十三颗，夜光宝珠十三颗，解热十三颗，普通宝珠八骡驮。黄金一十五万升，庵磨珠串无数多……"献给了莲花生大师，结果大师无动于衷。扬言："你们不是有几位美丽的姑娘吗？把她们带来我瞧瞧。若有合我心意的，能不能把她送给我做供养？"最后，大师选准了龙王的三公主"雅嘎孜丹"。[①] 莲花生大师大展神通，"一眨眼工夫，龙女和龙宝都飞到了湖岸上。"[②] 由此，这位龙王的三公主只因天神和佛的机缘，来到了人间。

2. 《格萨尔》中出自龙宫的英雄母亲形象

龙女是如何变成凡人英雄之母的呢？当莲花生大师从龙宫带着龙女雅嘎孜丹来到人间，他决定"应把龙女暂时托付给一家主人"，经占卜，把自己的帽子抛向天空，"径直落到了果部落热洛·顿巴坚赞（ra-lo-sdon-pa-rgyal-mtshan）的帐篷顶上。"于是，莲花生大师就将龙女托付给了热洛·顿巴坚赞，并唱道：

> 我是邬金莲花生，原本来自妙佛洲，
> 前来为利三界众。中途去到龙国土，
> 解救龙病消苦痛。龙王报恩献龙女，
> 最后来到果部落，跟你结缘实必须。
> 雅嘎孜丹龙姑娘，做你热洛顿巴女。[③]

说完后，莲花生大师"化作一道白光，消失于西南天空而去"。这位从龙宫来的龙女，也就做了天神之子格萨尔的母亲。龙宫成为岭国取之不尽、用之不竭的宝库。

藏文文献中的龙神，大多为女性，它们生儿育女，形成庞大的龙的家族。苯教寺院中所供奉的九头鸟护法神，与龙神同属一类，被称作世

---

① 王兴先主编：《天界篇》，《格萨尔文库》（藏文版）（第1卷），甘肃民族出版社2000年版，第412—429页。
② 同上。
③ 同上书，第431页。

界的皇后、最优秀的母亲。据载，苯教祖师辛饶弥吾且降临到人间后，与一个龙女结合，生一女儿名叫贤色菊。自此，"拥宗宝洲"的所有龙女从事行善而不害人，藏族地区平安无危，风调雨顺，连年丰收。

3. 《格萨尔》岭国的财富来自龙宫

在人们的思想观念中，龙神又是财神，藏区大多数人家都供养龙神。据藏文史料和敦煌古藏文文献记载，第一代藏王拉托托日宁赛之前，藏王皆与神女和龙女联姻，繁衍藏人。自此王起，王室才与臣民通婚。第二十九代藏王没卢念德若，竟然也娶龙女为王后。这时的龙神显然已抹去了不断害人的精怪习性，成了善神。作为民间文化代表的史诗《格萨尔》，其中的正面人物形象自然都与"龙神"有着紧密的关联，他们已经具备了半神半人的角色和形象。

据《取宝篇》描述，为了岭部落的人们过上幸福生活，英雄的格萨尔决定到龙界去取宝。岭部落的人们把他送到湖边，他骑上赤兔马，眨眼工夫就到了水下龙城。只见城堡的中央有龙王的宫殿，各种珠宝光芒四射。龙王亦很神通，早已知道格萨尔要来，就将格萨尔迎进宫去。格萨尔为龙界成千上万的龙族百姓传授了"息灭龙苦的十种至深法要和三类解脱秘诀"，使他们从"疾病的苦难中解脱了出来"，之后，"格萨尔大王宣读了所需宝藏的名目"，龙王"打开了密封的龙宫宝库，取出各种珍宝，献给了格萨尔大王"。[①] 于是，格萨尔就将各种珍宝带回到岭国。

从故事描述可以看出，所谓的龙界，其实离岭部落的现实并不遥远。按照史诗《格萨尔》所说的，为了使格萨尔在人间"神子生做龙和念的儿子"，为了使格萨尔的母亲——龙的女儿"雅嘎孜丹"来到人间，通过向龙宫投毒的手段以达目的。作为佛教密宗大师的莲花生，将"染龙病的药物""念了咒语"，"藏到黑牦牛的犄角里，投入玛旁湖中"，引起了龙宫的震荡，从而完成这一大业。

文中提到的"玛旁湖""无热湖"以及"斯巴雍错湖"，都是雪域

---

① 王兴先主编：《取宝篇》，《格萨尔文库》（藏文版）（第1卷），甘肃民族出版社2000年版，第690页。

高原实实在在的湖泊。阿里地区的"玛旁湖"，在部分藏族史料中也称作"无热湖"。原本还在岭部落的格萨尔，骑着赤兔马，通过龙宫的大门"湖"，一会儿工夫也到了龙宫，取出了珍宝，给岭国人民带来了财富和幸福。

印度佛教中的龙王，不仅居住在华丽而宽广的龙宫中，而且拥有不可胜数的奇珍异宝。如《华严经》云："大海中有四宝珠，一切众宝皆从之生。若无此四珠，一切宝物渐就灭尽。诸小龙神不能得见，唯婆竭罗龙王密置深宝藏中。此深宝藏有四种名，一名众宝积聚，二名无尽宝藏，三名远炽热然，四名一切庄严聚。"此外，《律经异论》第三引《海八德经》云，佛说海有八德，其中"海含众宝，靡所不包"和"海怀众珍，无求不得"即为二德，这诸多珍宝，皆为印度龙王所有。

中国六朝以前的史籍很少提及龙的财产，先秦时《庄子·列御寇》中曾提及"夫千金之珠，必在九重之渊而骊龙颌下"。但在印度龙文化观念的影响下，汉族龙文化观念发生很大的变化，龙宫中蕴藏无数奇珍异宝在汉文化中普及开来。

无独有偶，藏族文化也毫不例外，史诗《格萨尔》反映出了龙宫是财富的象征，圣湖是通往龙宫的门户，若要得到财富，富国裕民，只能通过圣湖这个从人间到达龙界的通道，才能抵达龙宫，获取财宝，使岭国人民过上幸福安宁的生活。久而久之，圣湖也直接成为神的居所，并似乎与龙宫成为同一个概念了。湖的地位由此更加崇高和神圣了，人们将美好的愿望和憧憬寄托在它的身上，圣湖便成为财富的象征和取财的宝库。

三　《格萨尔》龙文化中的自然崇拜及其派生崇拜内容

史诗《格萨尔》中的龙宫、龙王、龙女以及龙宫财富描述，包含常有的自然崇拜意蕴。

盘古开天，女娲孕养，龙的传人代代成长，龙的子孙世世流芳。中国自秦建立统一的中央集权制国家以来，在漫长的历史岁月中虽有分合离乱，但统一始终是主流。这是因为，中国各民族对龙都有一种强烈的认同感，形成了强大的民族凝聚力，促进了各民族的团结。

在《天界篇》中，莲花生大师为了使龙女"雅嘎孜丹"尽快来到人间，使格萨尔投胎降生，便采取了先投毒再消灾的策略，以赢得顶宝龙王的信任，激起龙王的感激之情，最终达到目的。莲花生大师顺利地将"雅嘎孜丹"领到了人间，安排在了热洛·顿巴坚赞家中。"雅嘎孜丹"从龙宫和湖泊中走来，她生育了天神之子格萨尔，成就了格萨尔降妖除魔的大业，使岭国的人们过上了幸福生活。

《格萨尔》中，通过将龙宫的龙女做巧妙的安排，使她通过"圣湖"走向人间的"岭部落"，使龙女成为人间女子。英雄的母亲被寓设为顶宝龙王的女儿，这种巧妙的安排，不仅仅是宗教感染力的需要，而且还是生育信仰的一种具体表现，这些是在深刻的宗教信仰背景和深厚的传统文化内涵的共同孕育下产生的。史诗中的《龙宫的龙女走向人间》《龙女成为人间女子》《三兄弟娶玛沁奔热的三公主》以及《巨人三兄弟》等神话，正是关于人类起源的母题，反映了黄河源头藏民族孕育生命和发展成长的光辉历程。而这些神话恰恰也是《格萨尔》的重要内容。龙文化具有兼容并蓄性，使中华民族紧紧凝聚在一起，它作为中国和平统一的象征，在中国的民族团结和国家统一问题上发挥着积极的作用。藏族人民早已和中国其他各族人民融为一体，具有相同的文化背景和强烈的民族认同感。这种由相同的龙文化、民族认同感所缔造成的民族团结友爱关系，是任何外来势力所不能破坏掉的。"龙的传人"的信念，无疑是一种巨大的精神动力，更为中国强劲的发展势头提供了源源不断的动力。世界上，都习惯把中国称为"东方巨龙"。这条巨龙已经真正苏醒，开始腾飞，而中国人民也以巨龙腾飞作为经济发展的象征。有人说，"21 世纪是太平洋世纪"。而中国作为环太平洋经济圈的经济增长中心，将成为新世纪的"龙头"！

在自然崇拜的基础上，派生出藏族特有的生育文化，其特点以强调生命延续的神圣力量为主导。从古至今，人们最关心的大事情不外乎对生命的维持和延续。那种生生不已的力量，则被认为是维系宇宙不坠，维持人类不灭的根本。藏民族对灵魂的理解和对生命的认知更是独具一格的。从岭国三部落来源的神话传说来看，《巨人三兄弟》和《三兄弟娶玛沁奔热的三公主》，都用众多的笔触着重赞美了繁衍人类的母亲的高尚和伟大。前者不仅用形象生动的语言讲述巨人兄弟扎陵、鄂陵的来历，还大胆地讴歌了他们的母亲"黄河"的优秀品质。后者则形象地描述了岭部落的祖先是"藏民六姓"中的穆波董氏的后裔董·拉叉根保，拉叉根保的三个儿子分别娶了玛沁奔热山神的三位公主为妻，形成三户人家，他们来到玛域地区后，演化成为岭国的三大部落。这些故事暗含了三位公主的神奇和伟大。此外，在藏族的传统观念中，圣湖不仅可以寄托人们的灵魂，同样，还具有与人一样的生育能力。"在这种思维的驱使下，形成了色彩纷呈的藏族湖泊生育神话。"如《纳木错的传说》，故事讲述了很久以前，有一位美丽的牧民女子，常常在藏北草原放牧。一天夜晚，她梦见一位穿白袍、骑白马、戴白帽的汉子从念青唐拉雪山上下来和她交合。不久，她生下一子……后来，这位牧民女子按照神的旨意来到纳木错湖边，一位漂亮女子从湖上走来向她说："四月十五日到普苏隆（纳木错北岸）来领孩子"，后来果然应验了。这里蕴含着深刻的文化内涵，孩子从湖中生，实质上反映出圣湖具有生育象征。为此，藏历的每月十五日是绕转纳木错的好日子，其中就有不育妇女前来祈求圣湖保佑、赐子的。据调查，到林芝地区的错高湖转湖求子的朝拜者们，转湖时口中还念着"请赐给我一个女儿"的话语。① 西藏那曲索县还流传着"七龙女生殖石"的传说。2000 年 8 月 24 日当我们《话说〈格萨尔〉》摄制组的人员来到索县时，镇长阿旦和女艺人玉梅的舅舅永旦带我们到索河河边找到了传说中的"七龙女生殖石"，该石为白色，埋入地下 40 公分，有七条缝，预示着七个女性生殖器。传说，格萨尔的王妃珠牡出生时，有个七龙女为她沐浴，然后七龙女飞上天去，留下了"生殖石"。② 诸如此类的传说，不胜枚举。在人们心目中，圣湖是人们生命的源泉，也是人们伟大的母亲。雪域高原的圣湖，不仅孕育了光辉灿烂的藏族文化，而且成为人们物质生活和精神生活的重要依托物。人们将自己的灵魂寄存在圣湖的这一观念，本身就表达了古代藏族先民对生命的崇尚。《格萨尔》中，格萨尔选择的下界父母，父亲是"念"的后裔，母亲是龙的后裔。由于龙得到了人们的崇拜，人们

---

① 林继富：《神湖与生育信仰》，《西藏民俗》1994 年第 4 期。
② 2000 年 8 月 24 日笔者在西藏索县采访阿旦和女艺人玉梅的舅舅永旦。

也喜欢用龙来命名。英雄格萨尔的爱妃珠牡，据说诞生时碧空中苍龙发出隆隆声，故取名为珠牡，意为龙女。由此可以看出，"念"和"龙"在藏族民间文化中的地位和影响是多么的重要和广泛，时至今日，人们还常常以鲁（龙）命名。

四　从《格萨尔》龙文化看藏族的宗教文化理念

人类与大自然和谐相处，显示出了浓郁的宗教文化理念。龙的图腾形象自商代形成后，随着悠悠岁月的流转，其形象也在变化和发展，政治的兴衰、朝代的更替、人世的沧桑，历史的一流一脉都在龙的形象塑造上刻下了或深或浅的痕迹，产生过直接或间接的影响。在商代，龙被作为一种形态怪异的神兽。它那令人可怖的、幻想的形象给人强烈的神秘感和一种狞厉的美，显示出龙有超越世间的神的权威。使龙有一种巨大的威慑力，折射出一种无以言表的宗教理念。中国的龙以东方神秘主义的特有形式，通过复杂多变的艺术造型，蕴含着中国人、中国文化中特有的基本观念：第一层，龙的观念。中国龙的形象中蕴含着中国人最为重视的四大观念，即天人合一的宇宙观，仁者爱人的互助体观，阴阳交合的发展观，兼容并蓄的多元文化观。第二层，龙的理念。在中国龙的形象、龙的观念后面，包含着中国人处理四大主体关系时的理想目标、价值观念，追求天人关系的和谐、人际关系的和谐、阴阳矛盾关系的和谐、多元文化关系的和谐。第三层，龙的精神，即多元一体、综合创新的中国文化基本精神，这是中国龙形象、龙文化的最深层文化底蕴。

综上所述，《格萨尔》龙文化无疑也是藏族宗教文化心理的真实写照。藏族除了有复杂的山神系统的神话外，还有许多女性山神系统的神话。如"长寿五姊妹丹玛女神群"的"七湖勉女神""湖勉五姊妹""九湖勉""拉曼才让五女神"和"十二丹玛女神"等女神系统，每组女神如珠穆朗玛《五仙女》的故事一样，都有美妙的神话和传说。这些特殊的女性山神系统，为我们生成史诗《格萨尔》创造了必要的条件。如果我们仔细地审视藏族的女神和湖神神话，就会发现《格萨尔》在民族史与人类文化史中的重要意义。藏族原本有非常丰富的人类起源母题神话，在藏文文献中的《猕猴与罗刹女》《猕猴变人》以及《猕猴神话》中都含有人类起源的母题。正是由于藏族特殊的生存环境与民族发展历程，藏族的神话传说也就更具民族学与神话学的重大价值。钟敬文先生在发现了《女娲娘娘补天》神话后，非常欣喜，认为这是极其珍贵的"民族学志的新资料"，并对藏族神话作了宏观评述：既有简单的、肤浅的甚至是孩子般的淳朴，还有希腊神话那种诗一样的美妙，还有古日耳曼神话那种冥幻阴沉的伟大，更有印第安人神化那种光怪陆离的缤纷画面。① 藏民族处在这世界屋脊的大自然里，尽管人们的生命显得极其渺小，但人们的妥协让其更加和谐，从而减轻了人与自然的对立所带来的巨大压力，塑造了许许多多的神灵鬼怪，让他们来沟通起人与自然的感情，以达到心灵上的安慰。这种信仰完成了古代先民将自身有限的生命向大自然无限的生命力过渡的精神建构。无所不在的山湖神灵都与人类一样，成为大自然的子民，那些永生无悔地匍匐于圣山圣湖殿堂的藏族先民，扔掉的只是人类的有限性，但同时却获取了足以消除人类有限性的生命精神，获得了符合自然规律的人类起源认识。

　　悠久的文明，令人神往；美丽的传说，凄婉感伤；不朽的精神，深沉悲壮；不败的斗志，奋发激昂。龙作为中华民族的象征，五千年来已深深扎根于所有中国人的心中，形成了具有强大凝聚力的龙文化。龙文化在历史上曾为中国的统一和发展做出了巨大的贡献，它仍为中华民族的统一和繁荣发挥着自己独有的作用。藏族英雄史诗《格萨尔》中的"龙宫""龙王""龙女"三者，既是藏族圣湖崇拜和自然崇拜的具体表现，也是宗教文化的真实写照。"龙宫"是龙的居所和财富的宝库，也是水的源泉和生命之源；"龙神"主宰着龙宫和水族，也可生儿育女；"龙女"走向人间成为英雄之母和藏族祖先，可以繁衍后代。《格萨尔》对龙神形象的成功塑造和构建，显示了藏族先民追忆与崇拜女神时代、确认世界与人类的起源同质、全面建构龙神的人性特征等文化意义，有力证明了作为中华民族一员的藏族在文化传统上与中华母性文化的整体性与一致性。

［原刊《安多研究》（第 8 辑），甘肃民族出版社 2011 年版］

---

① 钟敬文：《民间文学论集》，上海文艺出版社 1982 年版，第 162 页。

论藏传佛教寺院在传播
《格萨尔》中的作用

——达那寺及其格萨尔文物馆藏

　　藏传佛教是在雪域高原特殊的文化背景下产生和发展起来的，藏传佛教文化的兴起，对藏族社会的各个方面产生了深刻的影响。佛教思想不仅在藏族民间文学作品史诗《格萨尔》中打上了深深的烙印，同时藏传佛教寺院对《格萨尔》的保护和传播亦发挥了重要作用。如坐落在青海偏远牧区的达那寺就是一个典型的例子，该寺是一座古老的噶举派寺院，除馆藏有大量的格萨尔文物外，还建有格萨尔及其 30 员大将的灵塔。了解该寺和其他与史诗有关寺院的历史和文物，对我们深入研究藏传佛教寺院在史诗传播中所发挥的作用、《格萨尔》的史学价值以及建立《格萨尔》资料库都有着重要的现实意义。

一　调查时间及经过

　　2000 年，由国家民委、北京电视台等部门组织专门的摄制组，联合拍摄了名为《话说〈格萨尔〉》的大型纪录片，摄制组由来自全国各地的 12 名成员组成①，笔者很荣幸地被邀请为该剧组的翻译和责任编辑。该纪录片于 8 月 1 日在甘肃省甘南藏族自治州的合作市正式开拍，10 月中旬抵达青海省玉树藏族自治州，24 日抵达囊谦县开始了为期 6

---

① 摄制组人员：导演张耀、编导孙明光、责任编辑和翻译丹曲、剧务主任陆松涛和闫敏、摄影师汪洋、录音师陈新生、灯光师李湛生、场记薛志勇、摄影助理徐兵、录音助理武晋洲、剧务刘中华。

天的拍摄和考察活动，并专门实施了拍摄格萨尔灵塔的计划。从囊谦县驱车行走 70 公里的路程抵达吉尼赛乡。25 日早晨 9 点钟我们在囊谦县畜牧局的昂扎先生的陪同下骑马向达那寺进发。过解曲河的吊桥，翻过一座小山，在一个大峡谷半山腰的灌木丛中有一条羊肠小道通往前方。峡谷很深，谷底涓涓溪流，潺潺作响。骑马沿着峡谷抵达沟脑，于下午 6 点钟终于到达了中途歇脚的改加寺。[①] 26 日 8 点钟又继续翻山越岭，下午 6 点 30 分左右才抵达目的地达那寺。

　　达那寺坐落在达那山半山腰的平台上，坐北向南。寺周围长满了青松翠柏，自然生态条件优越。经堂 20 多米处有几十只石羊在吃草，雪鸡、蓝马鸡等珍奇野生动物遍布寺院周围。晚上我们做了充分准备，27 日早晨 7 点天刚亮，我们就出发了，夜里的一场大雪为考察和拍摄增加了很大的难度。经过艰苦跋涉，直到下午 5 点才到达目的地，开始了紧张的拍摄和考察工作。6 点半左右完成任务后开始撤退，原路返归道路危险，只好绕道西藏丁青，这就增加了里程，加之天黑迷路，经过 6 个小时的努力，直到晚上 12 点才返回寺院。28 日我们专门对寺院内遗存的格萨尔文物进行了拍摄。29 日返回吉尼赛乡，30 日抵达囊谦县，圆满完成了对达那寺的考察和拍摄任务。

二　达那寺的自然文化地理

　　囊谦地区，北有昆仑山脉[②]，南有唐古拉山脉，两山绵延曲折数千里，成为囊谦地区南北的天然屏障。在群峰环抱中，长江源流诸水组成的扇形水系横卧其间，形成了世界罕见的高原源流三角洲。长江和黄河两大河流均发源于此。

　　达那寺，位于该县的吉尼赛乡境内，大约距玉树州所在地结古镇 328 公里，东临囊谦县吉曲乡，西临尕羊乡，北接吉尼赛乡，南临西藏昌都地区的丁青县，寺院所在地约海拔 5500 米。

---

　　① 　改加寺（ge-cag-dge-dgon），位于吉尼赛乡西南大约 20 公里处，是青海最大的宁玛派尼姑寺院，也是目前全国最大的尼姑寺，僧尼多达 400 余人。据《甘青藏传佛教寺院》记载，该寺于 1893 年由改加·仓央嘉措创建。

　　② 　昆仑山，藏语称为"阿沁岗日"（a-chen-gangs-ri）。

　　据有关史料记载，此处古为西羌牦牛种之地，隋朝为苏毗和多弥①
两国辖地，唐时属吐蕃的孙波如，宋时为黎州属下的囊谦小邦之地，元
朝归吐蕃等路宣慰司管辖，明朝囊谦王室的贵族僧侣屡受封赐，清朝则
为囊谦千户领地，辖有百户、独立百长等部落。民国设囊谦县，仍袭千
户制度。据传，该地区的第一代头人康布纳青所辖地区是格萨尔王妃珠
牡的诞生地，故名为玉树（yul-shul）。②

　　达那寺的"达那"（rta-rna），系藏语，汉语意为"马耳朵"，因达
那寺后的山峰形似马耳朵，故名称"达那日"，即"马耳朵山"，该寺
因坐落在此峰下，因此而得名。达那山峰下面是一层砂石，其下草坪如
茵，再下松柏茂密，寺院就坐落在林间。清澈的麦曲河自山根缓缓
流过。

三　达那寺的历史源流及其馆藏格萨尔文物的缘起

　　达那寺藏语全称"达那僧格南宗"（rta-rna-seng-ge-gnam-rdzong），
意为"马耳狮子天堡"。据有关藏文文献记载，该寺与印度的撒格本日
地方的达那寺相区别，一般又称之为"北部达那寺"。正如藏文文献记
载的"东有叶浦寺③，南有多杰宗④，西有贡隆寺⑤，北有达那寺⑥。该
寺是东部藏区苯教的主寺之一，于 686 年由苯教师雍仲吾创建，起名为
"沙群科索南宗"。1068 年，印度佛学大师公丁抵达藏区传教，专门到
达那寺。自此，该寺成为一座佛苯并存的寺院。⑦ 1171 年，帕木竹巴的
弟弟伊西泽巴（ye-shes-brtsegs-pa）⑧ 在藏区创建了叶巴噶举的四座大

---

①　"多弥"系藏文（mdo-smad）的音译，大多数译文中音译为"多麦"。
②　《玉树藏族自治州概况》编写组：《玉树藏族自治州概况》，青海人民出版社 1985 年
版，第 1 页。玉树为藏文音译，为部落名称，其含义为"遗址"。
③　叶浦寺在青海的囊谦和西藏的类乌齐交界处。
④　多杰宗寺在西藏那曲色查乡境内。
⑤　贡隆寺在青海的囊谦和西藏的昌都丁青县交界处。
⑥　昂扎：《达那寺简介》（藏文手写本），2000 年。
⑦　同上。
⑧　伊西泽巴系叶巴噶举派的创建者帕木竹巴的弟子，生于 1134 年，圆寂于 1194 年。

寺，达那寺为其中之一。① 自此，达那寺正式改宗叶巴噶举派，以创建了百柱殿而闻名藏区。据载，"修建大经堂时，由欧觉（ao-skyabs）打墙，热合奇喀宗（rkshi-khams-rdzong）做施主，史玛陀陀（hri-ma-tho-tho）粉刷墙，久让拉钦（kyu-ra-lha-chen）建佛像，噶瓦陀陀嘉布（tho-thog-rgyal-po）当铁匠，尼姑阿茂（rgan-pa-a-mo）搭帐篷来遮雨。白天人建，夜间神鬼建。"② 由此修建了百柱殿。最初，该寺建有 100根大柱的"噶嘉玛"（ka-brga-ma）大经堂，后来最盛时期有寺僧 300人。③ 据《西藏佛教史略》记载，"叶巴噶举（yel-pa）的创始人是帕木竹巴的弟子意希孜巴（ye-shes-brtsegs-pa，生卒年不详），他建立叶浦寺（yel-phug），形成此派。据说著名的藏族英雄史诗《格萨尔》的主人公格萨尔王曾信奉过这一支派，格萨尔王的后裔亦曾把格萨尔王用过的兵器存放在叶浦寺。后来这一支派和其他教派合流，早已湮没无闻了。"④ 这里，所提及的叶浦寺今天还在离囊谦县 70 多公里的昌都地区。就所藏格萨尔文物一事，有人断言，格萨尔的文物不是存放在叶浦寺，而是存放在同一教派的达那寺，且这一教派在多堆地区依然非常有名望。⑤ 通过我们的调查，达那寺的确馆藏有许多相传为格萨尔用过的文物。

达那寺有属寺噶扎西寺、叶文寺和赛佐强寺 3 座。如今达那寺有大经堂 1 座，呈方形，高 20 余米，占地 44 平方米；帕木竹巴灵塔殿 1座，高 2 层，内供帕木竹巴塑像；叶巴殿 1 座，内供传说为伊西泽巴自塑的自身泥塑像和该寺的前身主供的苯教祖师辛饶米瓦且的铜塑镏金像，高 1 尺。该寺于 1981 年重新开放，现有寺僧 200 余名。

据传，达那寺是英雄史诗《格萨尔》的主人公格萨尔供奉过的寺

---

① 另有一说，1188 年，叶巴噶举派高僧伊西泽巴在藏区创建了东面的叶浦寺、南面的多宗寺、西面的贡隆寺、北面的达那寺等四座叶巴噶举的大寺，达那寺为其中之一（《俱喜达那教法史略·见闻明镜》（藏文手抄本），第 3 页）。在文献中叶巴噶举派高僧伊西泽巴所创建四座大寺的年代有两种说法，分别为 1171 年和 1188 年，所建的四座大寺似是同一回事，只是建寺的确切年代尚待考证。

② 噶玛才让贡布：《俱喜达那教法史略·见闻明镜》（藏文手抄本），第 3 页。

③ 蒲文成主编：《甘青藏传佛教寺院》，青海人民出版社 1990 年版，第 392 页。

④ 王辅仁编著：《西藏佛教史略》，青海人民出版社 1982 年版，第 173 页。

⑤ 丹玛·江永慈诚：《从玉树坩纳寺的文物看格萨尔其人其事》，《西藏研究》1990 年第 3 期。

院。该寺的历史与四川德格的岭仓和玉树的囊谦等土司都有着密切的关系，具有悠久的历史。在这里也许人们会问，为什么岭部落的遗物成了囊谦达那寺的镇寺之宝？据多堆（mdo-stod）地区的有关传说表明，格萨尔去世后，由其异母兄嘉察之子扎拉孜杰（dgra-lha-rtsi-rgyal）继承了王位。扎拉孜杰生子名扎拉多杰（dgra-lha-rdo-rje），扎拉多杰生子名达顺桑吉嘉措（sangs-rgyas-rgya-mtsho）。扎拉多杰去世后，由其子达顺桑吉嘉措继承王位。该王统治期间，特请囊谦喇嘛叶巴派的创始人卓公桑吉叶巴（vgro-mgon-sangs-rgas-yel-pa）前来诵经，超度亡魂。卓公桑吉叶巴是岭家的灌顶大师，所以桑吉嘉措对他非常崇敬，于是就将家中的宝物全部献给了该师①，后又将岭家族谱 30 卷、岭家活佛传记 30 卷、岭家大将传记 30 卷以及格萨尔和其他人用过的兵器、用具等全部献给了大师。卓公桑吉叶巴到了晚年又重建了达那寺。

四　达那寺馆藏的格萨尔文物

据《达那寺志》载："达那为藏区三大圣山灵气汇聚之地，也是藏区最神圣的神山。"② 故该寺名扬藏区，在历史上有诸多圣贤大德纷至沓来，有的精心学法，有的潜心修炼，人才辈出，该寺渐成为康区的宗教中心之一。当时百柱殿建成之后，岭国的 30 员大将之一嘉察的后代达顺桑吉嘉措特将岭仓家馆藏的用金、银、绿松石等颜料写成的家谱、岭仓活佛的传记、岭仓大将的传记等 1500 部经书献给了伊西泽巴。另外还敬献了许多文物，包括扎拉的 9 种兵器、木卡查王的帽子、岭国的大宝伞、霍格嘎王的 9 张奇特虎皮、觉如（格萨尔幼年时的名称）黄

---

① 达那寺所藏珍宝的来历，在《俱喜达那教法史略·见闻明镜》（藏文手抄本），第3—4 页中有记载。当时囊谦喇嘛做完经忏佛事后，达顺桑吉嘉措便千方百计劝说他留在岭家，但终未得到应允。于是桑吉嘉措便想出了"献宝施身"之计，即将岭家的全部宝物献给卓公桑吉叶巴，试图用宝物来留住叶巴大师。谁知叶巴对桑吉嘉措言："早就该将这些宝物还给我了。"桑吉嘉措以为叶巴收礼物会留下，便遵其意，将宝物全部搬到对面的山坡。桑吉嘉措还以为要在山坡修经堂，搬到山坡。某月初十，数不清的大鹫在空中盘旋，叶巴念经并撒了供果，大鹫饱食之后用爪抓起一件件宝物飞走，转眼间岭家宝物全部搬走，成为达那寺的供奉之物。桑吉嘉措见状，深知叶巴喇嘛佛法无边，只好依从。

② 昂扎：《达那寺简介》（藏文手写本），2000 年。

羊帽、红马皮鞋、牛犊皮袄和格萨尔王的钢盔、黑铁甲、衣服、腰带、红藤盾、洁月白毡帽、宝剑、长矛、牛角弓、13 支箭，以及格萨尔王的达巴莱米宝剑、晁同的弯刀、岭国大将曲拉平和平那保的金刀、银刀，格萨尔执法鼓、岭格萨尔两代使用的军号、汉地招茶福时包茶的虎皮、珠牡的水獭皮袄、海螺腰带、珠牡头饰写就的大册经文、岭国祖传 8 大宝物为主的印汉佛像、岭国 30 员大将的盔甲和兵器等。据昂扎先生介绍，从那时起，达那寺因馆藏有大批岭国格萨尔及其后裔用过的遗物和经书，而被誉为岭国大寺。

达那寺的格萨尔遗物，原来存放在依怙殿中，其中最为重要的遗物有达巴莱米宝剑、康松扎堆长矛、巴麻来庆大盾、热苟切庆大弓，以及雕翎箭、盔甲等；另外还有格萨尔王妃珠牡的海螺腰带、格萨尔大哥嘉察的亚色嘎成宝剑、晁同的结拉苟宝剑等和黑纸金字写成的岭家活佛传记 30 部、岭家 30 名英雄的传记 30 部。其他还有金丝制仁青蚌巴宝幢沙哇维登法鼓、达查秋木法螺，以及钢号等法器。这些遗物是该寺镇寺之宝。其中最珍贵的是达巴莱米宝剑和亚色嘎成宝剑被装在镇寺宝箱之中，宝箱加锁后上贴封条，只有囊谦千户，会同该寺主持与嘎玛噶举、竹巴噶举的代表等四人共同在场的情况下，才能启封开箱。

在依怙殿正中供有格萨尔的塑像，内门两侧供有珠牡和尼琼姊妹两人的塑像，两侧靠墙处则为岭国 30 员大将的塑像，每员大将的手中都拿着各自常用的武器。依怙殿的大门非常考究，用檀香木做成，在多堆地区的寺院建筑中是独一无二的，据说大门能发出各种声音，还可用来问卜吉凶祸福。大门的门框上挂有格萨尔的红马靴和晁同的青马靴。门外廊檐下挂着带长角的野牛皮，以及格萨尔到汉地取茶时用过的包装茶叶的虎皮、豹皮等野兽皮。现在仅存的有格萨尔和丹玛的头盔，格萨尔念诵过的经文一页，昂俄玉达诵过的经文一卷，珠牡海螺腰带残片，岭家的超登年毛肖珠、30 员大将的灵塔、帕木竹巴灵塔等文物。四川著名的藏族大学者毛儿盖·桑木丹曾著文考证，现在存放在甘肃省拉卜楞寺博物馆的"格萨尔宝剑"，就是来自达那寺。

"文化大革命"期间，达那寺虽然远离都市，但依然难逃厄运，大量的文物遭到了破坏。改革开放后，达那寺被青海省列为省级文物保护单位，该寺又将散落在民间的部分文物重新收集起来，存放在大经堂的二楼。拍摄格萨尔灵塔之后，我们对该寺遗存的格萨尔文物进行了拍摄，现存主要文物尚有：格萨尔王的洁月宝毡帽、嘉察钢盔、格萨尔王的红藤盾、珠牡的海贝腰带、晁同的磨金臼、格萨尔王的黑钢甲、经文夹板、金粉写成的大英雄囊文之传、格萨尔使用过的海螺等。这些文物虽无法验证是否是格萨尔当年用过的东西，但看上去年代还是非常久远的，有些文物显然都是使用过的。

拍摄完文物后，我们又参观了原来专门馆藏格萨尔文物的殿堂，残垣断壁，烧毁的文物残片和残经卷随处可见，据介绍同年夏天寺院还专门组织人员清理发掘。这些经卷非常珍贵，基本上都是黑皮纸，金、银粉书写而成。经过大火一烧，珍贵文物变成了泥土，令人惋惜。据说，烧毁的部分佛经还是当时格萨尔的大将以及后代们亲笔抄写的。若要说达那寺的神奇，那就是供奉着传说英雄史诗中的 30 员大将的灵塔。灵塔建在达那寺对面的山峰下，实际距离约 3 公里，站在寺院房顶，灵塔隐约可见。但若要抵达就不那么简单了。在昂扎先生和寺僧曲央巴丹和让卓的带领下，我们下山过河后，就沿着寺院对面的山梁缓慢向上爬，因有积雪一不小心就又滑落下来了，只好由我和小吴先上去 10 多米，把绳子拴在树上，然后队友们一个接着一个往上爬。爬上山梁，就到雪线了，雪线以上没有树木和杂草，只有从山峰上掉落的碎石。从雪线到灵塔的路很危险，下面是悬崖，在碎石上行走，连人带石都向下滑动。经过整整 7 个小时的攀爬，才到达第一个灵塔洞。此洞有 3 个灵塔，一座是晁同的，另外两个分别是荣达察和参布俄然的灵塔，塔高约 1.2 米，保存基本完好。[①] 其余灵塔在另外一个山峰下，两个山峰下的两个灵塔群直线距离最多有 1500 米，但路极其难走，从未爬过高山的摄像师汪洋老师和助手徐兵等都爬着走。我们走了大约 3 个小时，下午 5 点钟，才到达格萨尔的灵塔洞。

灵塔有十几座，其中格萨尔的灵塔最高，约有 1.6 米。其余的都相对较小，形制均属佛教噶当形制，塔尖是由一根方形柏木做成。塔

---

① 我们在调查中发现，晁同灵塔和格萨尔灵塔相距大约 1.5 公里，为什么相距这么远呢？据昂扎先生解释，因为他们的宗教信仰不同，晁同信仰苯教，而格萨尔等英雄人物信仰藏传佛教，所以制作灵塔时就放置在不同的地方。这种解释基本上是可信的。

瓶上写着将士的名字，均由古藏文短脚草体写成，元音都是反写的。部分灵塔已坍塌，到处是泥塑佛像和擦擦（tsha-tsha），造像中有噶玛噶举的黑帽系第一世活佛都松钦巴、千手千眼观音、四臂观音等，在灵塔中还可以看到骨灰。昂扎先生讲，据藏文文献记载，制作灵塔和塔内装藏的佛像的泥土均由信徒从印度驮运而来，十分名贵。大部分灵塔损坏严重，灵塔除了动物如石羊、黄羊、草鹿所为外，人为的破坏是主要的。灵塔曾多次被盗，不法分子将小佛像和擦擦整麻袋运走，在拉萨、昌都、玉树等市场拍卖，珍贵的小佛像最高价可卖到2万元。后来我们到囊谦县政府办公室看到了《青海省人民政府（1998年86号）文件》公布，30座灵塔和达那寺被定为青海省第六批省级文物保护单位，经文物专家鉴定为宋代遗物。灵塔的所在地，大约海拔有6000米，非常寒冷，尽管我们穿得很厚实，可仍然冻得发抖，鞋和裤子也结成了冰。大部分人的衣服和裤子都被石头割破了。拍摄了一个半小时，约6点半，我们开始返回。灵塔的山背面是西藏昌都地区的丁青县，爬上约50米的山顶就到西藏的地界，山顶相对平缓，只因饥饿所致，走路感到头重脚轻。太阳很快就落山了，天黑迷路，我们直到12点才到了寺院。

五　藏传佛教寺院在传播史诗中所发挥的重要作用

通过考察我们可以看出，藏传佛教寺院在保护和传播史诗《格萨尔》的工作中发挥了重要作用。相传，历史上藏传佛教教派的部分寺院的高僧大德和创建者都与岭部落和格萨尔的家族有过某种联系。达那寺就是其中的一所。此外，尚有青海果洛藏族自治州达日县的查郎寺、龙恩寺，四川甘孜藏族自治州德格县的吉苏亚寺等重要的藏传佛教寺院，涉及了藏传佛教的宁玛派、噶举派等教派。这些寺院，或收藏《格萨尔》版本，或收集格萨尔文物，或建立格萨尔的纪念殿堂，或将史诗作为一门重要的学科来研究，形成了传播、保护和研究《格萨尔》的优良传统，加之民间《格萨尔》说唱艺人的不断努力，才使这部民间文学作品发扬光大，代代相传，成为一部世界上最长的英雄史诗，被当今世界列为人类非物质文化遗产。为此，藏传佛教寺院在保护和传播《格萨尔》中发挥了重要的作用，以下就其具体表现论述一二。

（一）传唱史诗的作用

藏传佛教是在雪域高原特殊的自然地理与人文文化背景下产生和发展起来的，藏传佛教文化的兴起，在佛教发展史上具有重要意义，对藏族社会的各个方面产生了深刻的影响。佛教思想不仅深入人心，而且在民间文学作品包括《格萨尔》中打上了深深的烙印，高僧大德将佛教教义融汇在史诗当中，发挥了举足轻重的作用，传唱史诗也成为部分藏传佛教寺院的一项优秀而光荣的传统。于是，藏传佛教寺院成为传播《格萨尔》的重要场所，说唱《格萨尔》也成了弘扬佛法的重要途径。与此同时，在藏传佛教寺院中也产生了一些宗教《格萨尔》说唱艺人，他们有着既是宗教职业者又是《格萨尔》说唱艺人的两种不同身份。如西藏的多仁·丹增班觉大师；康区的宁玛派大师米旁·朗杰嘉措；昌都寺的前一世帕巴拉活佛；青海富有写不完的《格萨尔》著名艺人之称的格日坚赞，以及活佛艺人昂日；甘肃享有学者艺人之称的贡却才旦等，他们或从事史诗的搜集和抄写，或从事史诗的说唱，或从事史诗的研究，其中很多高僧身怀绝技，成为搜集、整理和说唱《格萨尔》的佼佼者。

果洛地区甘德县柯曲草原的德尔威部落，是《格萨尔》盛传的地方，相传，德尔威原有 80 个兄弟，是岭国 80 个英雄的转世。牧民都认为自己是岭国格萨尔所属的直系部落。属于宁玛派活佛的著名《格萨尔》说唱艺人昂日就是该部落的人。他的身份证上依然印着"德尔威昂日"字样。该部落先后产生了两个由国家四部委表彰的优秀说唱艺人，一位是昂日，另一位是"掘藏艺人"格日坚赞。还有一位青海省政府表彰的牧民艺人嘉木样。昂日既是一位活佛又是一位知名的说唱艺人。他可以说唱 18 大宗 26 个小宗。他的父亲南木卡多吉就是一个很有名望的掘藏师和巫师，并手抄过 1000 多页的《姜岭之战》及其他章部。传说昂日父亲的转世即著名掘藏艺人格日坚赞，16 岁就出家为僧，后来到甘德县的龙恩寺。他曾一度书写不止，一口气写完了《列赤马宗》，先后撰写了 16 部《格萨尔》，如今还写个不停，据他自称能书写

《格萨尔》120 部之多，目前他已写下了 17 部《格萨尔》。①

在藏区藏传佛教寺院中产生了诸多《格萨尔》说唱艺人，他们为推动《格萨尔》的传播和发展做出了重要的贡献。正如杨恩洪先生所评价的："提到宗教人士加入《格萨尔王传》整理者、抄写者的行列，我们应该予以客观的评价。应该说，藏文的整理工作更多地倾注了宗教人士的心血，他们大多为信奉宁玛派的上层人士或该派的一般人士。他们中大多数人对史诗《格萨尔王传》怀着极大的崇敬心情和兴趣。加上他们具备藏文的写作与整理能力，又有着极好的抄本和刻版的条件，他们在《格萨尔王传》书面化的转折中做出了不容忽视的贡献。"②

（二）收藏、撰写和研究史诗的作用

历史上，藏区大部分地方实行"政教合一制度"，其基本性质是"教依政而行，政持教而立"。社会的政教权基本上集中在活佛喇嘛手中。寺院不仅是宗教中心，也是政治特别是文化教育的中心，广大的僧侣便是藏族社会的知识分子。史诗《格萨尔》中格萨尔王的历史事迹，同样引起了他们的普遍关注。僧侣中还产生过不少《格萨尔》的收藏者和整理者，部分高僧学者对格萨尔的生平事迹做过或多或少的研究。如据有关文献记载，藏族著名的文学家多仁·丹增班觉在 1779 年完成了《格萨尔王的故事·征服霍尔》。《第八世达赖喇嘛强白嘉措传》中记载："在多麦地区的芒康赛姆岗，有一位神化身到人间的岭格萨尔，他英勇无畏，十分威严，而又胸怀宽广，品德高尚。他有一个侄子叫扎拉孜杰，住拉日岗管辖着多堆地区的 18 个部落，他们都是天界白梵天的后裔。"阿里地区著名的大堪布昂旺扎巴在他的《拉达克佛教史》中记述，格萨尔在战胜卡切松儿石宗之后，在归国途中，缴获了一部分战利品送给阿里国王，其中有战马、马鞍、宝刀、长矛、弓箭、铠甲等物。阿里国王将这些东西作为最为珍贵的传家之宝一直保存在阿里地区寺院中，直到民主改革时期。拉卜楞寺著名的学者智贡巴·贡却乎丹巴

---

① 2000 年我们采访格日坚赞时，他拿出了由他自己写的 17 部《格萨尔》（手写本），我们还专门进行了拍摄。

② 杨恩洪：《民间诗神——格萨尔艺人研究》，中国藏学出版社 1995 年版，第 136 页。

饶吉在《安多政教史》中说："黄河上游地区，过去完全被格萨尔大王统治着，关于他的诞生年代，有铁鼠年和水鼠年两种说法，都说是在第一个甲子年的最初阶段。格萨尔曾迎请祥秋哲规和穆底扎纳作为自己的上师，向他们学佛，并广建寺院。关于他的诞生地，一说在巧扎寺附近雅砻河流域的居措廓卡；另一说在达萨纳隆地方。总之，关于他的历史，有各种说法。"① 西藏那曲地区绕登寺的第五世活佛洛桑丹增，在他的全集中专门论述过格萨尔。他认为格萨尔是观世音菩萨的化身，来到人间降服妖魔，造福雪域众生。昌都地区的昌都寺的前一世帕巴拉是一个酷爱《格萨尔》的活佛，常常请艺人到家中说唱，有时还专门请人住在家中抄写《格萨尔》，著名的艺人卡察扎巴曾住在他家为他抄写《格萨尔》，他的家中保存了许多《格萨尔》的说唱本。果洛藏族自治州夏尔寺的那郎多吉是一位说唱兼撰写《格萨尔》的艺人，署名为那郎多吉的本子《白哈日茶宗》独具特色。甘孜地区是宁玛派流传较为广泛的地区之一，也是文化较为发达的地区之一。德格印经院就坐落在这里，《格萨尔》前三部的藏文木刻本就产生在这里。宁玛派享有很高声誉的大师米旁·朗杰嘉措是一位非常喜爱《格萨尔》的活佛，他对史诗中的人物格萨尔进行了研究，并撰写了诸多有关格萨尔的祈祷词、赞词等，并为民间流传的《赛马称王》和《降伏霍尔》的说唱本改写过颂词。在他的教诲下，弟子吾珠群佩参照了几个不同的本子，撰写了《赛马称王》。20 世纪中叶，著名的藏族学者根敦群培在他的《白史》中对史诗《格萨尔》也提出了自己的看法，"高山之巅找不到凶猛的雄狮，雪域之邦哪里有格萨尔大王，任凭夸张的说法、生花的妙笔，纵情书写华丽的诗篇。"②

　　果洛地区龙恩寺的噶日洛活佛既是著名的藏医，又是以《格萨尔》绘画著称的画师，他所画的作品均为《格萨尔》题材的唐卡，创作了许多作品，其中的《格萨尔风马》在《民间文学》杂志上刊登，所以

---

　　① 智贡巴·贡却乎丹巴饶吉：《安多政教史》（藏文版），甘肃民族出版社 1982 年版，第 234 页。

　　② 根敦群培：《根敦群培文集》（藏文版）（第 1 集），西藏藏文古籍出版社 1990 年版，第 358 页。

说"有画不完的格萨尔艺人"之称。①

（三）收集格萨尔文物的作用

藏传佛教寺院是馆藏格萨尔文物的珍宝馆。青海省果洛藏族自治州的达日县传说是岭国的属地，格萨尔被岭部落驱逐出去后，他与母亲便来到了这个地方。后来，原在阿须地方的岭部落因为雪灾，也迁移到了达日县境内。坐落在达日县境内的查郎寺据说是岭国的寺院。该寺的狮龙宫殿，据说就是小觉如赛马称王后所建的宫殿。该殿供奉着诸多格萨尔的文物和经书。如查郎寺坐落在今果洛藏族自治州达日县政府所在地西北 19 公里处，是藏传佛教宁玛派寺院。该寺于藏历第十五饶迥木羊年（清光绪二十一年，1895 年）由朗智班玛·朗多合嘉措创建。据《格萨尔大王狮龙宫殿》记载：岭喇嘛曲吉多杰是岭国幼系的后代，被叫作岭部落的那些地方，过去都是格萨尔的臣民。此寺为格萨尔的寺院，寺院的后山萨纳日岗（sa-nag-ri-gaangs）建有格萨尔祭祀阿尼玛沁神山的煨桑台，格萨尔曾在那里煨桑祈祷，并建立战神英灵龛。岭喇嘛曲吉多杰亲自说他也是岭国幼系的后裔，是丹玛转世的化身。②《格萨尔》记载，藏历木猴年，觉如运用法力招引神、龙、年为友，动用拉达克商人修建了"狮龙宫殿"。③ 新中国成立前，囊谦各部落头人家和一些寺院都藏有《格萨尔》的手抄本，并有专门的艺人为他们说唱。如囊谦千户驻地的赛少马庄就有一个名叫安却的说唱艺人，专门给千户家说唱《格萨尔》。

达那寺虽居地偏僻，但藏族的原始苯教文化和藏传佛教文化仍然波及了这里，而成为苯教和藏传佛教噶举派叶尔巴噶举的主寺，并以馆藏格萨尔文物尤其是格萨尔的 30 员大将的灵塔而闻名整个藏区。因达那寺名扬藏区，在历史上有诸多圣贤大德纷至沓来，有的精心学法，有的潜心修炼，这里就逐步成为康区的宗教中心。

四川省甘孜藏族自治州德格县的阿须是传说中觉如的出生地，这里

---

① 笔者于 2000 年 10 月 12 日采访。

② 旦白尼玛著，降边嘉措、陈连超译：《格萨尔大王狮龙宫殿》，民族出版社 1997 年版，第 11 页。

③ 同上。

的绿水青山养育了这位英雄人物。坐落在阿须的格萨尔宫殿，就是后来人们为了纪念他而修建的。以上这些寺院为保护格萨尔文物，传播《格萨尔》发挥了极为重要的作用。

我们通过对达那寺的考察，觉得要真正做好史诗的搜集、整理和研究工作，道路曲折，任务艰巨。笔者认为目前我们必须做好以下几项工作。

第一，研究现有的格萨尔文物。英雄史诗《格萨尔》中的格萨尔，到底是否有其人，这无论在人民群众还是在艺人和史诗研究工作者的心目中，都仍然是一个不解之谜。深入民间搞好田野调查，分析和研究文物遗存资料是解开这些谜底的途径之一。中国社会科学院的《格萨尔》研究中心是全国格萨尔研究的最高学术机构，除了组织理论学术活动外，建议通过不同的方式，比如学术考察活动，从文化人类学、历史学、民族学、民俗学的不同角度将史诗的研究引向深入。

第二，保护好这些地区的生态环境。英雄史诗《格萨尔》流传的地域均是藏族地区保持原生态的地区，大多山清水秀，景色宜人。如传说格萨尔的诞生地四川德格的阿须草原，传说岭国家族寺院的达那寺等。我们即将离开达那寺时，寺院负责人积极申报达那寺自然生态保护区，因为寺院周围栖息着黄羊、石羊、鹿、獐子、雪豹、虎等20余种珍贵野生动物，构成了人与动物和谐相处的自然景观。保护《格萨尔》流传地区的生态环境，对保护非物质文化遗产有着重大的意义。

第三，保护好格萨尔的文物。笔者通过对格萨尔流传地区的拍摄，接触了60多位不同类型的艺人，基本上走遍了整个藏区，这其中发现有关格萨尔的文物馆藏最多、最全的还是达那寺。研究《格萨尔》的学术机构，除了搞好研究外，还要搞好全国《格萨尔》研究的协调工作，通过不同的渠道，筹集资金，保护这些常年失修、得不到保护的文物实物。这些文物保护好了，将会在今后史诗的研究中发挥重要的作用。

（原刊《西藏研究》2005年第2期）

试论藏族史诗《格萨尔》在德格(sde-dge)地区的传播特征

　　2000 年，借参与拍摄 30 集大型纪录片《话说〈格萨尔〉》之际，有幸多次抵达德格地区考察，初步对该地区史诗《格萨尔》流传情况有所摸排。多年来，通过结合该地区发掘的文本和资料分析，对该地区的《格萨尔》流传情况又有了更进一步的了解。德格（sde-dge）系藏语，汉语意为"善地""美丽村庄"或"美丽家园"。事实也是如此，德格享有"雪山下的文化古城"之美誉。历史上的德格，文化底蕴非常深厚，学者云集，人才辈出，特别是在继承和发扬藏族传统文化方面发挥了重要的作用；德格印经院是迄今全国最大的印经院，素有"藏民族文化宝库"之称；尤为称道的是德格还常被称作"格萨尔王故里"，《格萨尔》在这方土地上可以说是家喻户晓，老幼皆知；德格境内有众多的藏传佛教寺院，产生了诸多高僧大德，使其在整个藏区享有盛誉。德格地域文化包括德格版《大藏经》与史诗文化《格萨尔》交相辉映，相得益彰。本文在实地考察的基础上，结合汉藏文献资料拟就藏族史诗《格萨尔》在德格地区流传的地域特征作一初步探讨。

一　研究现状

　　第一，国内研究情况。国内最先研究史诗《格萨尔》的是藏学研究先驱任乃强①先生。任先生于 1929 年首次赴西康考察,对康定、丹巴、甘孜、瞻对等 11 县进行了考察,通过 1 年多的努力搜集了大量资料,撰写了《西康诡异录》《西康十一县考察报告》等文章,引起了国内学界的关注。也正是在这次考察中,任先生发现藏族对英雄格萨尔的崇拜与信仰,认为格萨尔是西康古国名"林"国②的王族,故又称之为"林格萨尔",汉人叫作"藏三国",藏语称"格萨尔郎特",译为《格萨尔传》,或译《格萨尔史诗》,"有似我国之宣卷弹词也"。任先生发表在《边政公论》和《康导月刊》上的《"藏三国"的初步介绍》和《关于"藏三国"》两篇文章,首次向内地读者和学术界介绍史诗《格萨尔》。同时,任乃强先生还在《康导月刊》上介绍大卫·尼尔著的《超人岭·格萨尔王》一书,并专门介绍《关于"藏三国"》,为内地学者研究《格萨尔》史诗之发端,被今天研究《格萨尔》者奉为奎臬。

在国内最先完整翻译德格《格萨尔》抄本者当推《格萨尔》学家王沂暖③先生,他从 1950 年起,开始搜集、翻译和研究《格萨尔》。1957 年 5 月,他和华甲联合翻译了青海文联提供的《格萨尔》本子,1981 年由甘肃人民出版社出版,改名为《贵德分章本》,成为中国作协和中国民间文艺研究会向中华人民共和国国庆十周年献礼的丛书,从此

---

① 任乃强(1894—1989),出生于四川南充县,1929 年首次赴西康考察,自 1932 年起陆续撰成《西康图经》之"境域""地文"和"民俗"三卷,在国内外引起广泛关注,推动了我国的藏学研究事业的发展,被誉为"边地最良之新志""开康藏研究之先河"。其后开始研究史诗《格萨尔》,介绍国际学者研究《格萨尔》的情况,开启了国内研究"格萨尔"之热潮。

② 林国,在汉译本中均译作"岭国",藏文中写作"gling",有"林""岭""郎"等不同的藏文音写法。藏文文献中的德格即"林葱土司"家族,藏文写作"gling-tshang",汉文又作"灵藏"或"林葱","林"(gling)与史诗《格萨尔》中提及的"岭"一致,葱(tshang),可译为"家"或"家族","林葱"可译作"林家"或"林家族"。这个家族的活佛称作"郎仓活佛"。郎仓活佛,是拉卜楞寺的重大活佛之一,早年与梅兰芳等京剧大师为世交,系拉卜楞藏戏的创始人。

③ 王沂暖(1907—1998),1907 年生于吉林九台县,1942 年,开始藏文翻译、研究。20 世纪 40 年代,参与中国第一部《藏汉大词典》早期蓝本编写工作,并汉译出版《西藏王统记》《印度佛教史》以及《米拉日巴传》。1952 年编著《藏族文学史略》等教材和教科书。还翻译出版《西藏短诗集》《仓央嘉措情歌》,并翻译出版藏戏《顿月顿珠》《朗萨姑娘》等。从 1950 年起,王先生开始搜集、翻译和研究藏族史诗《格萨尔》。1957 年 5 月,他和华甲开始翻译青海省文联提供的《格萨尔》本子《贵德分章本》。1982 年始重新从事《格萨尔》的翻译和研究,先后汉译藏文《格萨尔》22 部(含合译)。

揭开了新中国《格萨尔》抢救工程的序幕。1982 年，他在西北民族学院继续从事《格萨尔》的翻译和研究工作。他先后汉译藏文《格萨尔》（包括合译）22 部。王先生对《格萨尔》研究的最大贡献：一是将史诗文本分成"分章本"和"分部本"两种类型。一部分章本就是史诗的全部，分部本藏文已达到 200 部之多，但需要全部合成一部，此观点逐渐被学界公认；二是他对《格萨尔》部本与诗行的统计，确证了史诗《格萨尔》为世界上最长的史诗。

刘立千①，曾翻译《格萨尔王传》等，出版汉译《格萨尔传·天界篇》。论作《谈谈藏族民间史诗中林·格萨尔》②考证了"林·格萨尔"和格萨尔的关系，梳理了史诗《格萨尔》文本以及藏文文献资料，阐述了格萨尔的真实性。同时也表明：格萨尔这个名称，只是一个称号，不是专有人名。格萨尔这个称号是与英雄人物联系在一起的。通过英雄事迹的传述，塑造了各地的英雄首领，赋予了不同地区和部落的名号，以表示民族的自豪感，于是遂形成了许许多多的格萨尔，如蒙古格萨尔、坦噶尔格萨尔、阿白格萨尔，等等，都是在格萨尔名字上冠以地区之名的。③

国内从理论上系统研究《格萨尔》的学者当推降边嘉措先生④，他曾多次到达德格地区考察，并出版专著《〈格萨尔〉初探》⑤《〈格萨

---

① 刘立千（1910—2008），1933 年，前往康定，跟随藏族学者谢国安学习藏语文。在初学藏语文后便师从藏传佛教各教派的高僧学习宁玛派、萨迦派和格鲁派的教法，不仅掌握了许多佛教知识，藏语文水平也得到较大的提高。1936 年，离开康定到成都，为传授宁玛派教法《大圆胜慧》的根桑活佛当翻译。1940 年，开始翻译第一部藏文典籍《西藏政教史鉴》（《西藏王统记》）。1944 年进入华西大学边疆研究所从事藏族宗教、历史研究工作，直到 1949年。在此期间，刘先生编写了《印藏佛教史》，编译了《续藏史鉴》，翻译了《土观宗派源流》，重新校译《西藏政教史鉴》和《玛尔巴译师传》，还译出《米拉日巴传》《格萨尔王传》等。自 1979 年开始，将过去陆续出版过的译著重译并加以注释。

② 刘立千：《谈谈藏族民间史诗中林·格萨尔》，《格萨尔研究》（第 3 辑），中国民间文艺出版社，第 141 页。

③ 同上书，第 144 页。

④ 降边嘉措（1938—　），1938 年 10 月，降边嘉措先生出生于四川省甘孜巴塘，1956年在中央民委翻译局，从事翻译、编辑出版工作，直至 1980 年。1980 年，在中国社会科学院少数民族文学研究所，主要从事藏族文学，重点是对藏族英雄史诗《格萨尔》的研究。

⑤ 降边嘉措：《〈格萨尔〉初探》，青海人民出版社 1986 年版。

尔〉与藏族文化》① 以及《格萨尔论》②，这都是他多年从事《格萨尔》研究学术思想的集大成之作。书中对史诗所描述和反映的藏族部落社会、说唱艺人对史诗的贡献部分论述尤为精辟，可以说是我国学者对史诗研究的经典之论。自 1995 年起，主持完成 40 卷藏文《格萨尔》精选本的一期工程 17 卷 19 本的编纂工作。③

徐国琼先生，自 1958 年起就从事《格萨尔》的发掘抢救及整理研究，长期在西藏、青海、四川、甘肃、云南等广大藏区民间实地考察，搜集了大批珍贵资料。1960 年 7 月在德格调研时，他在龚垭区境内搜集到《格萨尔》抄本及刻本共 8 本（现保存在青海格萨尔研究所）。还搜集到了传说中"岭国"时期的一幅战铠、箭、矛，还有当地著名画家琼查洛珠画的一幅大型《格萨尔骑征唐卡》等文物并将这些文物都带至青海。1949 年，新中国成立后，相继发现并整理的有《诞生篇》《赛马称王》《霍岭大战》《地狱救母》《北地降魔》。1980 年以后，随着藏学研究的不断发展，国家对史诗工作极为重视，动员各地力量，在民间搜集并整理出版了诸多颇具价值的手抄本、木刻本。

杨恩洪④，曾先后到西藏、青海、四川交界的果洛、玉树、昌都、那曲、甘孜的德格等地区进行田野调查。出版专著《民间诗神——格萨尔艺人研究》⑤，记述了说唱艺人的流浪、朝佛、绕湖、转神山等生活和学艺经历，对 20 多位著名说唱艺人的类型、说唱特点以及生活经历等作了记述，德格籍的格萨尔说唱女艺人卓玛拉措的传奇一生也被列入本书。

2007 年 7 月，四川省甘孜藏族自治州宣传部、旅游局、德格县委以及德格县政府联合召开了"首届格萨尔暨康北文化旅游产业发展研

① 降边嘉措：《〈格萨尔〉与藏族文化》，内蒙古大学出版社 1994 年版。
② 降边嘉措：《格萨尔论》，呼和浩特：内蒙古大学出版社 1999 年版。
③ 笔者于 2007 年 8 月，主持了二期工程 23 卷（35 本）的编纂工作。目前这一重大科研工程已顺利完成，《格萨尔》精选本全部由民族出版社出版。
④ 杨恩洪（1946—　），1967 年大学毕业后到西藏那曲地区工作十余年。1980 年入中国社会科学院少数民族文学所从事藏族文学及史诗《格萨尔》研究。自 1986 年起，杨恩洪就先后到西藏、青海、四川等藏区进行调查，寻访民间艺人，1995 年，出版专著《民间诗神——格萨尔艺人研究》。
⑤ 杨恩洪：《民间诗神——格萨尔艺人研究》，中国藏学出版社 1995 年版。

讨会"，与会专家学者以"格萨尔文化在康北"为议题展开讨论。此后，出版了题为《格萨尔文化在康北》[①] 论文集，为推动地域文化方面发挥了重要作用。

中华人民共和国成立后，特别是改革开放以来，党和国家非常重视史诗《格萨尔》的搜集、整理和发掘工作，培养了大批年轻的史诗研究工作者。尤其是 20 世纪 90 年代以来，一批藏族学者依据藏、汉文文献，在老一辈学人的基础上，考察过德格地区，对藏族史诗《格萨尔》进行了微观上的解读，从史诗的生成、结构、文化地理和氏族等源头问题着手，营造了良好的学术氛围，建立了雄厚的学科体系，对说唱艺人、文本的文化内涵等进行了全方位、多学科的研究，产生了大批优秀的科研成果。

第二，国外研究情况。从 18 世纪起，藏族史诗《格萨尔》引起了欧洲学界的关注，迄今为止史诗《格萨尔》已经成为一门国际性的学问，我们不仅可以看到国外学者研究史诗的学术传统，而且对今后加强我国《格萨尔》史诗的学科建设，有着重要的启迪作用。在国际上，《格萨尔》研究已经涌现出许多经典之作和知名学者。200 多年来，国外学者对史诗《格萨尔》的研究形成了自身的学术传统和特点，也成为国外藏学研究中的重要组成部分，并对我国《格萨尔》早期史诗学的建设产生了重要影响。如 20 世纪法国藏学家亚历山大莉娅·大卫·尼尔（Alexandra David-Neel）[②]，曾先后五次到西藏及其周边地区从事科学考察。自 1893 年就首次到达印度与中国西藏边境，1910 年 8 月，遍游锡兰、印度、锡金，并于 1912 年 4 月到达大吉岭搜集了大量岭·格萨尔的资料，后来出版了《岭·格

---

① 高显银主编：《格萨尔文化在康北》，中央文献出版社 2007 年版。

② ［法］亚历山大莉娅·大卫·尼尔（Alexandra David-Neel，1868—1969），1868 年出生于巴黎郊区的圣曼德。18 岁时前往伦敦，学习了英文和梵文。此后，她师从当时法国著名的印度学、中国学家列维（A. Levy）和福科（E. D. Foucaux），接触到西藏的经典，学习梵文和佛学。自 1891 年起，先在锡兰和印度学习佛教经典，并于 1893 年首次到达印度与中国西藏边境。1910 年 8 月，她开始赴远东旅行，遍游锡兰、印度、锡金，并于 1912 年 4 月到达大吉岭，准备进入西藏。在此期间，她搜集了大量有关岭·格萨尔的资料，后来出版了《岭·格萨尔超人的一生》，她参照手抄本整理而成多部《格萨尔》。

萨尔超人的一生》①，成为西方学者最早研究格萨尔的著作之一。她在康区旅行时，从说唱艺人那里记录下来的记录本，并参照所得到的手抄本整理出的作品有《格萨尔的诞生》《与北方魔王战争》《格萨尔返回岭国》《霍岭大战》《降岭大战》《与南方王大战》和《与大食王大战》诸部，在国外产生了很大影响。

石泰安（R. A. Stein，1911—1999）②，20世纪法国知名的藏学家，也是当时西方能熟练运用藏汉两种文字资料进行研究的学者之一。他于1954年和1966年先后两次对包括锡金在内的喜马拉雅山南麓进行考察。对于《格萨尔》的贡献首先在于他的译介，1956年，他将一个三章的藏文木刻本，逐字逐句地译成法文取名《岭地喇嘛教版藏族格萨尔王译本》在巴黎出版。这是他用法文对《格萨尔》手抄本完整翻译的第一个版本。他的成名之作就是他的博士论文——《格萨尔史诗和说唱艺人》。③此书于1959年在巴黎作为《汉学研究所丛书》（创刊于1932）第13卷由法国大学出版社出版，得到了国际藏学界的重视，成为当代研究史诗《格萨尔》的权威性著作，这部著述将"史"和"诗"结合，侧重从"史"研究"史诗"，他对于史诗的发源地以及格萨尔人物原型等的研究形成了自己的观点。

意大利藏族学者曲杰·南喀诺布（chos-rgyal-nam-mkhav-nor-bu），

---

① 亚历山大莉娅·大卫·尼尔（Alexandra David-Neel）：《岭·格萨尔超人的一生》，1931年用法文在巴黎出版（La vie surhumaine de Gue 'sar de Ling），1933年译成英文（The Super Human Life of Gesar of Ling）在伦敦出版，1959年再版，1978年在纽约再版。

② ［法］石泰安（R. A. Stein，1911—1999），1911年生于德国施韦茨。1946—1947年间，先后到昆明、成都、北京、内蒙古等地进行科学考察。新中国成立后，石泰安滞留于北京，希望继续从事中国学研究。1954年和1966年先后两次对包括锡金在内的喜马拉雅山南麓进行过科学考察。1981年6月，石泰安教授在近70岁高龄，退休前几个月再次来华访问，与我国成都、北京等地的学者，特别是《格萨尔》学者进行学术交流。石泰安对于《格萨尔》的贡献首先在于他的译介，1956年，他将一本三章的藏文木刻本，译成法文取名《岭地喇嘛教版藏族格萨尔王译本》在巴黎出版。石泰安先生成了法国藏学界的一代宗师和学术带头人，其成名之作就是他的博士论文——《格萨尔史诗和说唱艺人》。石泰安有关《格萨尔》的研究著述还有《西藏民间史诗》（1941），《格萨尔史诗的西藏壁画》（1957），《西藏史诗的古文献——〈朗氏家族史·灵犀宝卷〉》（1962），《论格萨尔》（1976）和《格萨尔史诗导论》（1981）等。

③ ［法］石泰安（R. A. Stein）著，耿昇译：《西藏史诗与说唱艺人的研究》，西藏人民出版社1993年版。

撰写了《苯教与西藏神话的起源——仲、德乌和苯》①，云：“有很多理由让人相信，岭·格萨尔王和史诗中的其他英雄人物的确生活在一个确切的历史时期，因为史诗描述的许多地方、人物、家族和城堡废墟都已得到了确认。”② 并且在注释中这样写道，“有些人已把史诗所称道的传奇之地岭国确认为西藏东部康区的岭仓国。岭国人可能是格萨尔同父异母兄弟嘉擦夏喀的后代。”③ 并进一步阐述，“不过，纵然这些传说的核心内容是有历史依据的，且大部分情节是诗体创作出来的成果，但内含如此大量情节的格萨尔史诗是其他国家同一体裁的作品无法比拟的。因此，它宛如一颗诠释民族文化的无价之宝闪烁在西藏文学创作的地平线上。此外，作为传播教育和文化的一种手段，它在藏民族的形成过程中也起了举足轻重的作用，证实了‘仲’在古代文明中的重大作用。”④

综上所述，国外对《格萨尔》研究学者，大部分都曾踏查过德格地区，并以此为知识点，解决了史诗的基础问题——起源、形成和主题等，并围绕这些问题达成了基本的研究共识。同时，正是这些研究方法和观点，对我国早期《格萨尔》的建设起到了积极的作用。在一定意义上来说，国外对这部史诗的发现和研究，在很大程度上对我国《格萨尔》史诗学的理论构建起到了一个激励和促进作用。

二　地理位置

德格县境属青藏高原东南边缘，横断山系沙鲁里山脉，北部金沙江峡谷地带。德格，位于四川省甘孜藏族自治州的西北部，地处东经98°12′—98°41′，北纬31°24′—32°43′，东与甘孜县毗邻，南与白玉县相接，西与西藏自治区达孜县隔金沙江相望，北与石渠县接壤，总面积11025.24平方公里。地形复杂，最高点为绒麦峨扎山峰，海拔6168米；最低点是和白玉县交界处的丁都桥麦曲河口，海拔2980米，全县相对高

---

① ［意］曲杰·南喀诺布：《苯教与西藏神话的起源——仲、德乌和苯》，中国藏学出版社2004年版，第14页。
② 同上。
③ 同上书，第15页。
④ 同上。

度 3188 米。全境以雀儿山为标志，将全县分为东北西南两大部分。东北部高，河谷宽阔平坦，土壤肥沃，古夷平面保存完整，属川西北丘状高原地貌；西南部低，为河谷深切，地势高低悬殊较大，属于高山峡谷地貌，境内有冰川 30 多条，有海拔 5000 米以上的山峰 30 座。河流以雀儿山为分水岭，形成东部的雅砻江（nyag-chu）水系，主要河流有雅砻江水系的巴曲、玉曲等 12 条支流和金沙江水系的色曲，麦曲等 5 条支流。

1951 年，德格县划分为 4 个区公所。1956 年，县名改称德格县。1956—1959 年，全县建起 17 个乡，1960 年又新建错阿乡。1978 年，经国务院批准，撤销邓柯县，原邓柯县属 3 区 8 个公社并入德格，德格县驻地仍为更庆镇。1988 年，德格县下设 1 个镇、6 个区、26 个乡、2 个居委会、117 个村委会、239 个村小组，人口 57270 人，其中藏族占总人口的 96.49%，汉族、彝族、土家族、苗族人数占总人口的 3.5%。[①] 2000 年，德格县辖 1 个镇、25 个乡。根据第五次人口普查数据显示，全县总人口 63989 人，有彝族、藏族、羌族、苗族、回族、蒙古族、土家族、傈僳族、满族、瑶族、侗族、纳西族、布依族、白族、壮族、傣族等民族分布。2004 年，德格县辖 1 个镇（更庆）、25 个乡。截至 2011 年，全县户籍人口增加至 83495 人。政府驻地更庆镇。2011 年，德格县辖 25 个乡，1 个镇，171 个行政村。辖更庆镇 1 镇，达马乡、普马乡、岳巴乡、八邦乡、龚垭乡、白垭乡、俄南乡、竹庆乡、俄支乡、玉隆乡、错阿乡、窝公乡、温拖乡、年古乡、浪多乡、阿须乡、打滚乡、亚丁乡、所巴乡、中扎柯乡、上然姑乡、汪布顶乡、柯洛洞乡、卡松渡乡、马尼干戈乡共 25 乡。[②]

三 地域文化

一个地区经济的发展，离不开文化积淀。自然风光仅是一个表层的资源，最有魅力的还是深厚的文化资源。就德格地域文化而言，主要包

---

① 四川省《德格县志》编纂委员会编纂：《德格县志》，四川人民出版社 1995 年版，第 1 页。

② 德格县人民政府网：http://www.dege.gov.cn。

括土司文化、印经文化以及史诗《格萨尔》文化。

第一，土司文化。众所周知，被誉为"天德格、地德格"的德格土司家族，是整个康区最重要、最显赫的土司，德格造就了丰厚的土司文化。经过数千年的文化积淀，历史上的德格土司成为中国少数民族地区历史最悠久、辖地最广阔、管理最严密、留下的宗教文化遗产最丰盛的土司家族。据《德格世德颂》记载，该家族的第一代可以上溯到公元6世纪，吐蕃赞普松赞干布的大相噶东赞域松，被视为该家族的第一代祖先。至新中国成立，德格土司世袭家族才算结束，共承袭了53代。这个家族悠久的历史、绵长的传承、显赫的政教权力，在中国少数民族史上屈指可数。

元朝初年（1253），德格家族第三十代索郎仁青（bsod-nam-rin-chen）被统摄西藏的萨迦政权选为"色班"，即膳食堪布，他品德高尚，精明能干，八思巴十分赏识，赐其"四德十格之大夫"称号，这便是德格家族称号的来源。1284年，八思巴总领总制院后，索郎仁青朝觐元世祖，被封为"多麦东本"（mdo-smad-stong-dpon，多麦万户）之职，颁赐印信和虎头三宝印，置地在今白玉、理塘一带，《元史》记为"奔不儿亦思刚百姓"，这标志着德格家族依靠中央王朝的力量，在康区登上历史舞台。索郎仁青去世后，第三十一代大瓦绒波又赴京朝觐，获旨承袭万户府土职。此后，元代期间的德格家族第三十二代、三十三代均世袭万户府土职。这为德格家族第三十六代传人扎西生根在德格境内的发展奠定了基础。

据藏文文献记载，德格土司原先并不居住在德格，1448年，第三十六代博塔·扎西生根利用嫁女之便，在现今德格境内更庆地方划地盖房，建立经堂，自称"德格嘉布"（意为"德格国王"），这便是第一代德格土司。此后，德格家族世代相传，并兼任更庆寺寺主。

清雍正七年（1729），第十二代德格土司兼第六世法王登巴泽仁（rgyalsras-bsod-nam-mgon-po）被清廷授以"德尔格忒安抚司职"。雍正十年（1732），朝廷升登巴泽仁为"德尔格忒宣慰司职"，领属辖区内土百户8员。整个清代，德格家族共世袭"宣慰司"这一朝廷职务共9代，直到赵尔丰"改土归流"时止。从1638到1775年，这是德格土司家族的发展时期，德格家族历经5代人，9代土司的发展，其辖区由最初长不过 35 公里、宽不足 5 公里的狭长河谷地带，发展至拥有德格、邓柯、石渠、白玉、同普 5 县和西藏贡觉、青海达日等县部分地区在内的广大领地，自称有地 10 万平方公里，民 7 万户，成为康北地区政教势力最强大的土司家族。德格土司家族追随中央王朝四处征战，战功显赫，屡屡受封。

明末清初，德格土司家族政教势力迅速扩张，1639 年，第七代德格土司向巴彭错（byams-pa-phun-tshogs）与青海蒙古族和硕特部军事结盟，消灭了甘孜境内的白利土司武装力量，向巴彭错被和硕特部的固始汗封赐"德格僧王"称号，即俗称的德格法王。① 由此，历代德格土司成为集政教大权于一身的地方政教领袖。据《德格世德颂》记载，德格土司家族共传承了 53 代，土司封号共因袭了 21 代，法王称号共承袭了 14 世。

清末，德格土司家族内部纷争，家族衰败，其中最严重的是发生在 20 世纪初的"兄弟纷争"事件。第二十代土司② 其美达贝多吉（1840—1891），与妻子不和，影响到下一代土司职位的承袭，他的两个儿子多吉僧格（rdo-rje-seng-ge，昵称阿贾）和昂翁降白仁青（nag-dbang-vjam-dpal-rin-chen，昵称巴巴）为同母异父的兄弟，就在他们俩继承土司之职事宜上，夫妇俩产生纷争。其美达贝多吉夫妇死后，同母异父的兄弟争夺土司职，长兄多吉僧格依靠了清政府势力，兄弟昂翁降白仁青则投靠西藏地方政府。当时川滇边务大臣赵尔丰正在边藏地区推行"改土归流"政策，多吉僧格审时度势，向赵尔丰自请"改土归流"，赵尔丰也顺势进入康北接受了多吉僧格的请求并率军进入德格，与多吉僧格联合击败对方，迫使昂翁降白仁青逃亡西藏。宣统元年（1909），多吉僧格由此自动交出土司印信，放弃土司之职，改任流官。经赵尔丰奏请清廷允准，将德格土司承袭了九代的"宣慰司"之名改为世袭花翎二品顶戴"都司"，准予世袭，清廷于土司辖地顺利完成"改土归流"，置一府（登科府）、一州（德化州）、三县（白玉县、石渠县、同普县）。1911 年，辛亥革命爆发之前后，还多次受到朝廷的嘉

---

① 《德格世德颂》，又称《历代德格土司传》，简称《德格世谱》。

② 其中有两说，一说是第十九代土司策旺仁则（tshe-dbang-rin-vdzin），另一说是第二十代土司其美达贝多吉（1840—1891），本文采取后者。

奖。民国后，多吉僧格自行恢复土司称号，但失去中央政府保护，他的土司生涯便到此结束。藏军入德格，将多吉僧格押入拉萨拘禁。虽然土司职位终由自己的儿子泽旺邓登继承，但他已经没有了再回德格的机会，最终和其弟昂翁降白仁青先后客死拉萨。

第二，德格版《大藏经》。德格印经院规模宏大、收藏丰富、保存完整、历史悠久，是集刻版、收藏与印经于一体的藏区三大印经院之一，是藏传佛教宗教文化多元荟萃之地，在整个藏区绝无仅有而闻名于世，无疑是藏传佛教文化的精髓。该院建于清雍正七年（1729），系第十二代德格土司却杰·登巴泽仁（chos-kyi-bstan-pa-tshe-ring）所建。后来其子杰色·索朗贡布（rgyal-sras-bsod-nam-mgon-po）继位后又加以扩建，前后历时 16 年始具规模，名为德格贡钦寺印经院（sde-dge-dgon-chen-par-khang）。德格印经院与藏区其他印经院不同，大部分印经院均为寺院的附属，只刊印本教派的宗教典籍，而德格印经院却是一座独立寺院，大量刻印各派众多学者的著作，涉及佛教哲学、历史传记、地理方志、医药、历算、诗词、绘画、工艺等多方面的内容，既不囿于一家之言，又不拘泥于宗教经论，同时又不局限于自家门派，藏传佛教中的格鲁派、宁玛派、噶举派、萨迦派等各派经典悉数刻版收藏。藏区大量的藏版中不乏一些失传的珍品、孤本，在这里却收集齐全。如在印度已失传的《印度佛教流源》和藏、梵、乌尔都三种文字编著的版本《般若八千颂》，堪称是珍品。此外，大量的画版和寺院内的壁画和收藏的唐卡都为今天研究藏族文化提供了不可多得的史料。① 德格土司家族信奉萨迦派，在经院中萨迦派的著述虽占有重要地位，但该院所刻印的佛教典籍，并不局限于萨迦一派，除藏文《大藏经》的《甘珠尔》和《丹珠尔》外，既有萨迦派的《道果释义》，也有宁玛派的《续藏》、噶当派的《父法子法》、觉囊派的《百行论》，甚至还有苯教的《黑白花龙经》。德格印经院将藏传佛教重大教派的经典悉收经院，品位高深，丰富多彩。此外，还有不少其他珍贵的书版，如藏医学经典著作《四部医典》，是印经院创建时最早完成的一批刻版。又如《汉区佛

---

① 邓崇祝：《德格印经院申报世界遗产的前景》，《格萨尔文化在康北》，中央文献出版社 2007 年版，第 39 页。

教史》《印度佛教史》等，是研究汉藏关系、古代印度佛教历史的珍贵
资料。自 1729 年德格印经院始建以来，已经有 270 多年的历史。① 德格
印经院是我国藏民族地区珍藏古旧印版和文献最多、保存最完好、内容
最齐全的地方，它对于研究藏民族的历史、政治、经济、宗教、文化等
都具有很高的历史价值和学术价值。② 收藏有大量孤版、绝版以及雕刻
精致的精品印版，说它堪称一份宝贵的世界文化遗产也毫不为过。印刷
的经书数量之多，质量之好，深受广大藏民族和寺院的喜爱，而且还远
销西藏、青海、云南、阿坝等地和印度、尼泊尔、不丹、锡金、日本以
及东南亚等其他国家。一些重要的典籍曾被欧洲、美洲和国内著名的图
书馆及科研单位收藏。③ 德格印经院无疑是中华民族的文化遗产，也是
世界人民的文化遗产。

四 《格萨尔》在德格地区的传播特点

在德格地域文化中，与土司文化伴随的便是史诗文化《格萨尔》。
人们坚信，德格就是格萨尔的故乡，格萨尔是德格历史上真实的英雄人
物，是林葱土司的祖先，格萨尔与林葱土司的生平相得益彰，互为表
里。④《格萨尔》在德格是一道亮丽的风景线。民间将其以说唱、藏戏、

---

① 据 1979 年统计，德格印经院共藏印版达 228814 块，其中藏文古籍印版 28438 块，画
版 376 块。文献总数达 830 余部，保存了在印度和藏区已经失传的稀世珍本。此外，有些比较
古老的印版，如《般若八千颂》属 1703 年刻制，已有 300 多年的历史，《丹珠尔》《甘珠尔》
等大部分经版也是 18 世纪中叶刻制完成的。印经院的经版完好率达到 90 %。

② 邓崇祝:《德格印经院申报世界遗产的前景》，《格萨尔文化在康北》，中央文献出版
社 2007 年版，第 38 页。

③ 同上。

④ 传说，林·格萨尔是 11 世纪人，出生于德格县阿须乡熊坝吉苏雅格康多，自幼家境
贫苦，长期在打滚乡热火通、然尼等牧场为牧童，成人后在德格马尼干戈至错阿乡之间的草
坝藏赛马娶珠牡，与其兄贾察关系甚笃，建立起一支有 30 员勇将和数万精兵的武装力量，多次
挫败了叔父晁通的阴谋诡计，统一了各地方势力，在今德格县俄支建起林国。此后，格萨尔
戎马生涯，率军征战于今青海玉树、黄河源、四川甘孜州甘孜、新龙、道孚、色达、炉霍和
阿坝州、西藏昌都一带，将其兄贾察封为林国王，封地德格龚垭，给 30 员大将在白玉、邓
柯、石渠、玉树、昌都等地封地。晚年，格萨尔从昌都征战回营，在邓柯境内因坐骑被狗惊
吓而摔死。格萨尔去世后，其后裔继承王位，即元代至民国时期族号为林葱（元史记为"灵
藏"）的土司家族。

故事传奇、绘画甚至地名等形式广为传播，内容丰富，多姿多彩。

第一，以说唱的形式传播。说唱《格萨尔》是德格人们喜闻乐见的一种艺术形式。艺人们走村串寨，深受欢迎。说唱时有的挂唐卡，有的摇鼓敲钹，有的拉琴。艺人们说唱的故事长者数日，短者数小时。每逢婚娶、生日、祝寿等活动，常请艺人说唱。说唱内容则根据情况选择，如遇祝寿、生子，通常说唱《英雄诞生》；遇浪山郊游常说《赛马称王》；婚嫁则说《迎娶珠牡》。艺人说唱技艺娴熟，各具特色，记忆力惊人，少则能说唱十多部，多则能说唱数几十部。说唱时不择场地、时间，集传奇、文学、音乐、民族语言于一体，雅俗共赏。

第二，以文本的形式传播。迄今为止，在德格流传的《格萨尔》抄本、版本种类以及部数无准确的统计数据，有 19 部之说，也有 29 部、49 部、甚至 80 部、100 多部之说。① 民国时期，任乃强撰文记述。1936 年，法国女士大卫·尼尔在林葱土司家曾借阅 3 部。新中国成立后，相继发现并整理的有《诞生篇》《赛马称王》《霍岭大战》（根据德格艺人才旺敦珠和青海艺人拉旺才让说唱整理）、《地狱救母》（德格印本）、《北地降魔》（德格竹庆寺抄本）。1980 年以后，国家对史诗工作极为重视，动员各地力量在德格地区从民间搜集并整理出版了颇具价值的手抄本、木刻本。徐国琼先生，于 1960 年 7 月在德格调研时，从德格龚垭境内搜集《格萨尔》抄本及刻本共 8 本，现保存在青海格萨尔研究所。还搜集到了"岭国"时期的一幅战铠、箭、矛，还有当地著名画家琼查洛珠画的一幅大型《格萨尔骑征》唐卡等文物都带往青海。四川民族出版社所存《格萨尔》各种抄本、刻本中，有德格搜集的《征服大食》（木刻本）、《征服马拉雅药物国》（竹庆寺手抄本）、《征服北方珊瑚国》（手抄本）、《征服象雄珍珠国》（手抄本）、《征服阿扎宝石国》（手抄本）、《地狱救母》（木刻本）。1981 年以后，四川人民广播电台曾请德格说唱艺人阿尼（a-myes）、卓玛郎错（sgrol-ma-gling-tsho）和迪琼巴吉等到成都录制了《赛马称王》18 盘，《霍岭大战》（上下部）108 盘。1984 年，甘孜州成立"《格萨尔王传》抢救小

---

① 四川省《德格县志》编纂委员会编纂：《德格县志》，四川人民出版社 1995 年版，第408 页。

组"，先后在州内搜集到 15 种手抄本上交省"《格萨尔》办公室"。2003 年 11 月，阿尼为中央人民广播电台藏语广播再次录制《赛马称王》，共 7 盘，600 分钟。

《格萨尔》的木刻版共有 9 部，其中德格境内就有 8 部，这对研究《格萨尔》有着重要价值。这 9 部木刻版分别是《天界篇》《诞生篇》《玛域封地篇》《赛马称王》《大食财宝宗》《分大食财宝宗》《卡切玉宗》《地狱大圆满》《地狱救母》。上述木刻版中除了《地狱救母》保存在甘肃省拉卜楞寺内之外，其余均流传在德格。

第一部《天界篇》①：全名为《战神格萨尔珍宝降魔的故事之天界篇》，此版原由岭葱土司家族保存。该部作者究竟是谁，在刻本的后记中未曾留名，但康巴地区的传说中称："德格岭葱土司家族所保存的三部最早的木刻版，即《战神格萨尔王珍宝降魔的故事之天界篇》《世界雄狮大王传记之诞生篇》《世界雄狮大王传记之诞生篇以及玛域封地篇》皆为同一个人所镌刻"，"《天界篇》和《诞生篇》手抄本中的偈颂皆为七言诗，而且诗韵等皆为一致，故镌刻者应为晋美土登降拥扎巴"。是否如是，尚待考证。

第二部《诞生篇》②：林葱土司家族保存，全称为《世界雄狮大王传记之诞生篇》，总计 45 页。后记中提示了格萨尔的诞生地是"吉苏亚给卡多"，史诗中提及的地名也与阿徐草原的地名，如汉妻拉嘎卓玛帐篷印迹、觉如身躯印迹、拉措泉眼、阿尼贡巴热杂的修行岩洞、箭羽山、"吉"地十三山谷等相吻合。

第三部《玛域封地篇》：全名为《世界雄狮大王传记之诞生篇以及玛域封地篇》，该书第 45 页之后描述的是格萨尔王占领玛域的故事，第 78 页上载有"以上是岭格萨尔王罗布扎堆的故事之玛域封地篇的第二章终结"，由此可知晋美土登降拥扎巴（vjigs-med-thub-bstan-vjam-db-yangs-grags-pa）把《诞生篇》和《玛域封地篇》分为了两章。1980 年

---

① 《天界篇》讲述了 500 位世尊对推巴噶（格萨尔天界之称）进行灌顶，总管王绒擦查根在岭地讲述着梦境，唐东杰布称此梦境预示着英雄诞生之吉兆，莲花生大师的预言，神子推巴噶作了为降伏妖魔而降临人间的许诺。

② 《诞生篇》讲述了格萨尔王诞生岭地之后，四方妖魔集结"察木岭"地方，危害民众，预谋暗杀年幼的格萨尔，格萨尔战胜四方妖魔，最后赢得了胜利，统治富饶的玛域。

9 月,四川出版社出版第一版时,土登尼玛（thub-bstan-nyi-ma）活佛等学者则以林葱土司保存的木刻版《世界雄狮大王传记之诞生篇以及玛域封地篇》作为蓝本,进行校对并增加目录,还将其划分为六章,第一章至第三章总计 108 页,主要记叙《诞生篇》,之后是从第 109 页—182 页的第四章至六章,记载《玛域封地篇》,其实《天界篇》《诞生篇》《玛域封地篇》这三部木刻版被称为最早的《格萨尔》版本。

第四部《赛马称王》①:全名为《世界雄狮英雄赛马的故事之七宝镜》,林葱土司木刻版,总计 111 页,该部无论从木板外观,还是从纸张的大小、厚薄、粗细、颜色、字体等都与《天界篇》《诞生篇》相似,由此有人断定都应出自一人之手。

第五部《大食财宝宗》②:全名为《三明神变雄狮罗布扎堆降伏四魔攻克大食财宝宗》,总计 298 页,11444 诗行。1963 年,西北民族学院出版了《大食财宝宗》木刻原版,由官却才旦校订,王沂暖提供考证资料,由丹正贡布（rta-mgrin-mgon-po）提供插图,于 1979 年 10 月由甘肃民族出版社出版,1981 年又发行了第二版,印刷本总计 443 页。1979 年 9 月,西藏人民出版社也出版《大食财宝宗》,总计 386 页。以上版本均以西藏档案局收藏的手抄本《大食财宝宗》为原版出版的,但是上述三部的内容、用词都与八邦寺的木刻版完全一致,特别是这三部《格萨尔》的后记均载有:"遍满全境邬坚莲花生;示现仁德战神之王;英雄雄狮罗布扎堆;传记犹如大海无边无际;战胜大食财宝宗之王;财宝布施于全藏之故事;如同美妙的少女之歌声;示现听觉恰逢一处春;这些皆因战神而欢喜;此传记在八邦圣教法轮寺圆满印刻,从此威震三界,此功德盛大无与伦比"等内容,后记内容完全一致。由此断定,这三部本子均为一个蓝本。

第六部《分大食财宝宗》:该部后记记述:"大食与岭国的英雄交

---

① 《赛马称王》讲述了岭国内部不和,而常年相互征战,后来天神预言,以赛马的方式来决定夺王位继承人,最后年仅 13 岁的觉如（格萨尔少年时期之名）赛马获胜,获得王位宝座,迎娶了嘉洛之女珠牡梅萨奔西。

② 《大食财宝宗》叙述了晁通偷取了大食国的三匹大鹏宝马,于是大食发起战争攻占达让地方,晁通请求格萨尔王出兵,与大食激烈交战,最后消灭大食国王,打开了大食的国库,获取数以万计的牛、羊和财宝。

战时，格萨尔向当地穷人布施财宝，打开财宝之门，此流传于世间的传记，为了利益雪域众生而撰写，这些保存完好的传记，如果芸芸众生能每日诵读，这无异如每日获得珍宝一样"，"由宗萨活佛白玛仁增镌刻"等内容来看，他镌刻的应该是《大食财宝宗》的续篇，总计 124 诗行。1980 年 6 月，由西藏人民出版社出版，青麦多杰担任主编，共 56 页，此后又出版了 3 次，在藏区得到了广泛的传播，1981 年，四川民族出版社也再次出版。

第七部《卡切玉宗》①：全名为《玛松英雄传之战胜卡切玉宗的传奇故事》，包括上、中、下三部，共有 5894 诗行。该部总计 184 页，出版前言载"以德格木刻版为原版"，木刻版全篇刻有插图，封面的左右方分别刻有插图，并且载有一段诗行，左边的插图题记"佛陀具慧邬坚莲花生大师"，右边的插图题记："斩妖除魔格萨尔战神之王"。

第八部《地狱大圆满》②：该木刻版流传于德格江达（现属西藏昌都地区境内）瓦绕寺③，全称《圣王如意宝岭格萨尔王传——地狱大圆满所见自得解脱三途之道歌》，总计 229 页，一共有 6220 诗行。12 世纪，邓喇嘛曲吉翁修撰写了《地狱大圆满》，并将其伏藏于山中，后来由瓦绕寺的格西当曲登巴（dam-shos-bstan-pa）镌刻成木刻版。正如后记："此《世界雄狮之王的传记地狱大圆满所见自得解脱三途之道歌》由邓喇嘛曲吉翁修（chos-kyi-dbang-phyugs）用汉墨撰写于汉纸上，后在北部上方的池沼中部找到伏藏"。1986 年 4 月，四川人民出版社出版，在出版之际，还参考了中央民族大学佟锦华教授收藏的《地狱大圆满篇》的手抄本，并加以补充和校对，增加目录并分为 18 个章节出版，总计 352 页。

第三，以藏戏的形式传播。藏族戏剧文化经过数百年的不断完善、

---

①　《卡切玉宗》讲述了卡切国王尺丹征服了尼泊尔等小国之后狂妄自大，后来听说格萨尔王是战无不胜的大英雄，便心生不满，于是对岭国发起了战争，岭国积极迎战，格萨尔亲自出征，刀劈卡切王尺丹，打败了卡切军队，卡切国归降岭，格萨尔王打开"卡切玉宗"的宝库，获取了各种金银财宝，布施于民。

②　《地狱大圆满篇》叙述了格萨尔远去印度，回来时发现母亲去世并堕入地狱，于是格萨尔便前往地狱救母，他一路斩妖除魔，大功告成，与之随行的还有王妃珠牡和坐骑赤兔马。

③　瓦绕寺，1253 年由八思巴创建，"文化大革命"期间遭到破坏，后于 1982 年获得西藏自治区人民政府的批准进行了修缮，目前寺中大概有寺僧 70 人。

演化和规范，形成了具有浓厚民族特色和丰富思想内容的八大藏戏。至于以英雄史诗《格萨尔》为内容的戏剧的产生则很晚了。① 据有关资料表明，大约在 20 世纪的 40 年代初，就出现了一种由史诗改编的《格萨尔》僧戏，是《格萨尔》说唱艺术和寺院法舞艺术结合的产物。据资料记载，早在 1941 年，四川甘孜佐钦寺的公保活佛带着他的"羌舞"导演司德途经青海贵德昨那寺时，在寺主的恳求下，给该寺僧侣传授了独具特色的《格萨尔沪羌舞》。此后，每年农历 5 月 29 日，便举行《格萨尔》"羌舞"庙会。每逢节日，周围的藏族群众，身着节日盛装，喜气洋洋地前来观看演出。② 20 世纪四五十年代，康巴地区的一位活佛，将《格萨尔》设计创制为藏戏，把《格萨尔》的说唱曲调与传统藏戏的表演艺术巧妙地结合起来。1980 年 2 月，四川甘孜藏族自治州色达县在各级组织的支持下，成立了色达业余藏戏团，演出了《赛马称王》，深受广大群众欢迎。之后，塔洛陆续创编了《取阿里金库》、《赤松德赞》《岭国七勇将》等。色达藏戏，独具一格，自成一派。德格藏戏，历史较为悠久。1980 年，国家恢复了戏剧演出活动，更庆、龚垭、竹庆等地剧团演出了《格萨尔》中的其中一部，受到了广大群众的好评。此后，每年 7 月份均公演藏戏。德格的宁玛派寺院竹庆寺将《格萨尔》列为寺庙传统剧目，在每年的央勒节（藏历七月初一日）公演。

　　第四，以绘画的形式传播。藏族绘画中吸收格萨尔英雄史诗的内容，用传统的各种艺术手法表现出来，流通并供奉，形式多样，体裁广泛。这样，既丰富了藏族绘画的内容，又为史诗本身的流传注入了新的活力。带有浓厚的宗教韵味和独具民族特色的藏传佛教绘画艺术，冲破了宗教的主题，按照人民大众的意愿，也将这位英雄的形象用绘画的形式表现出来，被人们所供奉、瞻观、朝拜。其内容有"格萨尔骑征图""英雄赛马图""十三英雄出征图""英雄出征送行图""征服魔王图""凯旋归宴、诸护法神、战神、山神天母图"等，内容丰富，多姿多

---

　　① 丹曲：《试论〈格萨尔〉戏剧艺术》，《西藏艺术研究》1999 年第 2 期。

　　② 索洛：《独具特色的传统〈格萨尔〉"羌舞"在昨那寺演出》，《格萨尔学集成》（第1 卷），甘肃民族出版社 1990 年版，第 400 页。

彩。这种艺术品，伴随着自身的流传，给史诗本身的研究增加了一个重要的内容。① 按照散见的格萨尔绘画艺术作品大致有壁画、唐卡、雕塑以及木版印刷等类型。

壁画：四川德格龚垭村吉基贡寺前照壁上绘有格萨尔的壁画，是当地画家江擦乐周所画，曾有文字记录。② 在四川炉霍藏区的格聪活佛私寺中，也有一幅壁画，该壁画刻画了格萨尔前往霍尔国夺回被霍尔国王掳去的妻子的场面。③ 昌都地区的第十世帕巴拉活佛，在自己的经堂里，绘有格萨尔和 30 位英雄的画像，作为藏传佛教格鲁派的护法神。④

唐卡：石泰安先生不但在他的研究文章中多次提到"格萨尔唐卡"，而且他早年就开始苦心搜集。1958 年，他将搜集到的唐卡编选成集，出版了《格萨尔生平的西藏画卷》画册。1959 年在巴黎出版的专著《格萨尔史诗与吟唱诗人》一书的扉页，便是一幅精心绘制的"格萨尔唐卡"，画面的构图，由格萨尔骑征、十三英雄随骑出征、珠牡送行等部分组绘而成。徐国琼先生于 1960 年 6 月，在西藏昌都考察格萨尔史诗时，昌都卧龙街的降央曲措阿姐将家中祖辈珍藏的一幅"格萨尔唐卡"赠送给了他。此画收藏年久，画面色彩陈旧，但精细的构图仍清晰可见，可惜这幅珍贵唐卡在"文化大革命"中逸失。⑤ 1960 年 7月，徐先生在西藏昌都江达县搜集了一幅唐卡，以万字纹锦缎镶边，画面完整无损。目前国内收藏数量最多且最完整的一套早期格萨尔唐卡被四川博物馆馆藏，这些珍品绘于清代，一套共 11 幅，以格萨尔王故事为内容，别具一格地再现了《格萨尔》中的精彩场面。⑥ 在石泰安先生的《西藏史诗与说唱艺人的研究》一书中写到，吉美博物馆也馆藏有绘有格萨尔生平的一套唐卡共 11 幅。此外，"打箭炉藏本"也有 11 幅

---

① 丹曲：《〈格萨尔〉与藏族绘画》，《西藏研究》1997 年第 1 期。

② 徐国琼：《论"格萨尔骑征唐喀"及其在史诗中的神话内涵》，《格萨尔研究》（第 4辑），内蒙古大学出版社 1989 年版，第 23 页。

③ ［法］石泰安著，耿昇译：《西藏史诗与说唱艺人的研究》，西藏人民出版社 1995 年版，第 123—124 页。

④ 降边嘉措：《〈格萨尔〉初探》，青海人民出版社 1986 年版，第 283 页。

⑤ 徐国琼：《论"格萨尔骑征唐喀"及其在史诗中的神话内涵》，《格萨尔研究》（第 4辑），内蒙古大学出版社 1989 年版，第 18—19 页。

⑥ 王平京：《四川省博物馆馆藏〈格萨尔王传〉唐卡初步研究》，《格萨尔研究》（第 3辑），中国民间文艺出版社 1988 年版，第 418—419 页。

组画，这是石泰安先生一次在打箭炉木雅人的原土司府中发现的一套甚至在具体情节上都与吉美博物馆藏本完全相同的唐卡组画。20 世纪 80 年代，甘孜州涌现了一批青年画家，共同创作了新的《格萨尔》唐卡，既继承了藏族的传统风格和技巧，同时又有极大地创新和突破。① 1997 年，甘孜藏族自治州的著名画师通拉泽翁的弟子根秋扎西策划了绘制《格萨尔》千幅唐卡的浩大工程，总计 60 余幅，内容相互连贯，故事情节精彩纷呈，总计 1200 米，全面直观地展示了格萨尔传奇的一生。2006 年，据业内人士介绍，总计达到了 1280 幅，2007 年装帧，2008 年面世。参与此画的艺人多达 90 余人。② 2010 年，《格萨尔》千幅唐卡终于与世人见面，在北京民族文化宫展出。

雕塑：格萨尔的雕塑像多为铜、木、泥等质地。德格女土司降央伯姆在她家的经堂里，曾供奉过一尊高约一尺五寸的格萨尔骑征铜铸镀金像，可惜此像在大炼钢铁时被毁。后来徐国琼先生经多方探寻，才从四川刘家驹先生处得到了这尊镀金铜像的照片。③ 在拉萨大昭寺中，供奉有格萨尔像；在果洛大多数宁玛派寺院也都供奉着格萨尔的塑像、唐卡。2005 年，在四川甘孜州色达县建县 50 周年纪念活动中，创建的"格萨尔纪念馆"隆重开馆，有三个展厅，其中两个为格萨尔彩绘石刻展厅和木雕艺术展厅，彩绘石刻被列入国家首批非物质文化遗产名单。展厅中的 15 尊木雕像，均堪称为上乘佳作。④

木版画：康定所出的一部《赛马称王》的手抄本中有 11 幅画像，其中格萨尔的骑马像⑤，徐国琼先生曾于 1960 年 7 月见于德格更庆寺德格印经院内。雕版长 2.4 市尺，宽 1.8 市尺。以墨汁印刷版画印刷流

---

① 杨嘉铭：《格萨尔图像艺术的新开拓》，《格萨尔文化在康北》，中央文献出版社 2007 年版，第 18 页。

② 同上书，第 22 页。

③ 徐国琼：《论"格萨尔骑征唐喀"及其在史诗中的神话内涵》，《格萨尔研究》（第 4 辑），内蒙古大学出版社 1989 年版，第 21—22 页。

④ 杨嘉铭：《格萨尔图像艺术的新开拓》，《格萨尔文化在康北》，中央文献出版社 2007 年版，第 23 页。

⑤ 佟锦华：《〈格萨尔王传〉在藏族文学史上的地位和影响》，《格萨尔学集成》（第 2 卷），甘肃民族出版社 1990 年版，第 853 页。

通。① 还有小雕版两块，尺寸完全相同，长 1 市尺，宽 6 寸，其中一块是承守寺老奶奶博丘所赠送，携往青海后在"文化大革命"中失散。印刷流通传世于玉树、甘南等地②。

第五，以故事的形式传播。格萨尔的故事在德格广为流传，题材十分广泛，内容丰富。其中有关格萨尔与珠牡的爱情，格萨尔与 30 员大将的共同征战，与其叔父晁同斗智斗勇等方面的故事，有的与《格萨尔》情节大同小异，有的则独具特色。《格萨尔与晁同斗法故事》③，流传在错阿地区。内容为格萨尔深受叔父晁同阴谋离间之苦以及被流放晁同的经过。此后，以错阿温泉有疗伤治病的效果为因，逐渐形成了人们游乐洗澡的习惯。《英雄降生的故事》④，流传在阿须地区。人们为了纪念和崇敬英雄，时常前去朝拜这座古庙，几百年来大石前幡旗林立，玛尼石有增无减。

第六，散落的格萨尔遗迹。德格县境内地名文化中有与《格萨尔》相关联的因子，这些因子是史诗流传过程中的文化积淀，最终也成为人们寻求和定性史诗作品中地名、人物、动物乃至自然物的佐证。

阿须草原：阿须草原位于德格县东北部，距离德格县城 230 公里，海拔约 4000 米，山清水秀，地表坦荡，远处山峦环绕，雅砻江穿流而过，相传是岭格萨尔王出生⑤、成长并征战的地方。格萨尔自幼家庭贫寒，与母亲相依为命，以放牧为生，13 岁赛马称王，雄才大略，一生除暴安良，扶贫济弱，统一了 150 多个大小部落，建立了强大的岭葱国，进驻阿须草原西北部俄支的故都"森周达则宗"。沿竹庆上行约 2 公里，崇岭之间有一平台相传是格萨尔王祭祀天神的地方。过了竹庆，约行数公里，到了三岔河口右行就进入阿须草原腹地。过浪多，逆滔滔

---

① 徐国琼：《论"格萨尔骑征唐喀"及其在史诗中的神话内涵》，《格萨尔研究》（第 4 辑），内蒙古大学出版社 1989 年版，第 22 页。

② 同上书，第 23 页。

③ 格萨尔受到叔父晁同挑拨后，欲将他流放，结果晁同又返回到了德格，格萨尔只好又将晁同留在了岭国。

④ 格萨尔诞生时，祥云迷漫，彩虹罩住了正在放牧的母亲廓姆，在一块大石上生下了格萨尔后，其母才发现蹬裂了巨石，留下两个脚印。后来，林葱家族为纪念祖先格萨尔，便在大石块旁建起格萨尔王庙。

⑤ 相传岭格萨尔王出生于 1038 年，逝世于 1119 年，享年 81 岁。

不绝的雅砻江而上，行进约 14 公里就到了阿须草原。金碧辉煌的岔岔寺①就坐落在阿须乡集镇的西北方，与相距不到 2 公里的格萨尔纪念堂②遥相呼应。纪念堂坐落在开阔的草原之上，依山傍水，景色迷人。既有史诗描写的"两水"交汇处，又有"两个草坪"。格萨尔纪念堂四周留有许多格萨尔王的踪迹③，如纪念堂西北角的"青蛙状大石"、东北角的"嘛呢石堆""岩石凹陷""生伦王的私家城堡"、格萨尔母子俩住锡地、"摔打格萨尔的石凸凹"、格萨尔征战时神驹的马蹄印、格萨尔王射箭的箭路、格萨尔母子俩被驱逐走过的吉科小山沟，等等。在阿须草原，广泛传唱着《格萨尔》，到处都有格萨尔的遗迹，人们坚信英雄大王格萨尔就诞生在这方土地上。

格萨尔王庙：又称格萨尔纪念堂，位于阿须乡熊坝吉苏雅格，是民间传说中格萨尔出生的地方。相传寺庙由林葱土司翁青曲甲建于清道光年间，又传此庙建于宋代，由格萨尔的 30 员大将、林地四大头目之一的翁布阿奴巴生的后代林·格斯甲所建（此说翁布阿奴巴生为林葱家族祖先）。新中国成立前，庙内藏有格萨尔的象牙珠红印章、总管王阿尼查根的家谱、格萨尔大将娘察阿登的宝剑、格萨尔的铠甲、兵器、格萨尔岳父的伦珠等珍贵文物，供奉有格萨尔骑马铜像、丹玛、辛巴、珠牡等泥塑像。壁画有格萨尔所辖林国 30 员大将、80 名英雄、13 位保护神、8 位妃子像及一些战争场面。相传，民国时期格萨尔王庙不少文物被玉树一喇嘛转移。1987 年，德格县政府拨专款对此庙进行了全面修缮。

甲察城堡遗址：位于龚垭乡拉翁通村口处的山梁上。三面环崖，一面临山的龚垭寺就建在甲察城堡遗址。据传在 12 世纪末到 13 世纪初，

---

①　岔岔寺是藏传佛教噶举派寺院，由甘珠大师创建。

②　纪念堂殿内塑有格萨尔的塑像、13 位威尔玛战神、岭国 12 大将等。纪念堂周围山形地貌与史诗中描述如出一辙，称作吉苏雅格康多。两河交汇的流水潺潺，草坪如铺毡，前山如大鹏，后山青岩碧玉峰，右山如同母虎，左山矛峰是红岩。纪念堂是格萨尔王去世后其后裔和将士们为了纪念他所建，作为其家庙。

③　纪念堂四周有许多格萨尔出生的传说遗迹，如廓姆生格萨尔时的青蛙大石、格萨尔出生后埋胎盘和脐带的嘛呢石堆、臀部印迹和脚印遗迹的岩石、生伦王的私家城堡、格萨尔母子俩居住的地方、生伦王妃谋害格萨尔的凹痕以及格萨尔征战时留下的马蹄印以及格萨尔留下的箭路、格萨尔母子俩被驱逐后经过的山沟。

岭国所辖地区分上岭国、中岭国、下岭国三部分，现龚垭所在地为当时中岭国的政治、经济、文化中心。格萨尔统一岭国后，派遣其哥哥甲察镇守龚垭一带，直到1406年被德格土司家族取代为止。古城堡遗址的断垣残壁，排列很不规则，基脚处由于年代久远而变成了铁墨色。传说城堡的基脚是用生铁铸造而成，坚固无比。甲察城堡正对着中岭部落遗迹，对峙的山梁上仍依稀可见部落城墙的雉堞和分置于东南西北方的四个防御古碉。站在甲察城堡上环视四周，在正南方山顶处有一个齐斩的凹痕，相传是甲察大将射箭留下的箭路，山腰间有格萨尔护法长寿五女神佛塔遗址，傍河床之畔，每年藏历五月十五日，朝拜的人们纷至沓来。在城堡东南方山脚下，有八个错落排列的土堆，在最大的土堆上有一长约10米的擎天古树，并且还有一个美妙的传说。^① 城堡东南方三山合抱处有一开阔的平坎，相传是甲察大将遇见神仙白梵天王的地方。距城堡10公里处的一座山峰上，耸立着甲察大将头带缨盔、北靠戈绒山的侧面头像。有一个教"滴水崖"的地方，相传是甲察大将的上师大喇嘛穷波尼玛降称辟谷修行的崖洞，至今仍有高僧来此闭关修行。再下行约5公里，河西岸对峙着群塔崖和甲察邛多崖。群塔崖的整个山体全由佛塔错落堆积而成，据说共有108尊佛塔，是甲察的大喇嘛修行成正果后的造化之物。而邛多崖则相传是甲察大将凯旋至此，因屡战屡胜而欢歌痛饮，微醉时将酒碗抛向崖壁，留下碗痕而得名。

晁通遗迹：坐落在错阿乡，该乡是甘孜县进入德格的第一站，传说是岭格萨尔叔父晁通的领地。《格萨尔与晁通斗法故事》广为流传，相传格萨尔称王后就派遣晁通镇守错阿一带。在错阿境内，有晁通入教遗址和洗浴的温泉池，两个草坝是晁通迎接岭国大将和跳舞赏景的地方。再往前行，到达玉隆乡正对面，那里有一个夏洛牧场，是格萨尔王爱妃珠牡的家乡。

格萨尔战骑蹄印：阿须乡与打滚乡之间一大石上有一深陷蹄印痕迹，相传为格萨尔追杀恶魔至此战骑飞驰所留印迹。

绒戈寺：位于俄支乡境内，原属林葱土司官寨。其家族称，相传当

---

① 相传，甲察大将去世后不久，托梦给其长子拉色加泽加：在城堡山上，其中最大的那尊塔是我的心脏，我的灵魂化成一棵翠柏与你相伴。

时为格萨尔给珠牡专修的官寨，此后成为林葱土司官寨，并在一旁修寺庙，称为绒戈寺。

俄支寺：相传原为格萨尔的官寨，格萨尔在此行政并设军营。格萨尔去世后，林葱家族将其改为家庙。

宁多岩宫：位于卡松渡乡宁多村一处悬崖的正中有一大山洞，洞内建宫，相传是珠牡的一个行宫。其岩宫位于悬崖之中，至今无人能攀登上去，但站在崖下，洞口腐朽的梁柱等仍历历在目。金沙江畔、雅砻江畔分布很多的古碉相传为格萨尔时期所建，不少寺庙亦称存有格萨尔时期的甲胄等文物。众多遗迹、文物有待考证。①

第七，《格萨尔》史诗元素在地名中的反映。据 1983 年德格地名普查资料统计，境内有关格萨尔的地名多达几十处，其中有行政地名 15 处，有自然实体地名 18 处。如"俄支"，下辖俄支乡，以格萨尔大臣之子的宝刀而得名；"玉隆"，以珠牡曾留恋赞叹此处山清水秀而得名；"新路海"，景色奇丽令珠牡倾心忘返而得名；"错阿晁通村"，下辖错阿乡，以格萨尔叔父晁通住此而得名；"年古嘎登村"，下辖年古乡，以格萨尔宰相嘎登为此村人而得名；"年古直达村"，下辖年古乡，以嘎登部下直达为此村人而得名；"磨勒村"，下辖阿须乡，以格萨尔追杀恶魔至此并卜卦吉凶而得名；"打滚"，下辖打滚乡，以格萨尔将领阿加贡布带领这个部落作战勇猛如虎而得名；"力穷"，下辖打滚乡，以格萨尔大将力穷之妻在此居住过而得名；"拉翁通"，下辖龚垭乡，以贾察在此遇见神人而得名；"打青查寿（山）"，以格萨尔叔父死于此而得名，等等。

五　小结

通过对德格地区的考察，深厚的文化底蕴，无不感染着人们。这里的人们坚信，格萨尔就出生在德格；巴加活佛也坚信，德格就是史诗《格萨尔》中岭国的政治中心。德格既是历代岭葱土司世代居住的地方，也是《格萨尔》流传最广的地方和藏文《大藏经》木刻版本保存

---

① 四川省《德格县志》编纂委员会编纂：《德格县志》，四川人民出版社 1995 年版，第406—409 页。

最多的地方。在德格地域文化中，史诗《格萨尔》占有重要的位置，史诗《格萨尔》的传播也有着独特的地域特征：

第一，特殊的自然环境造就了多姿的地域文化。

德格这片神奇的土地，既有着美丽的自然景观和独特的地域文化，又有着最浓郁的民族风情。"不仅是名扬四海的世界最长英雄史诗《格萨尔王传》主人公岭·格萨尔王的故乡，也是《格萨尔王传》孕育、发祥的地区，是格萨尔史诗流传最广、最具群众基础的地区。"[1] "如果我们要宣传推广康巴文化，要寻找康巴文化的核心之所在，德格土司家族的历史，德格印经院，以及这个家族对中国革命的贡献方面，都能提供强有力的佐证和丰厚的文化资源。我们可以通过影视、媒体、书籍等多种手段向外宣传德格土司家族的历史与文化，让其为当今的地方经济发展服务。"[2] 土司文化与史诗文化交相辉映，最终使德格文化成为藏族文化的重要组成部分。

第二，殊胜的人文环境造就了杰出英才。

《格萨尔》在德格地区流传的过程中，虽然不能把格萨尔与历史上的德格土司和林葱土司对号入座，但其相互间的影响是显而易见的。在历史的长河中，德格人民创造了伟大的史诗文化，史诗文化也将德格地方和该地人民妆扮得婀娜多姿。德格土司自古以来，就与中央政府保持了密切的联系。据文献记载，第十一代土司四郎彭错执政期，清康熙五十五年（1716），获悉拉藏汗派兵赴理塘阴谋杀害七世达赖转世灵童格桑嘉措的消息后，他速派人赴理塘，率兵护送灵童到白玉萨玛寺和德格仲萨寺避难，随后又将其护送出境至塔尔寺供养。清康熙五十六年至五十九年（1717—1720），清政府两次出兵进藏平息准噶尔部之乱，四郎彭错受四川总督年羹尧诏抚归顺清政府，为清军派差派马，运输粮草，受到雍正皇帝"出兵藏内，曾经效力，事达赖喇嘛，甚属恭敬"的嘉勉。1752 年，第十五代土司洛珠降错，曾奉旨率兵参加清政府平定大、小金川叛乱的战役，多次受到清廷褒奖。德格土司同样为中国革命做出

---

① 泽仁贡波：《刍议德格高擎格萨尔文化旗帜实施文化强县的战略意义》，《格萨尔文化在康北》，中央文献出版社 2007 年版，第 15 页。

② 范稳：《德格土司：一份历史与民族的文化遗产》，《格萨尔文化在康北》，中央文献出版社 2007 年版，第 37 页。

了很大的贡献。1936 年 4 月，中国工农红军长征抵达甘孜，多位红军将领如朱德、李先念、徐向前等都成为土司的朋友。在红军的帮助支持下，1936 年 5 月 1 日，康北地区成立了第一个博巴人民政府"博巴人民共和国和中央政府"，时任德格土司的拉色·泽旺邓登当选为博巴政府主席，德格土司四大管家之首的夏克刀登和甘孜格达活佛当选为博巴政府副主席。这个与长征中的工农红军联合组成的人民政府，虽然随着红军的北上而自行解散，但它在中国共产党的革命史上意义重大。在红军的长征史上，尤其在民族地区，语言不通、文化背景不同，信仰更是迥异的德格土司家族毅然选择了站在红军一边，为红军北上赢得了宝贵的时间，成为中国革命最忠实的朋友。1949 年，德格土司降央伯姆（vjam-dbyangs-dpav-mo）派使团赴北京向党和人民政府致敬，同时递交了解放康区的申请报告，这一深明大义的举措，为德格土司家族又一次争得了荣誉。1950 年，人民解放军解放康巴地区进入德格县境内时，土司家族动用了 4 万多人次支前民工，安排牲口 2 万多头匹把进藏部队的物资驮到拉萨，为西藏的和平解放事业做出了积极的贡献。新中国成立后，德格土司家族始终站在人民政府一边，受到党和政府的信任，家族成员曾先后任甘孜州副州长、四川省政协副主席等要职，为民族进步、团结、繁荣和发展做出了应有的贡献。德格土司几乎全过程参与并见证了中国革命从长征到革命取得完全胜利的进程。

第三，奇特的地理环境孕育了众多的说唱艺人。

千百年来，藏族史诗《格萨尔》之所以能在喜马拉雅山周边地区广泛传播，主要应该归功于那些优秀的民间说唱艺人。"他们是史诗最直接的创作者，最忠实的继承者，最热情的传播者，是真正的人民艺术家，是最优秀、最受群众欢迎的人民诗人。在他们身上，体现着人民群众的聪明才智和伟大创造精神。若没有那些卓越的民间说唱艺人世世代代、坚持不懈、持续不断地薪火相传，这部古老的史诗，可能早已湮没在历史的尘埃之中。藏族人民、乃至中华民族，将会失去一份极其珍贵的文化遗产，一部伟大的英雄史诗。"① 在《格萨尔》文化传承中，说

---

① 降边嘉措：《整合文化资源　发展文化产业——关于〈格萨尔〉文化产业的开发与利用》，《格萨尔文化在康北》，中央文献出版社 2007 年版，第 9—10 页。

唱艺人们做出了重要贡献。由于众多的说唱艺人活跃在人民群众之中，《格萨尔》才能成为典型的活形态的英雄史诗。改革开放以来，《格萨尔》事业取得了重大成就，其中最重要的是我们发现了许多有才华、至今活跃在人民群众之中的说唱艺人，记录、整理、出版了近百部艺人说唱本，积累了许多声像和图像资料，搜集了大量极其珍贵的资料。真可谓"昔日乞丐，今日国宝。"说唱艺人们从根本上改变了社会地位，他们的艺术天赋和聪明才智得到人们的尊重，对弘扬藏族文化方面的重要贡献受到党和国家的褒奖。

第四，神奇的史诗文化将"美好的家园"装扮的更加美好。

一种古老的文化传统，是在特定的文化背景中形成的，在千百年的历史进程中不断整合、繁衍发展而来的。在漫长的历史变迁中，德格人民以其勤劳和智慧谱写出了辉煌篇章，德格文化是藏族文化的重要组成部分，与藏族文化相融共生，其风格独特的建筑、绘画、文学艺术、民俗风情等博大精深，源远流长。德格文化，具有积淀丰富、内涵外延精深、形态多姿多彩、地方特色浓郁等特点，有着独特和持久的人文魅力。德格文化之所以享誉世界，是因为德格是格萨尔的故乡，《格萨尔》在德格人民心目中占有举足轻重的地位；《格萨尔》之所以在藏区家喻户晓，传遍喜马拉雅山周边地区，那是因为富有传奇色彩的英雄格萨尔在德格有着曲折的人生经历。

（原刊《中国藏学》2016 年第 3 期）

第 四 编
史诗版本

40卷《藏文〈格萨尔〉精选本》的编纂及其版本

中国浩如烟海的古籍文献，在长期流传过程中，经过无数次抄写刻印，编辑注释，形成了众多的版本。由于历史条件、人为因素和地区版刻风格不同等种种原因，往往同一本书的不同版本，其篇卷编次、文字内容以及印刷装帧等都有极大的差异，这就给阅读、整理和利用文献造成了许多制约。因此，历代治学者十分重视版本的甄别和研究。

作为一部部数很多且流传甚广的文学作品，很难用科学的手段精确地统计其数据。中国四大名著之一的《三国演义》就是一个典型的例子。三国故事流传了千余多年，到了明初终于经罗贯中之手，构筑为一部气势恢宏的白话长篇小说。傅轮基在《古老大地上的英雄史诗——〈三国演义〉》一书中谈道："在嘉靖壬午年（1552），《三国志通俗演义》首次雕版印刷，从此《三国演义》在社会上迅速传播开来。"① 就其版本的统计来说，仍旧是学界扑朔迷离的未知之事。正如人们感言："从1522年到今天，四百多年过去了。《三国演义》到底出了多少个版本，印刷了多少册数，恐怕谁也没有统计过，实际上也无法统计。这五百年中，有多少中国人读过《三国演义》，这也是无法计算的。"② 这仅仅是一本《三国演义》。

而作为藏族史诗的《格萨尔》，是迄今为止世界上最长的英雄史诗，代表了藏族民间文化的最高水平，是藏民族不可或缺的精神文化，

---

① 傅轮基：《古老大地上的英雄史诗——〈三国演义〉》，云南人民出版社1999年版，第31页。

② 同上。

也被认为是反映古代藏族社会历史的大百科全书。目前,《格萨尔》已经被联合国列入"世界文化遗产"名录。然而《格萨尔》说唱的艺人究竟有多少？部数到底有多少？恐怕也是一个未解之谜。卷帙浩繁的藏族史诗《格萨尔》,从20世纪80年代迄今,也有不少人试图统计精确的部数。早在1983年,王沂暖先生在《关于史诗〈格萨尔〉的几个问题》一文中曾作过一次统计,藏族史诗《格萨尔》除去异文本大概有二百部。① 2009年,也有学者在《关于传统〈格萨尔〉早期版本》中统计,"从事格萨尔学研究以来,共收集到182部《格萨尔》藏文原著。"② 通过种种尝试,仍然得不到一个可信的数据。

40卷《藏文〈格萨尔〉精选本》被列为中国社会科学院院级重大科研项目,此项科研课题是一个重大的科研工程,计划精选整理《格萨尔》最优秀的说唱本40卷,同时也被国家新闻出版总署列为国家重点出版基金项目,由民族出版社出版。此项目在编纂过程中,特意邀请国内著名专家学者以及知名说唱艺人担任本课题的学术顾问。课题组成员除了中国社会科学院民族文学研究所从事《格萨尔》研究的专家学者参与编纂外,还邀请了长期在北京、西藏、青海、四川以及甘肃等地区在《格萨尔》研究领域中工作过多年的专家和学者来共同参与,他们都具备扎实的理论功底和丰富的研究经验。40卷《藏文〈格萨尔〉精选本》的编纂,对甄别史诗版本的真伪,对我们全面了解史诗的整体风貌,细致思考和研究英雄史诗文化内涵,对拓展人们的学术视野都有着重要的意义。

40卷《藏文〈格萨尔〉精选本》的一期工程由降边嘉措研究员主持,从1995年始至2008年结项,总计花费12年,编纂17卷19本;第二期工程于2008年8月立项,由丹曲研究员主持,于2011年12月完成,2012年10月19日结项,花费3年时间,总计编纂23卷33本。先后出版齐全总计40卷52本。其中有些是单行本,有些是上下册,其中一部最长4册。每部插图6幅,总计插图312幅,插图均按照藏族的传统绘画唐卡的工艺绘制而成,从而起到了图文并茂的效果。在编纂过

① 王沂暖:《关于史诗〈格萨尔〉的几个问题》,《安多研究》1992年创刊号。
② 曼秀·仁青道吉:《关于传统〈格萨尔〉早期版本》,《西藏研究》2009年第5期。

程中，严格按照《藏文〈格萨尔〉精选本课题规划》方案的编纂方法，统一文本风格，严格把关，按照学术规范，精工细作而成。从藏区目前流传的手抄本、印刷本中精选了最为优秀的 40 卷作为本课题内容。这套系列丛书具有以下几个特点。

一是开创性。40 卷《藏文〈格萨尔〉精选本》的编纂在《格萨尔》学研究领域中是一项迄今为止国内外前所未有的文献系统整理工程，既是一项开拓性的工作，又是一项富有挑战性的工作。这项工作的圆满完成，标志着史诗《格萨尔》研究工作迈出了坚实可行的一步，可以说填补了国内外《格萨尔》搜集、整理和研究的空白，具有极高的文献资料和版本价值。

二是系统性。此项课题是根据《格萨尔》的围绕"天上""人间""地狱"的文学故事叙事模式，其中包括诞生篇、降魔篇（包括 18 大宗、36 中宗、72 小宗）、地狱篇等，从众多的《格萨尔》版本中抽取最精华的版本，编辑成册，使得每部既突出独立的单元，情节饱满，个性鲜明，而部与部之间又不失其连贯性和系统性。

三是学术性。史诗是人类童年时期的历史。我们从字面意思理解，"史诗"有"用诗的语言写就的历史"的含义，《格萨尔》自始至终贯穿了藏民族成长过程的历史，既关照了人类发展的历史脉络，如有藏族先民开天辟地的《开天辟地》，有草原马背民族的《赛马称王》，还有抗击外来入侵的《霍岭大战》《姜岭大战》等；又关照了人类宗教信仰的人文关怀，如史诗中预言出现岭国岭部落祖先《敦氏预言授记》，有降服入侵之敌的《降服妖魔》，也有人类回归自然和宗教信仰中的《地狱大圆满》等。因此，在编纂过程中，找准和关照了其历史点和宗教点以及史诗《格萨尔》文本的基本结构。

精选本在编纂过程中，课题组广泛搜集藏区流传的《格萨尔》手抄本，就民族出版社、西藏人民出版社、青海民族出版社、甘肃民族出版社、四川民族出版社以及中国民间文艺出版社等出版的《格萨尔》文本，并结合著名的说唱艺人的唱本进行精选。按照说唱艺人们的说法以及我们长期的研究表明，《格萨尔》由诞生篇、降魔篇和地狱篇三部分组成。诞生篇和地狱篇的前后顺序，比较清楚，但是，"降魔篇"的内容十分丰富，是整部《格萨尔》的主体部分，也是最精彩的部分。

按照传统的说法，"降魔篇"由18大宗、18中宗、数十部小宗组成，它们的前后顺序，每个艺人有各自的说法，却从未全面地梳理和编排。为此，课题组在广泛向健在的说唱艺人们征求意见后，从150多个分部本300个异文本中，编排了供编纂出版精选本参考的81部；最终精选40部。在后期编纂过程中，也根据情况，随时做科学的调整。这是一项难度很大的学术工作，需要阅读大量资料，然后进行比较、研究、筛选和梳理，最后确定篇目。扎巴、桑珠、昂仁、才让旺堆、格日坚赞、达哇扎巴等说唱艺人是在藏族群众中最有影响、享有盛誉的最杰出的说唱艺人，他们讲述的《格萨尔》说唱本独具特色，成为选编40卷重要的蓝本。

40卷《藏文〈格萨尔〉精选本》的学术价值表现在以下几个方面。

一是反映了《格萨尔》史诗故事的全貌。在藏族文化史上，包括《格萨尔》的传播和研究史上，编纂一套能反映《格萨尔》史诗故事全貌的精选本，是从未进行过的事业。我们经过15年努力，圆满完成了此项工作的整理和编纂，40卷的大部分文本已经连续出版，极大地丰富了史诗的内容。

二是反映了党和国家抢救、搜集和整理《格萨尔》史诗的重大成就。中国抢救、发掘和整理史诗《格萨尔》的工作，是新中国成立后新时期以来在党和国家的关怀和重视下积极展开的，几十年来这项工作虽取得了前所未有的重大成绩，但也急需得到一个完整有序的呈现。《格萨尔》精选本的编纂工程，是我国正式抢救、搜集和整理史诗中重大成就的重要体现。

三是总结了《格萨尔》史诗研究和编纂的成就。《格萨尔》史诗精选本的编纂工作，是一项学术性极强的工作。从口承走向文本，再从文本发展成定型本只是史诗发展的一个必然过程。古往今来，世界著名史诗都经过了无数次编校工作，有的史诗的编校工作长达半个世纪。如希腊的《荷马史诗》、印度的《罗摩衍那》，尤其是20世纪完成编校工作的《摩诃婆罗多》，经过了三代学者的前赴后继，终于于20世纪60年代完成，目前中国社会科学院外文所刚刚才翻译成汉文。《格萨尔》精选本的编纂工作，我们总计进行了15年，这项工作反映的是我们目前对《格萨尔》研究的成绩，同时也是进一步认识《格萨尔》史诗工作的培养和编纂水平的过程。

综上所述，作为藏民族的宏伟史诗《格萨尔》，她忠实地反映着这个伟大民族的生活方式、社会状态和历史经验，反映着人民的睿智激情和理想，反映着人民的丰富想象力和艺术才华，深受藏族人民的喜爱，表现了强大的艺术生命力，也凝聚着中华民族的伟大精神，体现了藏民族追求公平、正义和美好幸福生活的崇高理想。

集藏族文化之大成的 40 卷《藏文〈格萨尔〉精选本》，不仅具有重要的学术创新性，还具有重要的研究价值。一方面体现了参与此项课题的专家学者的学术眼光和兢兢业业的治学方法，重要的是，另一方面还体现了我国政府高度重视少数民族文化艺术的继承和发展，积极倡导并努力推动保护和发展少数民族文化遗产，同时也体现了党和政府的高度重视。随着史诗《格萨尔》搜集、整理、翻译、出版等工作的全面开展，《格萨尔》版本研究也日益受到国际学界的关注，从而产生了一些相当有分量的研究成果，这对拓展人们的学术视野，甄别版本的真伪，全面了解史诗风貌，细致检讨和研究其文化内涵发挥了重要的作用，从而也为不同学科视角研究史诗提供了新的思路。

（原刊《学理论》2013 年第 8 期）

中国社会科学院重大研究课题 40 卷《藏文〈格萨尔〉精选本》的编纂概述

——以《穆古骡宗》为例

1995 年自中国社会科学院重大课题 40 卷《藏文〈格萨尔〉精选本》立项以来，得到了国内外藏学界、格学界的高度关注。截至 2011 年年底，在课题组主持人降边嘉措研究员和丹曲研究员的主持下，经广大课题组成员的共同努力，终于完成了这项流芳千古的文化工程，在藏学界引起了广泛的关注。课题组成员均为长期工作在全国各地格萨尔工作战线上的专家学者，各卷遵循严格的学术规范，本着优中选精的原则，从多部异文本中精选出 40 卷，组成这套"精华版《格萨尔》插图本"，并增加了精短准确的内容简介和版本收集的编纂过程，以精装的形式推出，以飨读者。自陆续出版发行以来，以其深厚隽永的内涵、优美流畅的文字和典雅精致的插图博得了广大读者的厚爱。下面以《穆古骡宗》为例，就 40 卷《藏文〈格萨尔〉精选本》的编纂作一介绍，并重点就《穆古骡宗》的编纂情况作一概述。

一　编纂情况

作为一部部数很多且流传甚广的文学作品，很难用科学的手段来精确地统计其数据。而作为藏族史诗的《格萨尔》，是迄今为止世界上最长的英雄史诗，代表了藏族民间文化的最高水平，是藏民族不可或缺的精神文化，也被认为是反映古代藏族社会历史的大百科全书。目前，《格萨尔》已经被联合国列入"世界文化遗产"名录。然而《格萨尔》的艺人究竟有多少？部数到底有多少？恐怕也是一个未解之谜。卷帙浩繁的藏族史诗《格萨尔》，从 20 世纪 80 年代迄今，也有不少人作过种种尝试。1983 年，王沂暖先生在《〈格萨尔王传〉中四个疑难问题之我见》① 一文中曾作过一次统计，藏族史诗《格萨尔》除去异文本大概有 200 部。2009 年，西北民族大学《格萨尔》研究院的曼秀·仁青道吉在《关于传统〈格萨尔〉早期版本》中统计，作者"从事格萨尔学研究以来，共收集到 182 部《格萨尔》藏文原著"。② 诸如此类，人们都试图统计其数，但都不能令人信服。

中国社会科学院民族文学研究所立项的《藏文〈格萨尔〉精选本》被列为中国社会科学院重大科研项目，计划精选整理了《格萨尔》最优秀的说唱本 40 卷，由民族出版社出版。《藏文〈格萨尔〉精选本》的第一期工程（1995—2008）由降边嘉措研究员主持；二期工程（2008 年 8 月—2011 年 12 月）由中国社会科学院民族文学研究所的丹曲研究员主持。自课题启动以来，不仅得到了中国社会科学院领导、所领导以及社会各界的关心和支持，同时还得到了党和国家领导人的高度重视，李长春同志专门作了批示。2009 年 8 月，国务委员刘延东专程抵达中国社会科学院民族文学研究所视察《格萨尔》精选本的编纂工作，对课题组成员和全国各地从事史诗《格萨尔》研究的工作者是一个极大的鼓舞。

40 卷《藏文〈格萨尔〉精选本》在编纂过程中，严格按照学术规范，专门编写了课题规划，特意邀请国内著名专家学者以及知名说唱艺人担任本课题的学术顾问。课题组成员除了中国社会科学院民族文学研究所从事《格萨尔》研究的专家学者参与编纂外，还邀请了长期在北京、西藏、青海、四川以及甘肃等地区的在《格萨尔》研究领域工作过多年的专家和学者来共同参与，他们都具备扎实的理论功底和丰富的研究经验。

由丹曲研究员主持的二期工程在编纂过程中，截至 2012 年 3 月，已编纂出版了降边嘉措的《阿琼穆扎》、旦增平措的《棋岭铁城宗》、平措的《松巴骗牛宗》、索加本和巷欠才让的《柏岭大战》、角巴东主

①　王沂暖：《〈格萨尔王传〉中四个疑难问题之我见》，《安多研究》1992 年创刊号。

②　曼秀·仁青道吉：《关于传统〈格萨尔〉早期版本》，《西藏研究》2009 年第 5 期。

和娘吾才让的《廊拉察宗》（上下册）、丹曲的《穆古骡宗》、甲央齐珍的《嘉绒粮食宗》、拉毛东知的《香香药物城》、索南卓玛的《阿达肉宗》、且增平措的《索波马宗》（上下册）、丹曲的《突厥兵器宗》（上中下册）、次仁平措的《果岭》（上下册）、洛桑顿登的《巴嘎拉神奇王》（上下册）、多杰才让的《南铁宝藏宗》（上下册）。总计出版 14 卷 21 本。有些是单行本，有些是上下册，其中一部最长 4 册。每部插图 6 幅，总计插图 120 幅，均按照藏族的传统绘画工艺唐卡的样式绘制而成，从而起到了图文并茂的效果。课题组在编纂过程中，严格按照《藏文〈格萨尔〉精选本》规划方案和编纂方法，统一文本的风格，严格把关，完全按照学术规范，精工细作而成，得到了学术界的高度评价和肯定。

二 《格萨尔》精选本之特点

我们从目前流传的手抄本、印刷本中精选了最为优秀的 40 卷作为本课题内容。我们认为，40 卷《藏文〈格萨尔〉精选本》的编纂有以下几个方面的突破。

第一，开创性。40 卷《藏文〈格萨尔〉精选本》的编纂在《格萨尔》学研究领域是一项前所未有的文献整理工程，迄今为止国内外无人对此进行过编纂，对课题组来讲既是一项开拓性的工作，又是一项富有挑战性的工作。这项工作的圆满完成，标志着史诗《格萨尔》研究工作迈出了坚实可行的一步，可以说填补了国内外《格萨尔》搜集、整理和研究的空白，具有极高的文献资料价值。

第二，系统性。此项课题是根据《格萨尔》围绕"天上""人间""地狱"的故事叙事模式，其中包括诞生篇、降魔篇（包括 18 大宗、36 中宗、72 小宗）、地狱篇等，从众多的《格萨尔》版本中抽取最精华的版本编辑成册，使得每部既突出独立的单元，情节饱满，个性鲜明，而部与部之间又不失其连贯性和系统性。

第三，学术性。史诗是人类童年时期的历史。我们从字面意思理解，"史诗"有"用诗的语言写就的历史"的意思，《格萨尔》自始至终贯穿了藏民族成长过程的历史，既关照了人类发展的历史脉络，如有藏族先民开天辟地的《开天辟地》，有草原马背民族的《赛马称王》，还有抗击外来入侵的《霍岭大战》《姜岭大战》等；又关照了人类宗教信仰的人文关怀，如史诗中预言出现岭国岭部落祖先的《敦氏预言授记》，有降服入侵之敌的《降服妖魔》，也有人类回归自然和宗教信仰中的《地狱大圆满》等。因此，我们在编纂过程中，找准和关照了其历史点和宗教点以及史诗《格萨尔》的文本的基本结构。

三　《格萨尔》精选本之资料来源

精选本在编纂过程中，课题组广泛收集藏区流传的《格萨尔》手抄本，就民族出版社、西藏人民出版社、青海民族出版社、甘肃民族出版社、四川民族出版社以及中国民间文艺出版社等出版的《格萨尔》文本，并结合著名的说唱艺人的唱本进行精选。按照说唱艺人们的说法以及我们长期的研究表明，《格萨尔》由诞生篇、降魔篇和地狱篇三部分组成。诞生篇和地狱篇的前后顺序，比较清楚，但是，"降魔篇"的内容十分丰富，是整部《格萨尔》的主体部分，也是最精彩的部分。按照传统的说法，"降魔篇"由 18 大宗、18 中宗、数十部小宗组成，它们的前后顺序，每个艺人有各自的说法，却从未全面地梳理和编排。为此，在前期工作中，课题组多次召开学术研讨会，并广泛向健在的说唱艺人们征求意见，最后由课题负责人汇总各方面的意见，从 150 多个分部本和 300 多个异文本中，编排了供编纂出版精选本参考的 81 卷，最终精选 40 卷。我们在后期编纂过程中，也根据情况，随时做科学的调整。这是一项难度很大的学术工作，需要阅读大量资料，然后进行比较、研究、筛选和梳理，最后确定篇目。扎巴、桑珠、昂仁、才让旺堆、格日坚赞、达哇扎巴等说唱艺人是在藏族群众中最有影响、享有盛誉的最杰出的说唱艺人，他们讲述的《格萨尔》说唱本独具特色，成为我们选编 40 卷的重要蓝本。

四　《穆古骡宗》的遴选及内容

作为《格萨尔》18 大宗之一的《穆古骡宗》　（smug-gu-del-rdzong），由丹曲研究员负责编纂。就《格萨尔》版本而言，大体分为早期的版本和现代艺人的说唱本。《穆古骡宗》无论是早期版本的划分还是现代艺人说唱版本的划分，都将《穆古骡宗》列入 18 大宗之一，这个本子目前有三个版本，分别由西藏人民出版社、民族出版社、甘肃民族出版社出版。健在的说唱艺人如西藏自治区著名的《格萨尔》说唱女艺人玉梅、那曲索县的说唱艺人曲扎、青海省《格萨尔》研究所的说唱艺人才让旺堆、那曲著名的说唱艺人次仁占堆的说唱目录中都有《穆古骡宗》。

《穆古骡宗》这个分部本，又称《穆岭之战》或《穆岭大战》，分部本基本上包括了传统和现代两个版本。在整理过程中，我们力求搜集不同艺人说唱的同一名称的版本，认真阅读，加以反复对比。整理者认为，西藏人民出版社出版的彦顿唐丁·次旺多杰整理本①，故事情节错落有致，人物形象丰满，最有精选的价值，于是写出书面材料，提交课题组审查，征得课题组同意后，才着手编纂和注释。民族出版社出版的扎巴艺人说唱本②，由西藏大学的平措副教授记录整理，于 2008 年由民族出版社出版，全文 16 章，总计 429 页，文内无插图。这个本子与前者相比较短，课题组几经讨论，一致认为精选前者最为妥当。

在此整理的《穆古骡宗》版本是西藏人民出版社出版的本子，该书最初是手抄本，由西藏自治区的彦顿唐丁·次旺多杰整理，于 1982 年出版，32 开本，文内无插图。西藏铅印本称作《穆岭大战》，藏文称《smug-gling-gyul-vgyed》，而藏文书首名称却为《smug-gu-drel-rdzong》，如果将其国名 "smug-gu" 译作 "穆古"，将 "drel" 译为 "骡"，那就可称作《穆古骡宗》。汉译本③是由西北民族大学知名《格萨尔》学专家王沂暖教授和何天慧教授于 1984 年翻译的，1988 年由甘肃人民出版社出版，名称为《穆古骡宗之部》，汉译本有 5 幅插图，总计 578 页。汉文行文中有人写作《墨古骡宗》《牡古骡宗》，还有人写作《穆古骡宗》，但都是《smug-gu-drel-rdzong》的汉文音译，编者认为，在行文中

---

① 彦顿唐丁·次旺多杰整理：《穆古骡宗之部》，西藏人民出版社 1982 年版。
② 扎巴：《穆古骡宗》，民族出版社 2008 年版。
③ 彦顿唐丁·次旺多杰整理，王沂暖教授、何天慧翻译：《穆古骡宗之部》，甘肃人民出版社 1988 年版。

写作《穆古骡宗》较为合适。

《穆古骡宗》在分部本中是较长的一部，体裁仍然是诗文合璧的说唱体，唱词除了个别地方外，也是七言和八言间或，没有韵脚。书中把这一部也称为大宗，内容也是战争，描述了中年的格萨尔派王子扎拉孜杰为统帅，率领所统率的十国大军出征穆古骡宗（国）。战争开始时，格萨尔留在后方岭国，亲自坐镇指挥，战争到了临近结束的白热化阶段，格萨尔亲临前线，杀死穆古国王尼玛赞杰，打开了穆古骡宗（国）的宝藏之门，放出紫骡，进行赏赐，举国欢庆，之后格萨尔率军凯旋回国。整个故事情节曲折感人，语言表述极为流畅，是一部难得的史诗佳作。

总之，藏文《格萨尔》精选本的编纂和面世，有效地整合了《格萨尔》史诗文化资源，填补了《格萨尔》研究领域和出版领域的空白，对今后规范搜集和整理《格萨尔》，研究和分析《格萨尔》的文本特征，奠定了一定基础，并发挥了重要作用。

（原刊《格萨尔研究》2012 年第 3 期）

藏族英雄史诗《格萨尔》版本探源

——以《朱古兵器宗》为例

　　我国丰富的古籍文献，在长期流传过程中，经过无数次抄写刻印，编辑注释，形成了众多的版本。由于历史条件、人为因素和地区刻版风格不同等种种原因，往往同一种书的不同版本，其篇卷编次、文字内容以及印刷装帧等都有极大的差异，这就给阅读、整理和利用文献造成了许多制约。因此，历代治学者十分重视版本。作为一部部数很多且流传甚广的文学作品，是很难用科学的手段精确地统计其数据的。中国四大名著之一的《三国演义》就是一个典型的例子。"三国故事流传了一千多年，到了明朝建国初期，终于经罗贯中之手，结构为一部气势恢宏的白话长篇小说。"① "在嘉靖壬午年（1552），《三国志通俗演义》首次雕版印刷，从此《三国演义》在社会上迅速传播开来。"② 《三国演义》就其版本的统计来说，仍旧是学界扑朔迷离的未知之事。正如人们感言："从1522年到今天，四百多年过去了《三国演义》到底出了多少个版本，印刷了多少册数，恐怕谁也没有统计过，实际上也无法统计。这五百年中，有多少中国人读过《三国演义》，这也是无法计算的。"③ 这仅仅是一本《三国演义》。

　　而作为藏族史诗的《格萨尔》，是迄今为止世界上最长的英雄史诗，代表了藏族民间文化的最高水平，是藏民族不可或缺的精神文化，也被认为是反映古代藏族社会历史的大百科全书。目前，《格萨尔》已

---

　　① 傅轮基：《古老大地上的英雄史诗——〈三国演义〉》，云南人民出版社1999年版，第31页。

　　② 同上。

　　③ 同上。

经被联合国列入"人类口头和非物质遗产"名录。然而《格萨尔》的艺人究竟有多少？部数到底有多少？恐怕也是一个未解之谜。卷帙浩繁的藏族史诗《格萨尔》，从20世纪80年代迄今，也有不少人作过统计的种种尝试。早在1983年，王沂暖先生在《关于史诗〈格萨尔〉的几个问题》一文中曾作过一次统计，藏族史诗《格萨尔》除去异文本大概有200部①。2009年，也有人在《关于传统〈格萨尔〉早期版本》中统计，"从事格萨尔学研究以来，共收集到182部《格萨尔》藏文原著"②。

随着史诗《格萨尔》搜集、整理、翻译、出版等工作的全面开展，《格萨尔》版本研究也日益受到国际学界的关注，从而产生了一些相当有分量的研究成果，这对拓展人们的学术视野，甄别版本的真伪，全面了解史诗风貌，细致思考和研究其文化内涵发挥了重要的作用，从而也为不同学科视角研究史诗提供了新的思路。笔者主持编纂中国社会科学院重大项目《藏文〈格萨尔〉精选本》的过程中，承担了个别本子的编纂，其中就涉及版本等相关问题，对此也进行了特别关注和思考，产生了以下几点想法，以期抛砖引玉。

一　《藏文〈格萨尔〉精选本》的整理缘起及《朱古兵器宗》内容

中国社会科学院民族文学研究所立项的《藏文〈格萨尔〉精选本》被列为我院重大科研项目，此项科研课题是一个重大的科研工程，计划精选整理《格萨尔》最优秀的说唱本40卷，由民族出版社出版。《藏文〈格萨尔〉精选本》重大课题由中国社会科学院民族文学研究所的丹曲研究员和降边嘉措研究员主持，自课题立项以来，不仅得到了中国社会科学院领导和社会各界的关心和支持，同样得到了党和国家领导人的高度重视，李长春同志专门作了批示。2009年8月，国务委员刘延东专程抵达中国社会科学院民族文学研究所视察《格萨尔》精选本的

---

① 王泊暖：《关于史诗〈格萨尔〉的几个问题》，《安多研究》1992年创刊号。
② 曼秀·仁青道吉：《关于传统〈格萨尔〉早期版本》，《西藏研究》2009年第5期。

编纂工作，对课题组成员和全国各地从事史诗《格萨尔》研究的工作者是一个极大的鼓舞。

《藏文〈格萨尔〉精选本》在编纂过程中，严格按照学术规范，专门编写了课题规划，遵循《藏文〈格萨尔〉精选本课题规划》的要求，特意邀请国内著名专家学者以及知名说唱艺人担任本课题的学术顾问。课题组成员除了中国社会科学院民族文学研究所从事《格萨尔》研究的专家学者参与编纂外，还邀请了长期在北京、西藏、青海、四川以及甘肃等地区的在《格萨尔》研究领域工作过多年的专家和学者来共同参与，他们都具备扎实的理论功底和丰富的研究经验。

2010 年 9 月，《朱古兵器宗》通过招标的方式列入 40 卷《藏文〈格萨尔〉精选本》的编纂计划。通过两年多的努力，终于完成了该卷的编纂任务。在编纂过程中，笔者收集《朱古兵器宗》各种版本，甄别其内容、版本、名称，尽量符合编纂规划的要求，使得《藏文〈格萨尔〉精选本》达到尽善尽美，符合学术规范，经得住历史考验。《朱古兵器宗》（gru-gu-go-rdzong）叙述了"北方朱古国宇嘉妥郭格萨尔王"侵略古嘉西藏，挑起战火，同时，"岭国诺布詹笃格萨尔王"受天神的启示，动员各国军马前去攻伐朱古国的武器库，由于岭国军抵御不了朱古军，阿里以及后藏沦陷于朱古军之手，西藏的丹赤嘉布王向格萨尔王告急求援，岭军进入西藏，先击败了侵入后藏的朱古军队，收复失地，接着岭国与西藏联军进军朱古国，消灭了朱古，夺去了武器库，取得了武器之福运，并征服了援助朱古的噶玉阿达尔王及茸穆塔赞嘉布王两地区。故事中，出现了两个格萨尔即"朱古格萨尔"和"岭国格萨尔"，这在其他分章本和分部本是不多见的。

二　《朱古兵器宗》中的"朱古"

从史诗《格萨尔》的《朱古兵器宗》中看，出现"朱古格萨尔"的名称，当阅读敦煌发现的《吐蕃古藏文历史文书》中也同样有"朱古格萨尔"的记载。这就牵扯出了一个历史学的问题，那就是多个"格萨尔"称谓出现的问题。那么，"岭·格萨尔"和其他不同称谓的"格萨尔"的关系如何？20 世纪 20 年代初，法国女学者亚历山大莉娅·大卫·尼尔前往中国青海玉树和四川德格等藏区搜集、整理《格萨尔》，撰写了法文译本《岭·格萨尔超人的一生》，在序言中写道："可以设想，有两个甚至几个出生地不同的首领叫做格萨尔。""这一设想，可以调和康巴人和蒙古人的争执；可以解释不同的版本里的分歧；也可以解释这位英雄和他左右的人物言谈和行动的差异。"① 她认为有几个不同身世的格萨尔。事过半个世纪后，我国学者通过大量的考察，广泛搜集资料，经过对比研究，提出了"岭·格萨尔"（gling-ge-sar）、"祝姑·格萨尔"（gru-gu-ge-sar）、"霍尔格萨尔"（hor-ge-sar）、"北方格萨尔"（byang-ge-sar）、"仲地格萨尔"（sgrung-ge-sar）、"阿尼·格萨尔"（a-myes-ge-sar）以及"昌·格萨尔"（khrom-ge-sar）等不同的称谓。由此可见，不同称谓的"格萨尔"的出现，对我们从事研究工作增加了无形的难度，对构建史诗理论提出了重大的挑战。

关于岭·格萨尔和祝姑·格萨尔的关系如何？也有人做过回答："故事中的岭·格萨尔和祝姑·格萨尔都是确有其人的。这两个格萨尔都同时在人间生活过。至于故事中的一些情节，只不过是'仲肯'们的一种说法。"② 这是《格萨尔》研究专家徐国琼先生所持的观点，他更进一步说："虽然史诗中的岭·格萨尔已成为一个文学人物，但这个文学人物是以历史人物作模特儿加以塑造出来的。不少藏文史籍都记载了岭·格萨尔在历史上的存在。至于祝姑·格萨尔，史籍中提到的虽不多见，但并非绝无。在藏文重要史籍《五部遗教》中便提到了祝姑·格萨尔这一人物。岭·格萨尔与祝姑·格萨尔在史诗中是作为同一时代的人物出现的。关于这两个人物的身世，笔者也曾作过探讨，岭·格萨尔的生年学术界常有异说，而笔者则认为其生于藏历第一绕迥阳铁鼠年（庚子），即宋仁宗嘉祐五年（公元1060）。③ 而祝姑·格萨尔则生于藏历第一绕迥阴水牛年，即北宋神宗熙宁六年（公元1073）。④ 岭·格萨

① ［法］亚历山大莉娅·大卫·尼尔：《岭·格萨尔超人的一生》（汉译本），青海民研会1960年编印。

② 徐国琼：《〈格萨尔〉考察纪实》，云南人民出版社1993年版，第254页。

③ 徐国琼：《论岭·格萨尔的生年及〈格萨尔〉史诗产生的年代》，《西藏民族学院学报》1986年第3期。

④ 徐国琼：《论几个身世不同的格萨尔》，《民间文学论坛》1987年第6期。

尔比祝姑·格萨尔年长 13 岁。岭·格萨尔 61 岁时与 48 岁的祝姑·格萨尔发生战争。祝姑·格萨尔于次年 49 岁时在这次战争中被岭军勇士昂洒旺达用刀劈死。虽然史诗中的人物并不等于就是历史人物，但根据英雄史诗人物的'半历史半神话'的特点，也不能完全否定祝姑·格萨尔具有历史人物影子的可能，况且史籍中也常出现一个北方格萨尔。"①

史诗中多个格萨尔的出现，甚至生平事迹有根有据，这并非不是好事。实际上"从 16 世纪到 20 世纪 30 年代末，藏区一些僧侣学者在各种藏文文献记载'格萨尔军王'、'仲（冲）·格萨尔'、'格萨尔王'、'霍尔格萨尔'、'朱固格萨尔'、'北方格萨尔'、'林（岭）格萨尔'、'萨贺尔格萨尔'以及'上拉达克格萨尔'等活动的基础上，对《格萨尔》史诗做了宗教眼光与历史眼光交织的审视，他们对史诗进行了'自觉的宗教证明和不自觉的历史解释'，他们的努力，为《格萨尔》的历史研究奠定了某种传统意义上的研究的基础"。②

就《朱古兵器宗》该部名称的汉译，有的写作《祝古兵器宗》，有的写作《突厥兵器国》，有的写作《朱古兵器宗之部》，有的写作《祝古兵器国》，有的译为《岭与祝古之部》，其不同主要在于其中"朱古"二字的不同，"朱古"其实是藏文"gru-gu"的音译。"朱古"在古藏文文献中多有出现。张怡荪编纂的《藏汉大辞典》中解释，"朱古"系西藏北方和今新疆、青海毗连地区的一个小王国名。而石泰安在《西藏史诗与说唱艺人的研究》中却考证："在 1 种共分为 18 章的《格萨尔王传》史诗的版本中，第 15 部是有关'朱古人'之征服，'朱古'这种汉文对音只能是代表着 Gru-gu（突厥）。该地区被认为位于印度洋彼岸。"③尽管就"朱古"解释不同，地理方位说法各异，但对有关该地区历史上以盛产兵器而著称于世的说法是一致的。藏文中提及的"朱古"与历史上西域的"突厥"能否对等，这也是我们需要进一步研

---

① 徐国琼：《〈格萨尔〉考察纪实》，云南人民出版社 1993 年版，第 254—255 页。

② 扎西东珠、王兴先：《〈格萨尔〉学史稿》，甘肃民族出版社 2002 年版，第 235—236 页。

③ ［法］石泰安著，耿昇译：《西藏史诗与说唱艺人的研究》，西藏人民出版社 1993 年版，第 389 页。

究的课题。

由此，笔者认为"岭·格萨尔"和其他称谓的"格萨尔"不能等同。正如徐国琼先生所言："不能把所有的名叫格萨尔的人都当成是《格萨尔》史诗主人公岭·格萨尔。"① 岭·格萨尔是史诗的主人公，而冠以"仲（冲）""霍尔""朱固""北方""萨贺尔"以及"上拉达克"（stod-la-dwags）等字样和名称的"格萨尔"，是历史上某一特定历史时期英雄人物和地方行政长官的代名词。直到如今，仍然有这样的说法，当祖国的西藏边陲遭到英军和廓尔喀入侵时，人们都称入藏支援藏军的清军为"格萨尔的大军来了"；中华人民共和国成立后，解放军入藏解放西藏到达拉萨时，人们也说"格萨尔的大军来了"。拉萨"关公庙"中的关公是"格萨尔"，而毛泽东也是"格萨尔"。从这里我们可以看出，"格萨尔"成为英雄的代名词的可能性。对此问题讨论，我们将在以后的文章中作专题研究。

三　《朱古兵器宗》的版本

在编纂过程中，笔者也对《朱古兵器宗》的版本做过细致的对比。就《格萨尔》版本而言，不外乎有以下几种形式：手抄本；木刻本；印刷本；当代艺人说唱本。就目前见到的《格萨尔》文本来看，《朱古兵器宗》有手抄本、印刷本和当代艺人说唱本三种形式，尚未发现木刻本。

手抄本较为古老，《朱古兵器宗》广为流传的还是康巴藏区，按照今天的行政区域划分即分别流传在西藏的昌都、四川的德格、青海玉树的囊谦（nang-chen）和结古等藏区。据吴均先生介绍，早在20世纪60年代，流传在康区的《朱古兵器宗》抄本大概就有四部：一、西北民族学院收集的西藏昌都手抄本，收藏者为东孔活佛②，版本首尾完整。二、中央民族学院收集的德格巴邦寺（sde-dge-dpal-spungs-dgon）手抄

---

① 徐国琼：《论几个身世不同的格萨尔》，《民间文学论坛》1987年第6期。

② 东孔活佛是昌都地区南扎雅地区格鲁派寺院扎雅寺活佛。据他本人讲，他依据流传的20多种原始手抄本，综合归纳整理为一个本子，尚未完成，爱好者就借出传抄，从这些信息看出，本子间故事情节的不一致，也是尚未整理好就传抄的原因之一。

本，版本残缺不全。以上两个抄本，"字迹秀丽，抄写工整"，第二个本子字体尤为雅致。三、青海玉树昂欠手抄本，收藏者为布给，首尾残缺，笔迹书写潦草。四、青海玉树结古本，收藏者为索南拉姆（bsod-nams-lha-mo），版本残缺。①

仅当代著名的《格萨尔》说唱艺人的演唱目录中，大都列举了该部的名称。如当代西藏已故著名的扎巴艺人据报能说唱 34 部，加上 5 小宗，总计 39 部，其中将《朱古兵器宗》列入十八大宗之一；② 西藏著名女艺人玉梅据报能说唱 26 部，将其列入说唱目录之中；③ 西藏著名艺人曲扎据报能说唱 41 部，其中将《朱古兵器宗》列入说唱目录中；④ 已故西藏著名的艺人桑珠老人据报能说唱 54 部，其中将《朱古兵器宗》列入十八大宗的十四部；⑤ 青海被誉为说不完的《格萨尔》艺人才让旺堆据报能说唱 148 部，其中将《朱古兵器宗》列入十八大宗的十四部；青海果洛被誉为写不完的《格萨尔》艺人格日坚赞据报能说唱 120 部，说唱目录中列有《朱古兵器宗》；⑥ 青海著名的艺人次仁占堆据报能说唱 37 部，其中将《朱古兵器宗》列入十八大宗之十一部；⑦ 青海玉树著名的《格萨尔》手抄本世家的布特尕他手抄共计 42 部，其中将《朱古兵器宗》列入十八大宗之十八部。⑧

《朱古兵器宗》目前出版的本子有两个，分别是 1984 年、1986 年甘肃民族出版社版本和 1988 年、1989 年西藏人民出版社版本，这两个本子来自同一个抄本，也可说是目前见到的手抄本、木刻本以及印刷本中篇幅最长的一部。在整个史诗《格萨尔》中，篇幅最长的当推《朱古兵器宗》。目前见到的本子是于 1986 年 10 月由甘肃民族出版社出版的，系西北民族大学藏学院马进武（dpav-ris-sangs-rgyas，又称华瑞桑

---

① 东孔整理，吴均等译：《岭与祝古之部》，青海民间文学研究会编印，1963 年，第550—551 页。

② 杨恩洪：《民间诗神——格萨尔艺人研究》，中国藏学出版社 1995 年版，第 155—157 页。

③ 同上书，第 173—174 页。

④ 同上书，第 174—176 页。

⑤ 同上书，第 224—225 页。

⑥ 同上书，第 255—260 页。

⑦ 同上书，第 307—309 页。

⑧ 同上书，第 345—348 页。

吉）教授校订，由 4 册组成，32 开本，4 册总计 2319 页。原文分上、中、下三卷，但由于上卷则分为一、二两个分册，在编辑出版时，便于读者阅读，就将其分编为一（deb-dang-po）、二（deb-gnyis-pa）、三（deb-gsum-pa）、四（deb-bshi-ba）卷，所以就变作 4 册本。《朱古兵器宗》出版后，其诗行有学者也做过统计，唱词长达 21582 行（据王沂暖先生统计）。①

众多的《格萨尔》版本中，因《朱古兵器宗》内容极为丰富，修辞相当优美，情节较为曲折，早已引起了专家学者的高度关注。1962 年 5 月至 1963 年 6 月，青海民间文学研究会组织专家学者对史诗《格萨尔》的重要部本进行了汉译，《朱古兵器宗》也被列入其中之一，2009 年已故的藏学家吴均先生就参加了这个文本的翻译。译稿完成铅印后，分为上、中、下三部，上部、中部又各分第一、第二分册，下部为一册，全书共计 5 册，162 万字。②

四　《朱古兵器宗》的整理者及其版本变异

关于《朱古兵器宗》的整理者，在本子中记述得很清楚，称作"巴沃·旺杰东珠"（dpav-bo-dbang-rgyal-dong-grub）③，实际上这人就是我们上面所提及的东孔活佛，这在研究成果中是没有争议的。但也有人认为其人是《朱古兵器宗》的"传承人"。④《〈格萨尔〉考察纪实》中记述："西藏昌都政协委员、扎雅寺活佛东孔，用 16 年的时间，搜集、整理出了史诗中《征服祝姑兵器城之部》。该部民间流传的本子，今通称为'东孔抄本'。"⑤ 当时，东孔"他在看阅别人写的抄本时，常常看到抄本里具有大量佛教哲理的内容。他认为这种本子多数是经过文人加工整理的。于是他产生了加工整理一种本子的想法"。⑥ 后来，恰巧

---

① 徐国琼：《〈格萨尔〉考察纪实》，云南人民出版社 1993 年版，第 253 页。
② 同上。
③ 东孔整理：《突厥兵器国》（藏文本），甘肃民族出版社 1986 年版，第 305 页。
④ 曼秀·仁青道吉：《关于〈格萨尔〉早期版本》，《西藏研究》2009 年第 5 期。
⑤ 徐国琼：《〈格萨尔〉考察纪实》，云南人民出版社 1993 年版，第 248 页。
⑥ 同上书，第 249 页。

遇到了一个从四川德格抵达察雅的老艺人，这个艺人建议东孔"你就把两个格萨尔相互打仗的故事写出来吧！"① 于是，东孔就让艺人说唱了《朱古兵器宗》，其中战争规模很大，双方兵将更多，"唱的故事听起来很热闹，而写出来却像奶茶里没有放盐一样，连自己看也没味道。"② 于是就从昌都、德格搜集了 20 多部艺人说唱的记录。其中有个唱本是清末民初昌都地区著名《格萨尔》艺人学图·旺波布拉俄吾詹笃的唱本，此本为简本，内容简单，但故事梗概完整。其他记录只是故事中的某个部分，词语丰富，情节动人。资料比较起来，有同有异，各有优缺，其共同内容就是出现"岭国格萨尔"和"朱古格萨尔"。从开始搜集资料到完成编纂总计花费了 16 年的时间。在编纂过程中，编者完成上册别人就借走抄录，别人抄录时有些地方照抄，有的地方只抄了一个大概，有些地方漏抄，有些地方改编，与原内容完全不同。就此传抄变异问题，徐国琼先生当时在采访东孔活佛时，东孔回答："没有人规定过，想改就改。""同一个故事，十种本子九不同，同了人们不爱看。"③

　　整理《朱古兵器宗》是一项浩大的工程，整理者花费了 16 年时间，这 16 年既是一个漫长的历史，也是一个吉祥的数字。徐国琼老先生在采访时也曾问起过东孔活佛："16 年这个时限，是我们佛家必成的时限。佛祖（释迦牟尼）19 岁出家，35 岁成道。他苦修 16 年终成了佛。做事只要诚心下苦，16 年终能成功。"④ 在他锲而不舍的努力下，终于在 16 年中完成了这部巨著的整理。1960 年 7 月，在昌都政协，这位老艺人亲自给徐国琼介绍了他整理此书的经过。如今这位老学者虽已辞世，但他 16 年的心血结晶，迄今为止成为史诗中篇幅最长的一部⑤，正如人们赞誉："十六年心血铸一卷，两万行诗篇传万古。"

　　老艺人东孔活佛整理《朱古兵器宗》的过程，也无形中透出了史

---

① 徐国琼：《〈格萨尔〉考察纪实》，云南人民出版社 1993 年版，第 249 页。
② 同上书，第 250 页。
③ 同上书，第 250—251 页。
④ 同上书，第 252 页。
⑤ 徐国琼：《关于〈格萨尔〉史诗的原作者和整理者》，此文收集在赵秉理编《格萨尔学集成》（第 2 卷），甘肃民族出版社 1990 年版，第 1146 页。

诗《格萨尔》文本的变异特征。

东孔藏本与巴邦寺藏本在内容上基本相同，只有个别词句有差异，可能为传抄时的错讹。就其题目而言，各卷首之赞词差异很大，只有昂欠抄本和东孔抄本中卷之首赞词相同。就《朱古兵器宗》的藏文名称而言，各个抄本都不尽相同。如首卷东孔作："vdzam-gling-rgyal-po-ge-sar-nor-bu-dgra-vdul-gyi-rtogs-brjod-das-gru-guvi-go-rdzong-vbebbs-tshul-dpav-bo-snying-gi-dgav-ston-yid-vphrog-dri-zavi-glu-dbyangs-shes-bya-ba-bshugs-so"；而巴邦寺抄本则作："vdzam-gling-skyong-bvi-po-lha-ge-sar-dmag-gi-rgyal-po-rtogs-brjod-das-byang-bdud-gru-guvi-gyul-rgyal-stobs-chen-thog-rgod-rgyal-povi-mngav-vbangs-dbng-du-bsdus-zhing-go-mthson-gyang-du-blangs-pavi-rnam-thar-yid-vphrog-snying-gi-dgav-ston-shes-bya-ba-bshugs-so。"由此可以看出，《朱古兵器宗》是流传在康巴地区的本子，也可以断定，《朱古兵器宗》流传着不止以上几种本子。据有关资料不完全统计，康、藏地区就有20多种手抄本流传，有待于我们史诗工作者以后作进一步的发掘和整理。

五　《朱古兵器宗》的兵器

就《朱古兵器宗》中的名词而言，其中出现了近代兵器如"大象战车"、"兵器战车"、"花长神火箭弹"、"神威箭"（步枪）、"花短神火箭弹"（手枪）、"钢带榴弹"（手榴弹）、"木鸟"（飞机）、"双筒火枪"（khra-ring-sbu-gu-nyis-vgro）。正如《朱古兵器宗》中描述："一日，朱古王臣兵进军岭国军营，想夺取胜利，朱古王亲自带领，兵分四路，各路有兵器战车（dgra-cha-shing-rta-brgyad）8 辆、大象战车（glang-chen-mtsho-na-vkhor-brgyad）8 辆、骡子炮车（khra-ring-jan-gyi-dmag-stong-tsho）200 辆、花长枪步兵（khra-thung-jan-stong-tsho）1000 名、短花手枪（khra-thung-jan-stong-tsho）1000 支、剑矛（vdav-mdung-gri-jan-la-stong-tsho-re）1000 个、套索大力士（zhags-bzung-gyad-mi-brgya-re）100 名等……"（de-nas-nyin-gcig-gru-gu-rgyal-blon-rnams-gling-sgar-la-gtang-ma-gcod-par-kha-vchams-te-dmag-ru-bzhi-byas，　ru-re-re-la-dgra-cha-shing-rta-bgyad，　glang-chen-mtsho-na-vkhorbgyad，　stobs-kyi-drel-

mo-gnyis-brgya， khr-ringcan-gy-i-rkang-dmag-stong-tsho， khr-thung-can-
stong-tsho， mdav-mdung-gri-can-la-stong-tsho-re， zhags-bzung-gyad-mi-br-
ga-re-bcas-kyi-sna-gru-rgyal-re-dang……）① "朱古兵持长短枪（khra-ring-
thung-med-pa）同时射出，硝烟弥漫整个阵地，子弹像倾盆的冰雹。"
（gru-dmag-rnams-kyig-khrring-thung-med-pa-dus-gcig-brdzangspas， du-rlan-
gs-smug-pa-vkhrig-sding-sgr-vbrug-stong-grag-grag， mdevu-ser-ba-vbab-
byas）② "六神火箭炮短枪（khra-thung-vphrul-mdav-drug）六发子弹同时
射出，6 位勇士顿时倒下。"（khra-thung-vphrul-mdav-drug-dus-gcig-la-
brdzangs-pas， mdun-gyi-khas-len-mi-drug-bsad）③ "机枪像雨点式无法靠
近时……"（me-bog-char-ltar-babs-shing-bcar-ma-nus-pavi-skbas-der）。④
"转盘枪（me-bog-gi-vphrul-vkhor）猛然扫射……"（me-bog-gi-vphrul-
vkhor-drag-tu-bskor-zhing……）。⑤ "称作木鸟长翼雕（shing-bya-go-bo-
gshog-ring-ba），有些称作石头箱兵器。"（shing-bya-go-bo-gshog-ring-ba-
bcav-zer， la-las-rdo-sgrom-spag-zer……）⑥ "白色木鸟展翅飞翔"（shing-
bya-dkar-po-vphur-rtsal-sbyod）。⑦ 有人依据这些名称断定作者的生卒年
代"不会早于 16 世纪"⑧，这个年代尚待考证，凭借这些近代兵器来断
代，要有足够的旁证材料来说明问题。我们认为，在《格萨尔》流传
过程中，最大的特点就是版本的变异，故事情节的丰富和走样。在
《格萨尔》的流传和变异过程中，难免注入整理者的意愿，添枝加叶，
我们仔细品味这部作品时看到画蛇添足的地方很多。各类兵器的大量出

---

① 东孔整理：《突厥兵器国》（藏文本）（第 3 册），甘肃民族出版社 1986 年版，第
312 页。
② 东孔整理：《突厥兵器国》（藏文本）（第 2 册），甘肃民族出版社 1986 年版，第
965 页。
③ 同上书，第 934 页。
④ 东孔整理：《突厥兵器国》（藏文本）（第 4 册），甘肃民族出版社 1986 年版，第
10 页。
⑤ 东孔整理：《突厥兵器国》（藏文本）（第 3 册），甘肃民族出版社 1986 年版，第
14 页。
⑥ 东孔整理：《突厥兵器国》（藏文本）（第 1 册），甘肃民族出版社 1986 年版，第
396 页。
⑦ 同上书，第 404 页。
⑧ 曼秀·仁青道吉：《关于〈格萨尔〉早期版本》，《西藏研究》2009 年第 5 期。

现，也不能排除现代人在整理过程中所为的可能。

甘肃出版社出版的版本《朱古兵器宗》的内容，与其他本子之间的区别就在于辛巴是否阵亡，西藏本恰恰缺少这部分内容，甘肃本多出篇幅长达 100 页。所以我们在整理过程中，以完整本甘肃本为蓝本，该部对整个藏族地区和周边地区的描述，以及对古代地名的熟悉程度令人叹为观止。我们在整理过程中，就其中的人名、地名等名词的处理都是非常慎重的。

通过对《格萨尔》文本的研究，对加深理解《格萨尔》的构思轨迹、传播特点、文本变异、内容变化、结构简繁等有着重要的意义。

首先，不同称谓"格萨尔"的出现，是史诗在不同语境、不同地域、不同民族中流传的结果，从而也呈现了藏族史诗《格萨尔》变异的重要文学特征。

其次，《朱古兵器宗》版本流传和其他部本一样，有着自身的流传特点，这个特点其中也包含了说唱者和整理者的辛勤劳动，也融入了收藏者对史诗文化的敬仰。与此同时，也反映了青藏高原藏族民间文化在发展过程中的传播特点和人们对民间文化的认同。

此外，藏族史诗《格萨尔》的主题是和平与战争，随着史诗的不断流传和变异，在岭国与周边邦国和民族的战争中，从冷兵器时代进入火药时代，先进武器的不断出现，也完全符合历史和军事的发展规律，同时也说明了史诗的人民性和时代发展的烙印。

［原刊《中国民族学》（第 10 辑），甘肃民族出版社 2013 年版］

英雄史诗《格萨尔》口头传统研究
基地调研报告[*]

——以甘南藏族自治州玛曲县为例

　　玛曲，坐落在黄河源头，该地域统称为"玛域"地区。传说"玛域"地区是格萨尔诞生和岭部落的发祥之地，英雄史诗《格萨尔》广为流传，这里有独特的自然地貌和人文环境，也有着深厚的文化积淀。

　　近年来，中国社会科学院民族文学所本着"贴近实际、贴近生活、贴近群众"的求实精神，在文化多样化的民族地区重点设立了口头传统研究基地，并开展了对流传在蒙藏等广大地区的《格萨（斯）尔》口头传统和文化多样性的专项调查，这项举措对理清中国各民族非物质文化遗产的现状和发展态势，鼓励文化多样性和不同文化间的族际沟通与文化对话发挥了重要作用。2006 年 8 月，中国社会科学院民族文学研究所在甘肃省甘南藏族自治州的玛曲县建立了口头传统研究基地，从而加强了中国社会科学院民族文学所与民族地区各级学术机构的横向联系，为从事各民族口头传统研究的学者创造了更为广阔的学术空间和更有活力的学术平台。

　　玛曲口头传统研究基地自建立以来，基地工作开展得怎样，史诗流传情况如何，是本文所关注并将重点予以介绍的。

　　从 2008 年开始，笔者专程抵达玛曲进行了数次国情调研。通过考察，首先对玛曲口头传统研究基地的工作进展情况进行了摸排；其次，专访了《格萨尔》说唱艺人，为此后即将建立的艺人档案收集了必要的资料；最后，普查史诗《格萨尔》流传情况，这对建立《格萨尔》

---

　　* 本文为中国社会科学院重大课题国情调研项目之一。

资料信息库做了前期的准备工作；另外，对有关传说中的格萨尔风物遗迹进行了考察。上述内容的关注和研究，对全范围探索史诗的民间文学价值、史学价值和社会学价值有着重要的意义。

一　玛曲的地理位置及其行政区划

玛曲（rma-chu），系藏语"黄河"之意。位于黄河上游，即所谓的河曲地区，县名因之。玛曲县地处甘、青、川三省的交界处，位于甘肃省甘南藏族自治州西南部，西与青海省久治、甘德、玛沁县接壤，东南与四川省若尔盖、阿坝县隔黄河相望，西北紧连青海省河南蒙古族自治县，东北与本州碌曲县为邻。位于东经 100°46′至 102°29′，北纬 33°06′至 34°33′。玛曲县地势西高东低，由西北向东南倾斜，海拔在 3000 米至 4800 米之间。气候属高寒湿润型，长冬无夏，气候严寒。这里的年均气温为 1.1℃，而年降水量 615.5 毫米，年相对无霜期仅 19 天。全县总面积 10190.80 平方公里，其中天然草地 1365.90 万亩，占总面积的 89.4%。

玛曲属高山草原区，沃野辽阔，是天然的优良牧场，自古为游牧民族活动的场所。古时，称玛曲地区为羌区锡支河流域。远古称占据高原藏族六姓氏之一的董氏所属玛柯（rma-khog）繁衍于此。[①] 春秋战国时，董氏后裔已发展成许多部落。秦时仍属滇零之"种存部"。晋北朝时，黄河首弯部属党项弥药地区。隋时大部属河源郡。唐时属吐蕃将军悉参（节度使）多弥卫（卫府设在河曲）属同恰（州）九州六部之——玛柯（藏语、意为河曲）董氏。宋时，属吐蕃诸部脱思麻（多弥）地区。元时属吐蕃等处宣慰司之脱思麻路，此地仍沿称零地。明朝时，除卓格尼玛属陕西都司洮州卫外，其余属朵甘都司赞善王分地——巴西诸郡。清时隶蒙古厄鲁特和硕特部，1709 年拉卜楞寺建立后，这里的大小部落成为该寺的"拉德"（神民）、"穆德"（政民）、"曲德"（教民），直接受拉卜楞寺政教势力的管辖。1723 年，青海发

---

① 智贡巴·贡却乎丹巴饶吉：《安多政教史》（藏文版），甘肃民族出版社 1982 年版，第 238 页。

生"罗卜藏丹津事件"后，属清朝钦善办理青海蒙古番子事务大臣管辖。1777 年兴起的拉卜楞之盟在河曲首先组成流官制欧拉部落。1898 年河曲南山全归拉卜楞管辖。1928 年建立夏河县后，划归夏河。1943 年设立信义、自由、欧拉 3 个乡。

1953 年 9 月设立玛曲行政委员会。1955 年经甘肃省人民委员会批准正式设县，管辖的区域是：原属夏河县的欧拉、三乔科、卓格尼玛、齐哈玛 4 大部落。县人民委员会驻卓格尼玛部落。1958 年国务院决定撤销玛曲县，并为洮江县。全县辖 8 乡 36 个村委会，一个畜牧试验站和一个大鹿养殖场。1961 年国务院决定恢复玛曲县，行政仍属甘南藏族自治州。

2000 年，玛曲县辖 8 个乡：尼玛乡、阿万仓乡、齐哈玛乡、采日玛乡、曼日玛乡、欧拉秀玛乡、木西合乡、欧拉乡。根据第五次人口普查数据：玛曲全县总人口 41399 人。2010 年，全县人口 4.5 万，现玛曲县辖 1 镇、7 乡：尼玛镇、欧拉乡、欧拉秀玛乡、阿万仓乡、木西合乡、齐哈玛乡、采日玛乡、曼日玛乡。

玛曲县交通便利，主要公路有尕（海）玛（曲）线及两（河口）阿（万仓）线。境内黄河上架有齐哈玛钢索公路桥及县城附近双曲拱水泥大桥，沟通了玛曲与外界的联系。

二　玛曲的自然资源与环境

黄河从巴颜喀拉山发源，一路浩浩荡荡东下，流经青藏高原东部边缘的玛曲县境内形成了一个绵延 433 公里的"九曲黄河第一弯"。玛曲，藏语意为"孔雀河"，即黄河，因河水清翠如孔雀羽毛而得其名，是全国唯一以中华民族的母亲河——黄河命名的县。玛曲拥有 1400 多平方公里的连片集中、舒展平坦、草质优良、耐牧性强的天然草原，被称为"亚洲第一天然优质牧场"，是一个以藏族为主体的纯牧业县。是甘肃省主要的畜牧业生产基地之一，是"远古披毛犀牛"的故乡，河曲马的中心产地，欧拉羊、阿万仓牦牛和"河曲藏獒"的唯一故里。藏族先民早在三千多年前驯养并培育出了这些地方优良畜种，因此这里自汉代以来就以"羌中畜牧甲天下"而著称。特别是河曲马以其体格高大、适应性强、挽乘兼用，素能爬高山、善走水草地而闻名天下。欧拉羊也以体格高大、皮毛粗长、耐寒膘肥、肉质良好、生长快、产肉率高而著称。还有高原之舟——牦牛，以肉质鲜嫩，耐寒冷、抗缺氧和全身皆宝而闻名国内外。

玛曲县草原辽阔，河流纵横。天然植被优良，种类繁多，约57科、204属、430余种，以适应高寒湿润气候的草木植被和灌木为主。玛曲既是河曲马、欧拉羊的产地，也是全国黄金生产大县之一。此外，还有煤、银、铅、钨、铜、泥炭等矿产资源。黄河自青海省果洛藏族自治州久治县流入玛曲境内约433公里，因受西倾山的阻挡，黄河在这里形成了180度的弯曲部，称之为"黄河首曲"。境内生息的珍贵动物有马鹿、雪豹、麝、梅花鹿、白唇鹿、棕熊、猞猁、水獭等。野生药材极其丰富，其中价值很高的有烈香杜鹃、青海杜鹃、列叶羌活、海母雪莲、贝母、黄芪、冬虫夏草等。

玛曲，物华天宝，矿藏富集，也许是受到了上苍的垂青，在亿万年漫长的地质运动过程中，蕴育了丰富的金、铁、铜、汞、锡、钼、钨等金属矿和泥炭、大理石等非金属矿藏。赐予了玛曲草原丰富且高品质的金矿资源。在一个名叫格尔珂的地方，有大型的露天开采金矿。黄金年产量位列全国第四，甘肃省第一，来玛曲草原的游客可全面观赏黄金"开采—选矿—冶炼—黄金成品"的生产全过程。

自建县以来的40余年当中，特别是自改革开放以来，玛曲县各族人民始终坚持"一个中心，两个基本点"的基本路线，按照"以牧为主，多种并举"的发展思路，使该县经济、文化和社会各项事业得到迅速发展。

玛曲区位优势十分明显，地处甘、青、川三省的甘南、黄南、果洛、阿坝四个民族自治州的中心地带。距省城兰州453公里，距成都580公里，距九寨沟380公里，距州政府合作市180公里。交通便利，通讯发达，是三省交界处畜产品交易、商贸流通集散地的旱码头，玛曲已成为该地区人流、物流、信息流和资金流的窗口。县内总面积10190.80平方公里，海拔在3000—4800米之间。草原、高山、河谷相间其中，高原湖泊星罗棋布，天光云水，本真自然，高原风景，空旷奇异。全年平均气温1.2℃，是夏季天然的避暑胜地。境内地域辽阔，资源富集，拥有丰富的畜牧、矿产、旅游、水电、药材五大优势资源。

　　河曲马场距县城 20 公里。于 1958 年建场后，这里便成为河曲马的培育中心。经过马场职工多年的建设，这里成为玛曲很富特色的风景区之一，是典型的草原湿地生态游览区。位于玛曲县城东南 20 公里处的乔科草原东北部区域，包括万涎滩、文保滩、乔科滩，有"河曲水浒"之称。一路东南奔流的黄河在这里被隆起的松潘高原阻隔，另辟出路环而北流，形成黄河首曲最大的一块生态湿地。这里是珍禽异兽黑颈鹤、白天鹅、黄鸭、黄羊、藏羚羊和梅花鹿栖息的乐园。由此形成了极富河曲特色的高山草原景致，是休闲观光、摄影、采风的极佳胜地。

　　乔科大沼泽地，藏语称乔尔干，位于玛曲县东南，于曼日玛乡境内面积达 1000 多平方公里。沼泽地平坦广阔，坡丘平缓，水草丰美，是不可多得的天然牧场，也是格萨尔赛马称王的神驹——河曲宝马（原名乔科马）的产地之一，有霍岭大战期间修建的桥梁遗迹。

　　位于玛曲县城以西 70 公里处，曲合尔沟与喹合尔沟顶交界的山坳里有一称作曲合尔的湖。湖面海拔在 4500 米以上，湖呈椭圆形，南北长 800 米，东西宽约 600 米，湖深 15 米左右。湖水清澈透明，冰凉异常，蓝天、白云、雪山倒影其中，清晰可见。湖南、西、北三面裸露岩峰，植被因海拔增高而渐次稀疏。湖水从东面溢流而下，注入哇合尔河谷，形成湖畔水草茵茵，山峰白雪皑皑的壮丽景色。曲合尔湖是玛曲最大的高山湖泊，是欧拉部落的圣湖之一。

三　玛曲口头传统研究基地工作情况

　　研究史诗的学者，对史诗《格萨尔》的搜集、整理和研究由来已久。早在 1956 年，玛曲县成立的同年，县政协的安久（dbang-vjigs）、孕布藏（bskal-bzang）等四人前往夏河县参加了由中央民委和国家文联举办的格萨尔调查会。1980 年，县革委会副主任嘉洋参加了四川峨眉山召开的"全国首届格萨尔工作会议"。1982 年，嘉洋参加在北京召开的"全国第三届格萨尔工作会议"。1983 年嘉洋参加在西宁召开的"全国少数民族史诗学术研讨会"。同年中国社会科学院少数民族文学研究所和甘南藏族自治州文联于 5 月 26 日签订协议，共同搜集《格萨尔》

及有关资料，玛曲县副县长嘉洋等人义务协助搜集了玛曲境内有关格萨尔文化方面的资料，最后整理汇总后交州文联。1984 年 8 月 20 日，在西藏拉萨举行的民间艺人演唱会上，来自各地的艺人代表 34 人，玛曲县艺人卡尔·交加、高·孕藏华尔旦等参加了演唱会，会上国家文化部和中国社会科学院为他们颁发了荣誉证书。1985 年秋，中国社会科学院少数民族文学研究所与内蒙古自治区联合在内蒙古赤峰市召开的"全国首届国际格萨尔学术研讨会"，玛曲县革委会副主任嘉洋参加了会议，宣读了题为《玛曲县的岭国遗迹》论文。

2002 年 7 月，玛曲县召开了格萨尔文化方面的汇报会，甘肃省副省长洛桑灵智多杰、西北民族学院院长高瑞、格学家降边嘉措、西北民族学院《格萨尔》研究院相关对象、甘南州州长贡保甲、玛曲县委、县政府有关领导和专家出席会议。在会上，就玛曲县格萨尔文化是否有开发利用价值等问题，听取了各位专家学者的意见建议，之后针对文化底蕴的发掘、传统文化的传承、文化载体的重建、文化形象的包装、文化产业的创建等方面的问题，玛曲县委、县政府做出了打"格萨尔文化"品牌的决策。西北民族大学格萨尔研究院在玛曲建立了格萨尔文化研究基地，玛曲县成立了《格萨尔》文化研究协会筹备小组。

2002 年，玛曲县委、县政府邀请降边嘉措先生前往玛曲调研。2004 年 7 月 23 日，杨恩洪研究员一行 5 人又前往玛曲，在玛曲境内进行了为期 3 天的考察，走访了格萨尔风物古迹，并对格萨尔艺人生活状况以及格萨尔史诗研究和保护情况进行了调研。7 月 26 日下午，玛曲县召开了《格萨尔》学术报告大会，会上杨恩洪等专家学者进行了学术讲座，肯定了玛曲县打造格萨尔文化品牌的重要性。

2003 年 7 月玛曲县组建了"玛曲县格萨尔弹唱艺术团"，招收了15 名男女演艺人员，由弹唱协会主席华尔贡任名誉团长，该团体的成立为传播民歌弹唱开创了先例。

玛曲县历来重视这一民族艺术的继承和发展。著名藏族弹唱艺术家华尔贡的演唱抒情、细腻，风格独特，在藏区甚至国内都有一定的影响，2004 年，应美国文化部门邀请，赴美进行了演唱和艺术交流。在藏族大型会议上都应邀出席表演。在他的带动下，一批优秀的弹唱歌手容中尔甲、德白、勒格甲、道瑞也迅速成长，成为藏区著名的青年歌手。为了弘扬民间弹唱艺术，有利于创作、搜集、整理、传播这一藏族民间文化艺术，并利用基层民间比较活跃的一大批民歌弹唱艺术人才，于 2003 年 7 月组建了"玛曲县格萨尔弹唱艺术团"，招收了男女演艺人员 15 名，名誉团长由县弹唱协会主席华尔贡担任。

2004 年 4 月，第十一世班禅接见了玛曲县委书记才智、县政协副主席尕藏成来活佛，并为玛曲县题了"天下黄河第一弯·格萨尔发祥地兴旺发达"的题词。2004 年 4 月，玛曲县委、县政府组织人员参加了甘肃电视台举办的大型互动电视歌舞《香巴拉在呼唤》晚会和全国青年歌手大奖赛甘肃赛区活动，借此机会宣传和展示了"天下黄河第一弯""格萨尔发祥地"和"香巴拉珍宝"的品牌。5 月 8 日，玛曲县《格萨尔》弹唱代表队赴首都北京参加了由文化部、国家民委、广播电影电视总局、中国文联、中国社会科学院主办的藏族英雄史诗《格萨尔》千周年综艺晚会。晚会于 5 月 10 日晚在全国政协礼堂举行。晚会上玛曲县弹唱代表表演的节目《格萨尔发祥的地方》《说唱玛麦·玉龙松多》赢得了好评。7 月 4 日至 8 日，玛曲县格萨尔研究协会代表团在兰州参加了由全国《格萨尔》工作领导小组、国家民委教育科技司和国际司、甘肃省《格萨尔》工作领导小组联合主办，西北民族大学承办的《格萨尔》千周年纪念大会及《格萨尔文艺晚会》，玛曲格萨尔弹唱代表队和著名藏族弹唱艺术家华尔贡登台演出了《格萨尔发祥故里》《格萨尔牧歌》《格萨尔兴旺颂》等格萨尔弹唱节目。8 月，玛曲县举办了由甘、青、川三省十四县参加的格萨尔千周年纪念赛马大会暨第二届格萨尔文化旅游节。在旅游节期间举行的格萨尔千人弹唱，阵容浩大、内涵丰富，再次向人们展示了藏族传统文化的魅力。8 月 21 日，玛曲县格萨尔研究协会（筹备）主办的首届中国玛曲格萨尔学术研讨会在玛曲召开。玛曲县政协副主席嘉洋作了《浅谈玛麦·玉龙松多》的学术报告。甘肃省委常委、政法委书记洛桑灵智多杰，甘肃省格萨尔工作领导小组副组长梁明远，西北民族大学格学院院长王兴先，西北民族大学教授马进武、研究员扎西东珠，日本学者谷田大寿等专家学者，以及新华网、中国中央电视台，日本国家电视台的记者参加了研讨会。研讨会上，专家学者们进行了学术交流，探讨了格萨尔文化研究动态及玛曲在格萨尔文化研究中所处的重要地位，为玛曲打造"格萨尔发祥地"旅游品牌注入文化内涵。此外，玛曲县还通过实物载体和大型文艺活动大力弘扬格萨尔文化。自 2001 年起，玛曲在县城改造中，依据格萨尔文化资源优势，修建了格萨尔文化广场，雕塑格萨尔坐骑——河曲宝马，县城主街道及广场两侧都建有藏族传统风格与现代气息融为一体的建筑物。

2006 年 8 月，《格萨尔》研究学会在玛曲成立，嘉洋担任会长。同年 8 月第六届国际《格萨（斯）尔》学术研讨会在玛曲召开，中国社会科学院民族文学所专门派杨恩洪负责给研究基地挂牌。

2008 年 1 月 18 日，由玛曲县委批准的《格萨尔》研究所正式成立。

四　《格萨尔》说唱艺人、文本及其影响

被誉为"东方荷马史诗"的《格萨尔》是世界最长的英雄史诗，主要由民间艺人以说唱的形式世代传承而来。同时随着社会的发展，有相当数量的手抄本和少量的木刻本流传于民间。英雄史诗大约有 100 多部。它反映了战乱频繁的年代，黎民百姓所遭受的苦难以及他们反抗侵略、保卫家乡的坚强意志，表达了以格萨尔为首的岭地英雄们渴望统一、追求和平安宁的美好愿望，是古代藏族人民创造的人类艺术瑰宝。有些藏区，曾用《格萨尔》史诗的传唱扫除文盲，推动了民间文化的发展。

中国新闻网甘肃藏区玛曲县境内的玛麦·玉龙松多草原被认为是《格萨尔》说唱技艺的摇篮。然而，随着当地说唱老艺人的相继去世，格萨尔说唱后继乏人，濒临失传。正如甘南藏族自治州文体局办公室主任杨青平所讲：随着牧民群众产业结构改变和生产生活水平的提高，藏族民众生活方式的改变，大众传播媒介的日益普及，加之老艺人相继谢世，说唱艺人越来越少，这种艺术形式逐渐失传。

目前玛曲的史诗说唱艺人共有 3 人，即尕尔考等，均属于闻知艺人的类型。说唱艺人尕尔考（skar-kho），全称郭哇·噶桑华丹（go-ba-skal-bzang-dpal-ldan），简称郭噶尔（go-skar），雅称"尕尔考"，现年

64 岁，现于甘肃省甘南藏族自治州玛曲县歌舞团工作，从事导演，编剧。此人 13 岁开始说唱《格萨尔》，祖辈四代说唱《格萨尔》。1985 年，中国社会科学院民族文学所组织召开了全国格萨尔艺人表彰大会，他作为特邀代表抵达北京参加会议。之后，他应甘南州歌舞团邀请就任顾问。

就艺人来讲，玛曲的三个艺人，都属于吟诵艺人（ton-sgrung）的类型。《格萨尔论》中解释："这类艺人有两个特点：一是识字，能看本子吟诵，离开本子便不会讲。二是嗓音比较好，吟诵时声音洪亮，抑扬顿挫，节奏鲜明。解放后在各地广播电台、电视台说唱的，大多是这类艺人。"[1]

就说唱的版本，流传较广的有《霍岭大战》《赛马称王》；弹唱曲目包括《诞辰百花园》《赛马七珍谈》《赛马春阳高照》《说唱玛麦·玉龙松多》《格萨尔发祥故里》《格萨尔牧歌》以及《格萨尔兴旺颂》。《格萨尔》弹唱在玛曲保留完整并得以继承，享誉国内外，这种艺术表现形式，历史悠久，内容丰富，在牧民群众中盛行，成为老少皆宜、喜闻乐见的精神生活的重要内容。玛曲牧民，在古朴的游牧生产生活方式下，产生了藏族民歌弹唱这一独特的艺术形式，悠久的历史为弹唱的发展提供了丰富的内容和众多曲调。可以分为两类，一类是《格萨尔王》的说唱，一类是即兴说唱。而后者又包括诗赞类说唱和乐曲类说唱。目前在玛曲群众中广为流行的是乐曲类说唱。这里的说唱在日常生活中，均有优美和丰富的说词，说词有的富有生活情趣，有的富有深远的哲理，有的富有赞美及教育意义。乐曲类说唱的乐器一般用牛角琴和八弦琴，自弹自唱，唱词一般由演唱者即兴编填，格式主要为三段三句式或三段四句式。表演的形式主要有独唱、男女对唱、合唱等。

无论是《霍岭大战》《赛马称王》，还是各种弹唱曲目，不外乎宣扬格萨尔大王的四大业绩：格萨尔乳名叫"觉如"，他生来是一个很奇特的孩子，被当时岭国的当权者晁同视为眼中钉，母子俩被定为妖女、小偷，在部落议会上被强行通过后，觉如和母亲被流放到玛麦·玉隆松多。母子俩被流放时很贫穷，只有马、牛、羊、犬各一个，均为雌性老

---

① 降边嘉措：《格萨尔论》，内蒙古大学出版社 1999 年版，第 508 页。

弱牲畜，有一顶破帐篷称为"百泉帐"或"百日帐"。当时玛麦·玉隆松多遍地是地鼠，寸草不生，狂风肆虐，群魔乱舞。母子俩只有靠挖蕨麻，抓地鼠度日。天地转，光阴迫，一个觉如竟然变成了千万个觉如，白天灭地鼠、植树造林、晚上玩小妖、灭恶魔，经艰苦创业，终于将玛麦·玉龙松多改造成万物生长的大草原，他所带的四畜也发展成群。这是他的第一业绩。

当时汉地商人往印度，阿里商人往内地都要经过此地，常被霍尔国贼盗抢劫。觉如制服了这些盗贼，开通商道，订立商贸合同，同时招来许多能工巧匠，兴建城堡，集市贸易日益活跃。因为此地环境好，觉如治理有方，名声大振。这是他的第二业绩。

一年，故乡岭国发生了严重雪灾，人畜无法生存，觉如的哥哥贾查和晁同等听到觉如的情况后，只好前来请求借牧场渡难关。当时，觉如以岭国父老乡亲的利益为重，把最好的牧场分配给了岭国的各部。从此，岭国从长江流域发展到黄河流域，并把觉如原建的城堡献为岭国的公共设施。这是他的第三业绩。

岭国休养生息后，晁同及他的幕僚认为，觉如是一个后患，应尽早设法压制，所以召开岭国议会提议以赛马的形式公选岭国国王，当时晁同的势力和影响都比觉如强，他以为自己的儿子能够夺得王位，可是岭国的知识层和少壮派及有识之士正需要一个诚信、效能而为民的王，赛马结果民心所向，觉如赛马夺冠，当时晁同等看到大势已去，只好自己留下一个日后搞阴谋的后路，捧出哈达说："儿子不如侄子，今天我的侄子发生这样的奇迹（格萨尔），你就是我们岭国的王，我（晁同）等认可。"（"格萨尔王"一词从此产生）。觉如也说，你（晁同）是我的长辈，你命名我叫格萨尔，此名我接受。岭国公民齐声欢呼格萨尔王及岭国繁荣昌盛。这是他的第四业绩。①

玛曲县地方政府也试图挖掘独特的《格萨尔》文化，以此来打造旅游品牌，同时还将其列为当地旅游三大开发项目之一来推动玛曲县经济的发展。正如杨青平介绍，玛曲是青藏高原格萨尔人物传说分布最密

---

① 嘉洋：《浅谈玛麦·玉隆松多》，《达赛尔》（藏文版），甘南州文联主办，2004 年第 4 期。

集、最多的县区之一，在玛曲 1 万平方公里的草原上格萨尔人物遗迹有 77 处。据史料记载，玛曲县是格萨尔 6 岁时被流放的地方，随后格萨尔降伏妖魔，疏通商道，最终骑着河曲宝马称王。[①]

杨青平描述道，说唱者穿戴特殊的民族服饰，手拿道具，无任何乐器相伴，边说边唱，曲调多样，而牧民们则常围坐在草原或藏包内，抑或是节日的舞台盛会上，甚至是田间劳作休息的间歇，随时随地都可说唱。该技艺的风格和节奏不受时间和空间的限制，还可即兴发挥，与个人创造巧妙结合。"谁家生了孩子，就会说唱《赛马称王》片段，预示新生儿宏图远大，终成大业；谁家娶了新媳妇，就请人说唱'岭国七美女'，赞美新娘，预祝吉祥……"

玛曲县充分利用当地文化资源，规划格萨尔文化的综合开发战略，以"深度玛曲""文化玛曲""生态玛曲"为开发宗旨，规划建设"格萨尔文化中心"，还原"格萨尔王帐营""格萨尔王大帐"等文化设施，为开展基于相关主题的民俗演艺、民间说唱、群众活动创造平台，宣传玛曲地方民族文化，促进地方旅游业发展。此外，玛曲计划建游牧文化博物馆，旨在促进玛曲的"产业转型"和"生态保育"，使其成为著名的户外运动天堂。在规划设计方案中，专家们提出了以保护生态优先的观念，让玛曲成为人们"释放心灵，感受自由的家园"。因此，所有的旅游设施都依托玛曲原有的生态环境，打造"原生态的部落风情园"，湿地公园户外科考项目，利用原有的马场、鹿场，让人们探寻和保护珍稀野生动物，使之成为环境教育和科普教育的最佳场所。[②]

五　格萨尔风物遗迹

传说，黄河首曲"玛域"地区，是格萨尔王成长和创业的地方。《格萨尔》是一部描写和反映藏族古代部落割据，奴隶制走向封建统一征战的作品，广大黎民百姓痛恨奴隶主的残酷剥削，渴望英雄，希望统

①　丁思：《甘肃藏区格萨尔说唱艺术濒临失传》；《中国新闻网》2012-02-07
②　张燕：《甘肃玛曲建"格萨尔文化中心"挖掘整理历史遗迹》：中国甘肃网 2012-02-07。

一，追求和平安宁的生活。传说格萨尔被流放之地玛麦·玉龙松多就在今天的玛曲县境内。母子俩初到这里贫困交加，但苦难的生活却磨砺了格萨尔坚强的意志，为日后称王打下了良好的基础。后来，格萨尔经过艰苦的斗争，环境得到了改善，消灭了肆虐的鼠害，建立了通商的城堡。天之骄子格萨尔王赢得了广大部落民众的信赖，迎合了岭国的进步人士希望出现一个公正、诚实、有为的国王的条件。格萨尔的少年成长史无疑成为珍贵的精神遗产，具有重要的借鉴作用。

格萨尔的传说遍布玛曲，深深地扎根于当地牧人的生活当中。格萨尔弹唱在玛曲也家喻户晓，深受牧民的喜爱，成为喜闻乐见的主要内容，无论在草原、帐篷、集会等处，都能听到他们欢快的歌唱。

据有关人士初步统计，玛曲有 77 处遗迹与史诗中的地名和情节吻合。其中较著名的遗迹有 7 处：格萨尔王上天界时留下的遗迹（欧拉曲哈尔湖畔）、王妃珠姆做饭的锅灶遗址（欧拉乡政府附近）、喀尔科王国茶城（欧拉秀玛）、哈岭天子珊瑚城（采日玛西）、格萨尔大王乘马所留马蹄印（欧拉乡曲合湖东侧）、格萨尔大王赛马场（贡赛尔喀木道地区）、霍果山（被岭国英雄砍杀的许多霍尔国侵略者头颅堆起来的山包）。此外，还有其他更多的遗迹和传说遍布首曲流域。

百泉帐（sbra-ldeng-se）：觉如母子流放时只有一顶破牛毛帐篷，此帐晴天有一百个太阳照进来，雨天出一百个泉，下雪出一百个雪团，被称为"百阳帐"（nyi-thigs-brgya）、"百泉帐"（rtsam-mgo-brgya）。这顶帐篷叫当格赛日，是最好的生态保护帐篷。住在这个生态帐篷会使当地保留丰美草原，会使黄河下游流淌清澈的水，会对后代留有无坟的山川，所以玛曲地方无坟墓。天葬水葬用意是：我在世上吃了许多不应该吃的肉，死后我的肉，谁愿吃就吃。坚持物质不灭定律。住在这个帐篷的人的理念是以生态为本，方便让给别人，生态留给子孙。这就是觉如的智者乐水、仁者乐山的"欢乐宫"。宫内有八宝锅、三峰灶、牛粪消炎烟。

玛麦·玉隆松多（rma-smad-gyu-lung-gsum-mdo）："玛麦·玉隆松多"是藏文"黄河下游如翡翠般的三岔口"之意。由于水草丰美，花海灿烂，故称作被熔成液体的翡翠覆盖的地方。该地在玛曲县欧拉（dngul-rwa）乡境内，它是由什日那加山（srib-ri-nag-rgyal）、玉龙松多、帕旺达扎（pha-bong-rta-vdra）、玉龙嘎查（gyu-lung-gad-khra）、加扎隆哇（brgya-bra-lung-ba）、达尔庆沟（rtar-chen）、闹日郎沟（nor-lung）、那达河（nag-vdav-chu）、试贤泉（chu-mgo-gnam-mchong）等山川河流组成的地区，当时称为"灾祸区"。觉如母子同时做了四件大事：一是治理灾祸区，发展了河曲马、牛、羊、犬四畜；二是开辟商道，引进人才，活跃了商贸；三是帮助家乡人民渡过难关；四是战胜晁同，赛马称王。以上格萨尔的四大业绩均发生在"玛麦·玉龙松多"。

自古以来，玛麦·玉龙松多地区发生过许多重要事件。如这里是吐蕃赞普都松忙布杰指挥军队之地；1972 年这里出土了披毛犀牛化石，目前保存在甘肃博物馆；1777 年，第二世嘉木样大师在这里组建了议会制欧拉部落；1926 年在中共党员宣侠父的建议下这里召开过甘青川藏族酋长同盟会，反对马家军阀的压迫。

嘎松塘："嘎松"即母爱、母乳、母语。格萨尔的童年时代是在嘎松塘度过的。史诗中，格萨尔童年时代名叫觉如①，他跟母亲果萨被其叔叔晁同驱逐到此地。母子俩相依为命，过着极其悲惨的生活。家里仅有的家产也就是叔叔晁同分给他们的四个最劣等的牲畜，一匹跑不动的母马（br-gyugs-na-bang-med-rgod-co-gcig），一头挤不出奶的母牛（bzhos-na-zho-med-vbri-rgan-gcig），一只杀了不见肉的老羊（bshas-na-sha-med-ma-rgan-gcig）和一条叫不出声的母狗（zug-na-skad-med-khyi-mo-gcig）。然而，觉如以超常的毅力和精明的战术，通过消灭田鼠等一系列手段征服所有的恶劣环境后，创造了这块绿色宝地。这块绿色宝地如今素有"亚洲第一号牧场"的美誉。觉如童年时代的四个最劣等的牲畜，如今变成了驰名中外的欧拉羊（dngul-rwai-lug）、河曲马（kro-kovi-rta）、阿万仓牦牛（wa-ban-tshang-gi-zog）和玛曲藏獒（rma-chuvi-kbyi）的中心产地。

贡赛尔喀木道（gong-gser-kha-mdo）：藏语意为贡曲（gong-chu）、赛尔曲（gser-chu）、道吉曲（rdo-rje-chu）三条河流与黄河汇流之地，位于玛曲县西南 54 公里的阿万仓乡政府以南，面积约 200 平方公里。远看贡赛尔，河流四环，千山竞形，海拔 4500 米的拉日玛峰和沃特峰

---

① 史诗中记载"觉如"（jo-ru）一名是其同父异母的哥哥嘉擦（rgya-tsha）所起。

隔河对峙，犹如两尊雄壮的金刚武士，守护着贡赛尔喀木道的门户，且地势险要，谷幽峡长，盆地平缓，牧草青翠，为通往木西合、果洛的咽喉要道，自古乃兵家必争之地，有"欲得河曲，先占贡赛"之说。

贡赛尔喀木道历史悠久，古为西羌以白鹿为图腾的董氏卿所属部落栖息之地，党项、吐谷浑、吐蕃、蒙古等民族先后在这里生息或建立游牧部落政权。公元 701 年，吐蕃赞普赤德松赞（rgyal-po-vdas-srong-mang-po-rje）率兵进驻贡赛尔喀木道地区，攻打松州城（今四川松潘县）、洮州（今甘肃临潭县）等安多地区，把这里作为战争的后勤基地。公元 1806 年，第三世嘉木样·罗桑图丹久美坚措前往阿万仓讲解佛法，开始了拉卜楞寺政权对贡赛尔喀木道的影响。1875 年，拉卜楞与果洛发生"万兵战役"，贡赛尔喀木道正式归顺拉卜楞寺管理。这里景色优美，风景独特，湿地与湖泊辉映，雪山与黄河并存，北方大地的阳刚之气与江南水乡的柔美清秀融为一体，是探险家、旅行者、摄影家、文学家的理想去处和游客避暑胜地。

贡赛尔喀木道在阿万仓境内，属岭国战争遗址。此处有岭国的风物书架之称的鹅特山，秀丽的青山宝塔，贡格拉日托布（雄峰），晁同被辛巴·美日则俘于洞内，霍尔国阵亡将士的头堆成了霍果山，达容·宏宝苏平被害在河口，诺隆沟、方仓坚是角日发展牛和犬的地域。传说，贡赛尔喀木道也是吐蕃赞普都松忙布杰指挥军队的点将遗址、古藏族七大勇士练武遗址、吐蕃盟会遗址玛夏等。这里新建有宁玛寺（红教寺）嘛呢石刻墙、白塔。散日玛寺（黄教）1988 年第六世贡唐大师举行十万人参加的时轮法会时的时轮大宝塔。

霍尔果山（hor-mgo）：在贡赛尔喀木道地方，传说是英雄史诗《格萨尔》中诸多英雄活动的场所，如"霍尔果日"，相传霍岭大战时，晁同以及岭国的英雄们在此砍杀了许多霍尔国将领的头颅，将其堆积起来以表谢罪，久而久之成了一座山，"霍尔果"乃"霍尔的头颅"之意，由此而得名。

喀尔科岭王国天子茶城：位于西柯河畔喀尔科河与西柯河汇合之地的草滩上。该城坐南朝北，南靠巍峨的喀尔吉科德木山，北临直合干木山，东屏阿尼玛沁主峰余脉，西扼河曲唯一通往果洛、玉树，连接"唐蕃大道"至拉萨的西柯河流域通道，居高临下，鸟瞰全区，且喀尔科河与西柯河相汇，水源充足，是古代安营扎寨的最佳之地。虽然年代久远，但城堡遗迹依旧明显。

西哈岭天子珊瑚城：位于采日玛乡北约 10 公里处乃玛村的沙山南坡上，虽从乡政府走捷径只需 5 公里，但需经过一片沼泽地，没有当地向导不敢前往。这里便为岭王国天子珊瑚城，藏族英雄史诗《格萨尔》中有记叙。遗址东西长约 100 米，南北宽约 80 米，几乎被黄沙覆盖。沙堆中间呈现一东西长约 20 米、厚约 3 米、高约 0.8 米的土墙，土呈暗红色，土质坚硬，里面有烧焦的木火炭。土墙周围有很多大小不一的石块和一些锈渍很厚的碎铁片。遗址东、北、西三面均被纯一色的黄沙山环绕，上面有一层约 0.7 米的黑土层，土层上长满青草，南面是沼泽地带，为黄河二级阶地。遗址附近，有一椭圆形的湖，直径约 20—30米，四季有水，不枯不溢，水底长有绿色水草。离此向东南约 2000 米处的一山丘上，亦有两个形状相似的椭圆形小湖。

岭国玛麦九大雄嵩：岭国有九大山峰，传说在玛曲县境内就有七座，木西合乡境内的交宗热肖托布、恰益东日托布、尕保曲龙托布，阿万仓乡境内的贡格拉日托布、沃特吉热托布，欧拉乡境内的曲合尔萨日托布、洒锐乔戛托布、当日杂玛托布。其他两座神山传说坐落在果洛州境内。

阿尼欧拉山 （a-myes-dngul-rwa）：自从格萨尔荣登岭国王位后，岭国开始走上了富强的道路。相传位于玛曲县西南隅的阿尼欧拉是象征格萨尔及岭国财富的神山。相传岭国崛起后拥有取之不尽的金银财宝，就拿岭国的羊来说，所有的羊角都用银子包着。藏语"欧拉"汉语意为"银角"，该山以"欧拉"（银角）而得名。

嘉布查隆瓦 （brgya-bra-lung-ba）：是玛麦·玉隆松多的辖区，觉如灭鼠之地。觉如母子被晁同驱逐到此地时，其地名并不是"玛麦·玉隆松多"，而是"玛麦·添隆松多"（rma-smad-than-lung-gsum-mdo），"添隆"是藏文"灾区"之意。由于刚开始玛麦·玉隆松多是妖魔鬼怪称霸的地方，遍地都是地鼠。传说，觉如为了降伏妖魔和避免地鼠的危害大显神通，变成千万个觉如，最后使"添隆"（灾区）变成"玉隆"（碧绿的山谷）。

晁同德乌列山 （khro-thung-devu-1e）：史诗中，霍尔国将领辛巴梅如孜（bshan-pa-rme-ru-rtse）追捕岭国大将晁同，最后将其降伏于这座小山顶的山洞口中。此山脚下有个小湖，后来一位神谕者（lha-pa）从风水角度上讲此洞口对小神湖不利，所以封了洞口。

沃特山（pu-ti）：传说岭国的所有经书都藏在此山腹中，故其称为"沃特"，系藏语"经卷"的音译。当地传说是沃特成为神山之后，娶拉日玛（lha-ri-ma）为妻，生一子取名为斯帝（gser-tri）。后来由于沃特得知拉日玛另有所爱，便一气之下砍了拉日玛一刀。拉日玛离家逃亡把斯帝弃在途中，并带着刀伤继续向东北方向逃跑。沃特山在东南边，拉日玛山在东北边，而斯帝山在南北间。

斯布吉彭崩达扎（srib-kyi-pha-bong-rta-vdra）：相传是觉如演示法术的地方，也是觉如跟珠姆第一次相遇的地方。在这座花草盛开的半山腰上有一块巨石，由于其形似神马，故称之为"彭崩达扎"。藏语"斯布吉"是"阴山地"的音译，因为这块巨石正位于北方的半山腰上，是珠姆由于怕觉如"乌朵"①的袭击而藏身的地方。相传觉如看不惯珠姆的傲气，他曾用乌朵把珠姆的门牙打掉了，后用降冰雹之法术逼珠姆走进牦牛帐篷等故事均发生在此地。在这里我们迄今还能观赏到格萨尔亲手栽培的色青梅朵花。

岭嘎布台背甸松（gling-dkar-povi-dad-pavi-rten-gsum）：即白岭国的三种信奉物。这三种信奉物分别是朵嘎布嘛呢壤弯（rdo-dkar-povi-ma-ni-rang-byon 天然生成的白石嘛尼）、查嘎布土琴壤弯（brag-dkar-povi-thugs-chen-rang-byon 天然生成的白岩观世音），以及旺斯沃渠丹壤弯（spang-set-povi-mchod-rten-rang-byon 天然生成的黄草佛塔）。其中白石玛尼位于贡唐参木康②（修行之地）的南侧小山谷里。那黑色玛尼（即观世音的密咒六字真言）显现在一块白色的巨石上。从第一个"OM"字三公分左右的残角可以看出，其里外均是黑字白石，不像是人工所为，当然究竟是否天然生成还有待于考古学家来考证。另外，白岩观世音和黄草佛塔分别位于远处的嘎布龙地和沃特山脚下。

---

① 藏语乌尔道（vur-rdo），是藏区牧民所用的一种抛石器。
② 清代拉卜楞寺著名的佛学大师第三世贡唐仓·丹贝仲美的名著《水树格言》（chu-shing-bstan-bcos）是在这里完成的。

除上述景点之外，还有玉龙扎西滩（gyu-lumg-bkra-shis-thang）① 西科河美朵滩，木西合的"七仙女"石峰和阿万仓的贡赛卡木多（gong-gser-khams-mdo）等。

结　　语

甘肃省甘南藏族自治州的玛曲县，不仅有着丰富的《格萨尔》风物遗迹，更有着壮美的自然风光，以"天下黄河第一弯"闻名遐迩，牧业也十分发达，具有"亚洲第一草场"之美誉，且拥有"中国最美的六大沼泽湿地之一"之称。藏族史诗《格萨尔》是目前世界唯一现存的活形态史诗，玛曲地方就有不少民间艺人都会说唱《格萨尔》，弹唱艺人更多。《格萨尔》文化是藏族传统文化的重要组成部分，其文化符号体系早已成为藏族人民正义、智慧的化身和民族精神的象征。玛曲是传说中格萨尔大王的崛起、发祥之地，也是其岭国活动的中心，处处留下了史诗的传说和遗迹，成为格萨尔文化艺术挖掘整理的宝库。我们通过对玛曲的考察，有如下一些感受：

首先，史诗《格萨尔》在人民群众心目中有着特殊地位

我们认识到英雄史诗《格萨尔》在人民群众中有着崇高的地位，它不愧为藏族民间文化的杰出代表，将它称之为藏族文化的大百科全书也不为过。

《格萨尔》是藏民族生活和成长中启蒙教育的教材，其中的道德观念在今天仍然规范着人们的一言一行、一举一动。

它是判定是非曲直的准则，行为道德的标准，世世代代鼓励着人们抑恶扬善，爱憎分明。

格萨尔是人们心目中英雄的象征，也是和平的象征，他的辉煌业绩仍然激励着人们不断进取，建设美好的家园。

其次，玛曲是史诗《格萨尔》传播的主要地域

玛曲从地理位置上来说，属于黄河上游地区，这里与青海的果洛藏

---

① 当地格萨尔学者认为此地就是史诗中出现的"幼狮宫殿"（seng-vbrug-stag-ruse）的遗址。

区毗邻，同属于历史上人们所说的"玛域"地区，自然是史诗《格萨尔》最主要的流传地带。据说，历史上出现过许多《格萨尔》说唱艺人。

保护人们的精神家园和文化语境。对于一个国家和民族来说，文化是每个社会成员自觉认同、接受、慕求和实践的生活理念与价值尺度。正因为如此，胡锦涛同志在党的十七大报告中明确要求："弘扬中华文化，建设中华民族共有精神家园。"共有的精神家园，就是共有的精神、意志、观念、理想、目标和追求。一个国家，只有坚守共有精神家园，才会具有向心力、凝聚力和创造力，才会不断地产生和强化民族自豪感与自信心，才会以巨大的合力创造时代的辉煌与人间的奇迹。这就是绵绵而至、生生不息、魅力无限的中华文化。

保护现有的史诗《格萨尔》说唱艺人。他们是民间艺术家，他们是天才，只有保护他们，才能使我们的民间艺术得以不断地传承下去；只有精心地呵护他们，才能守望我们的精神家园。

最后，史诗《格萨尔》口头传统研究基地工作亟待进一步加强

通过考察，我们也看到玛曲的史诗《格萨尔》研究工作还存在着一些问题。

为了达到宣传的目的，生硬地将史诗中的典故与本地的民间传说和地名相套用和混淆，随意择取史诗《格萨尔》中的地名给当地某些地方定名，造成固有的地名和文化名称的混乱，不利于民族文化的健康发展。

利用专家学者或人们的只言片语，来强调和夸大玛曲文化地域的重要性，缺乏严谨的科学态度。此外，有意夸大历史事实，不加考证地将历史上的重大事件与玛曲地区的文化现象生拉硬扯，欠缺谨慎的学术态度。

以格萨尔命名的品牌泛滥成灾，如"格萨尔煤矿""格萨尔餐馆""格萨尔渔场""格萨尔藏獒养殖场"等，史诗中的格萨尔在为拯救人类四处征战、寻找和平之路的同时，与自然灾害做了艰苦卓绝的斗争，最突出的是治理沙漠，保护草原生态。而采矿往往是一种短期经济行为，不利于生态环保，将一种高雅的文化品牌，乱冠于营利性企业名称之上，让世人贻笑。

真正缺乏对史诗《格萨尔》文化内涵的理解，以打造《格萨尔》品牌为幌子，伸手向国家财政要钱，拿到钱后，不能用于文化经济建设事业，造成了恶劣的社会影响。文化资源得不到整合和利用，对艺人关心不够，建议政府适当给予艺人生活上照顾和资金上的补助。

《格萨尔》研究基地的隶属不明确，发挥不了基地的作用。2006年8月我们在玛曲召开国际《格萨（斯）尔》学术研讨会期间，中国社会科学院民族文学所专家专门负责在研究基地挂牌。而笔者在考察期间，据他们介绍基地是西北民族大学《格萨尔》研究院建立的，在《玛曲县志》上也是这样记述的。[①]

基地工作亟待进一步加强。中国社会科学院民族文学研究所要给予基地以学术上的指导，当地政府要给予资金上的支持。使得学术机构、地方政府以及广大民众相互结合起来，形成三者之间的互动，有效开展文化活动。建议建立民俗文化村，保护民俗文化村，使文化表演、《格萨尔》演唱有效结合起来。

另外，玛曲市内的环境卫生从根本上没有得到治理。

几年前，玛曲县政府明文规定禁用塑料包装袋，这在甘南乃至甘肃还是首例，这表明了政府治理玛曲生态环境的决心。然而，笔者在考察之际走访了县城周围的居民点，源头是清清的河水，流到了居民区就成了污水，居民点到处被垃圾包围。2003年9月18日，玛曲县人民政府下发了在乡镇禁止"白色污染"的通知[②]，当时的确收到了很好的效果。治理环境卫生，保持市内整洁是一项长期的重要工作任务。如今摘掉了"白色污染"的帽子，却穿上了环境污染的鞋子。

玛曲在公路的修建、矿山的开采、地质的勘探工作中，没有做好善后处理工作。公路两旁的山体四处裸露，水土流失严重。长期下去，会对环境治理造成不良的影响。

[原刊《安多研究》（第11辑），甘肃民族出版社2013年版]

---

① 《玛曲县志》编纂委员会编：《玛曲县志》（1991—2004），甘肃民族出版社2005年版，第548页。

② 《玛曲县人民政府批准县环保局关于在乡镇区域内控制"白色污染"的安排意见通知》，玛政发〔2003〕86号文件，2003年9月18日。

后　记

　　《藏族史诗〈格萨尔〉论稿》，是继博士论文《〈格萨尔〉中的山水寄魂观念与古代藏族的自然观》出版之后的一部论文集，全书分古代藏族的自然观研究、部落及山神崇拜习俗研究、史诗文化研究、史诗版本研究四个部分，总计辑录了 17 篇文章，这些文章均先后发表于《中国藏学》《西藏研究》《西藏艺术研究》《安多研究》《中国〈格萨尔〉》《格萨尔研究》以及《中国民族学》等学术刊物上，全书总计 20 万字。

　　《藏族史诗〈格萨尔〉论稿》的完成，得益于笔者的博士论文《〈格萨尔〉中的山水寄魂观念与古代藏族的自然观》，严格意义上讲，这是对博士论文某些学术盲点研究的一个拓展。在就读博士期间，由于时间和水平的局限，某些问题未能展开论述。博士毕业的近 10 年来，笔者从未中断过对此学科领域的关注和研究。2007 年年初，笔者从北京大学外国语学院东方学研究院博士后工作站出站后，以人才引进的方式进入中国社会科学院民族文学研究所从事藏学研究工作，在主持藏文室的工作期间，承担了中国社会科学院重大科研课题 40 卷《藏文〈格萨尔〉精选本》的二期工程的课题，这一重大课题的研究为本书的深入研究提供了绝佳的机会，尤其是为笔者创造了一个与全国各地专家学者和《格萨尔》说唱艺人交流和探讨的条件，在学术上也有很大的收获。

　　交叉的学科研究，或许可以解决学科领域的诸多盲点，多年来对藏传佛教文化的研究，竟然成为笔者解决史诗《格萨尔》的生成的敲门砖。众所周知，藏族文化不等于藏传佛教文化，但藏传佛教文化是藏族文化的重要组成部分。史诗《格萨尔》在传播的过程中不仅融入了大量的佛教内容，而且对其圆形结构和叙事内容的生成产生了很大影响，这不能不归功于藏传佛教的僧侣们，他们在史诗的传承、保护和整理等方面发挥了重要的作用。若要深入探究史诗《格萨尔》，倘若不具备藏传佛教文化的知识积淀，仅仅就史诗论史诗，那么研究出的学术成果也会大打折扣。因此，一个史诗工作者具备自身的宗教文化学术素养是至关重要的。

　　本书在编纂过程中，得到了民族研究院领导索南才让院长的大力支持；责任编辑郭鹏先生花费了不少心血，纠正了论文中不少笔误，在此深表感谢！书中涉及宗教、历史、人文、地理等方方面面，内容非常广泛，由于水平所限，疏漏之处肯定不少，诚望读者批评指正。

丹　曲

2014 年 6 月 28 日